秋水稟鹿

为她降临

Coming for her

广东旅游出版社

中国·广州

目录

第一章 001

第二章 027

第三章 055

第四章 079

第五章 107

第六章 129

在接过的一瞬间，柔软的指腹碰到了米洛斯的手指。

那么轻，那么快，就像蜻蜓点水，蝴蝶亲吻花朵，短暂碰触后立即分开。

第七章 159
第八章 185
第九章 213
第十章 241
第十一章 267
第十二章 297

黑暗神其实一直都是一个危险的存在,他代表死亡,拥有强大的力量。
他的行为就是他的准则,不会因为谁而让步。

第一章

CHAPTER ONE

One

法迪尔海岸。一到夏日，海滩上就挤满了人。

淑女们撑着蕾丝小伞，孩童们用沙土构建城堡，男士们则眼珠忙碌地乱转，直到落到一道纤细的背影上，才定下来。

少女穿着淡蓝色的丝绸裙子，一头海藻般的金色长发直泻而下，微卷地覆盖在腰际。

裙子被裙撑撑出一个蛋糕的形状，底下是层层叠叠的纱。她的脸颊透着健康活泼的玫瑰色，眼尾微挑，又纯又媚，充斥着惊心动魄的美丽。

几个轻佻的青年已经跃跃欲试地想过去搭话了。

南希眼都不眨地盯着这片蓝色的海域，干燥的海风吹在脸上，带来一股咸湿的味道。

在她的认知里，海是漆黑混浊的，散发不出这样的蔚蓝。

脑海里响起一道欢快的声音："这里是中纪元时期，万物还是应有的模样，海当然是蓝色的啦。"

南希轻皱眉头，她会出现在这里，全都是因为脑海里这个自称是系统小 n 的家伙。

她来自三千年后的时空，科技发达，但此时这里人类仍与神共存。

光明神清冷，他统治下的领地，规矩严苛，不允许三十岁以下的人早恋，导致生活在那片大陆上的人们如同鹌鹑一般。

黑暗神嗜血冷酷、毫无神性，即便看到信徒被魔兽撕咬，他也只是懒洋洋地支着下巴旁观。所以他统治下的领地，民风十分彪悍。

海神倒是还不错，法规制定得比较人性化。就是他的行为有些放浪，整片大海，连浮游生物都是他的情人。

啧，这些不靠谱的神明。

不靠谱的神明催生了一帮忍不下去的民众，绑在她身上的系统就不奇怪了。

这帮人竟然想屠神。

"不是屠神,是为光明神赋予人性,让黑暗神改邪归正,使海神忠贞专一。"小n小心翼翼地说。

"有什么分别呢?"

"只要能解决问题就行了。"小n嘿嘿一笑,"你瞧瞧面前这片海,是不是看上去心情就特别好?再想想你生活的那片海域,因为海神的纵容,鱼类都异变成了魔物,连海水都泛着黑魔法的颜色。你不想拥有这样蔚蓝的大海吗?"

"有道理。"南希点点头。

"所以你们找到我?"她的心情略微有点好了。作为演艺界的顶流,这三个任务就是为她量身定制的啊。

被全人类给予如此信任,她觉得突然被传送到几千年前也不是不能忍受的事情了。

"道尔小姐——"

身后传来一个油腔滑调的中年男音。

"萝布丝小姐问您还要看多长时间。当然,我并不想打断您美好的体验。我知道您一直生活在南部的乡下,没有机会见识到大海,但是公爵和夫人正在家中等您,如果让长辈们等久了……"

这又是谁?

南希转过身,瞳孔中映出一个梳着背头的中年男人。他穿着考究的西装,满脸高傲。

"道尔就是你,南希·道尔。"小n说,"这是给你安排的身份,方便你落脚。这个人是你叔父的管家,你叔父是个伯爵,你从乡下来法迪尔求学。你的两个堂姐来接你,就是有点瞧不起乡下人,现在还坐在马车上不下来呢。"

"没办法,"小n又说,"要给你安排可以接近神明的身份,又不能太过显眼,我们也很难啊。没关系,他们都不重要,都是你成功路上的工具人。"

好吧。

"这就走了。"南希冲管家淡淡地说。

管家点点头,伸手掸了掸衣服上并不存在的灰,转身趾高气扬地走了。

哦，可恶的工具人。

堤岸边是笔直的大道，沿途停着许多装饰华丽的马车。经过小n的指点，南希找到了叔父家派来的马车。

南瓜形状的马车挂着玫瑰色的家徽，一共有两辆。一辆紧紧闭着门，另一辆敞开着门，里面空无一人。

看来那辆闭着门的马车就坐着她的两个堂姐了，很显然她们并不欢迎她一起坐上去。

南希无所谓地勾勾唇角，转身坐进空的马车里。马车门关上，跟随着前面那辆跑了起来。

"对啦，你为什么叫小n？"南希问。

"那个……"小n的声音突然变得无比心虚，"你玩过游戏吧？很多卡片都有级别的区分。N、R、SR[①]之类的，我们系统也是。"

"所以你就是那个最垃圾的N级系统？"南希脸色瞬间变得不好了。

"嘿嘿嘿，"小n连忙赔笑，"别这样说，我的级别完全由你决定。你攻略神明获得的好感值可以给我升级。我的级别越高，给你提供的帮助就会越大。"

"很奇怪啊，既然要做这么重要的任务，为什么会给我绑定一个垃圾系统呢？难道不应该直接来SSR级的吗？"

她心中一动："你是不是有事瞒着我？如果不说清楚，我就不做任务了。"

"别别别。"小n急得冒汗，它到底是一个初出茅庐的系统，经不起威胁，立刻就招了。

"其实原本要绑定的不是你，为了保证传送万无一失，一共制作了两个N级系统。把人正确传送过来，就会立刻升级成SSR，但是我太紧张啦，绑定错了，绑定在你身上了。所以，我现在还是一个N。"

南希有点无语："这你都能绑定错，我离你很近吗？"

"你离我倒是不近，可是你离那个要被传送的人很近，你们住同一个小区。"小n挠了挠头，"我想，发现绑定错误后，那边一定开启了另一

[①] 游戏中的稀有度级别。N表示普通，R表示稀有，SR表示超稀有。此外还有SSR，表示最高稀有。

个系统,把真正的人选传送过来了。"

南希心里一咯噔,调动自己所有的记忆,回想小区有什么特别的大人物。

"你知道是谁吗?"

"不知道。"小 n 诚实地说。

果然是垃圾系统。

"你说,另一个人会不会和我们联合?"南希再次询问。

"不会。"小 n 很肯定地说,"为了维持稳定性,系统每隔一段时间就需要消耗一些好感值。比如我,每隔三天就需要消耗一分好感值,不然就会自爆。SSR 级系统要消耗的只会更多,他们自爆的可能性比我们要大得多。所以为了活下去,他们会尽全力抢资源,就比如现在……你知道的吧?"

"我不知道。"

"哎呀,就是那个嘛,诸神大战。神明们现在是实力最薄弱的时刻,光明神坠落人间,黑暗神藏起来养伤,海神……唔,海神没有记载。"

小 n 骄傲地说:"总而言之,我虽然是个 N,但我也知道光明神和黑暗神的坐标啊。我们现在就去做神明的恩人,赚一把好感值吧。"

"这么说,"南希厘清了头绪,"我是不是得在光明神和黑暗神里挑一个?毕竟我只有两条腿。"

"为了让宿主更好地完成任务,我们的时间是经过精准计算的。黑暗神由堕天使护送,要过一段时间才能经过我们的大陆,现在先去找光明神。哦对了,忘记说了,我知道光明神的坐标,SSR 也知道。"

"那你不早说?"南希险些跳起来。

车窗外,一辆马车超过了他们。南希突然头皮发麻,一种强烈的紧迫感紧紧地攥住了她的心。

虽然用不了多久光明神就会恢复神志,但是这短短的时间就足够了。只要在光明神的心中留下恩人的印象,就可以顺理成章地接近他。

这就是为什么系统会挑这个时候把任务者传送过来。否则等光明神恢复记忆回到神殿后,再想要接近他,就十分困难了。

"宿主,还有一个新手大礼包你没拆呢。另外还有一个传送的功能,但是只能使用一次,算是体验功能吧。你下次要想使用,就得先把我升到 R。"

"知道了,"南希说,"找到光明神,就给你升级。快传送吧,我可不想被 SSR 抢先。"

要快,要赶在另一个任务者之前找到光明神。

一道微光从南瓜马车里闪过,车厢里悄无声息地变空了。车夫毫无察觉,依旧握着缰绳调整着方向。

布尔顿是南大陆最富饶的城市,临海,拥有着世界上最大的港口。城区分南、北,富人多集中在南区,而穷人则挤在北区。

南希被传送到了南区的贝森路,这里布满了大大小小的店铺,是最有名的商业街。

透过大片的玻璃窗,琳琅满目的商品散发着诱人的光泽。中纪元的街道弥漫着油画册上才有的精致气息。

南希没有心情多看一眼,她拎着裙摆向前跑去。她的目标是街角的光明神殿,光明神的人类化身将会出现在那里。

也不知道他是以什么形式坠落人间的,但愿不是如彗星撞地球似的拖着一条长长的"尾巴"落下,那样绝对会引起光明神会的注意。

洁白的光明神殿有着又尖又高的屋顶,上面铺满了小巧的贝壳。远远看去,就像缀了一房顶的珍珠,在阳光下发出柔和的光泽。

这座神殿并不是光明神会布尔顿的主神殿,而是设在贝森路的分神殿,处在繁华商业街的背后。周围还环绕着一圈橡树,往常并不会有太多人经过这里,但是今天,破天荒地聚集了许多人,把橡树林前的一小块空地围得水泄不通。

南希还没跑到跟前,心就拔凉拔凉的。她停下脚步,站在人群之外向里望去——光明神难道还是以极其高调的方式坠落人间了吗?

南希用手戳了戳看热闹的路人:"前面发生什么事了?"

"听说有人倒在了神殿前,"路人伸着脖子踮着脚往里看,"把贤者大人都惊动了,大概是什么大人物吧?"

"我猜是大公爵的儿子。"另一个路人接话。

"我猜是一名王子。"人们兴致勃勃地猜测着。

突然前方一阵混乱，马蹄声响起，人群立刻分出一条空道。

南希被挤到路边，一辆装饰华丽的马车驶了出来。她抬起头，从马车的车窗处恰好能看见一位穿着红袍的老人坐在那里，一脸凝重地望向他的对面。

"天哪，是贤者大人。"人群的嘈杂声四起，每个人眼睛里瞬间绽放出巨大的惊喜。

"今天也太幸运了吧，贤者大人是贵族才能见到的人啊。"

"贤者大人是什么时候来的呢？刚才完全没有看到。"

"晕倒的人果然来头不小，能得到贤者大人的亲自护送。"

南希的目光一直盯着马车，心再次沉入谷底。幻化成凡人的光明神如果被他的信奉者认了出来，那她基本就没机会靠近了。不过反过来想想，她没机会靠近，拥有SSR系统的那位是不是也没机会靠近？

"那位年轻人真是出奇地俊美，我仿佛看到克雷布加勒圣山上的雪，那么纯净，又那么耀眼。他倒在神殿前，紧皱着双眉，似乎很痛苦的模样，我感觉我的心都要跟着碎了。"

"光明神在上，真希望那位年轻人安然无事，他实在长得太好看了。"南希身后传来人们断断续续的议论声。

"布尔顿一共有几位贤者？"南希朝街口走去，漫不经心地观察着周围的人群，期望从中找出另一位任务者。

"整个南大陆有七位贤者和一位大贤者，其中大贤者和三位贤者驻守在布尔顿都城。"小n说着自己知道的信息，"刚才那位被称为萨恩的贤者大人，负责南区的信徒。他家离你伯父家不远，在同一个街区。"

"哦？"南希目光微动。她不太喜欢系统给她的身份——寄住在有钱亲戚家的乡下小姑娘。但现在看来，似乎冥冥之中都有安排。

"现在我们要怎么办呢，宿主？"小n忧愁地问，"我现在还能坚持两天，两天之后就需要补充一分来自神明的好感值。如果没有补充，我就要自爆了。"

南希感觉自己额头垂下来三条黑线。带着一个随时需要续命的垃圾系统，真是要命。

"你不是说还有一个新手大礼包吗？"她想起来之前小n说的话，满怀希望地问。

"对,是这样。宿主你现在就要拆吗?"

"要拆。"万一里面有什么可以让她峰回路转的东西呢?

脑海中响起金属碰撞的声音,一道微弱的光芒出现在她的左手腕处。光芒化作一个朴素的手提袋,挂在手腕上。

小n说:"打开袋子,里面会随机出现神奇道具,数量和珍惜程度取决于你的运气。"

"小黑手"最怕这种环节。

南希抱住袋子朝街中心的喷泉走去,打算洗一下手再拆。

夏日的风从街角穿过,温柔地拂过喷泉里的雕像。这是一组群像,男女老幼,还有小动物,姿势各异,但是它们目光和表情一致,都一脸虔诚地望着天空。那里骄阳灿烂,代表着给大家带来光明的光明神。

南希在水池边坐下,旁边是珍珠白的少女雕像。水从少女雕像的腰际流出,就像展开了蓬蓬的裙摆。南希将手伸到水里,边洗边嘟囔:"洗一洗,黑手变红手。"

冰凉的水淋在手背上,瞬间带走了夏日的炎热,也让南希的心神稳定了不少。纤细洁白的手指缓慢挑开了布袋的口,昏暗的袋中一下闪过四道微光。

南希的心顿时怦怦地跳。四道,竟然是四道。

"恭喜宿主抽到了四个神奇道具。"小n欢快的嗓音响起,"分别叫作'沙漠里的鱼''小丽莎玩腻的橡皮泥''晚间的风',以及'你只能看到我',四个都是一次性物品。"

南希:"……"

听起来就像是"小黑手"才能抽到的东西。

"我解释一下哦。"小n说,"'沙漠里的鱼'可以让人产生极致的干渴感,可以对自己用,也可以对周围的人用,副作用是会有一个小时的脸盲症。

"'小丽莎玩腻的橡皮泥'可以复制行为或效果。可以是一套别人的动作,也可以是一个神术,具体使用范围宿主可以自己尝试。副作用是三天的惧黑症,惧怕一切黑色的东西。

"'晚间的风'可以有一分钟化为轻风去你想去的任何地方,副作用是效果消失后有短暂的身体沉重。'你只能看到我',指定一个人只对你产生兴趣，时限是二十四小时，无副作用。"

"咦？为什么最后一个道具没有副作用呢？"南希不解地问。

"这就是珍贵程度的区别，越是功能性强、副作用小的道具越是珍贵，谁都不想一边使用，一边得到反噬吧？"

"这么说，我开到了一个极品道具？"

"可以这么说。"

"真不错。"南希翘起一点嘴角，心里估算着如何发挥道具的作用。

不过眼下最重要的事是先回亲戚家，既然伯父家跟那位贤者住在一个街区，说不定作为伯爵的伯父能得到点特别的消息。这么看来，这个身份还真不错。

小 n 的传送功能是体验品，不能再使用了，她只好搭乘路边的公共马车。

在这个时代，马车属于贵族等中上层阶级使用的奢侈品。毕竟马匹、马厩、车夫、饲料都是昂贵的东西。没有车的家庭想要出行，就得去乘坐公共马车，一种由两匹马拉的加长版马车。

车厢左、右两侧放置着可以坐的长木板，乘客面对面地坐着。炎热的午后，这里又闷又挤。半个小时以后，南希付了十枚铜币在橡树街的岔口下了车。

橡树街就是她伯父乔治·道尔伯爵居住的街道，这里一共有六栋带花园的大宅子，都是上层社会有身份人家的。

在其中的一栋宅子外，南希看到了停靠在花园门口的华丽马车。那是搭载着光明神的马车，她绝对没有认错，两匹棕红色的马在过宽的车辕处低着头吃草，车夫靠在车门上发呆。

这么看，贤者大人会不会没有察觉光明神的身份，或者对他的身份存疑而选择先把他带回家。如果是那样，她就有机会了。

夜幕降临，乔治·道尔一家穿着华丽的衣服整齐地坐在摆满佳肴的长桌旁。枝形大烛台上点着蜡烛，把柔和的橘色光芒慢慢地铺向熏制烤鹅、香草小羊排、腌菜奶酪搭配种子饼，以及冷烤肉混合着奶油芦笋豌豆的菜品。香槟、红葡萄酒和百利酒在高脚杯里散发着诱人的香气，这就是欢迎南希的晚宴。

对于白天从马车里消失这件事,她给予的解释是在练习神术。不知道哪步出了差错,人就从马车里消失了,等她回过神,发现自己站在陌生的街道上,最后只得坐着公共马车回来。

南希把贝森路、光明神殿、公共马车这些并不重要的细节说出来,加深了谎言的可信度。

"这么说,我亲爱的侄女已经可以成功地施展神术了?"乔治伯爵颇感兴趣地询问。如果能培养出一个神术师,这将极大地提高道尔家族的声望。

怪不得他弟弟将女儿送到王都,报考艾诺威学院。他原本觉得这个生活在乡下的侄女不会有神学的天赋,答应弟弟,不过是碍于面子,但现在看来似乎是不错的决定。

"没有成功施展,不过是误打误撞。"南希不紧不慢地回答,没有把话说满,省得对方要求她现场来段表演。

"那也非常了不起了,"乔治伯爵笑眯眯地说,"你的两个姐姐至今还没摸到神术的边角呢,你有空的时候可以教教她们。"

"听到了吗?"伯爵夫人眼眸里闪过一丝不悦,转向她的两个女儿,"在布尔顿长大的你们还比不上你们的妹妹,真希望这句话不会常常在餐桌上听到。"

"在布尔顿长大"和"比不上她"有什么必然联系吗?伯爵夫人其实想说的是城里人竟然比不过乡巴佬吧。

看着两位堂姐毫不掩饰地投射过来的怨恨目光,南希毫无负担地接下。反正之前她们就对她没有好脸色,也不差这一点了。

毕竟对她而言,最重要的事不在这里,而在隔壁贤者大人的家里——也不知道光明神有没有苏醒,希望他晚点恢复记忆。

"听说今天贝森路的神殿发生了点有趣的事情。"伯爵夫人微微抬起一点下巴,卖弄起探得的消息。

"萨恩大人带回的那个年轻人,据说拥有惊人的容貌。也不知道他们之间有什么关系,或许是他的侄子?如果是那样的话,我们家的两个姑娘或许可以结交新朋友了。"

南希的两个堂姐笑得脸上仿佛绽放出花朵。她们到了结婚的年龄,到处释放魅力,期望可以找到足够让人羡慕的男子。

"矜持点姑娘们。"伯爵夫人脸上闪过一丝不满,觉得有点丢脸,飞快地扫了南希一眼。

"我们什么时候可以见到他?"南希的堂姐萝布丝问。

"我记得萨恩大人周六会在家里举办晚宴?"另一个叫柔丝的堂姐望向她的母亲。布尔顿的晚宴实在太多了,她不确定他们家会参加哪一个。

"是的,希望那位青年人没有那么快离开。"伯爵夫人淡淡地说。

贤者大人家的宴会,那不就是后天?南希心中一动,后天是小n自爆的最后期限,如果拿不到光明神的一分好感值,也是她自爆的最后期限。

"宿主,加油啊!我们就剩两天好活了。"小n弱弱地说。

星期六的晚上,南希穿着一条几乎没有装饰的香芋紫丝绸裙,早早地等在前厅里。看到道尔一家人从楼梯上下来,她无比自然地加入了他们的队伍。

乔治伯爵倒没说什么,只是伯爵夫人的表情有些僵硬,她有意没通知南希,就是为了不让这位漂亮的侄女抢了女儿们的风头。也不知道乡下的水有多养人,怕是碰上王都的玫瑰安娜公主,南希也不见得会被比下去。

但是人已经来了,她也不好再赶南希回去。

"你的裙子有点素,"萝布丝有些挑剔地看着南希,"但胜在质地优秀,这样显得你更加白皙。"

南希勾勾唇角没有答话。

如果光明神没有苏醒,她说不定还得潜入对方的房间,当然穿得越朴素越好啦。

"你没有穿裙撑?"柔丝睁大眼睛盯着她的裙摆。

"对。"为了方便行动。南希有些犹豫,担心这样反而显眼了,忙补充一句,"我觉得太累赘了,就在里面多穿了两条衬裙。"

"这样的蓬度更自然,也更轻便。"柔丝有些懊恼,"我怎么没想到!"

"好了姑娘们。"伯爵夫人打断这场对话,再说下去她都想让两个女儿去换衣服了。跟南希一比,她们就像两只准备开屏的孔雀,颜值、才华比不上就算了,现在连品位都被人踩在脚下。

萨恩的家里已经聚满了宾客。晚宴还未开始,除了少数的男宾客在台球室打球，其余人聚集在会客厅里，手里拿着茶或果汁悠闲地聊着天。

他们聊天的话题，不约而同都离不开贤者带回的那个年轻人。

"听说他到现在还没有苏醒。"

"哦，真是糟糕，光明神保佑他。弄清是谁了吗？我记得萨恩贤者有三个侄子都不在王都。"

"不清楚，贤者大人不肯说，但是看神情似乎是很重要的人。"

这点信息不够。

南希装作拿盘子里的鲜花，靠近了几个使者打扮的人，但是距离还是不够听到他们宛如蚊子般的窃窃私语。

"我可以放大他们的声音。"垃圾系统小n也不知道是因为走到了生命的尽头还是因为什么，突然想起了自己仅有的权限。于是正常音量的谈话声传到了南希耳中。

"贤者大人怀疑那个人是光明神的化身？"

"我听到的是这样，他也不敢确定，但是神殿的大门确实封闭了，证明光明神没有回来。"

"那个人是突然出现在神殿门口的吧？没有展现什么神迹？"

"没有，如果展现神迹就不必如此为难了。"

原来光明神并没有高调地落地。南希松了口气。

"萨恩大人现在高度重视，他派了神职人员日夜守护后面的那座小白楼。如果真是光明神，萨恩大人就发达了。"

"那我们不是跟着一起发达？我们可是大人的嫡系。"

使者们的声音越发狂喜。南希穿过这群在上衣翻领的纽扣眼里别着花的男宾，从台球室的侧门绕了出去。

小白楼就在后面的花园里，是一栋二层的建筑，没来之前她就把这里摸清楚了。需要注意的是那群负责守护的神职人员，也不知道有多少个。

她轻巧地穿过花间小道，室外除了她，还有不少宾客正在欣赏月光下的花朵。后花园在主楼的后面，远远地她就看到两个使者打扮的人倚在拱形花门上，凡是靠近的宾客都被劝走了。

她停在一棵橡树的阴影里，伸手拿出兜里的东西，那是一抹清风，轻得恍若无物。"晚间的风"，有一分钟的时间可以化为轻风去任何地方，副作用是效果消失后有十分钟的身体沉重，但愿不是沉重到走不了路。

— 012 —

她一边在心中调侃，一边捏碎了清风。

花园中突然刮起了一股风，她感觉身体一轻，被风卷了起来。

身体失重，惊慌之下她下意识低头去看。只见头部以下空洞洞的，根本没有什么身体，她已经在道具的作用下化为了清风。

"宿主，还有五十六秒。"

这么快？

南希连忙脱离那股风，独自朝守门的使者刮去。

清风卷起了守门使者的头发，他们颇为享受地扬起下巴，期待风再刮大点。白天的余热还凝聚在花园里，不肯消散。

南希越过拱门，快速地在小白楼绕了一圈。

"还有三十二秒。"小n的声音有些焦急。

在那里，南希看到了二楼角落的那个房间。萨恩贤者正带着手下一起待在房间里，明亮的烛光照亮了他们的脸。

不会不走了吧？她快要现形了。

"还有二十七秒。"小n紧张地报数。

南希没时间多想，冲进小白楼里。她没有选择进房间，因为一旦进去里面的人不出来她就无所遁形了。

她落在走廊里，快速给自己寻找藏身的地方。

"还有十五秒。"小n化身尖叫鸡。

南希朝走廊的角落看去，一个矮柜，上面还搁着一个圆形的鱼缸。看矮柜的样子像是能藏下一个人，但愿里面没有东西。

"八秒，七、六、五……"小n有些绝望了。

与此同时，走廊里响起"吱"的一声，萨恩贤者推开了房间的门。

南希不再犹豫，冲进了矮柜。

"三、二、一。"

南希感觉自己的身体一沉，身上的裙子也跟着爹开，不再保持风的模样，她恢复了人类的身体。

好在矮柜里没有东西，大小正好可以藏下她。她紧缩在狭小的空间里，听着脚步声离自己越来越近，甚至停在了自己旁边。

"守好这里，"头顶传来萨恩贤者的声音，"我参加完宴会就回来。"

"大人请放心，我绝不会离开一步。"手下保证。

不，你想离开，南希在心里尖叫。

萨恩的脚步声再次响起，越来越远，渐渐听不到了。透过锁孔，南希看到那位手下颇为悠闲地坐在靠窗的单人沙发上，她缓慢地移动手掌。

大概是身体沉重副作用开始了，每动一下都无比吃力。有点像游完泳从水里钻出来的沉重，但还是可以适应的。她龟速地将手靠近衣兜，再用两根手指从里面夹出一条细长的东西。

这是"沙漠里的鱼"，可以让周围的人产生极致的干渴感，副作用是过一会儿会有一个小时的脸盲症。

南希吃力地捏碎"咸鱼"，"咸鱼"顿时化为齑粉，那些粉末似乎有了自己的生命力，准确地从锁孔中飞出。

那人突然站起来，双手扒着喉咙，脸上呈现出极度的痛苦。他扭头望向紧闭的房门，不断吞咽着口水，似乎在做什么思想斗争。

几秒之后，他还是放弃了守卫这个工作，转头向楼下奔去。

南希等听不到脚步声了才从矮柜中钻出来。吓死她了，还以为"咸鱼"粉把那个人锁喉了。这个"沙漠里的鱼"果然厉害——鱼本来离开水面就会极其难受，更何况是到了沙漠中。这么看来，一墙之隔的光明神也会被影响吧？

她缓步靠近房门，轻轻推开一道缝隙。一道男子沙哑的喘息声顿时从门缝中溢出，似乎是在要水。

她又把门缝推得更大了些，瞳孔中映出了一张让她永生难忘的脸。神史中从未描述过他的模样，因为不可直视神。

幻化为人类的光明神是那么俊美，就像圣山上最纯净的一捧雪、阔朗空中的一抹流云、骄阳散发的最炽烈的光芒。

"水……"

低哑的声音轻轻从青年微启的薄唇中溢出。

他陷在松软的床上，头发是很浅的金色，近乎于铂金色。微卷的短发似乎因为主人总是不舒服地翻转而凌乱极了。

青年紧闭着狭长的双目，凌厉的眉微微皱了皱，金色的睫毛轻颤了颤，伸手扯了扯领口，流畅的锁骨在橘色的烛光下，显露出极致的美丽。

南希像被蛊惑了一样，手指轻轻地碰触了一下他的脸庞。还没等她收回，对方一把抓住了她的手，往自己脖颈上靠去，似乎想缓解一下干渴的痛苦。南希顿时清醒，忙把手抽回来。

她好歹也在娱乐圈混过，"神颜"见识了不少，这还是第一次神志不受控制地被吸引。她收敛心神，知道不能再耽误下去了。

她转身朝旁边的盥洗室走去，用里面的漱口杯接了一杯凉水。这就是她在有限的几个道具中为自己选择计划的代价，给沙漠里的鱼送去清洌的水，也算是救命之恩了吧？

"水……"

青年沙哑的嗓音显得更加痛苦和急切。

"水来了。"南希稳定了一下心神，端着杯子走过去。

"水来啦。"南希轻声说。

床上的人毫无反应，双目紧闭，似乎沉浸在梦魇里。

南希沉思了一下，伸手将杯口贴过去，溢出的水瞬间浸湿了对方干燥的唇。下一秒，她将自己的唇也印了上去。原本以为轻轻印一下就能将对方惊醒，却忽略了干渴的人碰到水会下意识索取更多。

还没等她快速把唇分开，一只有力的手就按住了她的后脑勺。

"宿主，忍忍，我看到好感值冲我们飘过来啦。"小n兴奋地尖叫。

"什么？"南希发出声音的一刹那，一直双目紧闭的青年倏地睁开了眼睛。狭长的眼睛泛着冰冷，湛蓝的眼睛紧紧地盯着她。

她立刻吓得坐起来。

南希生活的原世界，神明离人类太遥远了。

因此，刚开始见到昏睡过去的光明神时，南希除了被对方的美色吸引，对"神明"这个词并没有太多感觉，但是当对方睁开眼，用冷漠的眸子注视着她时，她才感受到对方带来的压力。

虽然化为了人类，但那深埋于神明内心的冷情，还是多多少少被带了出来。

一阵令人窒息的沉默后，她的耳边终于传来了对方的回应。

"你在做什么？"

"我什么都没做。"少女一脸委屈，指着倾倒在床上的漱口杯，"我听见有人喊渴，就好心送来水，谁知被你压倒亲了好几下。"

"亲？"青年眸中露出些许疑惑。

"就是接吻。"

"接吻？"青年再次疑惑。

连接吻都不知道吗？不愧是制定出"三十岁以下不许早恋"的光明神。行吧，反正赚到好感值了。

"接吻是什么？"青年问。

"没什么，就是人与人之间正常的交流。"南希快速结束这个话题，担心一会儿有人过来。

"你还喝水吗？"她指着杯子问。

"不用了，我自己有。"青年沙哑的嗓音里带着拒人千里的冷漠，手中微光一闪，凭空变出了一只雕着花纹的金杯，杯中盛满清冽的水。

是神术啊，南希轻轻扇动着睫毛。

虽然化为凡人，但是神术却一点都没遗忘，也不知道记忆有没有恢复！

"你叫什么名字？"南希问。

青年端着杯子的手微微顿了一下，薄唇吐出清冷的声音："米洛斯。"

南希顿时心往下一沉，米洛斯·克塞诺德克，这是光明神的名字。这么毫不犹豫地就回答出来，有点不妙啊。

"很奇怪。"米洛斯轻声说。

"什么？"南希不解地抬起头。

"我只记得这个名字。"米洛斯垂下眼帘，思索地注视着手中的杯子。

南希随着他的目光看向杯口，那里雕有一个小图形，细小的古语汇成一个三角形，在神史中代表光明神。

南希心口微颤，三角形发出细微的光芒，就像一只冰冷的眼睛一样，注视着她的表演。

她突然有点心虚，而且也担心那个干渴的侍卫回来，忙将手中的漱口杯放在床头柜上，说："我要走了。"

米洛斯抬起眼，目光中闪过一丝疑惑："去哪儿？"

"去跳舞。"南希扬起一个小小的轻快的笑容，"我来参加宴会，因为宴会没开始就在花园里乱逛。请替我保密，要知道，随意闯入主人家的行为是非常失礼的。"

少女双眸中流转着调皮和天真，让米洛斯眼中的警惕放松了一点点。

"那么，再会。"南希很随意地拎起裙角行了一个礼，转身毫无留恋地离开房间，让一切都显得像偶遇一样自然。

薅羊毛要有耐心，太过热心就会显得别有用心了。

走廊里静悄悄的，刚才那个干渴的守卫还没回来。

南希贴着墙边，小心翼翼地朝楼下走去。变成风的时候她看过了，只有一楼大厅里有两个神职人员。

她迅速溜到最外侧的房间，打开窗户，轻巧地钻了出去，神不知鬼不觉地钻进花丛中，离开了这里。

小白楼中，萨恩去而复返，一脸严肃地看着空无一人的走廊。推开门，米洛斯站在窗边一脸若有所思。

"您醒了？"萨恩一脸惊讶。见米洛斯不回应，想到了对方可能的身份，脸色立刻变得苍白，有点后悔没有把这件事告诉大贤者。如果对方真是神明，会不会怀疑他别有用心？

萨恩心慌意乱间眼珠乱转，目光扫到了床铺，那里倾倒着一只不该出现在这里的漱口杯。

萨恩脸色一变："有谁来打扰过您吗？"

"没有。"米洛斯淡淡地说，收回看向花园的目光，转而审视地看着面前穿着红衣的男人。在昏睡的这段时间里，他并不是一无所知，他知道自己是被这个叫萨恩的贤者带回来的。

"他什么时候会恢复记忆？"南希一边拂下肩膀上的草叶，一边快速朝大厅走去。

"也许今天就能恢复，也许还要晚一点。"小n回答。

"那我就得小心点了。"南希若有所思地说，"不要暴露我知道他是谁这件事。今后的薅羊毛，得小心翼翼慢慢来，就像温水煮青蛙。等他习惯我的存在时，我已经薅完了。"

"没错，就是这样。对了，今晚你得到了一分好感值。我已经把这点好感值消耗掉了，我们又能苟活三天啦。"小n欢快地说。

"才一分？"南希微微一愣。

"不错啦，对方可是不懂爱的光明神啊。"小n说，"对啦宿主，你怎么临时改变策略？我以为你会递水给他喝。"

南希轻轻一笑："光明神丧失了记忆又不是丧失了脑子，他当然不会喝陌生人递来的东西啊。我也是突然想到这一点才临时改变战略的。"

"哇，宿主牛哇，"小 n 赞道，"多刷神明的好感值。刷多了，我们不但可以活下去，还可以兑换神奇道具。"

"就像大礼包拆开的那些吗？"南希问。

"对。"

那当然要多多益善了，对于没有神术傍身的她来说，多几个道具才能像今天一样，解决突发的问题啊。

南希回到宴会大厅，没有人注意到她消失又出现。让她有点烦恼的是，属于"沙漠里的鱼"的后遗症开始发作了，一个小时的脸盲。大厅里的人全都长着同一张脸，她找不到萝布丝和柔丝了。

南希不想那么快就重新在米洛斯面前出现，但是时间不允许啊，死亡的自爆一直悬在头顶，她现在又只剩两天好活了。昨天拼命按捺才没有冲到萨恩贤者家，而是选择宅在家里把几年前到现在的报纸翻了一遍，了解一下大事。

"要不我们再忍忍？"小 n 小心翼翼地说，"毕竟才过了一天就见面，有点快。"

南希倚着窗户，看着被太阳炙烤到冒烟的大地："他是不是已经恢复记忆回到神殿了？我是指真的神殿，天空里的那座。"

小 n 僵了一下："宿主，那我们就死定了。我们现在还无法追到真正的神殿去加好感。"

"另外两个神明呢？"

"等黑暗神的大天使发现他并护送他回冥土时，会路过迷雾之森，那是离我们最近的地点了，但是布尔顿王都离迷雾之森还有段距离。你想到达那里，只有两个选择，一是把我升级成 R 级系统就有传送功能了，二是去获得光明神的好感值来兑换传送道具。"

"海神也是一样的，他一直没有离开兰蒂斯，想去就只能升级我或者兑换道具。"

南希有些无语，说来说去还是得去找光明神。

她走到镜子前看了看自己。今天她穿着一条洁白的裙子，没有穿整套的裙撑，而是穿着半裙撑，走路时裙摆会自然摆动，就像摇曳的鱼尾。

她取来一条细小的米珠项链，替换掉原本的钻石项链，这样显得她的颈部更加干净莹白。

收拾妥当，她走到大厅向仆人要了篮子和剪花的用具，就去花园里找存在感了。

真是要命，刚出门，南希就险些被席卷而来的热浪拍回去。

太阳都快把世间万物烤蔫了。她来到后面的小花园，勉强站在树荫中，用手绢扇着风。隔着铁做的栅栏，旁边就是萨恩贤者的家，她甚至能望到隐藏在花园中的小白楼。

把视线收回，她开始慢吞吞地挑拣着周围的花，期待着米洛斯偶尔也会到花园走一走。

但是一直到日落时分，她都没等到一个人影。

看来偶遇也不是那么容易的，能够轻易偶遇，绝对是经过精心设计的。南希收好一篮子鲜花，隐藏起心中的失落，神情平静地返回。

南希是被拍门声吵醒的。

今天是艾诺威学院招生的日子，乔治伯爵十分重视，派人把三个少女叫起来提早准备。

这是凡人与神术者之间的鸿沟。

南希和两位堂姐被女仆带到了一楼的晨用起居室，在那里花费了三个小时梳洗打扮。当然，这三个小时的服务对象里没南希，她被女仆带到这里后就没人再理会她了。

伯爵夫人似乎下定决心要把两个女儿打扮成圣诞树，不断指挥女仆给萝布丝和柔丝已经高耸入云的头发上加宝石、羽毛、鲜花，还有迷你小帆船。

"这样穿才体面。"伯爵夫人指挥女仆上束腰，"今天是非常重要的日子，布尔顿适龄的孩子都会参加选拔。靠衣装才能快速找到伙伴，除非你们想跟平民做朋友。"

"哦，不、不想。"萝布丝和柔丝一脸惊恐地摇头，仿佛伯爵夫人要求她们跟狒狒交朋友。

伯爵夫人又指挥女仆继续给她们头上加宝石、加假发："穿得体面，也会给你们的考核加分的。"

但南希觉得不能，宝石和假发只能增加脑袋的重量，以及考核没有通过后的尴尬。

她给自己换上了一条浅蓝的波点丝绸裙，领口露着一道荷叶边，轻盈又可爱。头发也是随便绾了一下，只戴了一个很漂亮的蓝宝石边夹。

萝布丝和柔丝眼中涌出了优越感，信了她们母亲的鬼话，觉得打扮成这个鬼样子就一定能得到教授的喜爱。

"再给她们打点腮红，还是不够红。"伯爵夫人叫道。

"哎呀，她怎么办呢？"萝布丝掩嘴笑着说，"可怜的小姑娘，穿得那么朴素，一定会被刷下来的。"

南希没有理会"红屁股猴"的挑衅，扭头望向窗外。今天过后，小n就要自爆了，现在她被困在这里，一点和光明神偶遇的机会都没有。

"宿主，怎么办啊？"小n急得都快哭了。

没等南希想出脱身的办法，她们就被伯爵夫人赶着坐上马车，往艾诺威学院的方向去了。

艾诺威学院建在一片湖泊旁，是座巍峨的古堡。有着高大的塔楼、拱形的石门、彩色玻璃十字窗，以及带顶饰和栏杆的屋顶。

南希借口去盥洗室，来到一处树荫中。这里很安静，她坐在草地上，打量着周围。

余光中瞥见湖畔旁的长椅上坐着一位男子。他的头发像阳光一样绚烂，眼睛像湛蓝的天空一样澄净，整个人就像被涂了一层高光，散发着难以忽视的光泽。

那是光明神米洛斯。

南希的心脏像鼓一样被敲响，她几乎看到了一个移动的血包正在对她招手，拿下他就可以以满血复活的状态多活几天了。

她以最快速度打量了一下自己，穿着天蓝色裙子的她看上去就像沾了露珠的清新花朵。她又把领口拉得更低了些，荷叶边的领子被风吹拂着，若隐若现地展露着风情。

弄好这一切，她才轻快地跑到长椅旁，用略带惊喜的嗓音唤道："米洛斯大人，竟然在这里遇到您。"

少女脸上挂着"来到陌生地方我好害怕,啊,竟然有一位熟人,快去和他说说话"的神情,让人既不觉得突兀,又会对她产生发自内心的友善。

米洛斯微微抬起脸,目光淡淡,似乎已经忘却了那天的事情。

南希一点都不意外,光明神嘛,又冷又冰。与山川海河一起诞生的他,天生清冷又冷漠。他要是一副惊喜的模样,就不用攻略了,喜欢自来熟的是海神。

"您也是来参加神学院考核的吗?"南希问。

"不是,"米洛斯平静地说,"我只是觉得这里的味道很舒服。"他的目光越过湖泊,远远地投向学院的主塔楼。那里耸立着一座巨大的光明神雕像,是学院做祷告的地方。

看来还没恢复记忆,南希放心了一点。她再次扬起甜美的笑容:"一会儿我就要去参加考核了。说实话我有点紧张,毕竟我第一次到这里,第一次到王都,很担心考核没通过会丢脸。"少女轻皱着弯弯的眉毛,让人忍不住想替她抚平忧愁。

"不会。"米洛斯淡淡地说,"我能感觉到你的身上有灵性在涌动,通过考试没有疑问。"

"真的吗?"南希这回没有演戏,而是真诚地惊讶了。她在原世界没有一点神术天赋,难道穿越时空时,她身上发生了什么特别的改变?

"如果真的像米洛斯大人所说,那就太好了。"少女扬起灿烂的笑容,沐浴在阳光下的她,身上仿佛流淌着琥珀色的蜜糖,甜蜜极了,"您不知道我有多想进入神学院,进入光明神的神殿。"

似乎受到了少女欢快情绪的感染,米洛斯微微扬起一点唇角。

"一分好感值。"脑海里传来小 n 压抑兴奋的声音。

太好了,又能苟活三天了。

南希很自然地在米洛斯身边坐下,一边整理着裙角,一边微不可察地观察着对方和初见时有什么区别。

米洛斯穿着白色的衬衣、深棕色的长裤和深棕色的马靴。衬衣纽扣是用金子做的,领口微微敞开一点,露出锁骨的流畅曲线。长裤和马靴没有什么特别,样式朴素高雅,全凭质地取胜。

这说明他被照顾得很好,那群神棍虽然不能肯定他就是他们的神主,但也不愿放过救主的机会,估计正一边寻找着光明神的踪迹,一边期待着这位有一天展现神迹。

盛夏的风从湖畔对面吹过来,带着花朵的清香和湖水的沁凉,拂在脸上非常舒服。米洛斯的冰冷"盔甲"似乎融掉了一些,目光也比之前柔和。

"这样真舒服啊。"南希舒展了一下手臂,伸了个懒腰,笑着说,"不知道为什么,跟米洛斯大人待在一起我觉得很放松,似乎一会儿的考试都不紧张了。"

少女的手臂白得发光,纤细可爱。她来之前在手腕上喷了香水,借着伸懒腰的机会,手指尖微微擦着米洛斯的胸口而过。

这款香水是北地来的货物,叫极夜,味道极为迷人性感。与光明神统治的南大陆阳光纯净的香味不同,黑暗神殿在的北地,香水的味道危险又诱惑,让闻惯了自然香气的米洛斯微微一愣。

南希不等他反应过来,指尖再一次擦着米洛斯的胸膛收回来。这一次的力道更重一点,甚至能感觉触到白色衬衣下温热的肌肤。

"啊,抱歉。"毫无歉意的少女假惺惺地说。

米洛斯目光微动,不管是高高在上的光明神,还是如今的人类米洛斯,都不曾跟女性有过什么接触。在旁人看来可以忽略的碰触,对于米洛斯却是从未有过的奇异体验。

那短暂的碰触,就像在坚冰上绽放的花火,虽然转瞬即逝,却留下了燃放过的痕迹。

"宿主,这回是两分。"小n捂着嘴巴小声尖叫。

才两分,南希微微皱眉,抠抠搜搜的。

远处的钟塔响起了悠扬的声音,代表着考核开始。分散在学院四处的考生开始陆陆续续往礼堂走去,南希站起来准备离开。

"米洛斯大人要不要跟我去礼堂呢?"少女笑意甜美,很自然地发出邀约。

"抱歉,我还有事,没办法去礼堂。"米洛斯站起来,似乎也要离开这个地方。

南希倒是没有失望,她本来就是随口一说。今天已经刷出了九天的命,差不多得了,见好就收。

她笑盈盈地点点头:"米洛斯大人的神术那么好,低等级的考核的确有些无聊。"

"我并没有觉得低等级的神术考核无聊,"米洛斯说,"只是我准备要离开布尔顿。"

"您要去哪儿?"南希脸色瞬间变得苍白。

"去一个地方,昨天突然想到了这个地名,想去看看,也许会让我想起什么。"尽管对少女眼里浮现出的焦急和难以置信有些不解,米洛斯还是给予了回答。

南希担心大血包跑了就找不着了,纠结地问:"您还会回来吗?"

米洛斯轻轻勾唇:"你跟那个贤者问的问题一样。"

当然一样啦,萨恩贤者猜测你是光明神的化身,还想继续往你身上投资,你跑了他怎么办?而我是想接近你,更何况现在你是我的续命大血包、唯一能薅毛的羊。

南希知道他在怀疑什么,尤其在萨恩贤者无法说清他到底是谁的情况下,还对他那样殷勤和恭敬。对于记忆一片空白的米洛斯来说,所有人都戴着难以辨别好坏的面具。

"那天在宴会听到了米洛斯大人的事情……"少女轻皱着眉,揪着裙子上的缎带在手指上绕啊绕,以混合了踌躇和内疚的神情坦白道,"我虽然闲逛时路过了您的房间,但并没有好心到多管闲事的程度。听到有人说渴,就产生了捉弄的想法,去盥洗室接了凉水。后来知道您失去记忆,就有些内疚,幸好您没有喝那杯水。"

"原来是这样。"米洛斯轻轻一笑,他本来就怀疑这个小姑娘出现的时机有些巧,但是这个举动放在一个调皮的姑娘身上,逻辑还算合理,"不必在意,就算是盥洗室的水喝了也不会有事。"

南希跟着轻快地笑了一下:"能得到您的谅解真是太好了。如果有可能,希望将来还会在布尔顿遇见您。"

快说你还会回布尔顿!

米洛斯顿了顿,微不可见地点了一下头:"我大概率还是会回来的。"

我觉得这里很熟悉,也许能在这里找回更多的记忆。"

"啊,真是太好了。"南希露出真挚的笑容,"严格说起来,米洛斯大人是我在布尔顿认识的第一个朋友,我还真不愿意您离开这里呢。"

"朋友?"米洛斯语气很轻地重复了一遍,似乎对这个词语很陌生。

"对,常常见面腻在一起的那种就叫朋友哦,永远不分开的就是好朋友。"南希笑吟吟地给他解释。与此同时,心里有个小人叉着腰笑,说"我的野心不只如此呢"。

"这样啊。"米洛斯很轻地笑了一下,接着他看了一眼礼堂的方向,"你该去参加考核了。"

"好啊,米洛斯大人也早点出城吧。"南希语气轻快地说,"希望下一次见面时,您在这次旅途中得到了收获,而我也顺利地成了神学院的学生。啊对了,米洛斯大人还不知道我的名字呢。"

"我叫南希,南希·道尔。您不要忘记我的名字哦。"少女扇动着纤长的睫毛,美丽轻盈得就像停留在花上的蝴蝶。

米洛斯轻轻点点头,目光变得稍稍柔和,但当他转身离开时,那惊鸿乍现的一点柔软,马上就像流光似的沉入海一般无边的沉静淡漠中。

"宿主,又是两分。"小n小声说。

"感人。"南希望着米洛斯消失的地方收敛了全部笑容。

"开荒"真难啊。

南希坐在礼堂的等待席上,手里捏着考试的号码牌。

艾诺威学院每三年招生一次,比她大两岁的堂姐只能跟她一起参加考核,所以,这次机会极为重要。不仅是她们,所有人都无比珍视这次考核。

考核的方法很简单,考生只要站在大厅中央的法阵里,就知道他有没有学习神学的天赋。拥有天赋的人,法阵则会亮起光束。

一共五束,亮得越多,天赋越高。法阵一点光芒没有,就是证明没有天赋。亮起五束光的人,每周可以去一次神殿。

南希倒不在乎探索神秘学,她只在乎接近光明神的机会。她不清楚自己能否在米洛斯恢复记忆前把好感值刷到高峰。所以,一定要亮起五束光。亮起五束光,就可以有迂回接近光明神的机会。

一个又一个少男少女走上去，或狂喜或沮丧地走下来。

令南希有点意外的是，萝布丝和柔丝都拿到了一束光。这让她有些警觉，担心因道尔家强大的基因，自己也会是一束光的水准。为此，她拿出了"小丽莎玩腻的橡皮泥"，利用道具可以复制行为和效果的特性，复制了一位五束光考生。

"真令人惊喜。"伯爵夫人压低声音发出沙哑的嗡嗡声，"我的两个宝贝都拿到了傲人的成绩。"

萝布丝兴奋得满脸通红，碍于礼堂不让说话，她只得学着伯爵夫人的样子压低声音嘶哑地说："多亏了母亲给我们做的造型，我想一定是它发挥了作用。"

柔丝也拼命压低声音："可怜的小南希就惨了。唉，我该提醒她戴些宝石和假发的，但是我有点不确定她能不能拿出贵重的首饰。等回到家里，就她一人落选，那多糟糕啊。"

南希皱皱眉，感觉身边就像坐着三条蛇。

"南希·道尔。"负责监考的教授念出了她的名字。

她站起来，所有考生的目光齐刷刷地射过来，就像几百个灯泡。上一个考核的人差点被闪晕，就算没晕，大部分人也是脸色通红地走到法阵。对于南希这种走惯了红毯的人而言，这种只是小场面。

法阵在礼堂的中央，是凹下去的巨大石坑，上面刻着重叠在一起的七芒星，周围是阶梯式的座椅，就像一个环形剧场。等待考核和看热闹的人，能够很清楚地看到法阵里发生的事情。

南希不想让意外发生，如果她只亮起一束光，那么捏爆橡皮泥也没用了，重叠的光芒会让所有人看到破绽。所以，一定要快，在站上去的一刹那就把橡皮泥复制的效果放出去。

她深深吸了一口气，负责监考的教授温和地对她点点头，示意她不要紧张，走上去就可以了。

南希轻轻抿了抿唇，快步走上去，手用力一握，但是比她动作更快的是光芒，五道纯净耀眼的光芒，就像五根巨大的柱子，从法阵直直冲向虚空。

南希心下大惊，手掌急忙松力，没有把橡皮泥捏爆。

周围爆发了巨大的惊叹声。

"五道光芒,今天是第二位了。往年考核能有一位就不错了,这次竟然有两位?"

"这是最佳的天赋,大贤者和七位贤者大人当年也测试出了五束光。"

"她叫什么?"

"南希·道尔。"

"南希·道尔。"

"很好,你的成绩已经记录在册了。"教授的目光比之前更加友善。

南希这才完全回过神来,努力压住轻飘飘的脚步,平稳地走回坐席。

"三条蛇"已经不说话了,用非常复杂的目光望着她,嘴唇嚅动着,似乎想开口说什么。她知道她们想问什么——没有装扮成圣诞树,她是怎么搞定五束光的?

南希坐到座位上,法阵开始测试下一个人,她混乱震惊的心这才完全沉静下来。

五束光,是我自己发出的,南希有点惊喜地想。

第二章

CHAPTER TWO

Two

夜晚，乔治伯爵的家里，人头攒动、杯觥交错。

枝形大吊灯发出橘色的光芒，虽然布尔顿已经有了煤气灯，但是贵族却更钟爱插着白蜡烛的水晶灯，像一朵朵倒开的透明的花，绽放在空气中。

一盘盘冒着热气的菜肴被女仆们高举着端上桌。布尔顿风味的煮羊肉、烤鹧鸪、香菜酱花椰菜、巧克力酥饼、烩水果、龙虾、带着毛蒸的鹌鹑，等等。

这是庆祝道尔家族出了三位神术者的宴会。从此，"道尔"将成为贵族中受人尊敬的家族。

原本乔治伯爵有两个是神术者的女儿是一件很出风头的事，现在都被南希的五束光压下去了，但是乔治伯爵依旧很高兴，五束光的人不就是他侄女嘛。

家里唯一不高兴的就是伯爵夫人了，但是面对前来祝贺的宾客她还得强装出高兴的样子。

南希觉得一整晚下来，自己像个金光闪闪的奖杯，不停被大家赞扬恭维。对于乔治伯爵来说，今天是高光时刻。对于南希而言，真是个单调无趣的夜晚。她余光瞥着窗外的夜色，心里琢磨着米洛斯这会儿在哪儿。

宴会结束后，南希屏退了女仆，独自一人躺在浴缸中。奶白色的热水温柔地包裹着她，上面漂着粉色和白色的新鲜花瓣。

天花板上垂下来的用金链装饰的灯上，插着几支正在燃烧的白蜡烛，透过多棱水晶洒下碎光，映得盥洗室一片水汽氤氲。

洗澡是件麻烦事，因为需要仆人在厨房用特制的大铜炉来烧水，一桶一桶地拎到盥洗室里。

洗完后女仆拿着盆再把用过的水舀出，用软布把澡盆擦干净。不管是用来烧水的煤还是人力，都不是随意享受得起的东西，因此大部分人很长时间才会洗一次澡。

这还是南希到布尔顿洗的第一个澡，托了五束光的福，她得到了加了奶和鲜花的热水。

"等你学会神术后就能自由洗澡了，或者兑换洗澡的道具。"小n卖力推销。如果南希兑换的道具多，它也能从中得到回扣升级自己。

打工人，打工魂，打工才能成为人上人。

"我们现在还剩三分吧？"南希望着对面的大镜子，里面映出少女朦朦胧胧的影子。

"这次一共从光明神那里拿到了四分，其中一分已经被我扣下了，今晚十二点的时候消耗掉，我们就能再活三天。"小n高兴地说。

真是不想再听到"三"这个字了，每一次听都觉得是在追命。南希把支在侧脸的手臂放进水里，溅起一片水花。

"宿主，再过三天就是黑暗神经过迷雾之森的日子，错过这一次，再想见到他就很难了。要知道等他回到冥土，能靠近那里的就只有死人和怪物了。"

"兑换传送道具要多少分呢？"南希问。其实她更想形容成"要多少命呢"，每一分都代表再活三天。

"三分。"小n小心翼翼地说。

南希顿时愕然："那不是传送过去后我就可以原地爆炸了？"

"宿主，我们还有别的渠道。"小n忙说，"你上学的时候应该学过历史吧。在中纪元时期，活跃着一种人，他们叫作猎金人。"

"当然知道。"南希点点头。不仅知道，她还扮演过猎金人这个角色。

这个世界，总有些边边角角是光都照不到的地方，那些地方隐匿着魔物和邪祟，但同样也生长着稀有植物和矿石，这些都是炼金的好材料。

尽管冒险伴随着风险，但那些与黄金等价的东西就像轻浮而诱人的妖妇一样，吸引着猎金人的心。

前两天她翻阅旧报纸时，就看到许多招聘猎金人的广告，干这行死伤概率太大了。

"你是想我加入猎金人？"南希若有所思地问。

"宿主你可以蹭他们的传送阵去迷雾之森。"小n说，"现在只有这个办法省钱又快速。"

"他们愿意雇我吗？"南希对此抱有疑问。

"你拿到的学院录取书上面盖着五颗星，它就是完美的敲门砖。放心吧宿主，没人知道你是一个什么都不会的神术师。当然为了保命，我建议你可以从我这里兑换点东西。"

"我换得起吗？"南希表示怀疑。

"我这里有盲盒，只要一分好感值，走投无路的时候可以试一次。"小 n 忙说。

南希有些无语："百分之百开出东西吗？"

"百分之一开出好东西，剩下的百分之九十九都是副作用很大的垃圾道具，但是偶尔也能派上作用。唉，毕竟只值一分嘛。便宜没好货，好货不便宜。"小 n 叹气。

南希："……"

一分也是她辛辛苦苦换来的，能活三天呢。

"还有一件事，"小 n 又说，"迷雾之森属于北地，那里信仰黑暗神。与南大陆遍地金发、红发不同的是，北地喜欢深色头发。为了不让黑暗神第一眼就产生掐死你的欲望，这边建议亲亲换个发色和眸色哦。"

"我没分，掐死就掐死吧。"南希一口拒绝。

"宿主，这个不要分，这是我生为 N 级系统自带的功能。"小 n 骄傲地挺了挺胸膛。

"哟，不错嘛，小 n 你还是有可取之处的。"

"那是自然啦，所以宿主要加油给我升级解锁更多功能哦。"小 n 话音刚落，一道轻微的细光落在南希头上，就像兜头浇了一盆冰水一样，让她猛地哆嗦了一下。

冰冷的空气驱散了氤氲水汽，原本雾气满满的镜子变得清晰起来。南希从浴盆里走出来，来到镜子前。

镜子里的少女有一头海藻般的黑色长发，微卷着披在身后，湿漉漉地往下滴着水。眉毛、眼瞳也变成黑色，显得肌肤更加白皙透亮。

南希轻轻眨了眨睫毛，镜子里的少女也跟着眨眼。以前的金发少女像天使一样纯洁可爱，现在黑发的她就像一个浮出水面的妖精，危险、迷人又妖冶。

"哇，小 n，你很有才华嘛。"南希左右照着镜子，欣赏着自己的新造型。看上去就是一个纯正的北地少女。

"嘿嘿,"小n被夸得脸通红,"宿主我先给你变回来。"

"啊,先不用……"南希连忙拒绝,不想再来一次淋冰水,但是话未说完,微光再次落在她头上。与上次不同,这次温暖又舒适,就像沐浴在阳光下。

原来这个温度是按发色来的。

她扯过架子上的浴巾裹在身上,光脚走出盥洗室,等待在外边的女仆立刻进来收拾浴盆。

南希坐在柔软的单人沙发椅上,一摞一摞地查看报纸。佣兵团的广告不少,但是都没有去往迷雾之森的。她翻阅了好一会儿,终于在布尔顿晚报的边角看到了一条小广告。

迷雾之森佣兵队招神术师,招满就走。地点,橡树街小酒馆。

南希立刻把报纸折好,伸手去取外出的裙子。

"宿主这么晚了,你要去哪儿?"小n望着快速穿衣的南希问。

"蹭传送阵,去迷雾之森找黑暗神。"南希动作利索地编了个麻花辫。

"这么快?"小n大吃一惊。

"时间不等人啊小东西。"南希语重心长地说,"我们得做好光明神不回来的准备,守着这三分不动,九天之后就会自爆了。而且你忘了还有一个没有露过面的SSR吗?谁知道他已经进展到什么阶段了。"

小n立刻脸红了,为自己的觉悟低而感到羞愧。人家宿主在外打拼,自己作为一个等着躺赢的垃圾系统,这么不思进取。

南希摇着折扇,一副要去花园乘凉的样子,若无其事地从女仆身边走过。等到了花园中,她拿出准备好的披风,用帽兜遮住自己,打开后门溜出去,消失在夜色里。

看着漫天星辰,她觉得自己真是业务繁忙。在多个神明之间打转,为了业绩,披星戴月。

橡树街酒馆就在橡树大街上，外部贴着圆木装饰，招牌上写着大大的"橡树酒馆"四个字。正巧离乔治伯爵家不远，南希并没有费多少劲就找到了。

南希推开木门走进去，里面雾气腾腾，有几个壮汉坐在门边抽着烟。听到声音，壮汉们不约而同地把脸转过来，意味不明地打量着她。

南希连忙用手掩住口鼻，隔离开烟味朝吧台走去。自始至终，那几个人的视线都不怀好意地跟着她。

"晚上好。"南希坐在吧台外侧的圆木椅上对酒保说。

酒保低着头用一块脏兮兮的抹布轻飘飘地擦着桌台，没有理会。

南希微笑着屈起手指敲敲桌板："一杯冰的麦芽酒。"

应该有这种酒吧？她在报纸上看到过麦芽酒的广告。

"十五枚铜板。"酒保抬起头用力甩下抹布不高兴地大声说，似乎南希打扰了他人生中最重要的事情。

"剩下的给你。"南希笑吟吟地把二十枚铜币递过去时，酒保这才真挚地挤出一点微笑，转身从杯架上取下一个油腻的玻璃杯，用擦桌子的抹布象征性地抹了两下。接着拧开酒桶上的木塞，装了一玻璃杯橙黄色的酒。

"你不该来这里。"酒保拿着生锈的夹子夹着冰块放进麦芽酒里，看在小费的面子上朝南希背后的方向努了努嘴，"这里很乱。"

南希瞥了一眼递过来的麦芽酒，接过来放好，丝毫没有喝它的念头。

"其实我是因为看到了这条广告。"她把折好的报纸拿出来递给酒保，"我是一名神术师。"

酒保愣了一下，抬脸朝着门口的壮汉大声说："哦，你是神术师，这就没问题了。跟我来吧，你运气不错，招聘的人正好在。"他把脏抹布往吧台上一扔，转身朝楼梯走去。

南希连忙跟上他，身后那些黏着的视线全都消失了。

来到二楼的一间办公室，房间很小，周围堆满杂物，甚至把唯一的窗户也挡住了。

一个跷着二郎腿的年轻男人坐在破旧的桌子旁，正凑在半截点燃的蜡烛下面数钱，桌子上散落的金币亮得刺眼。

他身旁的扶手座椅上坐着一位中年男人，一张略显凶相的络腮胡脸，面无表情地上下打量着南希。

南希的目光在他们之间扫了一下，最终停在络腮胡脸上。她掏出学院的录取书在手里摇了摇："我想进你的队伍。"

络腮胡瞥了录取书一眼，收回目光不客气地说："人已经招满了。"

南希无所谓地笑了笑："我的佣金减半，一半给你。"

络腮胡顿时把歪着的身体坐直，再一次打量南希："很少有人出这样的条件，一般这样做都是有更大的目的，我不想给自己的队伍找麻烦。"

南希很轻地笑了一下："不必担心我，我只是一个正在学习阶段的神术师。这是我第一次参加佣兵队，为了将来能有更多的机会，用一半的佣金换取经验和履历很划算。

"另外，我需要迷雾之森的叽叽草，这是造血剂的原材料，市面上几乎没有。如果可以找到，我愿意用剩下的一半佣金换。"

络腮胡点点头，眼里的疑虑消失了大半："主修炼金学的神术师吗？你们的确把材料看得比较重。好的我答应你，有叽叽草会替你留意。"

他将一个巴掌大的袋子扔过去："带着这个，明天中午出发，没问题吧？"

"正合我意。"南希笑吟吟地说，低头解开袋子，里面放着几十枚金币和一枚圆形的徽章。金币是提前支付的佣金，因为这项工作十分危险，有的人出去就回不来了。这相当于提前给的安家费，用来留给家人。

南希没有去数金币，而是拿起了徽章。徽章在她碰到的一瞬间，快速闪了一下。这是徽章上附着的神术，用来防止拿到金币的人不去参加佣兵队。队长会看到每个人的踪迹，哪怕扔掉徽章也没用。

南希用指腹轻轻摸了一下徽章上刻着的字。

狩猎黑暗？听起来不错，好兆头。

"我还需要找一个会改变容貌的人扮成我。"南希并没有马上走，而是对络腮胡提出了要求。

"你知道的，我不能让家人知道我干这个，他们不会同意的。如果你那里有合适的人选，我愿意给你介绍费。"

南希知道对方一定有人选。像他们这种常年冒险的猎金人，人脉是必需的条件。

"一枚金币的介绍费，我帮你找人。"络腮胡没有犹豫地说。

"可以。"南希点点头。

"那你明天得早点来了，不要耽误中午出发，传送阵不等人。"络腮胡说，"明天上午九点，酒馆后面的巷子，我把人给你找来。带上二十一枚金币，其中一枚是介绍费。"

"没有问题。"南希笑盈盈地把钱袋收好。

走出房间的时候，少女脸上的微笑瞬间消失，化为一脸无奈。

不过为了蹭个票，竟然这么麻烦。

"天空是均匀的珠白色，这意味着能见度不错，阳光不会刺眼。"络腮胡站在房间的角落对大家说。

这里是南希去过的酒馆二楼办公室，与昨天不同，那些破旧的办公桌椅子不见了，干净得像两间屋子。她刚进来时吓了一跳，五男一女站在房间中央。如果不是看到络腮胡，她真以为走错了。

早晨她搞定了离开王都谁来伪装她的问题。她跟络腮胡介绍的神术师签订了约束书，里面写了伪装者可以做和不可以做的条例，在世界意志的见证下双方签了名字。这样南希就可以放心地离开，而不用担心回来时发现要面对一堆烂摊子。

就是价格贵了点，每日五枚金币。不过跟神明的好感值比起来，金币又算什么呢？

"认识一下，"络腮胡说，"我叫罗塞忽，六阶神术师，是你们的队长。"说完他就看向身旁的瘦高男人。

"托尼，七阶弓箭手。"瘦高男人面无表情地说。

他旁边的一个矮胖男人接腔："凯文，七阶神术师。"

一个不高不瘦的男人接着说："斯蒂芬，七阶神术师。"

南希轻轻笑了一下，莫名地感到亲切。这些人的名字跟她家门口理发店里的理发师一样，她喜欢点斯蒂芬给她做头发。

"到你了。"络腮胡看向南希。

这里除了络腮胡，所有人都是七阶的，七阶是最低的等级，一阶最高，像大贤者和贤者都是一阶神术师，而神学院最厉害的教授是四阶的。她半阶都没有，神术师是经过考核的，她只是个刚拿到录取书的学生，过来白蹭传送阵。

南希毫不犹豫地说："萝卜丝，七阶神术师。"

"听起来不错。"罗塞忽点点头。

"鬼不错，"小n忍不住"吐槽"，"一群垃圾选手。宿主，我不是在说你。"

不是说神术师很稀有吗？这里一下聚集了好几个，南希若有所思。

"这里可是王都，聚集着大量人才。"小n说，"更何况也不是人人都是从神学院毕业的，有些人根本没机会来布尔顿王都，南大陆这么大。"

罗塞忽将一个巴掌大小的黑色铭牌放置在房间中央，铭牌瞬间变化成黑色的线，快速在地板上织成了一颗幽黑的七芒星。

"一分钟，大家不要磨蹭，到了那里一切听我指挥。"他郑重地冲所有人点点头，率先跨入传送阵。

一道黑色的雾涌起，瞬间吞没了他，紧接着托尼也走了进去。

"宿主，到了那边要快点想办法摆脱他们啊。"小n提醒，"我们还有正事。"

"知道了。"南希也朝传送阵迈了一步。鞋尖刚沾到黑线，顿时眼前一片漆黑，什么也看不见了。

大概这个传送阵就是黑黑的，南希安慰自己。

她等了十几秒，耳边传来咀嚼的声音，好像谁在吃东西，眼前依旧一片漆黑。传送一下要这么长时间吗？跟她想得有点不一样啊。

"宿主……"脑海里传来小n紧张兮兮的声音，"你慢慢地往后退几步。"

南希立刻毫不犹豫地慢慢往后退。

十几步后，眼前由漆黑转向模糊，再转向稍微清晰。她揉揉眼睛，瞳孔中映出一个浑身长满尖刺的庞然大物。

南希顿时感觉头皮发麻，腿脚发软。不是传送的时间太长，而是她被传送到了魔物的身边，被对方堵在了山洞里。她克制着身体的颤抖，脚步更加轻地缓慢倒退。

但是细微的声音还是惊动了魔物，它转过身体用水盆一样大的眼睛盯着南希。在它旁边是一具被啃食得残缺不齐的人类躯体，红色的格子衬衣看起来很像托尼穿的那件。

这回不用小n提醒了,她惊恐地转身跌跌撞撞往里跑,心里祷告着这里还能有别的出口。

"宿主别担心,这个洞穴特别深,而且那个魔物那么大进不来。"小n说。

这句话提醒了南希,她立刻停下脚步回身望向洞口。魔物根本没追过来,它重新转过身子继续啃食托尼。

"那我……还要不要继续往山洞里走呢?"南希转头一脸畏惧地望着幽深漆黑的洞穴。如果那里再隐藏个什么奇怪的东西,那可就热闹了。

正当她犹疑的时候,一道沙哑的声音蓦地从洞穴的幽深处响起。

"水……"

南希刹那间汗毛倒竖,浑身起满小疙瘩,在这种地方听到人话可不是什么好事。

有可能不是人。

她立刻打消了往山洞内躲避的念头,扭头望回魔物的方向。

"水……"声音又大了一些。与此同时,山洞外传来魔物打嗝的声音。

南希左右移动着,一脸纠结,不知道该往哪边走。

"宿主……"小n一脸古怪地说,"那好像是……黑暗神。"

欸?

南希瞬间睁大双眼,睫毛惊疑不定地扇动,无法相信会在这里碰到任务目标:"哪个黑暗神?"

"我看看啊……"小n重新确定了一下坐标,声音瞬间无比兴奋,"是黑暗神,没错的。世界上只有一个黑暗神,八成是受伤躲进山洞了。宿主上啊。"

上什么?南希一时没回过神。

"水……"沙哑的声音再次响起,让人一听就觉得说话的人干得都快渴死了。

南希一头黑线,这些神明是"五行缺水"吗?

✦

南希从携带的腰包里取出一支白蜡烛点燃。

山洞里实在太黑了，之前她怕弄出声音被魔物发现，只能凭借洞壁上暴露的矿石发出的荧光来辨认道路。

蜡烛点燃后，火的味道随之飘出，小小的火苗给她增添了一点在黑暗中行走的勇气。

"不会有什么堕天使守着黑暗神吧？"

"应该不会，"小n说，"不然主人都这么渴了，属下却毫无反应，有点说不过去。当然，也许他们都渴，说不定里面有一群黑翅膀的家伙倒在地上呢。"

南希忍不住笑了一下，脑补出山洞中躺着一群乌鸦："但是为什么黑暗神身边没有堕天使守候呢？"

"我想可能发生了什么神史上都没记载的变故吧？"小n猜测，"神史只说了堕天使找到了受伤的黑暗神，从迷雾之森把他护送回了冥土，却没有写过程。不过那样正好，宿主你不想碰到堕天使吧？"

"不想，听起来就不友善，大家为什么会叫他们堕天使呢？"

"堕落的天使嘛，神界一直很抵触黑暗神塞西尔·贺拉斯·霍勒斯克·比塞伦盖蒂·莫雷尔勒斯，认为好好的天使选择向黑暗神臣服就是堕落。"

"你竟然能背下黑暗神的名字？"南希一脸惊讶，"我们为了简单都直接称他为塞西尔。"

"我是系统嘛。"小n嘿嘿笑。

"黑暗神的名字怎么这么长……"南希突然停下脚步，神情凝重地盯着前方那团东西不明显的轮廓。随着呼吸，那轮廓也在缓慢地起伏。

那是……黑暗神塞西尔吗？

南希目光微闪，心里突有寒气生起，连蜡油滴落在手上都没有察觉。不知为什么，这个山洞比之前更加让人觉得寒冷了，她有点不敢走过去了。这位大人仅仅是个名字都让人生畏。

与幻化为人类且失忆的光明神不同，这位是彻彻底底的神明，是以残酷手段统治北地长达万年的黑暗神。

南希还记得神史里写的，塞西尔是地狱冥土的创造者、深渊的本体，出生就被抛弃。

他俊美无俦，带着对万物的恨意长大，嗜血残忍。原本诸神都生活在神域，自从这位古神开辟出冥土，他的神国就转移到了那里，寒冷的北地逐渐成为他统治下的土地。

敢碰触神明，应该会死得很惨吧？

"水……"山洞里再次响起衰弱低哑的声音。

这道声音打破了周围的静谧，白色的蜡油继续滴落，蜡烛就剩半截了。如果再不做出点行动，等蜡烛燃完，就完全看不见了，到时就十分被动了。

南希小心翼翼地举着蜡烛朝黑暗神缓步走去，随着脚步的挨近，轮廓在橘色的光亮下变得清晰起来。

黑暗神塞西尔侧身躺在冰冷的地上，一头凌乱微卷的短发遮住了眼睛。南希靠过去想要看得更清楚点，霍地，一种幽深恐怖难以名状的感觉从他身上扩散而出，就像巨大的触手一样，瞬间勒住了她的脖子。

南希发出一声尖叫后瘫坐在地上，手中的蜡烛也不知道被甩到了哪儿去。小 n 更是吓得一声也不敢吭了。在真正的神明面前，一人一系统都发自本能地战栗。

不可直视神，除非得到他的赐允。

南希的脑海里突然浮现出这句刻在神史扉页的话。

真是糟糕，竟然忘记了。她一边摸索着掉落的蜡烛，一边紧了紧身上的披风。随着黑暗的覆盖，山洞里冷得简直像冰窖。

找到了，指尖触到了冰凉的圆柱体。尽管冻得发麻，她还是摸出了属于蜡烛的特殊质感。她忙往前探手，却摸到了冰冷的衣物、冰冷的皮肤……

"你往哪儿摸呢？"一道男人低沉沙哑的声音在头顶响起，南希感觉比冰更冷、比黑暗更危险的东西轻轻捏住了她的下巴。她瞬间脸色煞白、惊恐万分——是黑暗神的手。

冰冷的手指撩起她的一缕长发，粗糙的指腹轻轻搓了搓，似乎想知道颜色是不是染的。

"你是北地人？"

"是、是北地的克维纳郡人。"少女略显战栗地仰着脸，嗓音不稳地胡说八道。

"这样啊……"南希听到耳边传来沙哑的轻笑,"你暂时被征用了。"一只冰凉的手伸向了她的脖颈,揪断了披风的带子。

"你做什么?"南希愕然间忘记了对方是黑暗神,用力一推。"啪"的一声,对方应声而倒,发出了声音——软炆炆,很好推。

"呃……"黑暗里溢出了痛苦的呻吟。

眼睛看不见,南希只能凭借声音判断,似乎撞到了他的伤口。她顿时有点心虚:"谁、谁让你刚才那么下流呢?"

塞西尔勉强爬起来倚着山壁,气息因为疼痛和恼火有些不稳:"我快要冻死了,就算想对一个人类小姑娘下手也要挑身体好的时候,现在的我只想拿走你的披风。"

"原来是这样的啊。"南希想起自己的任务是让黑暗神改邪归正,做一个好神。她立刻挂上好人的嘴脸热情地抓起披风递过去,"这位不知道姓名的先生,给你披风。如果你还觉得冷,我可以再脱。"

塞西尔:"……"

"真的,我穿了好几件。"南希怕他不相信翻着袖子给他看。北地气温跟南大陆相反,这里正是冬季。她不仅穿了毛皮的披风,还穿了好几层领口系到下巴的衣裙。

塞尔西把披风裹在身上淡淡地拒绝:"你的衣服不太适合我。"

"我还有蜡烛、火柴。"南希翻着衣兜,"如果这里有树枝就好了,可以搭个火堆。"她摸到了火柴,突然想起来自己无法直视神。有了光明不就露馅了?一旦明晰了人类和神明的界线,那就太被动了。

但是动作不能停下来,她硬着头皮摸出了火柴,接着又跟盲人似的去摸地上的蜡烛。原本只是装装样子,但是运气太好了,一摸就摸着了,这下不点都不行了。

就在她颤颤巍巍地划着火柴,擦亮的一瞬间,头顶被一只大手轻轻按住,一串低沉的古语从塞西尔的嘴里飘出。

"啊,宿主,他允许你直视他的脸。"小n惊诧地进行翻译。

欸?

"也许,黑暗神不想让你知道他是谁。"

火柴扬着小小的火苗,在黑暗里支撑起一个小小的橘色世界。南希轻轻眨了眨眼睛向对面看过去，仅一眼她就手足无措地侧过脸去。

那难以用言语形容的、充满力量和危险的魅力，就像站在巨大陡峭的峡谷顶端，即使心生畏惧也不由自主地膜拜这份惊心动魄的美，她突然有点明白不可直视神真正的含义了。

南希心里百转千回，但是之于现实不过才几秒钟。火苗顺着纤细的火柴棍很快烧到了她的手指边，她"呀"了一声慌忙扔掉火柴棍，洞穴重新陷入了黑暗。

她轻轻抿了抿嘴，再次划着一根火柴。明亮的火苗重新将塞西尔俊美的脸塞入她的眼睛，高估了自己抵抗美色的程度，火苗又在失神中熄灭。

"唰"，又是一声。

在明亮的光芒下，南希不但看到了俊美的脸，还看到了一双狭长漆黑的眸子冷淡又不耐烦地盯着她。

这一刻，她觉得自己有点像卖火柴的小女孩，每一次燃烧的火光都能把她拉入一场美梦。

"你手抖吗？"塞西尔再也忍不住了，抓住她的手拉过去点着了蜡烛。

南希垂眼，用力咬了咬唇，让自己更清醒点。再这样下去，她不仅薅不着这只小黑羊的毛，还容易心甘情愿地成为他的奴隶。堕天使之所以心甘情愿成为黑暗神的仆人，是因为他们都是"颜控"吗？

塞西尔吃力地扶着山壁站起来，披风太小了，无法包裹住他，露出了深蓝色的法袍，上面布满了黑色的污渍。

"我们走吧。"他说。

南希蓦地抬起眼："什么？"

"你不想死在这儿吧？"塞西尔有些好笑地问。

"不，当然不想。"南希轻轻地抿抿嘴，心中生起一个想法。

"我也不想。"塞西尔轻笑一声，像君主一样朝南希伸过手臂，示意扶他。

南希刚把他的手臂搭在自己肩上，就听他倒吸一口冷气，似乎扯到了伤口，站立不住地把重量全都向她倾斜。

南希连忙伸出一只手去扶，手掌滑过他的胸口，一片湿滑。她缩回手，黏黏腻腻的全是血，她这才知道塞西尔深蓝色袍子上的污渍是什么。

"被一个老朋友伤的，"塞西尔眼里流转着漫不经心的轻蔑，"当然，我也没让他好受。我几乎洞穿了他的身体,甚至摸到了他的心脏,我猜他现在已经死了。"

不,他没有。南希心说,他为了保持神力化为人类。你虽然维持了神明的躯体,却连一个神术都无法释放。不然怎么可能忍耐一个人这么长时间?这里一定有你无法解决的危机。

可是连他都无法解决的危机,她又能做什么呢?

✦

南希把手心沾的血抹回塞西尔身上,让他扶着自己的肩膀,一起往山洞口走去。

他似乎伤得不轻,每走一步都像耗费了极大的力气,喘息声越来越重,但他似乎不想在凡人面前露出颓势,强撑着努力跟上南希的脚步。

南希也很累,对方大半的重量把她压得不轻,再加上道路不平,走得十分辛苦。

"你不是一个人来这里的吧?"塞尔西喘息着问。

"当然不是,"南希把他的手臂往前拉了拉,感觉他都要滑下去了,"我跟同伴走散了,恰巧被一只魔物堵到山洞里,这才遇到你。"南希一边说着,一边眯着眼睛勉强辨认着道路,"如果不出意外,那只巨兽应该还在门口堵着,我可没办法对付它。"

"不必担心。"塞西尔不以为意地说,但是下一秒就轻"哎"一声捂住胸口,似乎又扯到了伤口。

南希瞥了他一眼,对他的"不必担心"保持怀疑。

说话间他们离出口仅剩十多米远,远远看去,洞口趴着一只睡着的魔物,巨大的身体像小山一样堆在那里。随着它身体的起伏,打雷般的呼噜声震得山壁上的小石块簌簌下落。不仅如此,它的周围还游荡着几十只奇形怪状的怪物。

这些怪物四肢修长,身体鼓鼓的,像人又像蜘蛛,没有瞳仁,眼眶里只有白色的水泡。它们穿着破烂的麻布衣服,快速地爬来爬去,尖利的指甲挠在地面上发出刺耳的声音。

"那是什么?"南希的瞳孔因恐惧而缩小了。

"是来迷雾之森淘金的猎金人,"塞西尔抬起脸扫了一眼,"受到污染后变成了怪物。"

"怪物?"

"所有探索过神术领域的人,多多少少都会异变。"塞西尔嘴角露出一丝嘲笑,"这就是向往力量的代价,成为怪物直到终结。"

还有这种事?

南希惊愕得脸色发白,她突然想起在原世界看到的新闻——某个地区突然紧急封锁道路,联邦派了大神术师过去。现在想来,是怕神术者异变不好控制吧?

她轻轻地眨了眨眼睛:"没有办法避免吗?"

"办法就是做一个普通人,永远不要接触神术。还有就是,"塞西尔脸上划过一丝古怪,"成为神明认可的伴侣。"

"神明认可的伴侣?"南希若有所思地重复了一遍。

塞西尔瞥了她一眼,轻轻勾起唇角:"你不会觉得自己可以嫁给神明吧?"

"不可以吗?"南希反问。

塞西尔轻笑:"人类会娶蚂蚁吗?我不知道别的神明会不会这样做,反正黑暗神不会。"

南希不太高兴地说:"你又不是黑暗神,怎么会知道他的想法呢?在我心中,黑暗神仁慈又伟大,大家都说他以残酷手段统治北地,但是他惩戒的都是行为不端的人。

"他制定严苛的律法,改善了女性的地位。在北地,女人可以跟男人做一样的事,那些厌恶他的都是男性。所以,对我而言,他才不是什么邪恶的神,而是我最喜欢的神明。

"我一定好好学习神术,进入黑暗神殿成为他最忠诚的信徒,哪怕成为怪物也无所谓。"

"哪怕成为怪物也无所谓?"塞西尔轻声重复了一遍,侧过脸看她。

刚才还担心成为怪物吓得脸色发白,现在提到黑暗神,少女眼中霍然亮起了纯净明澈的光芒,就像漫长夜晚照亮黑暗的第一缕光。

"但是那又怎么样呢?"塞西尔微微抿了抿唇,懒洋洋地嘲笑,"好话谁都会说,他的信徒都是这么说的。"

"哦，是吗？"南希有点失望，看来马屁拍错了。

"恭喜宿主获得好感值一分。"小n尖叫。

咦？

南希有些不解地眨眨眼。她把披风给他时没有得到好感值，搀扶着重伤的他也没获得好感，相反只表达了几句浅薄的爱就得到一分。

看来黑暗神真的像神史所说的极度缺爱，这大概跟他生下来就被抛弃，又因为代表死亡大家都不喜欢他有关系吧？

他不缺乏臣民的畏，也不缺乏堕天使的忠诚，更不缺信徒有目的的信仰，但这些都跟爱无关，他想要的是真正的爱。

但一分还是太少了，黑暗神比她想象中难搞。

南希正在胡思乱想的时候，在洞顶乱爬的怪物发现了他们，发出兴奋的尖叫。叫声吵醒了睡觉的魔物，它立刻鼓起身上的倒刺，开始全力冲撞洞口，混合着矿石的山壁就像泥巴一样轻易被撞开了。

南希惊恐地倒退，用不了几秒，他们就会被怪物淹没。

塞西尔突然收紧手臂，将她搂到了胸前。她惊讶地抬起脸，视线掠过他线条流畅的下颌，停在那双狭长淡漠的眸子上。

一股恐惧幽深难以形容的力量从塞西尔身上扩散而出，这种力量和她第一次直视神受到的压制一样，但是眼下她在神明的庇护中一点都感受不到。

庞大的魔物颤抖着趴在地上，埋低了脑袋，在神明面前似乎只敢直视他的皮靴。那些怪物同样匍匐下去，将脸部紧紧贴着地面，不敢丝毫抬起。不仅如此，方圆百里的邪祟怪物全都哀求地发出呜叫，整个迷雾之森都在颤抖。

神明释放出他的威严，世间万物都会在他面前感到恐惧，低下头颅。

这种力量持续了十几秒后，突然消失。

南希感觉禁锢住她的手臂突然松开，塞西尔苍白着脸色朝她倒下。她慌忙扶住他，身后的怪物像潮水一样争先恐后地散开。

"我们快点离开这里。"塞西尔喘息着说。释放神明的威严耗尽了他最后一点力量，他能感觉到原本一些愈合的伤口重新裂开，往外淌着血。

"好。"南希毫不犹豫地去搀扶他。

"算了，来不及了。"塞西尔蹙起眉望向洞口，洞壁上裸露的矿石闪烁着一团团苍白的荧光，落在他脸上，泛起冰冷危险的光泽。他轻嗤一声："躲来躲去还是被找到了。"

被谁找到了？

南希还没来得及发问，就被他压在了山壁上。

塞西尔有些吃力地按住她的手腕，这个动作再次让他扯到伤口，疼得气息都乱了。

"听我说。"他认真与她对视，漆黑的瞳仁温柔又蛊惑，嗓音温和地安抚她，"别说话，也别反抗，很快就过去了。"

"你要做什……唔……"南希猛地把话吞了下去，因为塞西尔朝她吻了过来。她刚要躲开，对方却在挨近她唇的几毫米处停了下来，分寸拿捏得刚刚好。

"别动。"塞西尔再次轻声说。

陌生而凛冽的气息轻扑在她眼上，南希不由自主地心脏狂跳。她甚至不敢眨眼。他们离得实在太近了，近到只要眨眼就会碰到对方的睫毛。

这时薄雾中传来急促的脚步声，似乎是冲着他们这个方向来的。南希察觉到塞西尔的身体肌肉蓦地绷紧，她微微侧脸，余光瞥见月色下的几道身影。有纯洁的白色羽翼，那是来自光明神殿的大天使。

原来是这样，她微微勾唇，终于明白了塞西尔的危机，原来他在被光明阵营的人追杀。

可是仅仅这样怎么能够呢？

她伸出双臂像根柔软的藤蔓似的缠上去，十指插入他的头发，压得他靠向自己，热烈又坚定地吻上去。

塞西尔微微一愣，肌肉更紧绷了。没人想吻一个凶名在外的神，他也不屑于进行这种低级趣味的活动。他唯一被亲吻的经历，是收服堕天使时，对方跪下亲吻他的鞋尖。

但是……这个低级的趣味，似乎也没有那么糟糕

温柔的月光洒下，在一起的男女，像极了热恋中的情侣。

洞外的大天使们猛地停住脚步，不约而同掩住了眼睛。神主平时教导他们，不要没事观察不该看的事。他们还小，不需要这种经验。

"有人在做奇怪的事。"

"有多奇怪呢？是画册上的那种奇怪吗？他们这样那样……"

"哦，光明神在上，请收起你脑中的废料。还有，闭好眼睛！"

"可是我们不看怎么知道是不是黑暗神？"

"我来看吧。"天使长脸色通红，勉强透过指缝看向山洞内，只一眼，他就感觉"鸡翅膀"要被烧着了。

"应该不是那位，"他连忙闭紧眼睛，"谁会亲吻黑暗神呢？"

黑暗神："……"

"十分！我的天哪——"小 n 化身尖叫鸡，原地转圈圈。

南希觉得她大脑快被喊爆炸了。

"没想到黑暗神是只纯洁的小黑羊，出手这么大方。"小 n 接着尖叫。

"为什么同样是吻，光明神的只有一分呢？"南希疑惑地问。

"可能黑暗神比较容易堕落吧。"小 n 猜测，"一点点火就把他引爆了。这样的话，海神会不会更好拿分？听说他浪得很。"

"浪就代表见多识广，"南希说，"海神看上去处处留情，但这种人其实最无情最难搞。"

"宿主，你要加油啊，五十分就可以给我升到 R 级，我就能实现自由传送了。"小 n 加油鼓气。

"五十？"她现在全部身家才十四分。

"你还是继续做小 n 吧。"

山洞口的光明天使已经飞走了，落了一地"鸡毛"。她轻轻推开塞西尔，抽离这个炽烈的吻。嘴唇感觉有点痛，应该是对方毫无亲吻经验又控制不了自己，才把她嘴唇吮破了。

塞西尔被推开后，像是脱力一样再也坚持不住地坐在地上。他垂着眼帘，纤长的睫毛轻轻扇动，单手捂着胸口。脸色苍白，神情又脆弱，不知道是因为伤口疼，还是因为被亲吻刺激。

"你还好吧？"南希蹲下来有点担心地看着他，她可不希望这个得分大户突然"挂"了，"他们已经走了。"

"我知道他们已经走了。"塞西尔抬起脸，幽深的瞳仁紧紧盯着她，嗓音有些恼火，"你竟然敢亵渎……"

"什么？"南希问。

塞西尔猛地闭嘴，把"神明"这个词吞回肚里："刚才为什么对我做那种事？"他的眼里流转着一丝阴郁，"本来做做样子就可以了。"

"可是那样太假了。"少女单手托着腮，"虽然我对此毫无经验，但也知道你僵硬地停顿在那里会被看出破绽。说实话我当时有点犹豫，但是我能感觉到这样做可以帮到你，我就做了。"

塞西尔有些惊讶："你为什么帮我？"在他的世界里，见识到的人全都带有目的。就算是忠诚的下属，也是因为崇拜力量才追随他的。那么这个人类少女是为了什么？他现在只是一个浑身是伤，随时都可能死去的人。

"因为你救了我，"南希很认真地解释，"你赶走了怪物和魔物，如果不是你，我早就死在山洞了。我知道你受了很严重的伤，刚才那种力量，可能会让你损伤更大，但是你没有丢下我，我做一点微小事情又算什么呢？"

塞西尔冷淡地说："我不是为了救你，我这么做是为我自己。"

"我知道，"南希无所谓地笑了一下，"那你也是间接救了我。"

塞西尔微微抿了抿唇，眼中的阴霾散去了大半。他扶着山壁想站起来，但是因为流了太多的血，浑身发软根本使不上劲。

"你的伤有点糟糕呢，我们先从这个洞里出去。"南希把他的胳膊搭在自己肩膀上，勉强支撑着把他扶起。

少女身形单薄，塞西尔大半的重量都压在她身上，她看上去十分吃力。月光稀薄地洒在她的脸庞上，塞西尔脱力后的面孔十分苍白，衬得她被咬破的唇格外嫣红。

塞西尔瞥了一眼："除了我，你还吻过其他人吗？"

南希很专注地看着道路："不，只有你。"

塞西尔没有说话，眼中的阴霾彻底散去。

"哇，宿主，一分好感值。"

就说是得分大户嘛。

得到好感值后，南希突然觉得浑身充满力量。即便身体已经累虚脱了，她还是咬着牙，把塞西尔扶出了山洞，甚至还走了十几米。

"我不行了。"她感觉自己马上要被压倒了。

"扶我到那边的树下。"塞西尔喘着气说，"每走一步都像走在刀口上，那个该死的光……秃秃，下手真狠。"

两人步履蹒跚地移到树下，南希扶着塞西尔坐在树根上："可惜我没有传送阵，不然我们可以去附近的城市找医生给你看伤。"

"没有用。"塞西尔把裹在身上的披风紧了紧，他失血过多，再加上北地寒冷，此时觉得身上冷极了，"我受到的是最高级别的神术伤害，除了慢慢养伤，没有别的办法。"

"我看到刚才那些人，他们身后都长着羽翼……他们是真的天使吗？"

"是真的天使，光明神米洛斯座下的天使。"

"怪不得啊，"南希轻声嘟囔，"怪不得你会做出亲吻我的样子。我听说光明神十分严苛，但没想到严苛到这种程度。那些天使来北地做什么呢？"

"不知道。"塞西尔说，他瞥了一眼落在地上的天使羽毛，"你可以把那些羽毛收集起来，那些都是高等级的材料，非常难得。"

咦，是吗？

南希以前没机会接触神学，不知道羽毛的价值。天使的羽毛、神明的血液都是神域中顶尖的材料。一定量的神明血液，甚至可以让一阶神术师突破为天使层次。

她走到山洞口前，捡起地上的羽毛。一共有五根，又大又白，在月光下散发着夺目的光泽。她忍不住想，如果做一个毽子的话，一定是个好毽子。

"宿主，你刚才太假了。"小 n 忍不住说，"还问天使来做什么？当然是来抓黑暗神了。"

南希想弹一下它的小脑瓜："那我也得问一句啊，普通人看到天使都不感到惊讶吗？"

南希捡完羽毛返回树下。塞西尔紧紧闭着眼，看上去像是睡着了。她轻轻拍了拍他，但他一点反应都没有，应该是受伤加上力竭昏死了过去。

"宿主，我感觉如果你再不把他转移到温暖的地方，他可能会当着你的面陨落了。"

南希沉思了一下："拿三分兑换传送道具，去北地的克维纳郡。"

明天艾诺威学院开学，她得赶回去报到，顺便看看光明神回没回来。在这之前，得把黑暗神安顿好，留一条日后相见的退路。

阴郁缺爱、生长在幽深地底的植物，只要给予一点光的希望，它就会破土而出，紧紧缠住对方。

从没有人敢去撬开黑暗地下坚硬的外壳。那么，就让她来做第一缕光吧。

塞西尔睁开眼，温暖的阳光透过玻璃窗懒洋洋地洒进来，薄荷绿的窗帘半掩着，地面半明半暗。偶尔有阴影飘过，那是天空中的流云。

他有些疑惑地打量着周围，这个不算大的房间一眼望得到边，只有他一个人。

空气里弥漫着一股浓浓香甜的木樨草味道，浓烈的香味包裹着他，他张开双臂摸索着，发现身上的袍子不见了。

他惊愕地坐起来，对面穿衣镜里也坐起一个人。上半身裸露着，肩宽腰窄，散发着凌乱易碎的美，就像精美的玻璃艺术品。原本狰狞的伤口被人细心地缠裹上绷带，没缠住的地方则露着大片苍白的皮肤和紧实的肌肉。

他掀开被子松了口气，裤子还在。

绷带上有些地方渗出浅绿色的膏体，他用指尖蘸取了一点闻了闻，原来木樨草的味道就是从这个来的。

塞西尔余光瞥到床头柜上放着一张纸，上面压着三根白色的羽毛。他拿起来，绘着一圈鸢尾花的淡黄色信纸上，写着几行娟秀的花体字。

你可以安心住在这里，我付了三个月的租金，请不要为此感到负担。托你的福，我保住了性命还拿到了天使的羽毛。门边的矮柜上有食物、水和钥匙。羽毛我捡到五根，分你一大半。绷带上的药膏是止血膏，我怕伤口会恶化，所以买了两罐全给你涂上了。最后，祝福你一切都好。

没有署名。

塞西尔垂下眼帘，目光中流转着一丝复杂，他从没遇到过比这更匪夷所思的事。

在这短短一天中，他失去了初吻，还被摸了个彻彻底底。对方甚至不知道他的名字，也不告诉他她的名字，就像一阵微风，毫无目的地掠过。

他把信纸放回去，碰倒了空空的玻璃药罐，上面残留的一抹浅绿色膏体，就像少女纤细的指印。

塞西尔面无表情地扶起药罐："都说了普通的药对我没有作用。"

他下了床，光脚站在地板上。走到门边看了看放在矮柜上的食物，一篮子用纸包裹着的牛油面包和一壶温凉的红茶，甚至连薄荷叶都被洗好了放置在一个小小的碟子里，可以揉碎了放在红茶里喝。

看完这一切，他抬起左手，轻轻转动食指上戴着的一枚黑曜石戒指。戒指发出一道细微的光芒，消散在空气中。他恢复的力量只够召唤属下。

片刻之后，几束黑色的光从虚空中落下。房间中央出现了五名堕天使，他们有的拥有六翼，有的拥有八翼，看向塞西尔的目光既激动又畏惧。

"主人，请宽恕您的仆人。"堕天使们颤抖着匍匐在塞西尔的脚下，"我们看到您和光明神米洛斯化为巨大的光束相撞，但等我们赶过去，没有您的踪影也没有米洛斯的。我们分成两拨人，一拨去寻找您，另一拨去追杀米洛斯，但是都没有消息。"

塞西尔淡淡地看着他们："神明想要藏起自己的踪影，总是有办法的。去看看光明神的神殿有没有封闭。如果封闭了，就去他的信徒里寻找。谁家里来了优秀的年轻人，那多半就是化为人类的他。"

堕天使们点头记下，取出去往冥土的传送阵："主人，我们先回冥土，养好您的伤。"

塞西尔轻"嗯"一声作答，却没有马上站在传送阵上。他不上去，堕天使们也都不敢动。

在他们敬畏的目光中，塞西尔走到门边，拿起放在矮柜上的铜钥匙收好，这才神情淡漠地站在了传送阵上。

乔治伯爵家里，南希站在阳台上目送伪装成她的神术者离开，脑海里突然传出小n惊讶的声音。

"宿主，好感值突然涨了五分，怎么还可以凭空涨分？"

还有这种好事？

南希一脸蒙。

"这分应该不是凭空增长的。"

兴奋过后的南希冷静下来分析："我到现在为止只接触了两个神明。光明神不可能，多半是黑暗神，他醒来后看到我为他洒的'光'，涌出了一丝好感。"

"对哦，"小n挠挠头，"这好感值获得的途径应该不只是当面获得，背后涌起的好感也会加分。"

"听起来你似乎不熟悉规则？"

"我是垃圾系统嘛。"小n不以为耻地说。

南希有点无语地摊开一个本子，拿着羽毛笔醮醮了墨水写下：

一共获得二十分，传送到克维纳郡和布尔顿消耗了六分，现在剩十四分，以及两天的命。

小n探头看了一眼："宿主，我们赶紧利用这两天努力加好感值吧。"

"道理我都懂，"南希叹口气合上本子，"但也得神明配合呀，你那边还没海神的消息吗？"

"海神一直待在兰蒂斯，他既不参加诸神之战，也不轻易出海域。想要见到他，要下海，要不把他弄上岸，这些都需要兑换道具。"

"十四分是死也不能动的。"南希皱着眉说，"这个要攒起来给你升级用，不然总是耗费三分买传送阵，实在花不起。我应该去弄点传送阵……"房门突然被敲响，南希停下话头。门外传来女仆的声音，催她下楼去艾诺威学院。

"知道了。"她丢下笔走到梳妆镜前。穿着白色细纱长裙的金发少女漂亮得就像被灿烂阳光吻过的云朵，洁白又美丽。

"太素了。"南希挑剔地看着自己，抬手从帽架上拿下一顶草帽戴在头上。帽檐上垂下一点白纱，刚刚好遮住她的眼睛，显得红唇格外诱人。

"真是太完美了，"小n赞叹，"这个时候如果能碰到光明神，宿主你一定能瞬间拿下一百分。"

乔治伯爵只派了一辆马车，他想增进堂姐妹们之间的感情，但是大家并不配合，一路上三双眼睛看向不同的方向。

到了学校，大家去取课程表。在等待的时候，南希注意到人群里有位特别漂亮的少女。

那位少女的头发高高地盘在头顶，插着价格不菲的宝石梳子。玫瑰色的脸颊，洋溢着和悦欢快的浅笑。她的裙子也十分华美高贵，宽宽的花边上缀满金线织的花朵，几乎所有人的目光都黏在她脸上。

"她是玛格丽特公主，王都的玫瑰。"萝布丝用折扇挡着半张脸，瓮声瓮气地说，"跟你一样是五束光呢。"

南希微微一愣，入学考核那天，她复制了一位考生的成绩。虽然最后没有用到，但是印象深刻。当时她坐得比较远，没有看清那个人的样貌。

南希没有再关注玛格丽特，低头研究手里的课程表。

学院实行的是走课制，只要选好课程跑教室就可以了。可以一直跑，也可以只学一门。她毫不犹豫地选择了学习魔法阵，说不定能解决传送问题。

大概是大家都对咒语课感兴趣，等她来到校区南边的塔楼顶层时，发现教室里没有人，连教授都没有，这就有点尴尬了。

正当她发愣时，又有一个人走了进来。半明半暗的教室因为这个人的到来，仿佛变得明亮起来。

是玛格丽特公主。

南希心中一动，她学习魔法阵是为了传送。那么对方放着实用性更好的咒语不学，来学魔法阵又是为了什么呢？也不对。如果玛格丽特是SSR，早该拥有传送功能了。

应该是她想多了。

教室很宽大，中间有个半径两米的圆圈，周围竖着一指高的黑色石块，看上去是专门为演示魔法阵用的。椅子围着这个圆放了一圈，南希坐在正对着门的位子上。

玛格丽特走进来，面色平静地扫了她一眼，然后在隔了三四个位子的地方坐下。

她们等待的时间没多久，负责教课的教授就进来了。

教授是个中年男人，穿着合体的褐色西装，梳着中分披肩发，胡子修剪得十分时髦，衣领下别着宝石花。他似乎并不在意学生人数，把手里端着的长木盘很随意地往地上一放，就开始讲课了。

南希瞄了一眼课程表，上面写着：

魔法阵教授，亨利·休内特，四阶神术师。

她微微有点意外，艾诺威学院只有两名教授是四阶神术师，没想到其中一位就是教魔法阵的。这就是玛格丽特来学习的原因吗？

"魔法阵的种类很多，用途也很广泛，召唤、攻击、防守、传送，都会用到，但是用得最多的是祈祷。虽然我们一般是对着光明神像祈祷，但这种方式被聆听的概率不大，利用材料布置召唤仪式的效果最好。"

亨利教授指着长方形的木盘："这里面放着一些材料。白蜡烛是所有仪式都要用到的，向日葵精油、尺子、月白石，这是向光明神祈祷要用到的东西。"

南希微微弯起唇角，向日葵精油，那不就是葵花籽油？听起来很好吃。

"黑曼陀罗花精油、黑曜石、墓地的土，是向黑暗神祈祷的东西。"

"当然还有其他的神明，智慧之神、四季之神、命运之神，等等。不同的神明喜好不同，材料也不同，但是有一点一定要记住，不要擅自乱搭配材料，不然可能听到你祈祷的会是未知的邪灵。"

南希听得津津有味："教授，向海神祈祷需要什么呢？"

亨利教授："需要献祭海晶碎片、床和水。"

南希："……"

不愧是浪荡之王，如此"风骚"，回去就试一下。

"那么，我们就来试着向黑暗神祈祷一下。"

咦？南希惊讶地扬起眉毛，玛格丽特也是一样。

但是比起玛格丽特的惊讶，南希想的是如果教授召唤成功了，那她不就露馅了。她的人设可是黑发黑眸的北地少女。

"黑暗神又不是邪神，"亨利教授一本正经地解答她们的疑惑，"当然他的名字对于我们南大陆来说是不能被提起的，但是对神学来讲，不分信仰，就算是咒语课里也会涉及黑魔法。"

"为什么不向光明神祈祷呢？"南希问。

"光明神太常见了，我想给你们演示个不常见的。"亨利教授不太自然地说。

南希抿抿唇，估计教授得到了教廷的内部消息，知道光明神失踪了，但这不是最重要的，重要的是，一旦祈祷成功她就露馅了。

前脚刚一本正经地告诉黑暗神她是北地人，后脚就顶着一头金发出现在南大陆的神学院里。

她顿时一阵心慌，明明是大热天却感觉冷汗直冒。

想个办法，得想个办法。

亨利教授用精油围着自己洒了一个圈，接着把墓地的土、白蜡烛、黑曼陀罗花精油和黑曜石分别放在圆圈的四个角上。

"教授你要真招来黑暗神，我们说不定会死的。"南希装出一副害怕的样子。

"不会的。"亨利教授一边忙活一边说，"只是教学演示，而且神明多半不会理睬，你们也不用指望真能祈祷成功。"

"真的会死的，"南希继续激烈抗议，"我听说黑暗神特别残暴，而且北地现在正是黑夜，万一他有起床气，你把他吵醒了……"她猛地用手挡住脸，因为亨利教授开始吟唱专属于黑暗神的祷词了。

吟唱结束后，窗帘一动不动，阳光依旧灿烂，鸟儿在欢快地鸣叫，根本无事发生。

亨利教授哈哈一笑："你们瞧，我说不会成功吧。神明很忙的，有回应就奇怪了。这样吧，反正还没下课，你们都来试试，不要浪费这些材料。"

玛格丽特站起来轻轻颔首："那我先来吧。"说完就拎着裙摆走过去。

她走到圆心中间，双手交握开始吟唱祷词。

她的声音特别低，南希有点听不清楚。不知道为什么，她有种对方故意把祷词唱错的感觉。

几分钟过去，依旧无事发生。

"这很正常，"亨利教授点点头，"如果神明有回应那才不正常。"

他转过身热情地邀请南希："试一下，我们都没成功，没理由你能召唤来。"

玛格丽特微笑着看向南希："不用担心，这种仪式很难成功。"

南希心中一动，感觉话中有话呢，有种"我知道你为什么不敢"的嘲讽。

她现在看谁都像SSR，亨利教授四阶神术师，玛格丽特五束光，都符合SSR的样子。不过说起来她也不能一味地逃避，SSR只要略想一想就会怀疑她，不如她也像玛格丽特那样糊弄一遍好了。

她一脸踌躇："万一我成功召唤来怎么办？"

"你要害怕就掩住脸好了。"亨利教授随口说，"就算真召唤来也只是一缕神识，记不住你的脸就没事。"

南希要的就是合理挡住脸的借口。

她把草帽重新戴在头上，把帽檐使劲往下压，接着用纱巾披肩兜头罩下，在脖子上打了个结，纱巾上绣的大朵向日葵正好挡住她的五官。现在的她包裹得像一个养蜂人，这要都能认出来算她输。

亨利教授、玛格丽特："……"

伪装好了以后，南希走进圈圈中。原想着糊弄糊弄结束了，但是刚吟唱了一个音，一股未知的风突然卷进来，把沉重的天鹅绒窗帘像旗帜一样吹起。

教室瞬间变得昏暗，空气阴冷静谧，窗框上凝结出了白色的冰霜，一种未知的令人心生敬畏的力量降临在这里。

南希不可思议地睁大眼睛，脚下没点燃的白蜡烛缓慢燃起了火苗。与此同时，教室中央凭空出现了一只狭长的漂亮眼睛，一眨不眨地盯着她。

玛格丽特放在膝盖上的手猛地紧握成拳，长长的睫毛下闪过一道无比震惊的流光。

亨利教授蓦地脸色煞白，隐隐有向后退的意图。

从没见过这种情况，通常也就是蜡烛亮起代表神明听到了祈祷。这眼睛……眼睛可是代表真神的降临啊。

南希："……"

不要害怕，认不出来的，真认出来，她就跟他姓。

第三章

CHAPTER THREE

Three

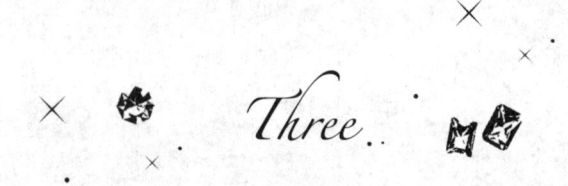

"是你召唤了我？"浮在教室上空的眼睛看着底下的人问。

那是黑暗神塞西尔的眼睛，冷漠阴郁又带着一点慵懒的意味。

若是换作平常，南希一定会盯着瞧个不停，但是现在她恨不得自己没有眼睛。

"快，说愿望。"旁边的亨利教授拼命用气声提醒。他万万没想到这辈子能见到真神降临，但现在不是纠结这个的时候。

就像那个孩子所说的，北地此时是半夜，他们这套"夺命连环call"把睡梦中的黑暗神吵醒了。

吵醒了又什么都不说，可想而知召唤者的下场是什么了。他现在只想用衣服遮住脸，不知道还来不来得及。他一边这样想着，一边悄悄把精致的中分发型打乱，试图挡住脸。

玛格丽特始终一动不动地坐在椅子上，垂着眼帘，双手揪住裙子，手指用力到发白。

三人一眼睛，就这么诡异地静止在教室中。

没过几秒亨利教授受不了这种气氛，他焦急地再次用气声提醒："快说愿望，不然我们都死啦。说完愿望，他就会把蜡烛熄灭，然后仪式就结束了。"

他的动作有点大了，忘了头发造型不能乱动，头发向两边滑去露出了脸。

该死的！他连忙低下头。

南希这个时候紧张得要死，生怕不小心暴露自己，哪里能说出有什么愿望，唯一的愿望就是希望黑暗神快点滚蛋。

她垂着眼捏着嗓子："伟大的灰暗神，是窝（我）召唤的你。窝（我）的愿望系煮（是祝）你安康，煮（祝）你快乐。窝（我）说完了，您搋（吹）蜡烛吧。"

塞西尔："……"

他这是被一群什么怪人召唤了？他只不过是听到了熟悉的声音，以为是那个北地小姑娘遇到什么事情了，就出来看看。

哼，他才不是关心那个小姑娘。她没留姓名就走了，也不回去看看他死没死。当然他一点都不希望她来看他，他只是好奇对方召唤黑暗神出来做什么。

也许是因为北地寒冷，再加上夜晚人会有些不清醒。塞西尔懒洋洋地扫了底下几人一眼，没有去追究这是个什么破愿望就从半空中直接消失了。反正这种情况他以前也遇到过不少，幸运儿把他成功唤出，却因为太震惊说不出愿望，他可没时间等待。

"噼啪"一声轻响，南希脚底的白蜡烛熄灭了。

当神明的眼睛从教室里消失的一刹那，温暖的空气瞬间回涌。窗帘"扑通"一声落下、窗框上结着的冰霜快速化成水滴落下来，阳光重新照射进来，也传来鸟儿的鸣叫声。

三人僵白的脸色也缓慢恢复到鲜活，憋闷的喉咙彻底通畅。

"这太可怕了，"亨利教授哆哆嗦嗦地拿起地上的黑曼陀罗花精油瓶，"我瞧瞧这是个什么牌子，效果这么强悍吗？竟然可以召唤来真神。或者是这个黑曜石的品质卓越？我是去谁墓上取的土来着？不会是黑暗神的祖坟吧。"

面对亨利教授失常的啰唆，玛格丽特公主已经迅速恢复，她转向南希，脸上涌出友善的笑容："刚才被我吓坏了，没想到你真的把神明召唤了出来，这段经历我怕是永生难忘了。"

"我也没想到，但应该不是我的原因。"南希把头纱和帽子摘下整理了一下头发，漫不经心地说，"你们前两次的召唤其实已经把他吵醒了。"

"嗯，这也有可能。"玛格丽特指了指门，示意南希跟她一起走。塔楼外已经敲响了下课的钟声。

"那天我看到了你考核的成绩，"玛格丽特笑盈盈地说，"真高兴我们在开学第一天选了一样的课程。"

"昨天看报纸，上面有博物馆关于神学的展出，配的图案就是一座大型的古代魔法阵遗迹。我觉得看起来很酷就选了它，其实我更应该选咒语课的。"南希平淡地说。

"嗯，有那样的展出吗？"玛格丽特笑着说，"我对遗迹其实不太感兴趣，毕竟很多遗迹没有破解，可参考的价值不大。不如直接看书……啊，抱歉，请等我一下，我看到了熟人。"

熟人？

南希随着玛格丽特热烈的目光望去，顿时身体一僵，那不是光明神米洛斯吗？他回到布尔顿了？

他还是那样好看，眼神冷淡，衬衣领口掩盖到了喉结。把自己捂得真严实啊，不愧是行为准则都像一把笔直尺子的光明神。

"米洛斯大人，"玛格丽特很开心地跑过去，"真高兴又遇见了您。"

南希脸上的神情更古怪了，她原地站着不动，微不可察地观察着玛格丽特和米洛斯的互动。

但是米洛斯似乎没有跟玛格丽特互动的打算，他平淡地点点头，目光越过玛格丽特扫了南希一眼。这一眼很随意，仅限于认识她的打量。南希很清楚，她在光明神心中还做不到特殊化。

"博物馆最近有个关于神学的展出，"玛格丽特浅笑着说，"我对里面的古遗迹很感兴趣。萨恩贤者一向赞赏您在神学领域的能力，如果能跟您一起看展出，我对魔法阵一定会有更深刻的理解。"

南希："……"

她见到现学现卖的活祖宗了。

"抱歉，我没有空。"米洛斯冷淡地拒绝。

"真可惜。"玛格丽特眸中闪过一丝尴尬，接着善解人意地说，"没关系，有机会再一起去。"

米洛斯点点头，转身朝院长所在的塔楼大步走去。

"本来想约这位大人跟我们一起去看展览。"玛格丽特转头遗憾地看着南希，"既然他没有时间，不如我们……"

"抱歉，我也没时间。"南希笑盈盈地说。

玛格丽特："……"

"我先回家了，公主殿下。"南希拎起裙子跟玛格丽特告别，转身快步朝学院大门走去。

她当然没有时间了，因为生命就剩一天半了。那十四分是压箱底的钱，绝对不能花。

南希没有坐乔治伯爵的马车回家,而是拐到另一条街叫了出租马车去贝森路,那是南区最繁华的商业街。她要去买品质最好的材料备着召唤神明用。另外,确定一下展馆营业的时间,今天她要在那里薅小白羊的毛。

南希一直守在后花园,半人高的栅栏旁边就是萨恩贤者的后花园,米洛斯居住的小白楼就在那里。她有种预感,米洛斯只是找借口拒绝玛格丽特公主。即便他真的找院长有事,也不会耽搁太久。

果然,她在长椅上坐了没多久,栅栏对面就传来脚步声。

"米洛斯大人。"南希站起来对着栅栏对面甜甜地唤道。

米洛斯朝栅栏对面看去。少女顶着一头瀑布般的金发,穿着鹅黄色的丝绸长裙,两条雪白的手臂愉快地搭在栅栏上,碧蓝的双眸清澈明快,就像林间突然蹦出的小鹿,欢快又俏皮。

他微微犹豫了一下就走了过去。

"我的小金球掉在那边了,您帮我捡一下吧,我等了好久才过来一个人。"少女笑盈盈地指了指米洛斯脚边的树坑。

一个巴掌大的镀金空心小球就落在那里,这是淑女们很喜欢的玩具,可以上下抛着玩。有的人甚至会在上面镶上价值连城的宝石,娱乐的时候用来攀比。

米洛斯弯腰拾起来递过去。

"十分感谢。"南希伸过手去。在接过的一瞬间,柔软的指腹碰到了米洛斯的手指。那么轻,那么快,就像蜻蜓点水,蝴蝶亲吻花朵,短暂碰触后立即分开。

米洛斯睫毛轻轻一颤,快速收回手。南希比他还要快地把手缩回去,球顿时落在她的脚边。她小声抱怨了一句,神情无辜极了,就像是米洛斯碰的她。

米洛斯抬起眼,没什么表情地看着她。

南希弯下腰去拾落在脚边的金球:"米洛斯大人,我们一起去看魔法阵的展览吧。"

米洛斯没有回应,目光淡淡扫过少女因弯腰而露出的雪白脖颈,以及在单薄的丝绸裙子下显露出的诱人的蝴蝶骨。

"好吗？"她轻轻扇着睫毛，欢快俏皮的动作，就像蝴蝶在扇动着美丽的翅膀。

米洛斯还是没有说话，只是注视着她的脸。

"一起去吧，我们不是朋友吗？朋友就该天天黏在一起。"南希抱着金球，拿出小姑娘的天真劲儿撒娇。

"好好站着，别扭来扭去。"米洛斯嗓音里带着一点无奈。

"站直了您就跟我去吗？"

"嗯，"米洛斯点点头，又补充了一句，"站的时候要身姿挺拔，走路也不许歪歪扭扭。"

"行，您替我拿着金球。"南希笑盈盈地递过去，就像递去夏娃的苹果。

尽管不明白金球跟站直有什么关系，但米洛斯还是接了过来。

南希攀着栅栏的横杆爬了上去。金球跟站直没关系，但是金球耽误她爬高啊，对方好不容易答应了，她要马上站在他身边。

米洛斯微微睁大眼，看着南希灵活地爬上栅栏朝他跃下。

少女海藻般的长发被风吹着向后荡起，脸上扬起的明快笑容仿佛金子一样绚烂。米洛斯有一瞬间失神，本能地张开手臂，抱住了她柔软散发着香甜味道的身体。

"宿主，加五分。"小n化身尖叫鸡。

✦

下午三点半，博物馆还有半小时闭馆。

天空阴云密布，狂风卷着零星雨点而至，眼看就有一场大雨来临。参观的人陆续散去，行人步伐匆忙地往家赶，都怕被大雨困住。

南希慢悠悠地参观着展厅。

玻璃柜在水晶灯的照耀下闪耀着明亮的光辉，里面的物品灰扑扑的，这些都是来自古遗迹的神学物品。

笔记、占卜工具、锈迹斑斑的法杖，带着扑面而来的历史气息死气沉沉地放在里面。

她耐心地一样样观看，米洛斯平静地跟在一旁。花园里那一下拥抱，就像落入湖水的小石子，惊起一圈涟漪便消失不见。

— 060 —

但即便涟漪消失，石子也会永远留在湖水中，等达到量变，质变也就实现了，要不停地给自己创造机会。

"今天我学魔法阵时，想起报纸上看到的博物馆广告。"南希笑吟吟地停在古代魔法阵遗迹展区。

"原来这里这么大啊。"她有些惊叹地说。

南希的手指滑过讲解牌上的字，眼睛忍不住睁大。竟然是个古代传送阵，机会这么快就来了吗？

她略想了一下，转身向米洛斯询问："传送阵从古代开始就有了吗？不知道跟现在有什么不同。"

米洛斯点点头："比以前简便，但是难度依然存在。首先材料很难收集，其次失败率很高，所以大家远途仍是选择马车、船或者火车，毕竟传送阵的造价十分昂贵。"

"我收集好了材料，米洛斯大人可以教我制作吗？"

少女眼里闪着怕被拒绝的忐忑，手指无意识地揪着裙子上的皱痕。

米洛斯略微迟疑了一下，点头答应了下来。

南希脸上立刻挂满笑容，决定明天就用金子搞定材料。

"过两天我会搬离萨恩贤者的家。"

"欸？"南希有些惊讶地看着他，"您要搬到哪儿去，要离开布尔顿吗？"

"暂时不会离开布尔顿，"米洛斯嗓音温和，"这次远行让我找到了以前存放的一些财产，我委托萨恩贤者买了一栋房子。"

"原来是这样的。"南希点点头，虽然失去了邻居这个天然优势有点可惜，但是离开了萨恩的视线，她可以上门找他。做点这个，做点那个，换点小分分。

"等我收集好材料去哪里找您呢？"

"紫藤路七十二号。"

南希默记下来。她知道这条街，在布尔顿有名的富人区，带着花园和马厩的房子可不便宜。

看来光明神在大战前就预知自己一定会受伤并选好了退路，除了财富，他还给自己留了什么东西呢？

正当她胡思乱想的时候，天空划过一道闪电，把拱形大窗照得透亮。接着"轰隆"的雷声轰然而至，豆大的雨点砸了下来。潮湿的水汽顿时弥漫到窗户上,整座博物馆就像被水淹了一样。

南希抬头看了一眼悬挂在墙壁上的表,下午四点,正是闭馆的时间。她刚要询问米洛斯要怎么回去,又一道闪电划过,所有蜡烛一起熄灭。展厅瞬间陷入黑暗,仿佛直接跳进了深夜。

窗外的街道在这一刻变得异常安静。雨水拍打窗户的声音、马车压过马路的声音,还有博物馆工作人员交谈的声音,通通消失了。

静谧漆黑的气氛中,南希下意识往米洛斯身边靠去。米洛斯抢先一步把她扯到自己身后,他右手扣着南希的手腕,左手将灵性力注入小金球里,小金球顿时散发出耀眼的光辉。

南希惊讶地眨了眨眼,神术真是无所不能,小金球变小灯泡了。

尽管光芒驱散了一部分黑暗,照亮了展厅中央的位置,但是周围的玻璃展柜、拱形窗户、水晶灯、展牌全被浓浓的黑暗卷了进去,看不到边际。

"米洛斯大人……"她不安地轻唤。

"别担心,我一定会把你安全带回去。"米洛斯目光沉静地注视着周围。

南希放了一点心,靠他更近了。

一道影子从旁边浓郁的黑暗里冒了出来,化为一个瘦高苍白的年轻男子。他后背长着三对巨大的黑色翅膀,缓慢地升到半空,像看死人似的看着他们。

是堕天使,南希瞳孔一缩,双手紧紧攀住了米洛斯的右臂。她怎么这么背?跟黑暗神在一起时被"白鸟人"追杀,跟光明神在一起时又被"黑鸟人"追杀。

"白鸟人"害怕对手耍流氓,"黑鸟人"应该无所畏惧吧?不知道米洛斯锁住大部分神力后,实力还剩多少。

"你就是米洛斯?连名字都跟他一样。"堕天使嘴角翘起,"不管你是不是,今天都无法离开这里。"

米洛斯轻轻笑了一下:"我跟您的想法正好相反。"

堕天使沉下脸色,阴郁的气息快赶上他的主子了。

南希被对方散发出的杀意惹得头皮发麻,刚想叫小n传送就感觉米洛斯搂住了她的腰,瞬间从大厅中央移到了角落。

"轰"的一声,他们原本站的位置被墨绿色的光芒击中,发生了爆炸。石砌的柱子在顷刻间化为齑粉，在弥漫的尘土中崩塌了。

米洛斯目光微沉，一把捏碎了发光的金球，金球碎裂四溅开来。

南希本能地避开，却发现那些碎裂的光芒像星星一样升到空中，化为万条金线错落地下降。金线穿过她的身体时，她非但没有感觉到疼痛，反而觉得很温暖，就像阳光洒落。

但是堕天使就没有那么舒服了，他发出凄厉的叫声，金线粉碎了他一只翅膀，穿透了他的身体，冒出可怖焦黑的烟气。他的身影瞬间暗化，回归到了阴影里，不知潜去了什么地方。

南希眸中溢出惊喜。不愧是神明，就算是封锁了神力幻化成凡人，还是可以重创天使。

她抓住米洛斯的手，方便他随时带自己瞬移："米……"她的声音戛然而止，眼中露出了一丝惊愕。

她垂眼看向自己的手，上面沾染着浓郁明净的红色。那是米洛斯流的血。刚才那一击还是耗费了他巨大的力量。

"嘘。"米洛斯飞快地抽出被握住的手，干净的那只手竖起手指轻压住少女的唇。只碰了一下，柔软的触感就烫得他缩回去。

"宿主，加一分。"

南希："……"

"他们来得更多了。"米洛斯把目光移到展厅上空，他的神情变得比之前凝重。

几秒后，空中浮现出五道黑色的身影。他们神情冷酷，扇动着巨大的黑色羽翼，脸上挂着"誓死也要将疑似光明神的人埋葬在这里"的表情。

"真是一群难缠的家伙啊。"米洛斯以极为平淡的语气自言自语，接着转头向南希询问："你父母会责备你夜不归宿吗？"

"欸？"

"我们可能会离开几天。"米洛斯用很平淡的语气说，仿佛已经忘记了天空中飘着的那群家伙。

"很抱歉打扰你们交谈，"为首的堕天使长神情有些恼火，"我认为你们有点不把我们当回事。"

"别跟他们废话阿撒勒大人，"他旁边的堕天使气咻咻地说，"我现在就想拧断他的头，看看代表神明陨落的钟声会不会响起。"

"我们得等主人来不是吗？"阿撒勒拖长尾音说，"弑神只能由神明来，否则会招来诅咒，如果他真的是那个神。"

听到黑暗神有可能会来，南希吓了一跳，连忙去摇米洛斯的手臂："我父母不在这边，这里只有一个伯父。"

米洛斯点点头："回来我会向他解释的。"

"现在才想逃走不觉得太晚了吗？"阿撒勒粗暴地扇动着翅膀，巨大的旋风卷着地砖朝他们袭来。

南希眼前再度一晃，发现自己跟米洛斯站在了那个古遗迹传送阵中。

"真是太好笑了，他们想用那个老古董逃跑，那玩意儿还能启动吗？"

"除非是神明，不然谁也别想让一座'化石'散发魔力。"堕天使们发出嘲笑，朝传送阵包围过去。

"抱住我。"米洛斯轻声说。

南希微微一愣。

"抱歉，因为年代久远，这里可使用的地方很小。"米洛斯说。

"哦没关系，我很乐意。"南希露出大大的笑容，毫不犹豫地搂住了他的腰，把头埋到他的胸口。

少女身上甜甜的花香味瞬间让米洛斯心跳乱了一拍。

"宿主，一分。"脑海中传来小n报喜的声音，南希轻轻扬起唇角，双手又紧了紧。

"再一分。"

"好了，抱紧了。"米洛斯说。

"十分乐意。"

"又是一分。"

感觉像挤牛奶。

米洛斯睫毛轻颤了颤，有点后悔提醒她，他都快呼吸不了了。定了定神，他用力将手上的伤口挤出血。

血滴到传送阵上的一刹那，一道古老的像是生锈多年的刺耳声音响起。紧接着传送阵里光芒大作，瞬间将昏暗的展厅映得明亮无比。

堕天使们毫无反应，就那么瞠目结舌地看着猎物消失了。

十几秒后。

"我觉得他可能真是光明神。"一个堕天使慢吞吞地说。

"我觉得他不是。"

"为什么？"

"光明神怎么可能允许异性搂抱呢？我听说他都没被母蚊子叮过。"

"这倒是，"堕天使们纷纷赞同，"跟我们主人一样。主人也不让抱，也没被母蚊子咬过。"

"错，主人是没人敢抱，没蚊子敢咬。"阿撒勒说。

"嘘，主人来了。"

空气中轻微地"啪"了一声，一只狭长慵懒的眼睛出现在那里。

吵吵闹闹的堕天使们立刻安静下来。

※

狭长漆黑的眼睛冷漠地看着下方，堕天使们纷纷单膝下跪，畏惧地埋下了脑袋。

阿撒勒勉强鼓起勇气："主人，那个疑似光明神的人，利用古遗迹传送阵跑了。"

塞西尔似乎早就知道这一切，他慵懒地挑起唇角："可以动用古遗迹传送阵的人，你们自然无法将他困住。即便他现在是凡人，也有你们想象不到的力量。"

阿撒勒眼中闪过一丝敬畏，原来主人布置这一切只是为了逼对方暴露身份。

"你们先回来，这里的结界快要消失了，光明神会很快就会发现异常。"

"是。"

塞西尔刚要消失，目光微动似乎想起了什么："克维纳郡的那套房子……还没人来吗？"

阿撒勒微微一愣，摇摇头。

"这样啊……"塞西尔用很轻很轻的声音说。

光芒消失，南希紧紧抱着米洛斯的腰。

手感一级棒，隔着衣服也能摸到他劲瘦的腰身。十分有力量啊，做一万个俯卧撑应该没有问题。

米洛斯垂下眼帘，用一根手指点住少女的额头向后戳："到了。"

"哦，"南希不情愿地松开手，"好快呀。"

这里是一片树林，到处弥漫着乳白色的雾气，野草野花蓬勃地生长着，远处还能看见青色的山脉。

"我们还在南大陆吗？"

"德盆塔山谷。"米洛斯说。

南希惊讶地眨眨眼，德盆塔山谷属于南大陆，但已经在边界区域了。再往前走就是坎帝斯山脉，翻越过去就是海神的国度。使用传送阵的人，心中会默念要去的地方。米洛斯为什么会想到这么偏远的地方呢？

米洛斯闲适地环顾四周，选择了一个方向朝前走去，南希立刻跟上去："您似乎对这里很熟悉？"

"我上次的远行就是来这里。"米洛斯淡淡地说。

这下南希更惊讶了，没想到米洛斯竟然带她来到藏有他财富的地方。

"为什么……您会想到这里呢？"

"因为够远，"米洛斯轻轻笑了一下，"我想堕天使应该不会追到这么远的地方。"

原来是这样，米洛斯失去了记忆，"德盆塔山谷"大概是他唯一记住的地名。

"我们在这里住一天，"米洛斯边走边说，"等我做好新的传送阵就回布尔顿。"

南希微愣了一下："您有材料吗？"

"我有财富啊。"米洛斯轻笑着说。

财富？南希轻轻抿唇，这么说她马上要见到光明神的宝库了？这可让人有点惊喜。

她跟着米洛斯朝前走去。天空中有太阳，不过四周开始飘荡着黄昏的气息。因为夏草的遮掩，根本找不到下脚的路。

米洛斯一边走一边将藤蔓推开、把草压下去，方便南希跟上来。他那只受伤的不再滴血的手重新被草叶割开，血又滴滴答答地往下流。

南希见状连忙把裙子上系的裙带解下："米洛斯大人。"她"嗒嗒"地跑上去，面对一脸讶异的米洛斯，用带子一圈一圈地缠。

"先这样弄一下，不要再被草叶划伤了。"南希弯腰扶着他的手，小心地绕着带子,"等我们找到休息的地方,重新处理伤口。"

米洛斯目光微微一闪,他看着少女无比认真的神情,再看看自己被缠得像猫弄乱的毛线团的手,一向冷淡的表情有了一些微妙的变化。

"宿主,好感值加一分。"小n小声说。

南希:"……"

这感人的分值,细水长流,现在她也是拥有十九分的大户人家了。

处理完手,两人继续往前走。一个小时以后,他们在一个巨大的山洞外停下来。

山洞一眼望得到头,顶部缝隙投下一束光,白得刺眼,无数细小的灰尘围绕着它缓慢飘浮。

南希皱皱眉,有种很不舒服的感觉。这个山洞似乎藏着可以洞察她一切伪装的东西。

她打起精神问:"这里是米洛斯大人说的地方吗?"

米洛斯没有马上回答,南希注意到他的神情跟刚才比有了一些变化。冷冽清淡再次回到他的眼中,而且有越来越浓的趋势,就像山川海河一样,透着永恒冷漠的气息。

"你觉得怎么样?"米洛斯淡淡地问。听他那口气,仿佛在问南希"这块蛋糕好吃吗"。

他释放出一个照耀术。在光源的照耀下,洞壁像柏油似的闪着湿漉漉的光。

"有点潮湿,这附近有座瀑布,是大自然设置的天然障碍,也不知道以前的我是怎么发现这里的……"

南希目光微沉,一种她不愿看到的变化在米洛斯身上缓慢发生。这里一定藏着什么会影响人类米洛斯的东西。

不行,不可以,光明神绝不能这么早苏醒。

"米洛斯大人,"她急急地转向他,表情真挚,"很显然这里并没有什么东西,您不是已经拿走您的财富了吗?我们去附近的村庄治疗您的伤口吧。"

"治疗伤口?"米洛斯漫不经心地说,眼睛一直盯着山洞的某一处地方。

"对呀,就是这里。"南希握住米洛斯的手,淡黄色的绸带上立刻有血沁出来。

067

米洛斯吃痛之下目光恢复了一丝清明,他垂眸看了一眼南希,想起了自己来这里的目的:"稍等一下,我拿一些传送阵的材料就走。"

"我认为现在就应该走。"南希绷着脸说。

米洛斯轻轻笑了一下,转身走到山洞尽头。他将受伤的手掌平按在洞壁上,血迹沾染到上面,就像被海绵吸走一样。

"轰隆"一声,洞壁出现了一道拱门的轮廓。里面泻出耀眼的光芒,仿佛裂缝后面藏着太阳。

米洛斯说:"跟我来。"他推开石壁,光芒比刚才还要耀眼。与此同时,一种令南希心悸的东西缓慢张开。

它就在那儿,南希无比确信。

她一定要比米洛斯先发现它。

她跟着米洛斯走进山洞。这里比她想象中的还要大,正中间有一道垂下来的石梯不知通往哪儿去。里面堆满了珍奇宝物,在这里石子比金币罕见,她刚走进去,脚就陷在了金币中。

"让我看看东西放在哪儿。"米洛斯对满室的金子毫无留恋,一心找着材料。

南希环顾四周,寻找着那样让她心悸的东西。

一道冰冷刺骨的凝视从光芒中透过来,她忍不住打了一个冷战。

她用手盖在眼皮上,眯着眼望过去。就在那里,就在那个堆满箱子的角落里。

她瞥了一眼米洛斯,后者背对着她弯腰拾取着什么。

她连忙拎起裙子朝那样东西奔去,安静的洞穴里因为她的移动而发出金属碰撞的声响,惹得米洛斯朝这边望过来。

南希神情秒变,装出好奇的样子打量着山洞,很随意地往角落走去,仿佛一个来旅游的人。米洛斯重新弯下腰。

离那样东西越近,越感觉空气沉静而寒冷。她的牙齿"咯咯"地打着战,指甲陷进了掌心,勉强维持着僵硬的动作靠过去。

是哪个呢?宝石盒子?权杖?金嗅盐瓶?

不,都不是。

南希的目光慢慢沉静下来,盯住了被金币埋住的地方。

它在那里。

她伸手插入金币,手指碰到一个不可思议的东西。

两指缓慢地把它夹出来,是一封用羊皮纸写的信,上面用深色的花体字写着"命运之神致敬光明"。

不管它是什么,南希极其粗暴地将其揉成一团塞进怀里,有一瞬间她仿佛听到信尖叫了一声。

也不知道是因为塞进怀里,还是因为揉成一团,那种让人颤抖的力量瞬间消失了。看来就是这个东西让米洛斯有些不对劲,但是上次他为什么没有找到它呢?南希朝米洛斯的方向望去,后者心无旁骛地拣着材料。

米洛斯保持着以前做神明时养成的良好习惯,做什么事情都不浪费时间,有目的地去做。拿金币就只拿金币,拿材料绝不多看金币一眼。所以,上次即使有东西诱惑着他,他也没朝这个角落靠近一步。

他把最后一样材料放进口袋站起身,现在外衣兜里已经鼓鼓囊囊了:"我们走吧,有你喜欢的东西吗?"他走过来。

"没有。"南希笑着说。

——我喜欢的已经在我怀里了。

"我去趟盥洗室。"南希拿起半截点燃的黄蜡烛对米洛斯说,转身推开房门。

这里是德盆塔山谷下的一座村庄,小小破旧的旅店只有两个房间,一个已经被人占了,他们只好共用另一个房间。

南希顾不得想晚上要如何薅羊毛,她现在只想好好看清楚那封信究竟写着什么。

盥洗室是公用的,在走廊尽头。南希推门进去,把蜡烛放在洗手台上,接着迫不及待地掏出信。

信封已经被拆开了,代表有人看过。那个人是谁?不言而喻,一定是没有变成人类之前的光明神。

她展开信纸,借着昏黄的光线看过去。

请原谅我现在才回信。我的苹果树生虫了,您知道,它对我很重要,吃不到苹果我就没法窥探命运。当然,我还是帮您把命运扶了一遍。没什么意外,您的选择很对。

变成凡人是最好的保存实力的方法。您给自己留的苏醒线索也很好，非常完美，但我还是想提醒您一下，请警惕女人，越是甜美的女人越是致命的毒药。命运告诉我，您可能会在这上面栽跟头。

提示倒是不错，可惜光明神因为良好的习惯错过了。
南希勾勾唇，将信对准了蜡烛上的火苗。

✦

南希处理完命运之神的信后，把身上沾染的烟火味洗掉。
命运之神的信给了她一个警告，当光明神苏醒重新拥有记忆时，他将想起信里的内容和这段过往。
如果那时他们之间的关系只比陌生人熟一点，那么她将再也没有机会接近米洛斯，光明神不会允许自己在命运的见证下栽跟头。
她照了照镜子，冰凉的水虽然洗去了尘埃，但也让脸色更加苍白。她从窗户外掰断一根树枝点燃又吹灭，将眉尾拉长了一些，用携带的胭脂膏重新补了腮红和唇，接着撤掉裙撑让裙子自然垂下。
她的手法很好，这将她的美貌添上了一层又甜又蜜的色泽。现在镜子里映出的是一位脸颊粉红、眼神动人的姑娘。
南希又打量了一下自己，挑不出任何毛病后，拿起蜡烛走出盥洗室。
走廊地板很陈旧，走在上面"嘎吱"作响，烛光把她的影子拉得越发妙曼婆娑。
南希推开房间门，目光扫到了站在窗前的米洛斯。尽管战斗和长途跋涉使他染上一层疲惫，但他的身姿还是一贯的优雅挺拔，他神情冷冷地看着窗外的夜色。听到响动，他转过身来。
南希边走边用毛巾擦拭头发上的水珠，她侧着头，露出流畅的锁骨和细腻洁白的肩膀。
"我要了一些药膏。"她把毛巾挂在门上，随手从矮柜上端起一个托盘走到米洛斯旁边的扶手椅边坐下，伸手去解他手上缠的裙带。
"我自己来。"米洛斯的眼中流转着淡淡的抗拒，坐在另一张椅子上。
南希立刻收回手去，靠在椅背上愉快地看着米洛斯笨拙地拆结扣。

她每缠一圈就打一个大结,不太好解呢。

她欣赏了一会儿忍不住建议:"您为什么不让它直接消失呢,给它个……"

"消失术。"米洛斯淡淡地接道,"如果这是普通的绷带,兴许我就这么做了,但这是你的裙带,我想还给你。"

"原来是这样,"南希点点头,"那还是我来解吧,您知道的,我有两只手。"

这回米洛斯没有再跟她争,因为半天他连一个结都解不开。

扶手椅靠得很近,近到米洛斯可以闻到南希头发上散发出的淡淡的玫瑰花香。少女粉粉的脸颊也像玫瑰,嫣红的嘴唇更像是最娇嫩的花瓣,散发着诱人的味道。

他下意识地把目光移开,盯着老旧的碎花壁纸,仿佛对此产生了极大的兴趣。

南希把带子解了一半,露出了半个手掌。她低着头,仔细地解着,气息喷到了米洛斯的手指上,那修长好看的手指忍不住微微弯了一下。

"宿主,一分。"

南希轻轻扬起唇角。

随着她缓慢地解着结,米洛斯的神情越来越僵硬,手背酥酥麻麻,让他很不舒服。

"宿主一分。

"宿主又一分。我就是个无情的报分机器。

"再一分。宿主你还没解开啊?要解到明天吗?你没觉得我报分越来越慢了吗?再这样下去,光明神该麻木了。"

"我也想赶快进行下一项,但是……"南希皱着眉,没想到自己这么狠,这是打了多少个结啊,最后不是为难了自己吗?

十分钟后,结终于解开了,南希又耐心地给这只手清理伤口、涂药膏、绑绷带。同样的事情她在黑暗神那里已经做过一次了,轻车熟路得很。

"好了。"她笑盈盈地在米洛斯的手背上打了个蝴蝶结,站起来伸了个懒腰,走到镜子前接着擦头发。

甜甜的玫瑰味消失了,米洛斯垂着眸盯着手背。虽然皮肤不酥麻了,但是隐隐觉得身体有些燥热。他站起来朝房门走去:"我去盥洗室。床给你睡,我睡扶手椅。"

"宿主,你一会儿还加吗?"小n问。

"不加了,已经二十三分了,等着薅小黑羊吧,再攒攒可以给你升级了。"南希扑到床上,"这种隐晦的行为真难啊,怕被对方察觉,又怕不够明显加不着分。"

米洛斯回来的时候,南希已经在床上躺好了,她盖着薄薄的毯子,雪白的胳膊露在外面。

她刚准备跟米洛斯说"晚安",就见对方面无表情地走过来。清冷的青年垂着眼皮,居高临下地看着她,伸手将毯子掀起给她盖到了脖子位置。

南希:"……"

"晚安。"米洛斯走到扶手椅边坐下,单手支着下巴,神情冷漠地看着墙上的壁炉。

南希重新把胳膊抽出来,翻了个身朝向他,甜甜地笑着说:"晚安,米洛斯大人。"

夜色越来越深,床上传来少女浅浅的、均匀的呼吸声。

一头海藻般的长发凌乱地贴在脸颊上,额头上薄薄的一层汗显得脸颊更加娇嫩晕红。

正对面的扶手椅上,米洛斯眉目冷峻地半倚在椅子里,还是那副淡然的模样,单手支着下巴,若有所思看着床上睡得酣甜的少女。

他已经给她盖了三次毯子,有一次甚至四周都给她掖得紧紧的,把她卷成了可颂饼,但她还是很快蹬开毯子把自己睡成了抛饼。

米洛斯再一次垂眼,目光瞥到了一旁染着血污的裙带。他拿过裙带小心地铺展,手指微动,一道纯净的光芒洒下,裙带立刻焕然一新。

他把裙带举到眼底,挑剔地翻看着,发现上面还有小点点,于是又洒了几遍。

"啪嗒",房间里响起沉闷的声响。

米洛斯抬起眼,发现是毯子掉在地上了,熟睡中的少女给了它最后一脚。

他走过去拾起毯子,动作很轻地给她盖上。

他从没做过这样的事,心底有个小小的声音喊着"这是不对的"。

他抿抿干燥的唇,把毯子结实地从少女的脚盖到了下巴。刚转身,对方就又伸出了胳膊,他手疾眼快地扣住纤细的手腕塞回去,重新给她盖好毯子。

少女紧紧闭着眼,很不舒服地嘟囔了一句。

米洛斯把毯子给她掖好,重新坐回扶手椅上。

在昏暗中,他垂眸轻轻捻了捻指腹,上面残留着一抹细腻的香甜气息,灼热得渗入骨髓。

这夜是真的很难入睡了。

"宿主,加三分。"

唔……怎么回事?

✦

不舒服。

感觉身体被什么东西束缚住了,动都动不了。

难受、热。

南希努力把沉重的眼皮抬起,惺忪的睡眼中映出陈旧的天花板,阳光从窗户透进来,把它打得透亮,她记起自己是在德盆塔山谷下的旅店里。

原来天亮了啊。

她想翻个身,却惊讶地发现自己无法动弹,就像钻进了橡皮水管里。

"你醒啦?"脑海里传来小n美滋滋的声音,"昨晚你睡着以后得了三分,真是躺着都能赚分。"

南希没有回应,直起身子想看看发生了什么。

一张毯子把她裹得紧紧的,卷了好几层。

卷到这个程度可不容易,需要把她放在毯子的边缘,然后用力卷。

"这是光明神做的。"小n说,"可能他怕你冷吧。"

"现在是夏天。"南希硬撅撅地说。

她扭动着身体把自己从毯子里"拽"出来,又气又好笑,脑海里浮现出米洛斯把她制作成卷饼的场景。

好不容易挣脱了毯子,她光脚站在穿衣镜前。镜中的少女眼眸微微流转着一抹恼火,脸颊上的醇红就像酒后微醺。

南希看着自己,若有所思地拨弄了一下黏在脸颊上的发丝,打算利用这副样子做点什么。

门被推开,米洛斯端着面包和茶站在那里,少女惊慌失措的样子让他微微一愣。他的目光无意识地下移,在她身上短暂停留了一瞬后淡淡移开:"我取了食物,吃完我们就可以回布尔顿了。"

他面无表情地从她身边走过,把托盘放在矮桌上。

"宿主,加一分。"

哼,要不是有系统报分,真当他像冰山一样不可撼动。

南希拾起外裙往身上套:"您已经制作好传送阵了?"

米洛斯端起一杯茶:"制作了一个,看你睡得很好没有叫你,等回到布尔顿我再教你制作。"

南希套好裙子不太舒服地拽了拽:"说实话我并不觉得睡得好,不知道为什么,今早醒来发现被卷进了毯子里,闷了一身汗。"

"是我把你卷进去的。"米洛斯抬起眼大大方方地承认,"你睡觉的时候翻身,衣服扯开了,我想我不应该一直看下去就给你盖了毯子,但我没有考虑热这件事,抱歉。"他挥动右手扬了一道温暖的光束洒在南希身上。

南希感觉自己被巨大的温暖包围,衣服瞬间干燥,顺畅地从身体上滑下去。

"算啦,我原谅您。"南希揪揪裙角,轻快地笑着在米洛斯身边的椅子上坐下,"谁让我们是朋友呢。"

"朋友?"米洛斯轻轻重复。

"不是这样的吗?"南希单手托着腮,手指点点米洛斯又点点自己,"朋友就该黏在一起,我们是最亲密的伙伴。想想看,只有我陪着您经历被堕天使追杀,又一起逃到这里。"

"你对朋友的定义很奇怪。"米洛斯垂着眼帘,挖了半勺白糖放进茶水里优雅地搅着,"萨恩贤者也说是我的朋友,但他没有跟我黏在一起的意愿,更没有跟我进行人与人正常交流的想法。"

南希微愣一下,他说的人与人的正常交流那是她随便搪塞他用的,没想到他记得倒清楚。至于萨恩那个老神棍可真敢交朋友啊,看来想发神明财的不只她一个。

南希露出天真烂漫的笑容："我不一样，我是米洛斯大人最特殊的朋友。"

米洛斯瞥了一眼笑容灿烂的少女，没有再回应，他进食的时候从不说话，也不会分心做别的事。

南希默默地观察他。怪不得光明神祈祷仪式里面有尺子，他简直就像时刻用尺子衡量自己，像细致的时间表一样严密。

要把这种原则性极强的神明拉下神座，不太容易啊。

南希回到了布尔顿。米洛斯遵守承诺向她伯父解释为什么她会一夜不归，她很聪明地邀请了萨恩贤者一起解释，用"参加神学活动"这个理由堵住了伯爵夫人的嘴。

"道尔小姐是我见过的最聪慧的人，我相信未来一定会让这个姓氏为她骄傲的。"萨恩贤者微笑着对亲自送他们出来的乔治伯爵说。

乔治伯爵乐得满脸开花，像他这种普通贵族想攀上七大贤者简直比登天还难。他用慈爱的目光看着给自己带来荣光的侄女："以后像这种神学活动尽管去，彻夜不归都没关系。在神光的照耀下，我没什么不放心的。"

伯爵夫人被这种区别对待气得直翻白眼，她昨天不过是看歌剧回来晚了点，就被指责在外面瞎晃荡失了贵族的体面。

南希目送米洛斯和萨恩贤者离开后转身回到自己房间，她找出装金币的箱子，装了两大把放进手袋里。她得搞定传送阵，立刻去北地。

距离她把黑暗神丢在公寓里已经过去两天了，作为一个不怀目的、善良的北地少女，把重伤的人就那么孤零零地丢下，良心怎么可能安稳呢？她一定要去给予关爱才行啊。

缺乏关爱的黑暗神只要一点光就会忍不住惦念，所以他一定会去公寓守候，如果她长时间没去，对方就会慢慢心凉，那么她之前的努力就白费了。

这里最关键的就是时间，不能太早也不能太晚。两天刚刚好，会让等待的人有些急躁，但又不至于无法挽回——太容易得到的糖就不甜了。

南希直接来到橡树街小酒馆找到上次带队的罗塞忽："我要买传送阵，越多越好。"

坐在酒桶后面的中年男人抬起头，目光有一瞬间呆滞："你竟然还活着?"接着他马上意识到自己说错了话,"对不起,我是说当时我们发现你掉队了,查看地图后发现你被魔物堵在了山洞里,我们以为你死定了,所以……"

"所以就没有管我。没关系可以理解。"南希对此并不意外,猎金人雇佣团都是为了利益才临时组建的,反正她当时也只为了蹭个票。

"不管怎么说,看到你还活着我很高兴。"罗塞忽连忙说,"对了,你刚才说要什么?传送阵?这玩意儿可不太好弄。你知道,制作失败率极高,市场需求还挺大……"

南希微笑着把装满金币的手袋打开,罗塞忽瞳孔猛地放大,视线凝固了几秒,慢慢地说:"当然……有钱什么买不到?

"喀,五十金一个传送阵,我这里正好有两个。如果你需要更多,我可以立刻为你去收。"

"成交。"南希把手袋直接交给他,"这是一百二十金,我要两个传送阵,剩下的雇上次伪装成我的神术者。"

"这很容易。"罗塞忽拎起金币袋点点头,"我现在就带她来。"

南希回到家,先去厨房顺了一罐刚熬好的蘑菇汤,接着上楼去换衣服。她特意选了领口掩到下巴的羊蹄袖裙子,在外面套上了冬天的大衣。毕竟她是去关爱孤独青年的,不是去引诱他变得更坏的。

系统将改变头发眸色的光洒下,镜子里立刻映出一个黑发黑眸的少女,嘴唇嫣红,皮肤雪白,穿着同色系的大衣,裹着红色的围巾,乖巧中透着些许妖冶。南希眨了眨带有稚气的、有长长睫毛的美丽眼睛,理了理大衣的边角。

"我们可以走了。"她从口袋里掏出黑色的小尖牌,这是去往北地的传送阵。她的兜里另放着一块金黄色的小尖牌,这是回南大陆用的。不同的地域传送阵的颜色也不一样,像海神的国度,传送阵就是蓝色的。

小尖牌被抛在地上,立刻织出圆形的浓黑色的法阵,一缕缕黑色的烟气迅速占满了整个房间。南希瞥了一眼楼下的小花园,伪装成她的神术者正在那里欣赏花朵,等她离开后神术者就会上来。

她快速踏入法阵,再不走的话,女仆们会认为她的房间着火了。

黑雾完全遮蔽了眼睛,就像提前跨入了深夜,但是这种情况并没有

— 076 —

持续多久，很快她的眼睛再次亮起，瞳孔中映出被夜幕逐渐笼罩的黄昏天空。

这就是隶属北地的克维纳郡，季节和时间跟南大陆完全相反。

南希往上揪了揪围巾，挡住呼啸而来的寒风，快步从狭小昏暗的巷子里走出去。

那栋小公寓就在这附近，她没有着急去，而是在街边的面包店买了夹着火腿的面包，再加上女仆熬的蘑菇汤。这就是她给黑暗神准备的爱心晚餐。

她走到公寓的楼下朝上看了一眼，挂着薄荷绿窗帘的房间透着死气沉沉的黑。

"宿主，看上去黑暗神不会回来了。"

"不会，他一定会来。"南希很肯定地说，拎着篮子走进昏暗的公寓大门。

不知从哪里照进来的微弱光线把走廊的阴影冲淡了一些。南希勉强认出门牌号，把篮子放在脚旁。陈旧的房门跟走廊的黑暗几乎融为一体，从门底的缝隙也能看出里面并没有人居住。

她轻轻敲了敲门，没人回应。

她弯起手指又敲了敲，"咚咚"的声音惊掉了挂在门扉上的一根黑色羽毛。

几秒后，一股看不见的强大力量从虚空落下，悄无声息地灌入，漆黑的房间轰然亮起灯火。

"谁？"隔着木门响起一道低沉的声音。

还能是谁？

送温暖的人。

第四章

CHAPTER FOUR

Four

室内传来轻微的窸窸窣窣声音,接着门被慢慢打开,塞西尔站在门内,颀长的身影一半落入烛光下,另一半隐入阴影中。

南希微微仰起脸,把围巾往下拉了拉,好让自己的脸完全露出来。她露出恰到好处的惊喜的微笑:"你还在这里?真是太好了。"

塞西尔没有回话,微微凌乱的黑色头发下是一双毫无情绪的眼睛。既不邀请她进去,也不关门。

南希知道,对方心里是有点怨念的。他就像刚见到光的人,但还没看清楚,那束光就溜走了,甚至把他一人丢在公寓里不问死活。如果她不来,想必他对"爱"和"善良"这两个词会更不相信,会给自己封闭的内心再添一道门。

"我给你带了食物,有买的面包还有我熬的汤。"南希提起地上的篮子轻快地说。

塞西尔又盯着她看了一会儿,这才侧过身让她进了屋里。

当两人都被晕黄色的烛光包围时,南希惊讶地看到塞西尔上半身仍缠着绷带,从熟悉的手法上看是原装的,没被拆下来过。

男人蜜色的皮肤大面积地暴露在空气中,宽直的肩膀、充满力量的手臂、劲瘦的腰身,每一处都散发着"爆棚"的荷尔蒙。

南希把目光移开,心不由自主地乱跳。这种充满力量的身体,简直就是来诱惑她的。

"你还没吃饭吧?"南希快步绕过塞西尔走到窗户边,把篮子放在小圆桌上。

她往外取面包和蘑菇汤的时候瞥到桌面上沾着极薄的灰尘,不只是桌子,窗台、扶手椅、矮柜、烛台上通通都落着灰尘,她之前明明都擦过一遍。这说明她走后,塞西尔立刻也离开了。

南希轻轻眨了眨眼睛,装作没看见一样,把食物从篮子里拿出来。

"本来我可以早点来,但是我第一次做汤,费了不少时间,但愿它的味道不错。"

塞西尔抱着手臂倚靠在门边,黑沉沉的眼睛毫不掩饰地盯着她。他就像流浪的野猫,远远地观察着向他投喂食物的人,绝不轻易靠近一步。

南希摆好食物后把围巾紧了紧,拿起篮子。

见她这么快就要走,塞西尔嘴角勾起一抹略带讥讽的笑,什么也没说,伸手拉开门。

"我去楼下买绷带和药膏,"南希走过他身边停下来说,"你身上这个该换了,时间长了不好。"

塞西尔微微一愣,冷淡的表情有了微妙的变化。

"还有,"南希抬起脸很认真地嘱咐,"那个汤你要快点喝,尽管我是跑着来的,但是还是快不过汤变凉的速度。"她见塞西尔还是不动不说话,伸手推着他,让他在圆桌旁坐下。

没有拿餐具,她把喝茶的杯子拿到盥洗室洗了洗,接着从罐子里倒出一些奶油蘑菇汤,这才把杯子递过去:"喏,给你,我放了很多白蘑菇和牛奶哦。"

塞西尔纹丝不动地看着她,十几秒后大概是因为找不到拒绝的理由,他有些僵硬地接过杯子。手碰触到杯身的一刹那,他细长的睫毛轻轻一颤,淡淡的温暖贴着冰冷的掌心缓缓蔓延。

"要全部吃完哦。"少女带着明朗的笑容伸手在桌子上比画了个大圈,接着重新挎起篮子转身出了门。

走出公寓后南希望着已经被夜色占满的天空,轻轻松了口气。事态总算没有偏离预期,每次塞西尔露出讥讽或抗拒的神情,都让她有些提心吊胆。

这个时代没有药店,生了病只能花钱请药剂师到家里来,但是一个城市的药剂师不会太多,他们分散在各个区域,所以一些杂货店会兼卖一些不太重要的小药品。

南希在楼下的杂货店里买了新的绷带和愈合膏,她买完这些并没有立刻回去,而是悠闲地在不大的小店里溜达起来。

看看漂亮的瓷器、绣花衣领、各色蕾丝花边、椰壳蛋卷,还有充满北地风情的缎面披巾。

"宿主,你不回公寓了吗?"小n忍不住问。

"回啊。"南希漫不经心地挑起披巾用手指轻轻一弹,缎面上的金色小点在桃红色缎布上发出灿烂的光,"不过不是现在,再等一会儿就回。"

"为什么?"

"就像我之前说过的那样,太容易得到的糖不甜。当你发现一样东西轻而易举就能获得,这个东西就不珍贵了。我要让他在等待中放大珍贵,这就是典型的饥饿营销。"

"哇,宿主,我突然觉得我配不上你,你要是配上SSR级系统得有多牛啊。"小n一脸羞愧。

"所以你要快点升级啊。"南希挑了一套便宜的镀银餐具和一块嫩黄色的桌布。距她离开公寓已经过了十五分钟,这是个让人抓耳挠腮的时间,会让人疑惑她是不是不回去了。

当南希屈起手指敲门的时候,指关节刚碰到门板,门就应声而开,就好像有人专门等在那里一样。

塞西尔依旧是不冷不热的神情,但是小n报分的声音暴露了他的情绪。

"宿主,加两分。"

不愧是跟光明神对立的黑暗神,南希隐隐感慨。两神自古就相爱相杀,连装蒜的样子都一模一样。

她把餐具拿到盥洗室洗干净后放到矮柜上:"我买了新的餐具,你可以用这个吃饭。"她扫了一眼小圆桌,食物一样都没动。

塞西尔现在的反应就像一只经验十足的野猫,因为看了太多人性的险恶,对向他投喂的人类产生了深深的怀疑。

真不知道少年时期的黑暗神是什么模样,不过有一点可以肯定,他能变成今天这种敏感、多疑、阴郁的性格,一定跟以往的经历有关。

"这汤很安全,是我自己熬的。"南希略带委屈的模样,用勺子舀起一勺汤喝下去,伸出舌头给他看,"瞧,我一点事都没有。"

塞西尔目光微动,少女的唇嫣红,贝齿很白很齐,舌头也很小巧可爱,跟他见过的那些粗大肥腻的人一点也不一样。

他不喜欢那些人,他们在他眼里跟神域那些神明一样,长着舌头,巧舌如簧,只为从他这里获得好处。所以他在北地制定了严苛的神法,说谎就要被割掉舌头。

但他一点都不讨厌这名人类少女,她脆弱精致带着温暖的气息,就像没有危险的可爱小兽，让他不禁有点想探索，想伸手摸一摸。

他这么想了，就这么做了，扣住南希的手腕轻轻一扯，把她拉到自己身边。

南希的眼睛惊诧地睁大，瞳孔中映出塞西尔神情淡漠的俊脸。下颌被轻松捏住，嘴巴张开，舌头被轻轻触摸。她脸色通红，挣扎着向后仰，塞西尔没有阻止她，就那么停了下来。

"你……你在做什么？"南希气恼地用手背擦嘴。

"你的舌头很好看，我想摸所以就摸了。"塞西尔淡淡地说，仿佛谈论天气一样自然。

南希微愣了一下，这与"神说要有光，于是就有了光"简直是一样的逻辑，霸道又让人束手无策。

她这才意识到，神是自由散漫的种族，不是所有神都像光明神那么严于律己，没有人可以约束他们，行动来自本心，毫无道理可言。

黑暗神其实一直都是一个危险的存在，他代表死亡，拥有强大的力量。他的行为就是他的准则，不会因为谁而让步。

几千年甚至上万年，因为没有约束，黑暗越来越浓，所以后纪元的人类才无法忍受，期望他约束一下自己。

"这是不对的。"她趁机给对方灌输一个好神是什么样的，"你没经过我的同意就这样做，是十分失礼的事情，会让我感到生气。我们换位思考一下，如果我突然去摸你的舌头，你会怎么样？"

塞西尔皱起眉，前面那句话他有点不明白，他从来都是想做什么就做什么，无需任何人同意，但当他听到后面那句话时，立刻拉过南希的手放在自己唇上很认真地说："你想摸吗？想摸你就可以摸，我不会生气。"

橘黄色的烛光透过灯罩的多棱水晶，在他的黑色碎发上镀了一层如梦似幻的光芒。他优美的眼睛也被蒙上一层淡淡的光晕，就像深渊中的星辰，危险又充满诱惑。

南希被他俊美的脸庞吸引，失神地看着对方，直到手指被湿漉漉地含住时，才被异样的温度灼烧到清醒。

"这样也是不对的。"她像炸毛的猫一样把手抽出，在衣服上狂抹，"不可以随便摸别人，也不可以让别人摸你。"

"可是你摸过我啊，我以为你喜欢。"

"我一点也不喜欢。"南希继续麥毛,她到底开启了对方什么属性啊。

塞西尔蹙起眉,俊美的面容带着深深的不悦。

他回到冥土后问了几个堕天使,如果一个女人主动亲吻他,甚至剥掉他的衣服,这意味着什么?

与光明天使不同的是,堕天使拥有丰富的经验,他们立刻靠经验给予了答案。

意味着那个女人对您感兴趣。

她想得到您。

靠近她,她会更喜欢您。

"我以为你这次去而复返是对我的身体感兴趣。"塞西尔抱着手臂,疏懒地倚在墙上注视着少女。她身上有他需要的光,他不介意付出一点代价,况且这个代价隐隐带给他一点奇异的感觉,很舒服,让人忍不住探究。

但是现在她又说她不喜欢了,这可怎么办?

✦

"我对你的身体不感兴趣。"南希站在房间中间义正词严地说。

不,其实她是感兴趣的,但这不是她的终极目标,她是来治愈阴鸷的神明,指引对方变成好神的,但现在走向完全错误了,她仿佛看到黑暗神朝海神的方向狂奔而去,这样绝对不行。

塞西尔抱着手臂倚靠着盥洗室的门框,一双漂亮的桃花眼带着些许疑惑:"你想要什么?"

我想要你做个好人。

"我什么都不要。"少女摇摇头,眼中闪着善良纯洁的光芒。

"我就是有点担心你死了。"她小声说,"那天把你丢在这里,回去后我的眼前总是浮现出你浑身是伤的模样。我们一起被怪物和魔物围堵,又遇到可怕的大天使。

"两次危机我们都一起躲过了,在我心里已经把你当作同伴了。虽然这只是我单方面的想法,但我真的不希望你出事,所以我忍不住跑过来

— 084 —

看你，就是这样。"

塞西尔看着她，沉默许久，终于低笑了一声。

世界上怎么可能有无缘无故的善意？

他遵从北地的等价交换原则，从她身上拿走了什么，势必要还回去相同的东西。就像他回应信徒的许愿，对方得到什么，相应地就会失去什么。

"随便吧，等你想到要什么再告诉我。"他走到圆桌旁的扶手椅边坐下，拿起汤勺。

"汤已经凉了，别喝了。"南希忙说。

"这汤是专门做给我的，我想喝掉。"塞西尔轻声说，"至于温度，这个不难解决。"

他伸手握住装着凉汤的杯子，一道微光闪过，冷凝的汤水突然冒出了热气。

原来是神术啊。

南希不再阻止他，在他的对面坐下，双手托着腮："刚才我去买东西的时候你怎么不喝？"

"我长期居住在冥……门德斯沼泽，手比平常人凉，端住冒着热气的杯子让我觉得很舒服，所以就多端了一会儿，等我准备喝的时候你就回来了。"

原来是这样啊。

南希对于自己之前的判断失误而感到懊恼，如果她没有示范喝汤并吐出舌头，是不是就不会开启黑暗神奇怪的属性了？

塞西尔喝完杯子里的汤，又去喝汤罐里的汤，喝得一滴不剩。其实加起来也就两茶杯，多了她也不好携带。

"没吃饱吗？"南希拿起面包递给他，"刚才我出门的时候买个炉子就好了，可以煎肉排，也可以煮汤……咦，你不想吃面包啊？"见对方不接，她只好放回去。

"我不喜欢吃买来的东西。"塞西尔淡淡地说。

咦，看来只喜欢独一无二的关爱啊。

"好的我知道了，下次烤面包给你吃，我烤面包的手艺也是一绝哦。"少女毫不羞愧地胡扯。

"宿主你真能吹。"小 n 感叹。

南希没有理它，转身从篮子里取出药膏和绷带："我们来换药吧。对啦,我还不知道你叫什么呢!"

"塞西尔。"黑发青年很认真地介绍自己,"我的姓很长,你不太可能记得住,记住我的名就好了。"

南希惊诧得简直要无法控制表情,黑暗神竟然把自己的真名告诉了她,但她并不想知道啊。

如果他用个化名什么的,她会很乐意记住他的名字,可现在该怎么办?作为黑暗神的"子民",她不能装着不知道他"老人家"的名字。

"呃……你的名跟伟大的黑暗神一样欸。"南希硬着头皮说。

塞西尔勾了勾唇角:"你呢,你叫什么名字?"

"南希·道尔。"

"南希·道尔。"塞西尔认真重复了一遍。

"嗯,不要忘记哦。"南希笑吟吟地说,目光扫过他身体上绑的绷带,"是我帮你解呢还是你自己解?"

塞西尔微动手指,一道微光闪过,他身上缠着的绷带瞬间消失。暴露在南希眼前的是一道道无法愈合的伤口,或深或浅的伤口里,露着暗沉的血肉,似有层屏障阻挡着它们,让血无法流出来。

南希只看了一眼就匆忙把目光移开,她感觉心脏疯狂乱跳,几乎要从身体里跳出来。虽然她被允许直视神,但这股力量还是无法承受。

如果不经神明允许就直视神,这些露着神明最原始的血肉的伤口,只需要一眼就会把她炸成肉泥。

"你先清洗一下,我再给你上药。"南希匆匆走到窗户前凝视着夜色,缓和刚才受到的冲击。

塞西尔点点头,站起来走向盥洗室。没过两秒,盥洗室响起了"哗哗"的水声。

南希惊讶地扭过头看着盥洗室的门,她的本意是让他直接用清洁术清洗伤口,没有让他真的去洗澡啊。

十几分钟后,塞西尔从盥洗室走出来,穿着长裤,裸着上半身,脖子上搭着一条墨绿色的毛巾,一边走一边用毛巾擦着头发。

凌乱的头发下是漫不经心的神情,身体上狰狞的伤口在水滴的映衬下,呈现出一种破碎的美。

他的手臂线条实在太好看了,结实的充满力量的肌肉,有着性感的色泽。他的腰也特别好看,劲瘦紧实,冷白色的肌肤被烛光映成了性感的蜜色。

南希的目光一直在塞西尔身上扫来扫去,突然她的视线顿住,发现自己竟然没有像刚才一样产生心脏要爆炸的感觉。她仔细看了一眼,那些狰狞伤口上覆盖着的屏障似乎更厚了。

塞西尔拿起绿色药膏,很自然地拧开盖子递给南希。

南希接过来用手指蘸取了一些,让他转过去。

塞西尔很听话地背过身去。

没有了力量的辖制,南希可以很清楚地看到伤口中露着的血肉,它们就像火山里流淌的岩浆,缓缓地在塞西尔身体里涌动。

这就是神明的血肉啊,她在心中感叹,把蘸有药膏的手指贴上去。刚触到伤口,指腹下的皮肤就在轻轻颤抖。

"很疼吗?"

"很疼。"塞西尔诚实地说。

"怎么会受这么严重的伤呢?"一个伤口涂完了,南希开始涂另一个伤口。

"我的死对头下手一贯狠厉,"塞西尔淡淡地说,"这并不奇怪,我们生存的意义就是吞噬对方。黑夜想盖过光明,光明想驱散黑暗。"

呃……我不想听这个,不想知道你是谁。

南希连忙闭上嘴不再说话,快速给他处理伤口。

当后背涂完的时候,涂前面一下子成了艰难的事。上次她是在对方昏睡的时候,闭着眼睛在小n的指点下涂的。这次虽然没有了神明血肉带来的压制,但塞西尔的目光成了压力的来源。

她垂着眼,可以感觉到对方的气息在自己头顶。而且随着她去涂锁骨、胸口这些位置的时候,气息的温度一下变得高了起来,她手下的皮肤也越来越烫。

"上一次,你就是这样给我涂的啊。"塞西尔低笑了一声,尾音颤颤,有些气喘。

"嗯。"

"幸亏我昏睡了,如果我发现你敢这样亵渎我的身体,恐怕你现在已经在冥土了。"

"你会杀了我吗?"南希有点好奇。

"我会捏断你的脖子，但是现在我不会这样做。"塞西尔注视着在他胸口轻轻移动的纤细手指，黑色的眼眸像是含着浓雾，声音沙哑得不像话。

"为什么现在不会呢？"

"因为你把受伤的我带到了这里，给我留下了食物，回来照顾我，专门给我熬汤……"

南希手指微微一顿，这些微不足道的事情，对于塞西尔来说却是让他甘之如饴的光。

涂完了药膏，南希给他把绷带缠上。

"咚——"

远处响起低沉悠长的钟声。

北地引以为傲的宽阔街道已被深暮笼罩，鳞次栉比的建筑如同墓碑群般静谧地矗立着，微弱星光下，万籁无声。在静寂的夜色中，只有断断续续敲响的钟声。二十二下，代表晚上十点，克维纳郡进入了宵禁时间。

这是黑暗神制定的神法，到了这个时间，任何人不许在外面走动。毕竟北地挨着冥土和深渊，这里蕴含着别的大陆无法比拟的神秘力量。夜色会滋生恐惧，恐惧会幻化为魔物，就算是克维纳郡这种大城市，也无法躲避大自然的规则。

"呀，已经宵禁了。"南希转过身惊讶地看着窗外，楼下已经没人了。那些零零散散的店铺也统统关上了门，煤气灯把街道照得很亮，似乎这样做才能驱逐黑暗滋生的怪物。

"嗯。"塞西尔顺着她的目光看过去。他自己制定的法律，并没有觉得哪里不对。

"我回不了家了。"少女有些懊恼地说。

"宿主你在北地有家吗？"小n忍不住"吐槽"。

"那就不回。"塞西尔很自然地接道，"这里有床，你就睡在这里。"

"不太好吧，"没有住处的少女因得到了留宿的许可而偷偷暗喜，"我睡床的话，你睡哪儿呢？"

像光明神一样在扶手椅上坐一夜吗？那多不好意思，她何德何能让两位神明守夜。

"我也睡床。"塞西尔理所当然地说，"这是双人床，当然可以睡两个人。"

南希:"……"

合理得让人无法反驳。

✦

"你先去洗漱,等你出来再说床的事。"塞西尔话音刚落,盥洗室就传来流水的声音。

南希连忙打开门看,一道热气腾腾的水流凭空出现。就像把空气切了个口子,把什么地方的水抽过来给浴缸疯狂灌水,很快就漫延到了浴缸边。

"好了好了要满了。"南希连忙说。

"嗯。"塞西尔倚着门框懒洋洋地应了一声,水流立刻消失。

"神术好神奇。"南希惊叹地看着浴缸里清澈的冒着奶白色热气的水,简直就是无中生有。

塞西尔瞥了她一眼:"我记得在迷雾之森的时候,你说自己是猎金人,应该也会神术吧?"

南希点点头:"当然会了。"——才怪。

"我会的东西很有限,你知道的,知识需要用金子来换。我还在赚金子的路上,没机会学习,像咒语啊神术仪式这些东西,我知道得非常浅薄。"

塞西尔想了一下问:"你想去默克雅克学习黑暗神术吗?"

"不想,我更喜欢自学。"南希轻快地说,然后走进盥洗室把门关上。

默克雅克是北地的神学院,那里的神术师专攻黑暗神术。她当然知道这是一个难得的机会,但目前的时间分配已经很紧张了,等将来开辟了海神支线会更加分身乏术。

"宿主,你刚才一共加得三分。"小n美滋滋地说,"都是在涂药膏的时候一分一分涨的。加上之前的二十九分,现在我们一共有三十二分啦。"

"三十一分。"南希把裙子脱下来挂在衣架上,小心地迈入浴缸。

"咦?"

"今天又到消耗一分续命三天的时间了。"

"我忘了。"

南希把自己完全滑进热水里,只露出脑袋。水波随着她每一次呼吸,荡出阵阵波纹。

"明天早晨就回布尔顿。"

"啊，这么快？"

"后天我有课，还有跟米洛斯约定学传送阵，这个不能让伪装我的神术师代劳，不能再拖了，我得去把材料弄齐。"

"宿主你就像个陀螺。"

"没办法，今天薅毛不狠，明天地位不稳，别忘了还有一个SSR。"

"那个SSR到底是谁呢？"

"我想我知道其中一个是谁了。"南希若有所思地说。

"SSR有好几个吗？"小n大惊。

"当然不是，SSR只有一个，但是它的权限肯定不像你只能变变玛丽苏发色和眸色，SSR应该可以改变外貌甚至性别。如果是这样，我们就危险了，因为完全抓不到蛛丝马迹，只能凭借对方对我的恶意来判断。"

"宿主你竟然都想得这么远了。"小n一脸羞愧。自己这个垃圾系统太拖后腿了。

"所以小n同学，要赶紧加强业务水平啊。"南希从水里站起来，伸手扯过浴巾擦干身上的水。接着把衣服一件一件套好，每一颗扣子都系好，对待黑暗神自然不能像光明神那么浪，能捂的地方都要捂得严严实实。

南希从盥洗室走出来的时候，塞西尔坐在床上不知想什么，见她出来立刻伸手拍拍自己身边的位置。

南希瞥了他一眼。身体上缠着乱七八糟的绷带，却一点不损他的俊美。紧实的手臂、紧实的腹肌、流畅的肌肉线条，在绷带之下若隐若现。她有些紧张地抿了抿唇，感觉空气中都充满性感的因子。

"那个……是不对的，"南希结结巴巴地说，嗓音极其不坚定，"我们只是普通的同伴，在一张床上睡的只能是夫妻、情人、兄妹……"她到底在说什么？

"我还是去扶手椅睡吧……呀！"一股看不见的力量缠在她腰上，将她轻柔地托起，猛然的失重感吓得她惊呼一声。塞西尔倚靠着床坐着，一只手枕在脑后，另一只手冲她勾勾手指，她立刻朝他飘过去。

眼看就要撞上墙壁时，塞西尔一把接住她，轻松托着她的腰肢让她躺在身边，轻笑着说："这么啰唆，你真的是北地人吗？"

南希想坐起来，却发现腰间那股巨大的力量还未消失，她只好平躺着争辩:"这跟北地人没有关系。我们应该洁身自好,约束自己的行为,不为他人添麻烦……"眼前突然一片漆黑,她猛地停下话头。

"睡吧。"

耳畔传来窸窸窣窣的声音,南希觉得身上一沉,一床柔软的鸭绒被盖了下来,接着塞西尔在她旁边躺下。

"你熄了蜡烛?"南希有点惊讶。

"嗯。"

"可是……"听说北地会彻夜燃着灯火,因为只要是黑暗的地方就会滋生邪祟。大家即使睡觉家里也会点着烛台或者煤气灯,街道上更是灯火通明。

"不必担心,"塞西尔淡淡地说,"没谁敢到这里来。"

也是哦,南希放心地舒展眉眼,谁会招惹北地之主呢?那个常年居住在冥土,与黑暗共生的神明。

大概是因为被子很暖和,身边又睡了一个无比强大的神明,她很快就觉得睡意来袭,眼皮越来越沉重,没有多长时间就沉沉睡过去。

塞西尔听到身边的人呼吸越发清浅均匀,知道她已入睡。他坐起来,靠在床头懒懒地注视着窗外。

黑暗神怎么可能在黑夜睡觉呢?他伸出手,夜的浓度立刻变得更高,亲昵地涌向他,亲吻他的手背。

远处传来凄厉的哭喊,南希猛地睁开眼坐起来。与此同时,她发现压在腰间的力量已经消失了。

"不用担心,有人不守规则私自外出被攻击了。"耳畔传来塞西尔平静的声音。

南希惊讶地看了他一眼,即便是违反规则在先,她还是被神明的冷漠给冰了一下。

她光脚下床,走到窗户前,趴在玻璃上往远处看。贴在玻璃上的手蓦地一疼,就像被什么东西咬了一口,她紧蹙眉头缩回手。手心被啃掉一块皮,血顿时流出来。

"小心。"头顶响起一道疏懒的声音,南希扭头,塞西尔不知什么时候站在了她身后,"别离我太远,这里没点蜡烛,缺失了光,黑暗会把你吞噬掉。"

南希的腰肢被强有力的手臂揽住往后一带，远离了玻璃。

塞西尔执起她的手，用指腹轻轻拂过，一道清凉的白光闪过，手心上的伤口顿时冒起了小小的肉芽，争先恐后地交织着"缝补"皮肤。

"治愈术属于光明神术，我不太擅长，可能要等一会儿才会完全愈合。"塞西尔一边施展治愈术一边注视着南希的掌心。很软也很白，就像他吸吮过的纤细手指，不知道味道会不会一样。

他这么想了，但没这么做，因为他想起来这个人类女孩不喜欢不经允许就被触摸。

"宿主，你得到一枚 SSR 币。"

"什么 SSR 币？"南希疑惑地眨眨眼睛。

"我看看啊，第一次见到这玩意儿我也很蒙。"不熟悉业务的小 n 连忙查看。

十几秒后。

"原来是这样。R、SR 级别都是用好感值升级的，但是想到 SSR 级，必须用 SSR 币来升级，这种 SSR 币在你改变神明时获得。"

"比如说让黑暗神做个好神，他的每一点改变都会变成 SSR 币。SSR 币不仅可以给我升级，还可以给你兑换高级盲盒。"

"那又是个什么东西？"

"你还记得低级盲盒吧？一分好感值兑换一个，百分之一的概率可以开出高级道具，而高级盲盒开出的概率是百分之百，甚至还有百分之十的概率开出隐藏限定。"

"哇，这么爽？"南希感觉自己变成了星星眼，"我都有点迫不及待了。"她手里只有两个道具，一直都不舍得用。

一个是可以复制一切的"小丽莎玩腻的橡皮泥"，可用来复制强大的神术，关键时候可以保命。另一个是"你只能看到我"，指定一个人只对你感兴趣，时限是二十四小时，这个打算用来对付海神。

"不过刚才那枚币到底是怎么来的？"南希问。

"我也不知道。"小 n 羞愧地说，"这是 R 级才能查看的东西。"

"唉，看来得赶紧给你升级了。"

跟小 n 的对话结束，南希觉得四周突然变得十分静谧，她看向窗外疑惑地问："那个喊叫的声音怎么没了？"

"大概被吃掉了吧。"塞西尔专注地看着她的掌心,仿佛在谈论橘子被谁吃掉了一样自然。

黑暗神淡漠凉薄的嗓音使夜色变得更加阴冷,南希轻颤了一下抬起眼,黑发青年眼眸里含着漠视,只在看向她的时候冷酷的神情才有所缓和。

"再睡一会儿吧,"塞西尔说,"离天亮还有一段时间。"

南希获得SSR币的喜悦缓慢消失,强大的神明只向她掀开了一点点黑暗的边角,她还有很长的路要走。

重新躺在床上,南希翻来覆去睡不着。也不知道是因为不困了,还是因为发生的事情太多让她更精神了。

塞西尔侧过身,漆黑的眸子懒洋洋地注视着她:"睡不着?"

"马上睡了。"南希感觉他的手臂肌肉碰到了自己,怕他做出什么奇怪的事,连忙闭上眼。

黑发青年看了她两眼,轻声问:"你在害怕吗?"他挪动了一下,靠得她很近,像一头巨大的兽卧在她旁边,隔绝了夜色的冰凉。

"不用担心,我保证,那种事情不会发生在你身上。"

南希睁开眼,看着近在咫尺的给予她强大安全感的神明,想了一下,提前给他预告:"天亮的时候我就回家了。"

"嗯,"塞西尔嗓音沉沉,"你以后还会再来吗?"

"来。"

不来怎么攻略你?

✦

晨曦初晓,南希从公寓走出去。沉静一夜的克维纳郡又恢复了往日的喧闹,丝毫看不出昨夜那声凄厉的哭喊带来什么影响。人们已经习惯了这种生活,生于黑暗,行走于光明。

街对面走来一个穿着黑色法袍的女人,二十出头的模样,黑色头发盘在头顶,脸上带着凌厉的神情,看上去不太好惹的样子。

南希本能地把道让出来与她避开,快步朝远处的小巷走去。

擦肩而过的瞬间,黑袍女人停下了脚步缓慢地转身,就像发现猎物的毒蛇,盯着南希的背影直到消失才收回目光。

"真是了不起的人啊。"黑袍女人嗓音冰冷。

"看上去你的实力在她面前不堪一击。"一个粗犷的嗓音发出嘲讽的话语,"在你辛辛苦苦刷好感的时候,有人可能已经把黑暗神攻略了。"

"闭嘴。"黑袍女人目光沉了沉,转身走进公寓。

空气猛地震颤,一股阴沉的寒气瞬间充满走廊。黑色的羽翅撕破了她的法袍,从肩胛骨延伸出来,巨大的翅膀缓缓扬起又落下,最后平整地贴在后背。在阴冷空气流动之时,被撕破的法袍像有生命一样重新合拢。

塞西尔恢复了原本的样子,他的上身不再半裸,而是穿上了严实的黑色法袍,暗淡的银光在上面流转,就像清冷的月色。

门突然打开,一个黑袍女人走了进来,利落地单膝跪在他的脚边。

"主人,我想我们发现他了——光明神米洛斯。他还在布尔顿,但似乎还没恢复记忆。"

"嗯。"塞西尔淡淡应了一声。

黑袍女人等了一会儿,发现一直没有声音,忍不住偷偷抬起眼。俊美的神明用修长的手指转动着一个空药瓶,疏懒地不知在想什么。

她用鼻尖轻轻嗅了嗅,闻到了木樨草的清香。那是人类处理伤口时用的膏药,就来自这位北地之主的身上,是谁给他涂的已经不言而喻了。

"主人,"黑袍女人小心翼翼地抬起脸,"我闻到了人类的味道,我……"

塞西尔冷淡地瞥了她一眼,只一眼她就重新跪在地上,脸色惨白地打着寒战,仿佛刚才看见了盘桓在地狱里的寒冬。

"我想你搞错了一件事情,瓦萨丽,"塞西尔慢悠悠地说,"我破格提拔一只野天使,不是为了给她提供窥探我隐私的权利。有些事情,你是没资格跟我一起分享的。"

"主人,我不是窥探,只是担心您……我保证没有下一次。"黑袍女人额头贴着冰凉的地板,瑟瑟发抖地请求原谅,但是等了许久头顶一点声音都没有。

"他早走了。"脑海里传来粗犷的声音。

"你不早说?"黑袍女人有些恼火地抬起头,果然没有了黑暗神的身影,他大概已经回冥土了。神明想去哪儿就去哪儿,无须告知任何人。

"你一开始就走错了,拼了命只换了一点忠心值。"

黑袍女人脸色阴郁:"我没有走错,不做他的下属怎么能接近他?"

"不是下属,是仆人。"粗犷声音接着嘲讽。

"不会做仆人太久。"黑袍女人站起来,在屋子里绕了一圈,发现刚才桌子上搁的一篮子面包,以及黑暗神手里的空药瓶都不见了。

她紧紧抿住唇,想起相同的空药瓶她在神殿也见过,它们被摆放在神座旁边的矮桌上。想必用不了多久,上面就会摆满这些个垃圾玩意儿。

南希拎着一布兜东西急匆匆地走在被黄昏笼罩的布尔顿街道上。

从北地的白天瞬间跨入南大陆的黑夜,让她觉得有点混乱。刚才她去买传送阵,没有买到北地的。没办法,只好搜罗一堆材料,期望可以忽悠米洛斯给她做一个北地传送阵。

"我觉得光明神不会愿意制作北地传送阵。"小n说。

"他一定会做。"南希不以为意地说,她根本没把这个当作问题,令她在意的是另一件事。

"升到SSR需要多少币?"

"五十枚。"

"这么说我得让三位神明再做出四十九次改变,才能获得这些币?"

"也不一定。"小n说,"如果有神明做出非常大的改变,一次就能获得很多币。就像好感值一样,每次都不一样嘛。"

"我明白了,"南希点点头,"给我一个高级盲盒吧。"

"一个什么?"小n以为自己幻听。

"一个高级盲盒。"南希重复了一遍,"你离SSR太远了,我们还是考虑当下吧,也许一个盲盒可以解决我的麻烦。"

"呃,这么说也有道理。"

一道微光闪过,南希手里一沉,真的出现一个竖长条的盒子。盒子上闪着高级的光泽,一看就是好东西。

"我拆啦。"少女很有元气地上手直接撕开,盒子里冒出金色的光芒,映得她的眼睛都变成了金色。

"隐藏限定!"小n尖叫。

"矜持一点。"南希笑着说。她把盒子里的东西倒出来,是一个指头大小的蓝色玻璃瓶,瓶子里放着一颗人鱼形状的橡皮软糖。

瓶身上写着：美梦丸，可以指定一个人吃掉药丸，他将变成海的儿女与你进行一场邂逅。

海的儿女？没毛病。男的变成海儿，女的变成海女，反正统统是人鱼——上半身是绝美人类，下半身是鱼尾的禁忌生物。

想起那个为了寻求真爱喝下魔药的动人故事，南希慢慢勾起唇角："我找到把海神弄上岸的东西了。"

她转动瓶身，发现标签上姓名一行是空的。这大概就是药丸的使用方法。只要把海神的名字写上去，就可以让他神不知鬼不觉地吃下药丸，然后，他就完了。

对于海神，南希一直感觉很微妙，毕竟她生活的故乡就是海神统治的，突然要见到老乡了，真是有点期待呢。

她把"美梦丸"放进口袋，手指触碰到非常柔软的东西，南希眼睛里瞬间涌出不可思议的光，伸手把东西拿出来。

六根羽毛，三根白色的三根黑色的。这是她上次留给塞西尔的，没想到他不仅给她放回来了，还加了三根，也不知道是从谁身上薅的。

"哇哦。"小 n 发出了怪叫，"宿主你真是薅毛大师，各种意义上的。"

南希轻轻笑了一下，把东西塞回口袋，大步朝光明神的住宅走去。今天换方案了，她不要北地的传送阵，她要海国的。

"你要学制作海国传送阵的方法？"米洛斯稍显惊讶，"很少有人会去那里，毕竟海国的陆地面积不大，主要都是海域。"

"我不去，只想要个蓝蓝的牌子，海国传送阵的颜色好看。"少女两肘支在桌上，用手托着腮，看米洛斯在材料袋里挑挑拣拣。

米洛斯换到了独立的带花园的大房子，这里没有了萨恩这个大灯泡，让她觉得非常自在。她看着米洛斯挑拣蓝水晶，那双修长好看、骨节分明的手泛着冷玉般的光泽，看着就眼馋。

"我来帮您挑。"她佯装热情地把手伸过去，有一搭没一搭地挑拣着。蓝水晶没挑出几个，却总是碰到对方的手。

米洛斯低垂着眼帘，纤长的睫毛微微轻颤。少女纤细的手指若有若无地碰着他，让他瞬间回到了手背抹药膏的时刻，皮肤像有记忆似的，被碰到的地方立刻酥麻起来。

米洛斯抬起眼，偏偏对方小脸绷得紧紧的，一副严肃认真干活的模样。

"宿主，加一分。"

"别捣乱。"米洛斯淡淡地说。

"没有捣乱呀，我也在干活。"南希装模作样地拣出一颗水晶，伸手又去碰瓷。

手指刚碰上去，就被一只强有力的手牢牢抓住。她惊讶地抬起眼，米洛斯面无表情地一只手攥着她的手，另一只手冷静地挑选原石。她想把手缩回来，却被握得纹丝不动。

虽然可以理解为防止她捣乱，但是这个方法有点像反向撩人啊。如果光明神也有系统的话，现在就该"一、二、三"地报分了。

南希笑盈盈地单手托腮看着米洛斯，他的目光始终清淡冷漠，认真地沉浸在自己的世界里，但是挑选蓝水晶的效率越来越低，暴露了他根本就是心猿意马。

在小n报了两次加一分后，南希甜甜地唤道："米洛斯大人。"

米洛斯并不抬头，只轻"嗯"一声作答。

"这些水晶应该够了吧？我记得您说需要二十二颗，但是您挑了不止一倍呢。"少女笑着提醒。

米洛斯抬起眼，还是那副清淡的模样："传送阵失败概率很大，多挑一点材料备用。"

南希："……"

光明神会有做坏传送阵的机会吗？

时间一分一秒地溜走，一个小时后，泛着蔚蓝光泽的尖牌子被做了出来，窗外已是灯火辉煌。

"已经很晚了，你回家吧。"米洛斯把蓝色尖牌递给她。

南希瞥了一眼漆黑的夜色有些不情愿，她今天特意穿了露着大片胸脯的性感裙子，没加到四十分她不想走。

"我不能留在这里吗？外面那么黑，我又没马车，不敢自己回家。"

"不能。"米洛斯毫不留情地拒绝，拿起一个黄色尖牌递给她，"这是南大陆的传送阵，你直接传送回家吧。"

南希："……"

这是什么大手笔？为了让她回家竟然用五十金一个的传送阵？她有

点想步行回家省下这个黄色尖牌了。

"行吧。"她不太情愿地接过来,知道不能逼对方太紧,让他一点点破冰已经很不容易了,但是就这么走她又不甘心。

她磨蹭地收着东西,米洛斯抱着手臂站在一旁耐心地等她,睫毛像鸦羽那样垂着,微凉的目光清清淡淡。这张脸实在太好看了,让人忍不住想欺负他。

她踮起脚快速在米洛斯的唇角吻了一下:"作为感谢,就用这个来当谢礼好了。"

米洛斯蓦地睁大眼睛,心跳瞬间乱了一拍。

"宿主,加两分。"小n尖叫,"你怎么做到临门一脚的?"

南希翘起嘴角:"这有赖我以前上学时做过促销,随时随地观察形势,抓住机会才能创造价值。"

小n:"受教了。"

※

南希用传送阵回到家。

伪装成她的神术者莉莉正坐在卧室的沙发上看报纸,见到她回来微微一愣:"我还以为你要好几天才回来。"

"明天有课。"南希把手袋放到矮柜上,转身看到莉莉快速地解开衣裙上的带子,跟她一模一样的那张脸像蜡一样熔化。

"对不起,"南希笑着说,"我想你暂时不能走。"

莉莉吃了一惊:"你才回来又要走了?"

"当然,"南希打开衣柜取出一件下摆宽大的蔚蓝裙子,"不会太久,明早我会在上课之前回来。"

"你可真忙。"莉莉耸了耸肩,熔化了一半的脸慢慢复原,"有一件事要告诉你。"

"什么?"

"今天我见到一位特殊的客人。"莉莉笑嘻嘻地说,"王都的玫瑰玛格丽特公主。"

"什么?"南希惊讶地转向她,心里涌出淡淡的不安,"她来做什么?"

"也没做什么，"莉莉无聊地用手指绕着自己的头发，"就是聊了聊淑女们的衣饰、流行的事物之类。不过有一点你要小心，玛格丽特总是很仔细地观察我的脸。

"别人可能不会察觉，但我不一样，作为一名伪装者，我最在意别人的目光，因为总担心自己露出破绽。所以当玛格丽特的目光刚投过来，我就清楚地察觉到了，她在看我们是不是同一个人。"

南希垂下眼帘，遮盖了心中涌起的惊涛骇浪。玛格丽特在观察她？

"罗塞忽不会把你伪装我的事告诉别人吧？"

"不会，我们签订了三方契约。有世界意志监督，没有谁能违背承诺，违背就会死。"

"知道了。"南希的神情恢复平静，"下一次也请帮我周旋，我不希望朋友们知道我的秘密。"

走廊传来脚步声："南希小姐，吃晚餐的时间到了。"

"一会儿就下去。"莉莉用南希的嗓音回复，她笑容轻快地拍拍南希的肩，"放心吧，每个人都有秘密，我也不例外。"说完，她就打开房门代替南希吃饭去了。

"宿主，我们是不是被看到了？"小n担心地问。

"应该是这样的。"南希一脸思索，"可以肯定的是，玛格丽特就是那名SSR，这是她在光明神面前的身份。我之前还在犹豫，不能完全肯定，但是她过来试探我而暴露了自己。

"至于她在北地的身份，我想有两种可能。一是她没有机会接近黑暗神，只不过凑巧看到了我；二是她已经混到了黑暗神的身边，成为他熟悉的人。"

"混到黑暗神身边？"小n大惊，"会是谁呢？"

"我想，也许是位天使。"南希缓缓地说，"我上神史课的时候喜欢研究神明过往，我发现黑暗神与别的神明有一点不同。

"别的神明只接受世袭的天使作为仆人，但是黑暗神世袭的、野生的都会接纳，所以他的天使最多。那么是不是可以认为SSR拥有厉害的变化能力，比如给它的宿主加一对翅膀？"

南希进一步发散思维："我想，虽然她变成了天使，但是不一定拥有天使的实力。可是，她也不会差，毕竟是系统精挑细选的任务者。下一次我只要问问塞西尔有几个天使就清楚了——虽然我已经猜到她是谁了。"

"谁？"小n问。

"就是我们今天从公寓出来见到的那位大姐，你看她神情那么凛然，透着一股不是凡人的劲。

"我想她也在遵从堕天使的人设，毕竟我们都需要在不同的神明面前拥有不同的面孔，但她因为表演痕迹太重反而容易分辨。"

"哇。"小n现在只能用赞叹来表示它的钦佩了，"宿主，请容许我直白地赞美你。"

南希轻笑了一下伸了个懒腰："好啦，知道她是谁我们就不会一味地被动了。明天上完神术课就去海国。"

"宿主，我还有一点疑问。她会不会向黑暗神揭发我们呢？"

"我想她不敢，"南希笑着说，"她有嘴，我也有啊，大家都不想看到鱼死网破的局面。所以，最大的可能是她会不停给我使绊子，想让我主动掉马甲①。"

"那怎么办？"小n焦急地问。

"哦，就这么办点，那么办点呗。"南希漫不经心地对着穿衣镜整理了一下裙摆，"好啦，我们走吧，先去把海神解决了再上课。"

"哇，宿主，我们刚从北地飞到南大陆，你现在又要飞往海国？简直就是空中达人。"

南希笑吟吟地拿出蓝光的小尖牌："这就是我作为时间管理大师的职业素养。"

小n："……"

传送阵的光芒还未消失，南希已经闻到了大海的气味，听见波涛汹涌的声音。这跟她故乡的味道一模一样，让人有种亲近的熟悉感。

光晕消失，眼前展露出月光下的大海和繁星点点的星空，涌动的风把它们连成一片。

南希迎着海风，走到一块巨大的黑色礁石上四下环顾。这里除了大海和礁石，满目荒凉，连棵树都不存在。

海浪拍打着礁石，碎成乳白色的浪花。她把风灯放在礁石上，拿出

---

① 掉马甲：指被人认出真实身份。

小蓝瓶，借着微弱的光写下海神的尊名：伊比利斯·瑞亚。

羽毛笔停下的一瞬间，玻璃瓶发出一道明亮的光芒，接着快速熄灭。四周重新陷入昏暗，南希发现瓶子里的人鱼软糖不见了。

她等了五分钟，四周还是那个样子，丝毫没有变化。

时间一分一秒地过去，半个小时后小 n 沉不住气了："宿主，假药吗？"

南希轻笑着说："对方可是神明，我估计会有些许抗药性。另外海底那么多双眼睛，药丸想要发挥美梦的作用，恐怕需要等待时机。"

她的话刚说完，海水突然汹涌起来，一道明亮的光芒飞快蹿起。

南希还没有看清那是什么，"哗啦"一声，那东西重新坠落海面，溅起大片的波浪。

南希的心脏突然不受控制地狂跳起来，她知道机会来了。她从这一块礁石上跃下，踩着另一块低矮的礁石，朝发出动静的水域走去。

越靠近大海，礁石越滑，十分不好走，散发着海腥味的冰冷水花溅在脸上，她艰难地走到最低处的石滩上。在两座大礁石的交界处，一条大鱼似的东西卧在那里，身上挂着水草轻轻地晃动。

南希小心翼翼地靠过去。她听说人鱼有攻击行为，在离那东西还有五步远的时候，她停下脚步，缓慢地举起风灯。

微弱的光芒照亮了礁石，也照亮了海神伊比利斯。

南希有些惊讶地睁大眼，在她的印象里，海神一直以青年的模样现身。因为每天的欲望都能得到满足，脸上始终带着无所谓的神情。

眼前这个上半身是赤裸的人形，下半身是深蓝色鱼尾的家伙，脸庞糅合了青年的英俊和少年的青涩，最多十八岁——原来中纪元时期的海神这么年轻啊。

他似乎很不舒服，双手深陷沙石中。上半身微微抬起，劲瘦的腰肢和紧实苍白的皮肤在昏暗的光芒下流露着危险的风情。水珠沿着他利落的下颌线从前胸滑下，瞬间消失在鱼尾的鳞片中。

南希又靠过去了一些，大概被光线晃到了，少年一直藏在刘海下的冰蓝色眸子慢慢张开，像海底汹涌的暗流要冲破平静的海面，掀起巨浪。

"是你啊……"伊比利斯发出低沉沙哑的声音，眼睛由迷茫到聚焦，再到一眨不眨地紧盯着南希，脑中仿佛快进地放出一些不连贯的片段。

今天是他的生日，整个兰蒂斯都在狂欢。他喝了酒有些不舒服想出去散散步,谁知道脑袋眩晕,一下子摔倒在珊瑚丛中。

与此同时,他的身体发生了可怕的变化。巨大的鱼尾被强行分开,变成了光滑的双腿,仿佛用刀切割一样,让他浑身战栗。他不是没有变过人形,但是从没这么疼过。

伊比利斯嘶吼着在水草中翻滚,一个声音在耳边响起:"这就是你要的魔药,喝了它,你就可以到你爱的人身边去。如果得不到她的爱,你就会变成海面的泡沫。"

伊比利斯:"……"

怎么回事?

"哦,忘了说了,魔药是你用嗓子换来的,现在我要把你的声音拿走咯。"

伊比利斯蓦地睁大双眼,额头青筋暴起,一股钻心的力量在割着他的喉咙。他咬破嘴唇拼命抵抗这种力量,脑海中浮现出几个匪夷所思的画面。

他跟兄弟们在海面唱歌,为那些过路的渔船指引方向。一道纤细的人影从巨大的船上掉落,他慌忙游过去救起那个人。

漂亮的人类少女,紧紧闭着眼躺在他怀里,皮肤雪白,头发像太阳一样灿烂。他把她推上岸,最后看了她两眼,转身游回大海。

他爱上了她,一见钟情。于是他找海底巫婆要了魔药,只要喝下去就能变成人类,就能去找他心爱的人,条件是失去他引以为傲的声音。

他的情人千千万,怎么可能为其中一个这么伤害自己?还有,海底什么时候出现巫婆了?

伊比利斯拼命抵抗,醉醺醺的他能调动的力量不足万分之一。

但是神明毕竟是神明,他保住了人身鱼尾,留住了自己的声音。可那个奇怪的力量还是夺走了他海陆两栖的能力,他失去了在陆地上呼吸的功能。

他现在只能用腮呼吸了。

被抛上岸的他感觉要憋死了。

水,他需要水,需要有人给他腮上洒洒水。

少年难受地看着南希,嘶哑地哀求:"先给我水……"

南希:"……"

神明们再也绕不开"五行缺水"的命运了吗?

月光下的大海被风卷掀起巨浪，冷淡的星星紧紧镶嵌在夜空中，仿佛神明睁开了无数的眼睛。

南希发愣地看着少年再度难受地趴下，大口喘着气，一双带蹼的手伸直尖利手指，深深插进了沙石里，用力到渗出了血丝。

"水……再不给我就真死了。"少年嗓音沙哑地说。

南希利落地举起风灯"哐"地在礁石上敲碎，用剩下的半个罩子跑到三米外的海边取水，再快速跑回来浇在伊比利斯的鱼鳃上。

"再、再取多点……"伊比利斯仰躺着，脖颈弯成一道好看的曲线。他恢复了些力气，手掌逐渐发出银色的光，按在了喉咙上，想为自己重新找回呼吸的能力。

南希再度跑去取水，三四趟以后，她发现伊比利斯的腮缓慢地消失，脖颈上带着细微鱼鳞的皮肤也越发细腻，似乎完全变成了人类的脖颈。

他也不再大口喘气，脸上的神情缓和下来，越来越平静。他开始有工夫打量周围，把目光慢慢转移到忙碌的少女身上，水蓝色的眼睛流转着一丝兴味。

"你好了？"南希不再去取水，气喘吁吁地停下来。

"公主？"伊比利斯单手放在脑后，很舒服地枕着自己的手臂。他吸足了水，嗓音不再干燥沙哑，清冽中透着些许懒散。

南希摇摇头："你认错人了。"

"怎么可能认错呢？我记得你的脸。"伊比利斯嘴角勾起浅浅的弧度，猛地伸手抓住南希的小腿往自己身边一拽。

南希惊呼一声摔倒在他身上，膝盖狠狠砸在粗糙的沙滩上，手掌按在了滑腻湿冷的鱼尾上。那些细小的鳞片张开嘴，像饥饿的野兽一样咬破她的掌心。

"抱歉，我的身体还处于自卫状态。"伊比利斯嗤笑着说。

他那双微扬的水蓝色眼睛，闪着洞察一切的光，饶有兴致地欣赏着少女因疼痛涌出的泪花。

"告诉我，你是怎么做到的，怎么把那段狗血的经历塞进我的脑子并把我从海底弄了上来。"

伊比利斯眼眸里带着笑意,细细地看着南希的脸:"这是知道我的口味啊?就算放在兰蒂斯都算得上是佼佼者了。"

他贴在她的耳边,用缓慢而带有蛊惑的嗓音轻声问:"是谁派你来的?塞西尔、米洛斯、达瓦斯科娃,还是亚布洛尼?我猜是塞西尔,他最擅长的就是不择手段地精准打击,米洛斯多少还注意一点方式,更何况我们还有很深的过节。

"我断过冥土的水,他关闭大门拒绝接纳海底亡灵进入,那些亡灵原路返回把兰蒂斯弄得一团糟。你知道的,人类每天都捕捞很多鱼,海底亡魂的数量比沙粒还多。有段时间,兰蒂斯几乎陷入了灰色阴冷的大雾中。"

南希挣扎着爬起来查看手上的伤势,轻声细语地否认:"你说的我一个都不认识。"

"啧,真是个满嘴谎话的可爱小骗子。"伊比利斯轻笑。

南希知道他已经洞察到了"美梦丸"的存在。

作为老乡,她对这位聪慧的神明无比了解。海神几万年来把陆上陆下治理得明明白白,从未让领土沾染任何战火,脑子不是白长的。

她从一开始就没指望能用药丸骗过他,毕竟在那股奇怪力量发作之后,黑灯瞎火的海滩上只有她一个人,说不是她弄的鬼才信。

药丸不过是把他从海底弄出来的工具罢了,真正要发挥作用的是另一件东西。

见南希左手捧右手,只一味瞧着伤口不说话,少年轻笑着说:"还疼吗?我看看。"

"真娇气,我也被你害得流血了,怎么不疼?"他轻柔地执起她的手放在唇边,认真且缓慢地舔去血珠。

南希蓦地皱眉,手心就像被无数小刺滚过一样,渗出了更多的血液。人鱼舌头上有尖刺,很显然,对方并没有收敛这些小东西,而是选择给她惩罚。

一抹鲜红的血挂在伊比利斯的嘴角,微扬的水蓝色眼睛显得有些兴奋,结实的手臂揽住少女的腰肢不让她乱动。

"这就是人类的血液啊,我终于明白粗鲁的鲨类为什么对血腥那么执着,原来味道挺不错呀。"

他用带蹼的手指用力捏住她的下巴，嘴角嘲讽地扬起若有若无的弧度："在我变成泡沫之前，要不要吸干我心爱的小姑娘身上的血呢？你知道的，得不到的东西就该被毁灭。"

南希虚弱地趴在伊比利斯身上，轻轻喘着气。少女扇动着睫毛，苍白的脸上透着精致脆弱的意味，嫣红的唇像花朵一样诱人。

"怎么，诱惑我呢？"伊比利斯淡淡地笑，眼神愈加冰冷。

他在岸上待的时间够久了，已经失了耐心。

"还不准备说吗？"他轻笑着贴近她的脸，嘴唇若有若无地轻触着她的耳垂，"或许我应该接受塞西尔这份大礼，如果你不打算告诉我，你是用什么把我从海底弄出来的……"

年轻的神明突然中断了对话，眼睛蓦地睁大，伸手按住胸口。在那里，他的心脏正在剧烈地跳动。血液中像是什么东西在快速蔓延，一股难以抑制的情感涌上心头，让他不受控制地颤抖。

眼前的少女就像黑暗里唯一的光、沙漠里仅剩的半瓶水、冬天雪地里小小的火种，强烈吸引着他的眼睛。

这不对。

这很不对。

伊比利斯紧紧抓着心口，拼命对抗这种莫名的情感，但是浑身的血液越来越热，快速上涌，从尾椎到脖颈，酥麻的无法满足的情绪四处蔓延，怎么压都压不住。

他的目光渐渐有点迷茫，捏着对方下巴的手指缓慢地放开，改为轻轻地摩挲。

他难受地闭上眼睛，轻喘一口气后又睁开。当瞳孔中重新映出少女的脸时，他的目光开始越来越炽烈。他现在只想目不转睛地盯着她看，不让她远离自己一步。

怎么就这么好看呢？真想把她嵌进眼睛里。

"你只能看到我"指定一个人只对你感兴趣，时限是二十四小时，副作用无。除了你，他谁都不想看。

你对他的吸引力就像干燥的海绵遇到了水，看不到你，他就想死，仿佛生命里失去空气。

南希收敛了脆弱的神情，站起身漫不经心地抹去手心伤口周围多余的粉末。刚才她趁伊比利斯不注意，把道具碾碎涂到自己手心。原本只是想把粉末弄到对方同样受伤的手上，但是没想到他竟然用舌头舔了一下。

真是自作孽，不可活。

"你去哪儿？"伊比利斯慌忙抱住她的腿，眼中闪着恐惧的光。掌控一切的神明已经完全被情感控制，他没办法离开她，一步都不行。

南希捏捏他的下巴。少年立刻扬起俊美的面孔，水蓝色的眼睛散发着媲美太阳的爱意，乖巧地等待她的抚摩，就像一条鱼宝宝。

南希轻笑了一下："我要去找黑暗神，你不是说我是他派来的吗？"

伊比利斯脸色蓦地苍白，难以置信地看着她，心脏酸得要爆炸。那家伙有什么好，哪比得上他？

"你来我身边吧。"他轻声祈求，"他给你什么好处，我给双倍。只要你愿意，我可以把整个兰蒂斯捧给你，或者你还看上哪里？就是南大陆我也可以为你打下来。"

南希轻轻抚摸了一下少年的脸，注视着那双水蓝色的眼睛温柔地说："可是我不喜欢你啊。"

我不喜欢你。

伊比利斯心脏猛地一缩，脸色瞬间煞白。从没在感情上受过挫折的神明，在这一刻终于明白了撕心裂肺是什么感觉。

他现在无比嫉恨塞西尔，一种巨大的失落感撕扯着他的心脏，他感觉自己快要死了。

"怎么……怎么才能让你喜欢我？"他有些不甘心地问。

南希抬头看了看泛着青光的天空——好像该回去了。

她弯下腰，神情冷漠地用力掰开困住她双腿的手，掏出回南大陆的传送阵。

金黄的尖牌迸发出耀眼的光芒，只要一步，她就可以瞬间消失。

伊比利斯眼睛惊恐地睁大，两手扒着沙地想爬过去阻止她离开。

但是这该死的鱼尾，沉重得就像拖着几百个铅球。

他落下神光，想把鱼尾变成人腿，但是之前他抗拒"美梦丸"用的力气太大了，他的鱼尾拒绝变成腿。

该死，该变腿的时候不变，不该变的时候瞎变。

第五章

CHAPTER FIVE

Five

宽敞明亮的大堂里,咒语课的教授正在示范治愈术。这是一个非常实用的咒语,因此大家都学得非常认真。

南希垂着眸,羽毛笔快速在本子上画着,记着教授讲解的重点。在没有抗生素也没有麻醉剂的时代,一个能快速治愈的咒语意味着她能少遭不少罪。

她现在缠着纱布的手,还有缠着纱布的膝盖,都需要治愈术的"宠爱"。

与海神的会面比她预想中的惨烈,双方都受伤严重,原本她只是想用"美梦丸"把对方弄上岸。

再用"你只能看到我"给他一个深刻的记忆,吊足他的胃口让他主动来找她,但她低估了神明强大的力量,即便是高级道具也很难完全控制他。

现在,恢复记忆的海神一定要气疯了,大概从鱼宝宝时期起他就没吃过这么大的亏,他一定会拼尽力气找到她。

也行吧,至少方向是正确的。对于"万花丛中过,片叶不沾身"的海神,一张漂亮的脸是没法在他心里留住太长时间的。她要的就是刻骨铭心的记忆,这个记忆,足够令他印象深刻了。

"你学得很认真。"耳畔传来一道友善的声音,是玛格丽特公主。对方好像特别执着地要跟她交流,哪怕南希表现得很冷淡,也无法阻止对方。

"嗯。"南希头也不抬地继续记着笔记。

"其实这个并不难学,你看,"玛格丽特轻声细语地说,"这里的到这里的语速要慢一点。"

不对。

"当你看见灵性力勾勒出伤口的模样时,不要着急去愈合,要观察一下周围的组织。"

也不对。

"这里到这里的语速要突然变快，就可以很好地收尾。"

全是错的。

南希抬起眼看着带着友善笑容的玛格丽特，按她的教法虽然可以快速愈合伤口，但是只要做大的动作伤口就会重新崩开，愈合的不过是表皮而已。

这就开始了吗？

她轻快地笑着说："原来是这样啊，我记住了。"

远处的钟楼响起悠然的声音。

大家收拾起课本，陆陆续续走出课堂。

南希站起来，玛格丽特很自然地跟她一起往外走，嘴里轻声细语地接着讲解治愈术。

南希漫不经心地听着，想着今天的行程安排。光明神，昨天见过了；海神，这边暂时她还没有勇气见他；那么就剩黑暗神了，但是也刚见过不久，不能那么快就见面，得晾两天才有效果。

这么一算，她现在是自由的。

做点什么好呢？

"南希，哎……"一只白蕾丝手套出现在眼前晃啊晃。

南希微微一愣，侧过脸："对不起，我走神了，你刚才说什么了？"

玛格丽特顿时黑脸，她刚才重新给治愈术添了一大堆料。有的会让伤口缝得歪七扭八，有的缝完的形状是一道闪电，还有的仅仅是缝上了伤口就会化脓，这些都是练习时在自己身上得到的珍贵经验，结果……都白说啦？

玛格丽特勉强挤出一个微笑，重新轻声细语地说："我说……"

"你别说了，我都知道了。"南希抬起手打断她的话，目光直直地掠过她，溢出一些笑意。

"你知道什么？我还什么都没说呢。"玛格丽特沉下脸，下一秒就看到南希轻快地向她身后奔去。

"米洛斯大人——"

她猛地转过身，映入眼帘的是比阳光还耀眼的存在。米洛斯抱着一本厚厚的书站在光明神像旁边，神情出奇地一致，高高在上、清冷孤寂。

但当他看到向他奔来的少女时，冷淡的面容变得温和了许多，取代了拒人千里的冷峻姿态。

玛格丽特抿抿嘴，收敛眼中的阴沉，换上了友善温柔的神色跟着朝米洛斯走去。

"手怎么了？"米洛斯有些惊讶地看着南希裹着厚厚纱布的左手。

"不小心摔了一跤。"南希不以为意地说，"没关系，我今天学了治愈术。玛格丽特殿下还教了我一个小窍门，正好可以练习一下。"

"什么窍门？"

"唔……从n的发音开始语速变慢，从r的发音开始语速变快，中间勾勒伤口轮廓的时候还要停顿一下。"南希轻蹙着眉回忆。

"是这样吧，殿下？"她转过身询问玛格丽特，但是那里已经没人了，对方不知道什么时候悄悄溜走了，她轻轻扬了扬唇角。

"这是错误的，"米洛斯轻轻皱眉，"看上去伤口得到了愈合，但你只要做大的动作就会重新裂开。"

"啊？"南希眨眨眼，露出一副迷惘的神情。

米洛斯扫了一眼少女缠成面包的手："解开。"

"米洛斯大人要帮我治啊？"南希笑盈盈地问，"可是我除了手心，膝盖、大腿，以及腰上都有伤怎么办？"

米洛斯微微一愣："你摔得这么厉害？"

南希："……"

本来想诱惑他一下，没想到回答这么不解风情。

"去那边吧，我来看看。"米洛斯指了指不远处的小树林，转身朝那边走去。

南希紧跟上去好奇地问："米洛斯大人，您今天来学院做什么？"

"我来借一本书。"米洛斯淡淡地说。

南希朝他怀里瞥了一眼，是一本普通的《神法守则》。上面记载着光明神制定的法律。这种书很常见，但是只要沾了"光明神"三个字就会让她汗毛竖起。

想起了命运之神的那封信，上面说光明神为了让自己恢复记忆留下了很多线索，那么这个是不是线索之一呢？

"这种书很平常吧，书店里都有啊，为什么一定来学院借呢？"南希噙着笑，不动声色地问。

— 110 —

"我听说艾诺威学院收藏着一本光明神亲手标注的《神法守则》,但也只是听说,并没有人在上面找到过他的手迹。昨天突然想起来,就来借阅了。"

"这样啊……"南希收回目光,大太阳下心里却隐隐冒起一股寒气。

看来是线索无疑了,绝对不能让他看到这本书。

说话间两人走入了小树林,几百棵高大的古树组成了天然的大伞,把阳光隔绝得死死的。树林边围着一圈灌木树篱,它们比学院任何地方的都更大更茂密。在这种地方治伤,只要不是有人闯入是不会被看到的。

他们在一棵粗壮的橡树旁坐下,米洛斯把南希的手平放在自己膝盖上,快速解开绷带。南希的手心上涂着一层厚厚的浅绿色膏药,隐约可以看到少了一层皮肉,黄黄白白的,看着伤得不轻。

米洛斯捧着她的手细细地看:"这不像是摔伤,更像是被人鱼身上的鳞片,以及口器刺伤的。"

口器?

南希神情微僵,海神不会愿意听到这个词的,明明是舌头,哈哈哈。

不过米洛斯一眼就能识别出让她吃了一惊。

她无辜地摇摇头:"怎么可能是人鱼,我都没见过那种怪物,就是在沙地上摔伤的。"

米洛斯闻言瞥了她一眼,没有再说话,垂着眼皮固定好她的手,轻声念出神术开始疗伤。一道强光闪过,南希手心的伤口瞬间被抹平,连长肉芽的机会都不给她。

"哇,好厉害。"少女脸上露出大大的笑容,眼眸像蜜糖一样散发着微光。

米洛斯轻轻勾了勾唇角:"我刚才的演示你看懂了吗?"

"咦?您是在给我演示治愈术,不是在炫耀吗?"南希睁大了眼睛,"那么快,谁看得清啊。"

米洛斯轻笑了一下:"正常情况下,念神术不用出声,我是为了让你听明白才念出声的。"

"是吗?"南希轻轻眨眨眼睛。

"还有别的地方吗?"米洛斯问。

"有啊,这里。"南希就等着他问呢。

米洛斯低垂着眼帘，毫无反应地动手拆着她膝盖上的纱布。

南希毫不在意地直起身，脑海里传来小n的报数："好感值加一分。"

真是心口不一的人啊。

"这个是摔在沙地上的伤。"米洛斯解开纱布轻声说。

"刚才那个也是。"南希脆生生地说。

米洛斯没有说话，用手指沿着伤口轻轻摩挲。南希顿觉皮肤上一片酥麻，她忍不住轻推他一下："别摸啦。"

米洛斯垂下眼皮，很清楚地看到伤口的边缘非常粗糙。这不是普通的沙地，而是海边的礁石沙滩。再联想到南希问他要了海国的传送阵，他抬起眼轻声问："你去抓人鱼了？"

欸？

南希惊奇地瞪大了眼。

她向身后的橡树倚去，打量着米洛斯的神情。看来膝盖上的伤口出卖了什么信息，对方已经很清楚地知道她去了海国。

但是抓人鱼……米洛斯应该误以为她跟着猎金人去抓人鱼了。人鱼非常珍贵，猎捕人鱼是非法行为，她隐瞒也可以理解。

差点翻车的行为被审讯者自己化解了，这种神转折是她没想到的。

"哎，您别问了。"她别过头，做出一副为难的样子。

米洛斯重新垂下眼帘，手指轻轻抹过伤口，膝盖也完好如初。

治好膝盖后，南希不敢再让他看大腿和腰上的伤了，怕他再看出是人鱼弄出来的痕迹。

"还有呢？"米洛斯问。

"哦，那两处就不用看了，不过是点瘀青，过两天就好了。"南希忙把裙摆盖好。

米洛斯没有强求，他站起来顺便也把南希拉起来。

"你下午还有课吧，我先回家了。"

南希盯了《神法守则》一眼，因为暂时没有想出办法，只好点点头。

米洛斯刚走出树林，南希就听到身后发出一阵窸窸窣窣声，她还没来得及回头看，就被一股大力拉了一个陌生的怀抱。

鼻梁撞在对方坚硬的宝石纽扣上，顿时一阵发酸，水光立刻溢满眼眶。她抬起头，瞳孔中映出伊比利斯带着一点嘲讽的笑容。

"原来你在这里呀。"少年轻笑着说,"让我好找。"

南希吓了一大跳,连忙扭头看向米洛斯的方向,担心他听到动静又返回。

"喂。"

头顶响起少年不满的闷哼声,下巴被有力的手指钩起,南希被迫抬起脸,目光对上伊比利斯带着一丝笑意的水蓝色眼睛。

"呀,哭了啊。你真可爱,见到我有那么感动吗?"

南希眼泪汪汪地看着他:"不敢(感)动。"

✦

一阵狂风卷过了树林,灯芯草被吹倒在地,山毛榉的树叶"哗哗"作响,树枝、树杈发出尖厉的响声,整个布尔顿的天空都被强劲的风占据。

伊比利斯抬起头,脸上挂着轻蔑的笑:"虽然光明神失踪了,但是布尔顿的警戒还是做得不错,至少他们知道有位陌生的神明降临了。"

"你要走了吗?"南希立刻满脸期待地问。

"当然不。"伊比利斯重新看向她,目光含着一丝不怀好意,"我刚找到那个让我爱得'痛彻心扉'的人,怎么可能什么都不做就这么走掉呢?放心吧,只要光明神没有回来,那群光明老光棍是不会找到我的。"

南希:"……"

她并不担心他会不会被光明神会找到。

"你先……你先把我放开。"南希不舒服地挣扎着,把手臂从他的禁锢里抽出。

伊比利斯笑了一下松开手臂,倚着树干抱着手臂问:"你是南大陆人?"

"对。"南希揉了一下被勒得发酸的手臂,仰起脸看向他。伊比利斯比她高一头,茶褐色的短发柔软地垂下来,只要风拂过,立刻张扬地乱舞。

就像他本人,带着一丝年少气盛的温柔,专注地注视你,但是仔细看他的眼睛,就会发现里面流转着无所谓的意味,似乎整个世界都没有真正值得他惦念的人或事。

"既然是南大陆的人,为什么会背叛光明投向黑暗呢?"伊比利斯似笑非笑地问。

"你自己臆想我是黑暗神派来的,我可从来没承认过。"南希说。

"哦,这样啊。"伊比利斯轻笑,显然并不相信她的说辞。

"刚才那个人是谁?"伊比利斯突然问。

"啊?"南希装傻。

"你的情人?"伊比利斯猜测。

南希轻轻眨眨眼:"是……是学院的药剂师。你知道的,我们学习神术经常受伤,每个学院都有这么一位。"

"我不喜欢他,"伊比利斯淡淡地说,"他竟然说我的舌头是口器,这让我很不爽,上一次听到这个词还是在光明神那里,我差点气到水淹布尔顿。"

南希:"……"

这一次也是光明神呢。

伊比利斯又把目光对上她的,嗓音里带着一丝不悦:"还有你,没见过人鱼那种怪物是吗?"

呃……

完全被抓包的南希尴尬不已。

"那个,不是为了应付盘问吗?我不能说真的去捉人鱼了啊,其实在我心里,我特别尊重人鱼。"

伊比利斯哼笑:"行吧,牙尖嘴利的小骗子。"

远处的钟声悠扬地响起,散在学院角落休息的学子陆续去上课了。

南希惦记着米洛斯拿走的《神法守则》,连课都不想上了,只想赶紧把它弄到手,但是眼前这个似乎也并不好打发。

"我想走了,可以吗?"她抿抿唇试探着问。

"当然,你的自由。"伊比利斯轻轻颔首。

南希有些惊讶地望着他,没想到他竟然出奇地好说话。

她小小往后退了一步:"那……我真走了。"

"嗯。"伊比利斯微微扬起下巴,颇有兴致地看着她。

得到珍贵的允许后,南希毫不犹豫地转身拎着裙子朝树林外跑去。

她头一次跑那么快,心都要跳出喉咙了。以前在学校测短跑总是不及格,现在看来是缺乏危机感。

等树林的阴影不再罩在她的头顶，身体重新沐浴在热烈的阳光下时，她发自内心地松了口气。

摸了摸后背的衣服，汗湿了一大片。

"宿主，海神怎么轻而易举就放过你了？"小n问。

"谁知道呢？"南希也有些不解。按理说，她昨天做的事情足够在兰蒂斯接受八百轮审判了。

但是伊比利斯不痛不痒地随便问了几句话就放过了她，好运来得太快，让她不得不警惕这里面隐藏的陷阱。

"那么宿主，现在要怎么办呢？"

"我看，先去把米洛斯那边的问题解决了吧。"南希思考了一下说，"我不希望明天早晨起来听到光明神回归神殿的消息。"

"要怎么拿回来呢？"小n问。

"唔……嗯……"南希紧紧皱起眉，心里计划了几个方法似乎都没有成功的可能，只能走一步算一步了。

她并没有直接去找米洛斯，而是去水果店买了一篮子新鲜的草莓，这才笑意盈盈地去敲门。

米洛斯住在带着大花园的房子里，这里的房子基本都是这个样子的，米白色的三层小楼配一个大庭院。

看上去米洛斯庭院里的花开得最为茂盛，只要是有土的地方，甚至连墙壁上的缝隙都开出了五颜六色的小花，就连阳光也比别人家多。

不愧是光明神。

光明普照大地。

南希推开白色的院门。米洛斯没有雇人，但他家几乎不落灰尘。整座房子井然有序，所有的一切都像长了腿，会自动归置到合理的地方。

南希拎着草莓走进客厅，米洛斯不在这里，但她知道，从走进来的一刹那起，一双眼睛缓慢地在这座房子里睁开，注视着所有异常的动静。

所以她并没有到处乱转去找米洛斯，而是把草莓放在矮桌上，安静地坐在扶手椅上等他。

十几秒后，楼梯传来了脚步声。

南希侧过脸，先是看到长及膝盖的长筒靴，然后是穿着芥末色马裤的大长腿，接着是简单的白衬衣，衣袖卷到手肘，露出干净结实的手臂，最后是米洛斯那张清冷的脸。

看到他一如往常地清冷,南希放了一点心。应该没有找到线索,还是熟悉的态度、熟悉的性格。

"你下午不上课吗?"米洛斯走下来问。

"原本要上,但是家里的草莓熟了,乔治伯父让我摘点送给朋友吃。我只有米洛斯大人一个朋友,所以就来了。"南希推了推篮子,"草莓太脆弱了,我本来想傍晚来,又怕时间长了不新鲜。"

"这么说你逃课了?"米洛斯轻轻皱眉。

"米洛斯大人教我也是一样的啊,"南希露出明媚的笑容,伸出一根手指,"我保证,就这一次。"

米洛斯若有若无地在少女细白的手指上扫了一眼,垂下眼皮淡淡地问:"你下午应该学什么?"

这是答应教她了?

"照耀术。"她脆生生地说。

"嗯。"米洛斯在她旁边的扶手椅上坐下,随手拿起一支羽毛笔在空中流畅地书写着。一道细细的耀眼火舌从笔尖喷出,组成一长串词语,在空气中静静悬浮着。

"新生入学都会学习照耀术,我教你个不太一样的。"米洛斯说。

"哪里不一样?"南希有些感兴趣地问。

"这神术叫'驱逐黑暗',跟照耀术一样可以带来光明。有一点区别的是,它散发出的光辉可以灼烧黑暗系的怪物。"

南希心中微动:"就像您在博物馆那次,用金色的光芒穿透堕天使的身体吗?"

米洛斯点点头:"差不多,虽然你还做不到穿透一名堕天使,但是可以一定程度灼伤他们的皮肤。"

"哇,我要学。"南希高兴地说,"听起来是很实用的神术呢。"

"是这样的,不管是黑暗系怪物,还是信仰黑暗的神术者都会被灼伤。"

咦,那就不能当着塞西尔的面用了,南希心想。

米洛斯教得很认真,南希学得也很认真。一个小时后,她已经可以放出弹珠那么大的小光球。小光球在空中缓慢旋转着,发出微弱的荧光。

"这个……连我自己都无法照耀啊。"

"你需要的只是练习。"米洛斯坐在她身边跟她一起望着小光球。

"要练多久我才能放出一个比蜡烛还明亮的光球？"南希问。

"我不知道，"米洛斯平静地说，"对此我没有任何记忆，甚至不知道自己为什么会这个神术。"

"对不起，"南希微微睁大眼睛带着歉意望向他，"我忘记了。"

"没关系。"米洛斯淡淡地说。

米洛斯总是给人一种很强大的感觉，无所不知，有时候她甚至忘了他失去记忆这件事。不过这句话倒是提醒了她，她是为什么而来。

"米洛斯大人在那本书里找到光明神的手迹了吗？"她装出一副饶有兴趣的样子。

"还没看。"

"这样啊，"南希露出很明显的失望，"我还想看一下神明的手迹是什么样子的。"

"我现在拿来。"米洛斯站起来朝楼梯走去。

在等待他的时候，南希洗出来一盘草莓。每一颗都又红又大，稍微用指甲碰一下就会涌出红色的果汁。

真是脆弱又精致的水果，南希一边感叹一边把盘子放到茶几上。

米洛斯拿着《神法守则》走下来，南希不等他打开就立刻伸出手，笑着说："让我看看。"她有一种感觉，绝不能让米洛斯打开这本书，凡人无法发现的神明手迹对于米洛斯而言可不困难。

米洛斯没有犹豫，将书递到她手上。

南希拿到了书没有急着翻开，而是带着一丝警惕轻轻抚摩了一下封面。随着手指的触摸，一股令人心悸的危险感缓缓从书里散发出来，她仿佛听到了书里面有东西在冷笑。

看来是跟命运之神的信件一样令人讨厌的东西啊。南信一边感叹一边微笑着拍了封面一下，在上面留下两个月牙形的指甲印："我不知道学院竟然有这么古老的书。如果知道的话，我一定在米洛斯大人之前借出来。"

"是玛格丽特公主帮我借阅的。"米洛斯说，"我跟萨恩贤者提起这本书时，她正好在场，主动揽下了。"

南希立刻不太开心地说："是玛格丽特公主啊，她似乎不太喜欢我呢。今天如果不是您的提醒，我就要对伤口释放加过料的治愈术了。"

米洛斯眼中涌起一丝疑惑："你得罪过她吗？"

南希摇摇头："我不记得了。"

米洛斯沉默了一下："以后离她远点吧。"

南希听到这句貌似关怀的话，立刻扬起笑容，半撒娇地说："我们都不要看这本书了好不好？米洛斯大人是我的朋友，玛格丽特公主是我现在要远离的人，没道理我的朋友跟她有瓜葛啊。"

米洛斯有些犹豫地望着书，很显然他想从里面找出有关记忆的线索。

"好不好嘛，好不好？"南希搂着他的胳膊贴上去，柔软的身体使得沉思中的米洛斯微微一僵。

他垂眸看向仰脸望着他的少女，她精致的眉眼上带着一丝委屈，甜甜的气息柔软地拂到他的下巴和喉结上，空气瞬间变得干燥。

南希等了一会儿，不见对方有所回应，心里有点焦急。正准备再换种方法时，听到小 n 美滋滋地报告："宿主，加一分哦，你的米洛斯大人又在沉默中心动了。"

欸？

"行吧。"米洛斯终于松了口。

欸？

两份惊喜同时交叠在一起，感觉像获得了一个大礼包。她笑着扬扬手里的书："我帮您还给玛格丽特公主。"才怪，火炉才是它的归宿。

米洛斯点点头，过了几秒突然问："我答应了你，你给我什么谢礼？"

"谢礼？"南希微微一愣，指了指洗好的草莓，"这个行吗？"

"恐怕不行。"米洛斯淡淡地说，目光扫过放在她膝盖上的书，一副随时改变主意的样子。

南希连忙把书抱紧，伸手取了一颗草莓递过去："你先尝尝，别忙着拒绝呀。"见对方不接，她缩回来咬了一口做示范，"你瞧这草莓，它又大又红。"

草莓被她一口咬下半颗，鲜红的汁水立刻涌出来，在少女的唇上沾上浓郁的甜甜的果汁，就像涂了嫣红的蜜糖。

她今天目的达成，心满意足地抱着书站起来准备回家。

米洛斯嘴角很轻地翘了一下，站起来送她出去。

"宿主你明天去黑暗神那里吗？"小 n 说。

"去。"南希笑着走进乔治伯爵的家，忙碌着准备晚餐的女仆看到她，纷纷拎起裙子行礼。南希淡淡地颔首，转身拐进厨房。

夏日里还能找到火的地方就是这里了，她在回家的路上翻过这本书了，没有发现什么手迹，除了给她带来心悸和不舒服，这本书目前就没有别的功能了。

望着熊熊火焰的壁炉，南希毫不犹豫地把颤抖着的书朝里面一扔，拿起壁炉钳按住书把它扔到了火焰深处。

"呼"的一声，火焰因为多了燃料变得更加高扬。南希站在旁边，直到确认书被烧成了灰才离开。

走在走廊里，南希突然想到一个问题——如果自己一步步把光明神留下的线索烧干净，那他还能恢复记忆吗？攻略了无法恢复记忆的神明，这任务算是成功还是失败啊？

"你说呢小 n？"

"我不知道哎。"小 n 再一次羞愧于自己垃圾般的级别。

"算啦，等你升级后我们看看能不能找到更详细的规则。"南希无所谓地说，伸手去推卧室门。她现在浑身是汗，刚才不过在壁炉前站了一会儿就感觉自己像蒸了个桑拿。刚才她跟女仆要了水，要在晚饭前冲个澡。

"你回来了？"

推开门的一刹那，南希看到靠窗的扶手椅上坐着噩梦般的少年。她下意识就想退出去用力把门关上，最好把这场噩梦惊醒。

少年手指微屈，门立刻像被水泥覆盖了一样纹丝不动。

"看见我就跑？"伊比利斯冷笑着说。

"哪能啊？"南希果断放弃小声说，"我是想关门不让别人看见你，你一定不是从正规路径进来的吧？"

伊比利斯轻笑了一下，松开手指，门瞬间关闭，甚至还自动上了把锁。

"什么是正规路径？"

"比如房子的正门。"南希说。

"我就是从正门进来的。"伊比利斯一本正经地说。

"但你不是被主人邀请进来的吧？"

"哦，那没有。"伊比利斯笑着说，"想来就来了，我可以做到任何人都无法察觉我的存在。"

简直就是跟黑暗神一样的腔调,神明专属的霸道。

"我记得,"南希背靠着墙警惕地看着他,"你说我可以走了。"

"对,是这样的,没错。"伊比利斯点点头,"我尊重你的腿,它想去哪里就去哪里,那么现在换你尊重我的腿了。"

南希皱皱眉,逻辑没错,但是哪里不对。

"这是我的卧室。我当然尊重你的腿,你想去哪里就去哪里,但要进我的房间,总得经过我的同意吧?"

伊比利斯笑了一下:"昨天是谁不经过我的同意,把我从海底弄上岸的?"

好吧……她忘了。

想起昨天的恶行,她瞬间没了底气。

没想到伊比利斯会这么快找上门,她是想加深对方对她的印象,但不是在对方怒火未消的情况下,带着报复心被找到。原本想着至少也能拖十几天吧,那时他就不那么生气了。

"你第二次对我做了什么?"伊比利斯单手托着侧脸,肆无忌惮地盯着她,"为什么我突然感觉我真的爱上了你,一步都不能离开你。你大概不知道。你走后,我就像离开水的鱼一样痛苦难耐。"

本来也是离开水的鱼,南希心想。

伊比利斯目光沉沉:"你一定在想我本来就是离开水的鱼对吗?"

"哇,"小 n 惊叹,"他真是我所见过的最聪明的神,呃……他不会能听到你心里想什么吧?如果是这样就糟了,我就暴露了。"

"试一下不就行了吗?"南希盯着伊比利斯。

野人鱼!野人鱼!野人——鱼——

伊比利斯神情没变,依旧沉沉地盯着她。

"宿主,他这是听到还是没听到啊?"

"唉,我也不知道啊。"

走廊里突然传来凌乱的脚步声,房门被敲响:"热水来了。"

南希微微一愣,想起自己刚才吩咐过要送水。

但是……

她回过头看着伊比利斯。

"你开门吧,"伊比利斯淡淡地说,"她们看不到我,也听不到我的声音。"

南希看了他两眼,料想对方应该不会在这种无意义的小事上整她,转身开了门。

女仆们鱼贯而入,抬着几大桶热水走进盥洗室。不一会儿,盥洗室的浴盆就被装满了热气腾腾的水。

女仆们离开后,南希锁好了门。后知后觉地反应过来,她锁门干什么啊?洗澡时不想外人闯入,但这里不就坐着一个最明显的外人?

"人类这样洗澡啊?"伊比利斯颇感兴趣地走进盥洗室,伸手动动香皂,碰碰浴缸上放的玩偶小鸭子。

"你没见过吗?"南希问。

"没有,"伊比利斯又拿起洗手台上的香水闻了闻,"我很少到陆地上来,我们兰蒂斯人终年泡在海水中也不需要洗澡。"

"哦。"南希随便敷衍了一声,揪了揪裙子,感觉身上越来越黏腻了。

"你什么时候走呢?"

"走?"伊比利斯似笑非笑地看着她,"是离开盥洗室还是这座房子?"

"都离开。"

"什么时候你把我想知道的告诉我,什么时候我就离开这里。"伊比利斯一边说一边开始解衬衣上的纽扣。

"呀,有话好说,脱衣服干什么?"南希本能地把眼睛挡上。

伊比利斯嗤笑一声:"装什么,我的身体你不都看遍了吗?"他脱掉衬衣,露出瓷白结实的胸膛,"别多想,我从海底出来太久了,不泡水身体会越来越干燥。"

南希用手遮着眼睛,露出一条缝看他。昨天天色暗淡没好好看,这么一瞅,海神的身材蛮好嘛。

介于青年和少年之间的身体,瘦瘦高高,但没有瘦弱到纤薄。肩膀十分宽,腰肢劲瘦没有一点赘肉,上半身形成完美的倒三角形。手臂上的肌肉没有那么明显,有很流畅的肌肉弧度,很有力量,双腿笔直修长。

伊比利斯坐进浴缸。浴缸不大,他的腿伸出了浴缸。一道微光闪过,穿着黑色马裤的腿秒变深蓝的鱼尾,像把巨型扇子一样轻轻地上下摆动。

少年两手很随意地搭在浴缸边,身体向后仰去。脖颈就像优美的天鹅颈一样,细小的水滴顺着喉结流下去。

他很舒服地在浴缸里泡了一会儿,发出一声嗤笑:"我猜,你一定很失望没看到我的腿。"

"一点都不失望。"南希放下捂着眼的手,正大光明地打量着人鱼泡澡。

"是吗?"伊比利斯淡淡地笑了一下,"我不太喜欢那种形态,但我对女孩子一向很宽容。如果你想看,我不介意给你变出来。"

"真的不想。"南希突然想起一件事,"我听说神明是无法直视的。"

"是啊,但我不同。"伊比利斯淡淡地说,"我常年居住在兰蒂斯,有时候神殿里会游进许多没有智慧的小鱼,它们并不知道游到了哪里。"

"如果我也严守着这条规则,那么兰蒂斯得死一半的鱼。"他转头瞥了南希一眼,"所以,你瞧你运气多好。不然你在把我弄上岸的一瞬间就会爆炸成肉泥。"

"你也可以杀死我,"南希慢悠悠地试探着他,"这对你来说非常容易。"

"我怎么可能杀死你?"伊比利斯扭过脸,单手托着下巴,懒洋洋地笑着说,"这可是我用天籁般的嗓音跟海底巫婆换到的机会啊……"

南希:"……"

"得好好珍惜。"伊比利斯补充了一句后,尾巴突然消失,两条修长的腿懒散地交错搭在浴缸边。南希还没看清他有没有多出什么东西,原本的黑色马裤就出现了。

"啊啊啊,宿主你看清了没有?"小n尖叫。

"没有。"

"哈哈哈,我看清了,不仅看清了我还截图了,只可惜我级别太低不能跟你分享。"

伊比利斯从浴缸里出来,南希面无表情看着他,在脑海里追着小n八卦。

"你觉得怎么样?"

"嗯……很不错。"

"具体点。"

"威武雄壮吧。"

南希拼命咬着嘴唇,把笑憋回去。

"高兴什么？"伊比利斯瞥了她一眼，打了个响指，一道光洒下来，浑身的水汽立刻蒸发。他扯下衣架上挂着的上衣，再打个响指，身后浴缸的水突然消失，紧接着又恢复成满满一盆的水。

"你去洗吧。"他淡淡地说，拎着衣服出去了。

南希有些惊讶地看着他的背影，没想到"有生之年"还有机会用干净水洗澡，她本来以为对方会让她用洗鱼水。

她立刻扑上去把门锁上，虽然这并没什么用，如果伊比利斯想看到什么，她是无法阻止的。

终于把一身黏腻洗掉，南希清爽地从盥洗室走出来。她穿着简单的白色丝绸长裙，没有穿长筒袜，露着雪白的小腿，整个人就像是雨过天晴散发着清香味的小花。

伊比利斯倚靠在扶手椅上，懒洋洋地抬起眼皮，盯着她雪白的小腿看了几秒，又把视线收回去。

南希对着镜子简单地绾了头发，戴上耳坠和宝石项链，接着套上一条大蓬蓬裙："我要下去吃饭了。"

"好啊，一起吃。"伊比利斯站起来走到门口，见她不跟过来，转过身疏懒地笑着问，"怎么不走了？"

南希皱着眉磨磨蹭蹭："你要怎么跟我一起吃啊？不如一会儿我给你带点面包上来吧。"

"不吃剩饭，我又不是你养的宠物。"伊比利斯伸手扯过南希，半强迫式拉着她走出房门。

"你要习惯，"少年贴着她的耳垂，嗓音清洌，"我们要共同生活很久呢。"

"有多久？"南希警惕地问。

"久到……你背后那个人按捺不住来找你。"伊比利斯翘起唇角缓慢地说。

乔治伯爵一家端正地坐在长条餐桌旁，每个人都珠光宝气。不怪他们，这是为了贵族的体面。

南希入座后，管家过来分菜。每人两个剥好的翡翠明虾，正餐是十二道菜肴，每次分菜分量不会太多，但是最终都能吃饱。

南希正好有点饿了，她刚用叉子叉起虾肉，送到嘴边，手就不自觉地向左移。她惊愕地转过头，发现自己身旁多了把椅子。

伊比利斯坐在那里，右手攥着她的手腕，很轻松地带着她的手把虾送到他的嘴里，顺便还舔了一下她的手指。

南希顿时心脏狂跳，忙抬眼去看大家的反应。

大家一本正经地吃着饭，仆人们在一旁发呆，没人注意到她吃不到一点菜。

"别担心，没人看得到你的异样。"伊比利斯说。

南希脸色僵白，看着他又就着自己的手吃了一块虾肉。吃完以后他抬起她的手，用舌尖轻轻扫过她细白的手指。

"你是狗吗？"她忍不住说。吃完肉还要舔一下盘子。

话音落下，几乎所有的视线都惊愕地投在她身上。

伊比利斯笑到肚疼："对不起，忘记说了，你不可以跟我说话，因为我没有屏蔽你的声音。"

"你在说我吗？"对面的柔丝感觉受到了侮辱，她不就吃得快了点吗？

"当然不是。"南希忙说，"我在背一个新咒语。"

"新咒语？"萝布丝狐疑地盯着她，"我们跟你一起上课，可没听过这样的咒语。"

"自学的，真的，你瞧。"南希轻轻晃动叉子，"你是狗吗？"在桌下用力给了伊比利斯一脚。伊比利斯忍着笑配合她洒出一道微光，盘子里的烤鸡发出了"咯咯"的叫声。

"哦，它说它不是。"南希解释。

"真神奇。"乔治伯爵忍不住鼓掌，"这就是神术吗？"

"这个咒语的意义是什么？"伯爵夫人敏锐地盯着她问。

"唔……就是搞清我们吃的是不是狗肉。"南希硬着头皮诌，"同样的还有'你是鸡吗''你是鱼吗'，这样就能清楚地了解食材。"

哇，她真是天才，这样都能圆回来，而且发自内心地认为这些咒语还挺有用的。

"真是不可思议，太棒了，我喜欢这个咒语。"乔治伯爵大力捧场。

其他人只能僵着脸色敷衍地称赞："真是不错。"

伯爵夫人阴沉着脸。真是可恶，本来可以揪住她餐桌礼仪这一条好好说一说，但还是让她侥幸逃脱了。

"这三位女士似乎不喜欢你。"伊比利斯眼中闪着一丝兴味，"这不奇怪，因为你确实挺招人恨的，但是，我还挺喜欢你的。"

真的假的？都没有好感值入账。

南希不理会他的花言巧语，对于海神而言，他在她身上吃了大亏，不找回一星半点不会甘心。她要做的就是严防死守，尽力吊起他的兴趣，又不给他一点满足。

大概是觉得南希不能用语言反击他，伊比利斯靠得越来越近。

南希一边给"鱼宝宝"投喂他喜欢吃的鱼和虾，一边毫不留情地朝他胳膊里侧的嫩肉掐了一把，用实际行动告诉他，不能用语言反击，但可以用动作。

"你真是让我大开眼界。"伊比利斯揉了揉胳膊，"怪不得你背后那个人会选你来找我，我都要被你吃得死死的了，带刺的野玫瑰。"

讨厌的野人鱼。

饭后他们回到房间。

南希换好了睡裙。明天说什么也要甩开他去一趟北地，她得给另一位神明送温暖啦！但在这之前，她得先搞明白对方是怎么这么快找到她的。

"你是怎么找到我的？"她直接问在房间里闲逛的伊比利斯。

"这很容易做到，"伊比利斯漫不经心地说，"你的传送阵是金色的，你的头发颜色也是金色的，这证明你是南大陆人。当然也有可能是用来迷惑我的，但我尝过你的血，这个味道会让我轻易找到你的位置。"

南希心里一"咯噔"，那不是等于对方在自己身上装了个定位系统？

她拿起梳子对着穿衣镜梳头，微不可察地观察着对方的神情："这是人鱼的特殊本领吗？如果一条人鱼喝过许多人的血，他都能一一分辨吗？"

如果他说"不能"，她就想办法给他的汤里加点料，鸡血、鸭血什么的。

"我只喝过你一个人的血。"伊比利斯淡淡地说，"我不是真的人鱼，对人肉不感兴趣。我的本体不长那样，人鱼不过是我融入兰蒂斯所用的形象而已。

"就像你信奉的光明神，他真正的模样也不是人类。化为人类的样子，不过是为了更容易接近你们。

"如果你打算给我的食物加点料,劝你最好放弃,那并不能瞒过我。如你所想,血液尝多了的确会混淆味道,让感官变得不再灵敏。所以我并不打算再去品尝别人的血液,也不会给你混淆味道的机会。如果你敢动手脚,我不介意重新吸一遍你的血液。"

他在南希身后停下,望着镜子里肌肤雪白的少女。

南希细长的睫毛轻轻一颤,连忙装出不知道的样子接着梳头发。

伊比利斯又环顾房间一圈,轻声说:"尖牌。"

南希微微一愣,从镜子里看到她的裙子口袋里飞出了一个小东西,是南大陆的传送阵。她微微垂下眼帘。

"哇,宿主,他真的来这招啊。"小n惊讶地说,"幸亏你提前把北地传送阵给了莉莉。"

"我那是防止女仆收拾房间时给我翻出来,所以每次都会让莉莉帮我带过来。"南希若有所思地说,"看来他还是怀疑黑暗神跟我有瓜葛。当然,我有啊,我不仅跟黑暗神认识,跟光明神也很熟呢。"

"我先睡了,晚安。"伊比利斯神色平静地把黄色尖牌放回去,朝盥洗室走去。

南希惊讶地睁大眼,不明白他为什么去盥洗室,要在那里睡觉吗?

几秒钟后,盥洗室传来"哗啦哗啦"的水声。

她探头一看,少年恢复了人鱼模样,懒散地躺在装满水的浴缸里摆动着尾巴,很舒服的样子,就差吐泡泡了。

"要一起吗?"伊比利斯笑着说,"这里还有位子哦。"

"不了,谢谢。"南希缩回身体,伸了个懒腰,满足地扑在床上。

天光破晓,南希照例在餐桌上投喂了"鱼宝宝"之后,坐上了去学校的马车。

伊比利斯不知道动了什么手脚,乔治伯爵突然加了一辆马车。这样,她拥有了专车,不用跟堂姐们坐一起了。

伊比利斯始终跟着她,蹭马车、蹭课、蹭饭。

中午的时候,南希找了个借口去贝壳路吃午餐。那里不仅有市图书馆,还有在里面工作的莉莉,她现在就想甩开他赶紧去图书馆,查一查被人鱼标记该怎么办,顺便跟莉莉搞定伪装的事。

"我饿了。"她硬撅撅地说。

"不是才吃过饭吗？"伊比利斯问。

"是我才喂你吃过饭。"南希咬着牙一字一句地说，她有些抱怨地蹙眉，"才一天我都被你饿瘦了，很想去吃个小蛋糕啊。"她指指身后图书馆里面的下午茶厅。

伊比利斯轻笑："行吧，去吃吧。"

"我自己去。"

"为什么？"

"因为……"南希绞尽脑汁想着借口。

"因为，你又要去找药剂师换药了吧？"伊比利斯似笑非笑地问。

什么药剂师？

南希疑惑地顺着他的目光望去，一个穿着白色法袍的高大身影出现在小道上，看上去要往图书馆的方向走。

脸有些俊哦，南希眯着眼想。

随着身影的接近，五官越来越清晰，连目光里的清冷都看得清清楚楚。

南希蓦地睁大眼。米洛斯大人？

伊比利斯朝她勾勾唇角，扭头把双手放在嘴边圈成一个喇叭。

"喂，药剂师先生——"

"你不要乱喊啊。"

第六章

CHAPTER SIX

Six

"药剂师先生——"

远处传来了喊声。

米洛斯脚步未停,连看一眼的好奇都没有,反正他不是药剂师,喊的又不是他。

"你不要乱喊啊。"又是一道声音,虽然音量很小,但那像蜜糖一样的声音他不会认错。

米洛斯的脚步顿时停住,清冷的目光穿过小道定在花坛旁的两个身影上。

穿着淡绿色蓬蓬裙的少女像一朵充满朝气的蒲公英,她用戴着白色蕾丝手套的手拼命去捂身边少年的嘴。

少年脸上挂着懒散的神情,很轻松就把她抱在怀里,下巴抵在她的头顶,轻笑着不知在说什么。

天空蓦地阴沉下来,刚才还灿烂的阳光这会儿突然不见了。

暗沉的阴影罩下来,南希觉察出来不对,下意识抬起眼,只见米洛斯站在阶梯前望着他们,目光中透着越来越浓郁的冷淡。

她心中一凛,要坏事了,手脚并用地挣脱伊比利斯的怀抱,"嗒嗒嗒"地向米洛斯奔过去。

"米洛斯大人——"

少女脸色通红,碧蓝的眼波流转着一抹焦急。这种神色很少见,因为她总是满脸笑容。

米洛斯垂眸看着她,心头微软了一下,但神色还是十分冷淡。

伊比利斯慢悠悠地走过来,眉眼间挂着一丝兴味。

南希余光瞥见他立刻有些头疼,生怕他再喊出"药剂师先生",抢先介绍:"这是米洛斯大人,我的朋友。"

这么说没错吧?药剂师也可以叫米洛斯嘛。

"米洛斯？"伊比利斯轻笑一声，目光缓缓地在米洛斯脸上扫了一圈接着又移回来，"抱歉，我以为你在给我介绍光明神。"

"我只记得这个名字。"米洛斯嗓音平淡。

南希怕他们聊到失忆，再引起海神的怀疑，连忙打断。

"跟光明神名字一样怎么了？你还叫伊比利斯呢，跟海神一个名。"

抢话完毕她去扯米洛斯的袖子："您要去图书馆吗？我也正要去呢。"

伊比利斯有些无语：我真是海神。

明亮的图书馆里，南希跟米洛斯站在书架前翻书，伊比利斯只扫了一眼就感觉没兴趣，转身出去了。

南希叮嘱小n盯着一点伊比利斯的坐标，看他往这里移动赶紧告诉她。

米洛斯神情冷淡，低垂的睫毛带着拒人千里的冷意，随便抽了两本书就准备走。眼前伸出一条雪白的胳膊拦住去路，他目光微动，停了下来。

"米洛斯大人。"

少女带着一点祈求的软糯糯嗓音，让米洛斯的目光稍稍缓和了点。

"什么事？"

"我、我有问题要问你。"

这座图书馆太大了，她完全不知道从哪儿找起，想到米洛斯能一眼识别出伤口，觉得还是问他比较快。

"如果，我是说如果，一条人鱼喝了你的血，可以很轻易地找到你，怎么能解除这种标记呢？"

米洛斯微微一愣："你被人鱼缠上了吗？"

"哦，这倒没有，但是您知道的，我的伤口是被人鱼咬的，听说人鱼可以标记对方，我很担心……"

米洛斯见她一副被吓到的模样，心头又软了一点："不必担心，人鱼无法上岸，他们不能长时期地暴露在空气中，只要你别再靠近那片海域……不过就算靠近也没关系，人鱼不会只喝你一个人的血，数量多了，就会混淆记忆。"

"可是，我还是很担心，他万一顺着下水道来找我怎么办啊？不是有那种新闻吗？下水道的人鱼……吃人……"少女细白的手指无意识揪着裙褶，眉头微皱，就像拧着毛团一样。

米洛斯嗓音放缓："如果你很害怕的话，有一个办法能暂时屏蔽你身上的气味，但是遇到力量强大的人鱼，可能屏蔽的时间不会太久。那条咬伤你的人鱼是神术师吗？"

"应该是吧，"南希不太确定地点点头，"反正没抓到他。"

"嗯，拿柑橘的皮、紫星石的粉末、白鲜和艾斯克草的根部，再加上一点龙骨粉，把这些熬成棕褐色的汤汁服用。对于普通人鱼，可以屏蔽气味一个月；对于高等神术师，时间会减半；对于更高级的，时间会更短。"

这这这、这都是什么啊，除了柑橘的皮，剩下的没一样听过。

少女碧蓝的眸子猫似的看着米洛斯，带着一点耍赖地撒娇："我不会熬。"

米洛斯没有回应，只淡淡地看着她。

南希伸手去拉他的手，他垂着眼皮扫了一眼，没有躲开。这让她多了一点信心，软声软气地说："炼金术的配方都是私人的，虽然书籍里记载了一些，但都像您告诉我的这样，只有名称没有克数，更没有准确的流程，我根本熬不出来。

"米洛斯大人，您帮我吧。您熬好了，我去取，这次一定有谢礼。"

米洛斯瞥了她一眼，淡淡地问："跟你一起来的人是谁？"

"哦，那个呀，"南希有点烦恼地说，"乡下的亲戚，我母亲想我了，请他进城来看我。他脑子有点不好，如果说了什么奇怪的话，您千万别觉得奇怪。"

"亲戚啊，"米洛斯的目光在她脸上轻轻打了个旋，"行吧，我帮你熬。"

南希脸上立刻扬起大大的笑容："那我明天下午去取？"

"嗯。"米洛斯很轻地扬起唇角。

一束阳光从巨大的玻璃窗照进来，南希眨眨眼，伸手挡在眉心，阴沉沉的天突然放晴了。

"宿主加一分哦。"小 n 说。

这分哪儿来的？好事都是成双成对来的吗？南希心中涌出浓浓的喜悦。

"你说谁脑子不好？"身后响起一道带着凉意的声音。

南希不用回头也知道是海神伊比利斯。

"小 n！"

"宿主，他是瞬移过来的，你听见他的声音时我才……才看到他的坐标。"小 n 结结巴巴地说。

"没有说你啦。"南希连忙转身安抚炸毛的少年神明,"你最聪明了。"

米洛斯的目光淡淡地从南希脸上移到伊比利斯脸上,接着又移回来:"明天记得到我家。"说完他就抱着挑好的书转身朝门口走去。

身后传来少年阴森森的声音:"乡下的亲戚,嗯?脑子不好?"

"我错了。"少女细声细气地求饶。

等米洛斯完全离开,南希才松了一口气。

"他是谁啊?"伊比利斯斜靠着书架,目光不善地问。

"药剂师米洛斯啊。"南希似笑非笑地回答。

"别装了,"少年猛地靠近她,"我知道他不是。"

"哦,那你觉得他是谁呢?"南希慢吞吞地问。

"估计是你的什么情人吧,"伊比利斯懒懒地说,"但看你藏着掖着又不像。"

少年水蓝色的眼睛像透彻的水晶一样,似乎洞悉所有的秘密:"看你对他的殷勤劲,我想他的身份一定不会那么简单。"

"走开。"南希表情冷淡地用手拉开他。

伊比利斯一时没站稳,趔趄地扶住了书架。

"你做什么?"少年不悦道。

"拿书啊,"南希从他身后的书柜里随便取了一本书,娇滴滴地说,"你挡着它了。"

伊比利斯扫了一眼,《猪崽的护理方法》。

他轻笑一声,不悦感顿时消失,忍不住伸手掐掐少女粉嫩的脸颊:"我真的快要喜欢上你了。"

没分,假的。

"宿主,加一分哎!"小n惊讶地说。

南希也惊讶了,有种铁公鸡终于拔毛的喜悦感。

去登记借书的时候,南希用书挡着手把一张小字条塞给了管理员莉莉。

莉莉一边感叹着老板越来越神秘了,一边把准备好的北地传送阵收了回去,在南希走后才打开字条。

亲爱的莉莉,明天下午五点钟在橡树街酒馆后面的小巷见面,记得带传送阵。

"你真的要借这本书？"走出图书馆的时候伊比利斯问。

"当然啦，跟你说了嘛，我家在布尔顿南边的乡下，家里有农场，我多学点也没错。"

"我记得你是个神术师？"

"还没考试，我现在只是走在成为神术师的路上。跟护理动物也不矛盾啊，我不一直在投喂你吗？"

伊比利斯微愣了一下反应过来，懒洋洋地瞥了她一眼："很好，加上你在海边那次，已经有四次了。"

南希微皱眉头："怎么有四次呢？"

"海边那次你动作太多了，如果全算在一次里，便宜你了。说人鱼是怪物算一次，脑子不好算一次，把我比作动物投喂算一次，一共四次。"

"哦，这样的四次啊，你可真小心眼。"

搞定了所有事情，南希心情非常好，跟伊比利斯闲聊着朝马车走去。刚走过去就看到萝布丝和柔丝不耐烦地等在那里。

"你怎么才来？我们都快要进去找你了。"萝布丝不高兴地冲她嚷嚷。

"发生什么事了？"南希直接问。

"公主殿下邀请我们打牌。你知道的，迟到是非常失礼的事情。"柔丝说。

"玛格丽特公主？"南希问。

"还能是谁呢？"萝布丝说，"当然是她啦。"

"为什么会突然邀请我们打牌呢？"南希又问。

"吃午餐的时候大家说起扑克，殿下表示很感兴趣，我们问她要不要打牌，她犹豫了一下说会邀请我们，因为她不能随便去别人家里。这可以理解，所以……"

"我们要去皇宫了。"萝布丝和柔丝一起高兴地说。

南希点点头："那么这里面又有我什么事呢？"她完全没有听到自己的名字。

"别犯傻，"萝布丝说，"三个人怎么打牌？父亲一听说这件事立刻让我们叫上你，这可是天大的好机会，要知道，不是谁都有资格去皇宫的。"

南希抿了抿唇，看上去这件事不是玛格丽特张罗的，但只要对方是SSR，她就得小心一点。

"我还是不想去,在图书馆待了一中午,我很累……"

"你要置道尔家于难堪之地吗?"萝布丝不满地说,"刚才宫中来了官员,记录了我们三人,少一个都会被解读为藐视皇家。"

"父亲也会不开心。"柔丝加了一句。

"好吧、好吧。"南希有点头疼地答应。

上了马车后她看向伊比利斯:"你会跟我去吧?"

伊比利斯没有直接回答,而是颇有兴致地问:"你很害怕那个公主?"

"不、不是害怕,是不太喜欢。"南希谨慎挑着词语形容,"那位公主也不喜欢我。不过有你跟我一起去,我就不担心了。"她仰起脸,漂亮的碧蓝色眼睛里闪着信赖的光。

"别拿这种眼神哄我。"伊比利斯轻笑着捏捏她的下巴,"我知道你有多讨厌我,巴不得我快点回兰蒂斯。"

也不是很讨厌,你也是我羊圈里的一只。今天发现你能"掉毛"了,我可开心了。

精致的房间里,仆人们井然有序地摆放茶点。靠近窗户的地方,一张铺着丝绸桌布的小方桌上正进行着纸牌酣战。

南希心不在焉地出着牌,好几次出错了牌,但她无所谓,反正也不是真的想打牌。

伊比利斯坐在她旁边,单手搭在她的椅背上点点红桃K:"出这个。"

扑克又打了一轮,玛格丽特把牌掷下,掐了掐眉心,显出有些疲惫的样子。

萝布丝瞥了一眼:"已经下午五点了,我们也该告退了。"

"是啊,"柔丝连忙接上,"打了这么长时间,您一定累了,应该好好休息一下。"

对于她们的体贴,玛格丽特轻轻一笑就接受了。这就是做公主的好处,不需要说话就有人主动解忧。

南希轻轻松口气,终于结束了。她把牌放在一边,随着两个堂姐朝玛格丽特告辞。

玛格丽特笑着点点头,接过女仆递来的果汁抿了一口就疲惫地放在一边。

南希出门时,听到身后女仆建议玛格丽特补个觉。

一切都很正常,看上去玛格丽特今天真的只是单纯打牌,大概是她想多了。

回到家,她足足喝了两杯红茶才满足地放下杯子。

伊比利斯倚着桌子懒洋洋地看着她:"这就是你在皇宫不吃甜点和果汁的原因吗?我有点好奇,那位公主对你做过什么?"

"她暂时没有对我做什么,但不代表她以后不会对我做什么。"南希又开始剥橘子吃。

伊比利斯轻笑一声:"我帮你把她拖入海底吧。"

"太残忍了,"南希把橘子瓣分开,"虽然我不喜欢她,但从没想过杀死……"

她的眼睛蓦地睁大,来不及把话说完就被吸入一道刺眼的白光里。伊比利斯下意识去拽她,也被一起吸了进去。

皇宫里,桌子上的扑克牌微微一闪。玛格丽特笑着用手抹开,从中挑出一张红桃和一张黑桃。

"咦?多吸进来一个人呢。"

纸牌上面的图案变成了一男一女的头像。

"也许是家里的仆人吧,正好在她旁边。"脑海中传出一道粗犷的声音。

"幸亏我听了你的话,用高级道具对付她。"玛格丽特笑着说,"她从我这里安然无事地回到家,大家都瞧见了,谁都不能说什么。"

"是啊,"粗犷声音说,"就算她失踪了,也不会猜到你头上。"

"她真的会被拉入纸牌世界吗?"玛格丽特问。

"当然,只要她碰了纸牌就会被标记。我们在她到家后,用道具开启纸牌世界的门,她就会被拉进去。"

"然后呢?"

"然后烧掉就好了。"粗犷声音笑着说。

"她不会逃出来吧?"

"不会,纸牌世界里的万物都是纸做的,那里没有水,空气十分干燥。半天都不到她就会被吸成人干,永远留在那里,再也无法阻碍我们了。"

玛格丽特满足地靠在椅背上:"早点听你的就好了。"

"现在也不晚,"粗犷声音说,"只要你不要再用你的脑子办事就好,很显然,它并不靠谱。"

"以后只信你。"玛格丽特把纸牌凑到蜡烛上点燃,看着它们慢慢变黑变卷。

"当然了,我的 SSR 级不是白来的。"

南希摔到一个黄色的草垛上,还没等爬起来,伊比利斯就从空中出现,重重地扑在了她的身上。两人纠缠着从草垛上滚了下去,周围吃草的羊惊吓着"咩咩"逃窜。

"起、起来,裙撑都被你压扁了。"南希喘着粗气侧着脸,伊比利斯好像是故意的,嘴正好压在她的脖颈上,喷出的气息让她脖颈一片酥麻。

伊比利斯抬起身,两手撑在她头两边说:"这个时候为什么会担心裙撑?不该担心我们被拉到哪儿吗?"

"我现在只担心被你压死。"南希手脚并用,推开他坐起来。

"真是没良心的人,"伊比利斯懒洋洋地坐起来,"刚才如果不是我用神术把你变轻,你早摔成肉泥了。"

南希站起来拍拍身上的草屑。一只小羊见到危险消除,重新凑过来用嘴衔着草料吃起来。

她轻轻皱眉,伸手摸了小羊一把,惊呼出声:"它的毛怎么是纸卷?"

她又去摸其他的羊,眼睛越睁越大:"这只也是,还有这只。"羊被摸来摸去,吓得四处乱窜。

伊比利斯捻起一根草秆,轻轻地旋转,草秆展开变成一张淡黄色的纸。他伸手揪过一只羊猛地一撕。

在南希惊愕的目光中,羊分成了两半,纸做的心肝肺"哗啦"一下干巴巴地掉出来,就是没有血。

被分成两半的羊"咩咩"地叫着,脑袋看着自己的身体。

"这……"南希看着落在自己脚上的硬邦邦的纸羊肉,惊讶得一句话都说不出来。

"这里是纸牌世界。"伊比利斯淡淡地说。他挥动右手,一道微光落下,心肝肺重新滚进了小羊的身体里。小羊完好无损地站起来,低头看看自己的身体,转身逃开。

"纸牌世界?"南希轻声重复了一遍。

"嗯,就是纸牌组成的世界。国王、王后、士兵都是纸牌,包括它们,这里的万物都是纸做的,比如臣民、太阳、天空、山川、树木,还有风。"

"我们怎么到了这里?"南希问。

"不清楚,纸牌世界没有门,就算是神明也无法到达,这里相当于一个封闭的世界,但也不是一点记录都没留下。我知道这里曾被人类造访。虽然大多数人死在了这里,但也有人逃出去过。"

"逃?"南希觉得有点不妙。

伊比利斯舔了一下嘴唇:"你没发觉吗?我们越来越渴,这里没有水。纸牌世界有特殊的保护机制,所有湿润的东西都会被吸干水分。"

"我不渴,"南希摇摇头,"刚喝了两杯水。"

"忘了,"伊比利斯有些后悔,"早知道我也该喝点。"

"现在怎么办?你能带我出去吗?"

"不能出去也得出去,"伊比利斯瞥了她一眼,"我比你还怕缺水,这里的空气对我很不友好,感觉有什么东西开始吸走我的水分。"

不过几句话的时间,南希就察觉伊比利斯的状态不太好,他的喘息声比任何时候都大,也显得更疲惫。

"我有点担心没等找到方法你就被吸干了。"南希说。

"哦,我不担心。"伊比利斯轻喘着气说。

"为什么呢?"

"因为啊……"伊比利斯眸光流转,在少女柔软的唇上停顿了一秒。

"不是还有你这个'人形水果'吗?"

南希吓了一跳,身体一仰倒在了草垛上。

"别别别。"想起带着尖刺的舌头,南希连忙用手背挡住嘴,纤长的睫毛扇了扇,"你清醒点啊海神大人,就算是救济粮也讲究慢慢吃。你咬坏我,我是会死的。"

"现在我是海神大人了?"少年懒洋洋地笑了一下,"可惜有点晚了呢。"

他一点一点地靠近,南希本能地闭上眼睛,手背紧紧压住嘴。

下一秒,手心被压了一下,湿湿的,南希立刻睫毛轻颤。

没有想象中的疼痛,轻轻柔柔,像云朵,又像棉花糖。

潮湿的，温暖的，还有点痒。

※

南希紧紧闭着眼。

一只手挡在唇上，另一只手抵在伊比利斯的肩部。

有什么东西碰到手心。

跟刚才轻柔的云朵不同，这个东西更柔韧，也更有力量。

湿润的东西带着小小的柔软的刺，一下一下从柔嫩的手心扫过，又痒又酥。

南希睫毛轻颤，瞬间明白了这是什么。

她计划的攻略海王路线，是诱惑他，却给他高冷的背影，空口画大饼不给实物，可不是现在这样白白被占便宜，却拿不到好感值。

她刚要用力挣扎，手心就传来刺痛。柔软的小刺突然变得坚硬无比，毫不留情地扎入手心，温热的血液涌出来，没等滑下就被舌头卷走。

南希猛地睁开眼，瞳孔中映出伊比利斯的脸。

他垂着眸，茶褐色的刘海微微遮挡了眼睛，看不清神色。眸子里似乎流转着汹涌的浪，黑黑的，仿佛风暴来临时的大海。为了防止她乱动，他干脆按住她的手腕。由舔变成吸吮，一小股血液顿时流入他的嘴里。

南希的手心又酥又疼。

她刚准备反抗，就听到小n的声音："宿主忍住，一枚SSR币。"

"怎么会有SSR币？"南希惊讶极了，疼痛里带着一丝惊喜。

"我也不知道，肯定是你推动了海神的一点改变。"

"我改变他什么了？"南希思考了一下，"他只喝过我的血，现在这是他第二次喝，难道这就是专一的体现吗？"

南希感觉自己的智商有点被炸了。

"好像是这回事欸，"小n点头，"攻略海神的目标就是让他变得专一。只喝宿主一个人的血，从某种意义上说确实是专一的。"

"那这样说的话，我们可以有很多第一次啊。"南希惊喜地说。

"呃，宿主请矜持一点。"

南希笑着推测："现在我知道一种拿分的方式了。每一次初体验，都得让他做两次及以上才能算专一。虽然'小蓝'看起来很抠,但实际上他是最豪爽的人,别人给好感值,他直接上贡 SSR 币。"

"那宿主你还让他继续吸吗?"

"继续吸有币进账吗?"

"没有。"

"哦,那就不让他吸了。"

伊比利斯感觉到身下的少女微微发抖,他停下来喘口气,由吸吮变回轻舔。

舌上附着的小刺一个个变柔软,像羽毛一样轻柔地拂过伤口,最后慢慢地停下来。

南希眼眶里迅速漫出一层水光。

伊比利斯抬起身体,浅褐色的睫毛轻轻动了动,露出了眼底因愉悦而产生的血丝。他看向南希的手掌,那里清晰地出现许多小孔,因为没有及时吸走血液,手心再度泛起血红。

"抱歉,我刚才有点失控了。"伊比利斯用拇指带出一道光芒,轻柔地从伤口上抹过。

小小的肉芽从掌心长出,像有生命似的缝补血洞。随着伤口的愈合,他眸中涌动的代表暴虐的深蓝色慢慢变浅,逐渐恢复成往日的清透明亮。

南希还在流泪,她要用延长流泪的方式引起对方的内疚。不然以后说吸就吸,那谁受得了。

少女的身体微微战栗,眼尾嫣红,鹿眼里氤氲着一层水汽。水汽很快积满,化作晶莹的泪滴从脸颊两侧滑向耳垂,看上去十分惹人怜爱。

伊比利斯微微一愣。

"你太丧心病狂了,连眼泪都不放过。"

伊比利斯微愣,把脸压在她的脖颈处闷笑出声,双肩带动着蝴蝶骨轻轻抖动。

"你不知道我缺水吗?"少年沙哑的声音带着笑意在她脖颈处颤动。

"你弄得我现在浑身都是血腥味。"南希气得推他。

眼泪白流了,感情白酝酿了。她刚才为了流出眼泪,把脑内积攒的悲情电影想了个遍。

少年抬起脸,眼中溢满笑意:"我本来还对你有点内疚感,现在完全没有了。"

"走开。"南希更生气了。

"好了，我起来就是。"伊比利斯笑着站起来，朝她伸出手去，"来，别生气了，我带你去找纸神明。"

"什么神明？"南希微微一愣，拉住伊比利斯的手，借着他的劲儿站起来。

"纸神明。"伊比利斯笑着解释，"就像我们一样，纸神明天生就存在这个世界。光明神因光明而诞生，黑暗神因黑暗而降临。同样，纸神明也是如此，这个世界就是他创造的。"

"是吗？"南希眼里闪着一点好奇，"你是想找到他，请他放我们出去？"

"对啦，跟聪明人说话就是轻松。"伊比利斯说。

南希轻哼："夸我也无法提升对你的好感度。"

伊比利斯轻轻勾起唇角："刚才的事不能全怪我。我因为身体缺水很难受，你还来招惹我。本来想吓唬你一下，但是你的手心透出了血的味道，瞬间唤起我身体的记忆。

"再加上你的血真的很美味，我就失控了，至于眼泪是本着不要浪费的原则吮掉的。啊，我突然有个主意，下次我再渴的时候，你就拼命哭，不管是恐惧的眼泪还是伤心的眼泪我都愿意要。"

"你能尝出眼泪中的情绪？"南希有点惊讶。

"嗯，我对液体很敏感，这是我与生俱来的本事，但我是第一次品尝眼泪。你知道的，兰蒂斯见不到泪水，它们流出来的一瞬间就融进海水里了。"

"你没尝过眼泪？"南希惊喜地睁大眼睛。

"没，怎么了？"

"没怎么，就是挺高兴的。"南希笑着说。

又一枚 SSR 币提前入手，脑海里的小 n 已经撒花了。

伊比利斯抬起眼皮扫了她一眼："我没尝过眼泪这件事让你很高兴？"

"不是啦，"南希笑盈盈地说，"你自己说的嘛，不想流血就流泪，我找到了保命手段当然高兴啦。"

"这样啊，"伊比利斯轻轻勾勾唇角，"你现在就哭吧。"

"啊？"

"我又渴了。"

"你刚喝完我的血啊。"南希惊讶地睁大了眼睛。

"嗯。"少年俊眉微皱,细白的脖颈上冒起一层黑色的鳞片。

他手中涌出一道微光,按在脖子上强行把鳞片压下去:"我们快走吧,用不了多久,我就要现出本体了。"

"本体?"

"就是我真正的模样。"伊比利斯轻声说。

南希想起他说过的,他的人鱼形象只是为了融入兰蒂斯,这个本体大概就是指原形吧。

黑色的鳞片会是什么呢?结合伊比利斯"海神"的头衔,她觉得他多半是条大海蛇。

呃……千万不要现出本体,她怕自己会涌出恐惧的泪水。

两人从山坡走下去,沿路看到的树木花朵都是纸做的,非常逼真。不光如此,就连风和阳光也是纸做的。

金黄色的细字条从空中垂下,风则是巨大的波浪形字条。如果不是因为死亡的威胁,这真是一场奇妙的旅行。

随着时间一分一秒地过去,南希的喉咙似乎也开始冒火,在家里灌的两杯茶早就消耗完了,她现在渴得都想吸吮自己的眼泪。

比起她,伊比利斯似乎更不好过。他的属性就是水,纸世界对他格外不友善,才走了不到二十分钟,他的脖子和手臂都冒起一层深黑的鳞片。

"你不能变出水吗?"南希小心翼翼地问。

"不能,我试过了。"伊比利斯打量着她,眼中涌出更多对水的渴望。

"你老看我干什么?"南希伸手抱住自己,生怕他丧心病狂又过来吸血。

伊比利斯轻笑一下:"我想到了一个互助的办法,这样我们两个人都能有水喝。"

"骗人的吧?"尽管知道有猫腻,干燥的喉咙还是迫使她出声询问。

"这样……"他抬起她的下巴,"把嘴张开。"

"流氓。"南希瞬间明白他想干什么,嘴巴像河蚌一样紧紧闭上。

"快点,"少年不耐烦地催促,"我真的很渴。"

"不然我流泪供你享用吧?"南希建议,再来一次就可以得到一枚热乎乎的 SSR 币。

"我不想喝眼泪,谁知道你回忆的是什么苦情戏,苦死了。"

"我这回想个喜剧,笑出眼泪行吗?"

"别啰唆了。"干渴的少年彻底失去了耐心,拽过她抱在怀里。

炙热的气息喷在她的下巴和脖颈上,危险到让人发怵。

"好啦好啦,我让你吸我的血。"南希"唰"地伸出手腕,不太情愿地凑到他唇边,"少吸点哦,我贫血。"

伊比利斯垂眸扫了一眼少女纤细的手腕,骨节小小的,皮肤雪白,上面分布着细小的血管,十分可爱,看着就想咬一口。虽然这个提议很让他心动,但是不知为什么,对方拒绝他的吻让他有点气闷。

"你宁愿挨咬,也不愿意让我亲一下?"

"对啊,"南希一本正经地点点头,"不知道你们兰蒂斯的风俗是什么样的,我们人类只有喜欢对方才会亲吻,我又不喜欢你。"

我又不喜欢你。

伊比利斯睫毛轻轻动了一下,眼底浮上了淡淡的阴霾。

又听到这句话了,那天在海边她用力把他的手掰开,说的就是这句话。

他当时不知道中了什么招,心痛难忍。但是过去这么久了,重新听到这句话,心口还是闷闷地疼。

"宿主,加两分哦。"小 n 笑嘻嘻地说。

咦,什么情况?

怎么还心动了呢?

南希一脸蒙。

伊比利斯抬起眼皮盯了她一眼,嗓音懒懒的:"只有喜欢才会亲吻啊,我记住了。"

南希眨眨眼,记住这个干吗?海神不该只走肾不走心吗?

伊比利斯重新朝她伸出手,见她站在原地不动,干脆一把拉过来:"你不会想用腿走到王都吧?"

"刚才你怎么不飞?"

"刚才我在判断方向——哪边的空气最干燥哪边就有城市。"伊比利斯说。

"纸神明住在城市里吗?"

"神明哪是那么好找的，"伊比利斯停顿了一下，目光似笑非笑地在她脸上转了一圈，"当然，这句话对你不适用。"

南希假装没听到："那我们还去找城市干吗？"

"去搅动一下风云，"伊比利斯懒洋洋地说，"逼他出来见面。"

纸世界只有一座城市。

鳞次栉比的建筑交错地矗立着，有民房，有神殿，还有高塔，全部都是硬纸壳搭的，看上去脆弱又精致。纸片人闲适地做着自己的事。虽然这里的一切都是纸，但依旧充满了生活的气息。

琳琅满目的纸商品摆满了橱窗，有的纸片人在挑选衣服，有的则在挑选化妆品。

南希充满兴致地看着他们，有点好奇化妆品在脸上留下的是不是永久的效果，如果是，那岂不就是面部文身？

看到两个圆润的人类出现在街道上，纸片人发出刺耳的尖叫，扔下手里的东西，惊恐地逃回屋子。

"哐哐哐。"

刚才还散发着嘈杂的生活气的街道，转眼就只剩惊恐的关门声。

拥有立体的身躯是吓人的事吗？

"他们是害怕我们身体里的血溅到他们身上。"伊比利斯笑着说。

"那他们想得有点多余，我无比珍惜身体里的血液。"南希惜命地说。

"以前发生过这样的事，有一个人类误闯到这里，因为逃脱无门最后崩溃自杀。血液溅到好奇围观的纸片人身上，当场淹死两个，剩下的终身享受红色的'胎记'。所以他们才会这么害怕。"

"原来是这样。那我们现在做什么？"

"如果你是我的话，想做什么？"伊比利斯问。

"我会去找纸片人的国王或者教会，把他们搅得一团糟。"南希若有所思地说，"总之，去可以引起神明注意的地方。"

伊比利斯笑了一下："你说的就是我想做的。"他歪歪头，"走吧，去搅乱皇宫，我知道你最讨厌那种地方。"

南希重新把手放在他的手心里，一道微光闪过，两人消失不见。

扑克牌国王正在和王后、大臣们看歌剧，跟纸片人居民不同，他们虽然也是纸片，但是完全嵌在扑克里，只在纸片外伸出手和脚。

正看得高兴，头顶传来剧烈的"咔嚓"声。扑克牌们茫然地抬起头，屋顶破了个大洞，露出两张面孔，俊美的、美丽的、立体的——

立体的？

扑克牌们一脸惊恐，双手捂着脸尖叫："人类——是人类啊——"

"保护陛下——"

"啊，谁踩着我过去了？"

"躲到地毯底下去！快，还能藏一摞人。"

南希向下探了探头。

"小心，"伊比利斯懒洋洋地说，"不要掉下去。"他伸手搂住少女的腰，猛地跃下去。五米的高度让南希吓了一跳，连忙搂住他的脖子试图贴得更紧。

伊比利斯微微垂眸，少女紧紧缩在他的怀里，软软的呼吸扑在他的锁骨上，鼻间涌入了清甜诱人的香味。

这是他从未在兰蒂斯闻到的味道——那里全是海，大海啊里面都是水，只有苦咸的滋味。

他喉结微动，放缓了降落的速度，下巴抵在少女的颈窝上，延长这令人意乱心迷的味道。

"宿主，加一分哦。"小 n 说。

哇，今天是什么日子？海神这两次得分毫无规律可言，让人摸不着头脑。

他们缓缓落地，南希迅速从伊比利斯怀里钻出来。厅内已经乱成一团。瑟瑟发抖的国王和王后抱在一起，周围是几个拿着纸盾牌、纸剑的侍卫。

"怎么就这么几张牌？"南希问。

"喏。"伊比利斯踢踢地毯下鼓起的包包，包包立刻胡乱抖动，里面发出乱七八糟的呼叫声。

一堆扑克牌叠在一起藏在里面，抱着头瑟瑟发抖。

"不要把血溅我身上啊。"

"也不要溅我身上。"

南希有些无语，她又不是专程来这里自残的。

"那个,"她用手捅捅红桃A,"知道纸神明在哪里吗?"

这句话一落,空气立刻静下来,几乎所有的扑克都睁大眼睛看着她。

几秒钟后,紧张的空气突然松弛下来,扑克们笑嘻嘻地钻出来:"原来你们要见纸神明啊。"

"原来要见纸神明。"扑克侍卫把剑和盾扔到地上松了口气,就连皇后都重新捡起小折扇给自己扇着风。

"我们要见纸神明,有什么不对吗?"

"没有不对,"红桃A说,"不小心钻进这里的人类都想去见纸神明,当然也有一部分选择在城里大肆报复——推倒房屋,把大家撕成碎片。听到你们说想见神明,我们就松了口气。"

"原来是这样,"南希点点头,"我们只想从这里出去。"

"这个好办,"方片J钻出来,"我是这里的大贤者,只有我能找到神明,你们在这里等着吧。"方片J说完就转身"嗒嗒"跑走了。

"我记得你,"皇后用折扇指着南希,"有一天你打牌,总是把好牌出错。"

"你怎么知道?"南希惊讶地看着她。

"唔,作为皇后我有许多特权,比如我可以去人类世界的任何一副牌里溜一圈。我记得那天是四个小姑娘一起打牌,因为我喜欢年轻的孩子,所以就在那儿多待了一会儿。

"后来我睡着了,等我醒来时准备要离开,发现戴着蔷薇花的女孩在烧扑克牌,我吓了一跳就赶紧逃走了。"

南希目光微动,那天戴蔷薇花的只有玛格丽特一个人,看来自己会出现在这里果然跟她有关。是使用了高级道具吧。

"可以了,你们跟我来。"方片J返回。

"有一句话要告诉你。"皇后叫住南希,"你知道为什么闯进来的人大部分都出不去吗?"

"不知道。"南希摇摇头。

"因为越靠近纸神明,空气就越干燥,很多人没等走出那道门,就被吸成了人干。"皇后不忍心地说。

"原来是这样,"南希恍然大悟,她拎起裙角致谢,"谢谢您告诉我,让我有个准备,但是我如果不去,不过就是死得慢点。反正结局都是一样，不如试一试。"

"你说的对。"皇后轻轻叹息。

方片J把他们送到了殿堂门口，这是纸神明的神殿。刚靠近，南希就感觉皮肤在不受控制地颤抖。所有水分以肉眼可见的速度从毛孔里冒出来，蒸发在空气中。

方片J似乎也受不了这里异常干燥的空气，它的身体都有点龟裂了。

"我不送你们了，你们自己进去吧。"方片J说完扭头就跑。

"这样不行。"伊比利斯手掌涌出光芒，不断地把皮肤上冒出的鳞片按回去，"别说是你了，就算是我也没法进入神殿。"

南希看着他按下去又冒出来的鳞片问："如果你变出本体会怎么样？"

"纸神明会杀死我。"伊比利斯淡淡地说，"我是他最恨的人。如果没有我，他就可以把领地扩张到更广阔的地方。"

"更广阔的地方，"南希微微一愣，"你是说我们那里。"

"对啊，可惜任何世界都有规则，就像我在这里力量被压制，纸神明去了我们的世界，他的力量也会变弱。所以，从某种意义上来说，控制水的神明都是他的敌人。"

"原来是这样。"南希看着伊比利斯手臂上的鳞片，紧紧皱起眉。

"小n，我想抽盲盒。"

"现在？"

"对，现在不抽，可能我以后没机会抽了。"

"也是啊。那你要抽什么级别的呢？"

"垃圾盲盒，一分好感值的那种。"

小n："……"

"盲盒嘛，我又没把握抽到能用的东西，先用好感值抽，最后再用SSR币，万一我运气好呢？"

"说的是。宿主，你在脑海里抽吧，不然道具往哪儿放呢？"

"好。"

南希只觉眼前一晃，脑海里出现了一个盲盒。灰扑扑的包装，透露着东西的低劣。她用目光扫了一眼，盲盒立刻消失，一根棒棒糖出现在眼前。

厄运棒棒糖，吃了就能享受一天的坏运气哦。

滚，下一个。

哭泣的洋娃娃，让你一天二十四小时不间断地哭，作用大概是影响你的情绪。

滚。

一支普通的护手霜，抹完以后随机变色哦。

都给我滚。
南希一连抽了二十个，一个比一个降智。就当她准备换成高级盲盒时，眼前突然闪过一道银光。

花洒，每隔一分钟蓄满一桶水，可以洗个凉水澡哦。副作用，使用者会感冒，时长二十四小时。

哇，好感动，她都要哭了。
好感人的道具，连副作用都温和到让人哭泣，有什么比一个花洒能解决她现在的问题呢？二十分好感值花得值。
南希转向伊比利斯的时候，脸上挂满了笑容。
"你高兴什么？"伊比利斯低声问，伸手摸摸她的额头，"该不会是被吓傻了？"
"不是啊，你瞧。"南希拿出花洒，轻轻一按，花洒立刻喷出均匀的水滴浇在两人身上。
伊比利斯睁大眼，不可置信地看着花洒："你怎么……"
"我们现在没时间闲聊了。"南希快速地说，"这个花洒只要打开就会不停地喷水，一桶水喷完后，就得等一分钟才能再来水。"
伊比利斯没有再废话，他立刻拉着南希的手快速朝神殿奔去。
越靠近神殿的门，空气越干燥。等他们完全跨进去，花洒喷出的水大部分都直接化为了蒸气,只有少量的水浇在他们身上。

似乎察觉到动静,纸神明回过了头。

他身材高大,有四五米高,坐在高高的凳子上,手里拿着一把银色的剪刀不停地剪着东西,羊、兔子、树木和纸片人从他的手间"簌簌"而落。神殿一片雪白,剪纸落在地上就消失不见了。

无数的纸屑在空中飞舞,仿佛下着鹅毛大雪。

神殿的尽头是扇闪着强光的大门,不需要说明南希也本能地知道那就是离开这里的通道。

一些风从大门吹进来,把纸屑吹得更加狂乱。

南希和伊比利斯毫不犹豫地朝大门奔去,花洒拼命喷着水,仿佛在释放生命。越来越多的纸屑向他们涌过来,花洒的水流渐渐变小。

就在还有五米的距离时,花洒的水突然停了。

南希感觉自己就像被塞入了干燥剂里,皮肤里的水分飞快地耗尽,表皮、肌肉甚至骨头瞬间没了力量,马上就要折在这里似的。

短短五米,她感觉自己简直走了一个世纪。眼睛无比渴求地望着那道门,手脚却不听使唤。比起她,伊比利斯更加糟糕,他的属性与这里相克,水分散发得非常快。

还剩两步的时候,他再也无法承受,摔倒在地。

南希连忙扶住他,拿起花洒想给他浇一些水,但是花洒的间隔时间没到,里面空荡荡的。

"只剩两步了,我们马上就能出去了。"她拼命拉扯着对方的胳膊缓缓向前移动。门里闪着光亮,甚至吹来凉爽的风,只要走进去就能离开这个鬼地方。

纸神明不断剪着纸,房间里纸屑满天飞,空气越发干燥。

伊比利斯捂着心脏,渐渐无法压制汹涌的力量。他的胳膊和脖颈再度冒起黑色的鳞片,速度快得惊人。南希几乎觉得用不了几秒,伊比利斯的本体就会暴露出来。

纸神明往这边瞥了一眼,南希连忙把半昏死的少年搂进怀里,用身体挡住他的变化。她拼命摇着花洒,只要再有一点水,只要再有一点,就能压制他的变化。

眼见伊比利斯脖颈上的鳞片蔓延完,要向四周覆盖时,南希伸出手在伊比利斯的鳞片上一抹。鳞片本能地唤起保护机制,张开无数张嘴朝她狠狠咬下,鲜血顿时从手掌涌出。

南希低下头用力吸了一口,掐住伊比利斯的嘴迫使他张开,低下头,凑过去,双唇相接,将血徐徐地送了过去。

伊比利斯身体猛地动了一下,意识还未恢复,身体先做出反应。他一只手揽住少女的腰肢,另一只手按住她的后脑勺加深这个吻。他出于本能地紧紧攀附住对方,凶猛地掠夺着血液。

南希舌尖一痛,感觉伊比利斯舌面那些小刺又出现了。她忍不住发抖,小心地避开,眼泪因为害怕而汹涌地落下,混在嘴边的血迹里,被对方一一吞食。

不知过了多久,也许只有十几秒,掉落在地面的花洒突然开始喷水,像一场及时雨浇在他们身上。

南希感觉纠缠的唇舌突然分开,一只温凉的手轻轻揉揉她湿润的发。

她睁开眼,闯入了少年的眼睛。

清透的、干净的、明亮的水蓝色眼睛。

那是最温柔的大海的颜色。

✦

南希和伊比利斯站在海边陡峭的悬崖之上。

四周很黑,只能看到满天星斗和弯弯的月。烈风刮向他们,带来大海潮湿的水汽。身后的大门缓缓关上,把干燥的空气彻底隔绝。

南希松了口气,一直紧绷的弦猛地松弛,腿一软,跪坐在地上。刚才因为过度紧张而忽略的疼痛瞬间起来,她的手像被火燎了一样,一直痛到小臂,疼得眼泪"簌簌"往下落。

伊比利斯伸手朝空中一抓,攥满一手的星光。借着柔和的亮光,他看着南希的手掌,忍不住皱紧眉头。

"怎么这么严重?"

"你说呢?"南希捧着自己的手,哭得满脸水光。她这次太惨了,失血过多就不说了,手心被鳞片咬得都露骨头了。她光看就头皮发麻,越发觉得自己可怜。

伊比利斯俯身，手指凝出一道微光，小心地接近她的皮肤。在微光的触碰下，伤口周围长出许多肉芽，但是彼此张望着就是不互相纠缠。

"这是怎么回事？"南希问，"治愈术释放过后，肉芽应该彼此交织缝合伤口啊。"

"这不是普通的创伤，"伊比利斯说，"上次你摸的是我变出来的外表，受的伤属于普通伤害。这次你摸的是我的本体，是真正的亵神。当时我在昏迷中，没有对你解除禁制……"

"那就是没得治了？"南希惊愕地抬起眼，瞬间忘了哭泣，不会让她以后就这么露着白骨吧？她的手超级重要，只要手指轻轻碰触就能赚取小分。这么纤细美好的手，就是为得分而生的啊。

"当然不会，"伊比利斯失笑，"就是时间要长点，可能要两三天。"

南希呼口气："差点被你吓死。"

伊比利斯轻笑一下："胆子这么小，我看你刚才在神殿很有胆量啊。"

"那不是没办法吗？不拼一把可能就永远留在那儿了。"

"我先给你把血止住，"伊比利斯再一次给伤口注入灵性力，"让它在上面结层膜。"

山崖的烈风"呼呼"吹着他们，将少女金色的长发吹得凌乱飞舞，擦着伊比利斯的脸颊而过，酥酥麻麻，就像跟她唇舌交缠时的感觉。

伊比利斯垂着眼帘看着伤口，睫毛轻轻动了动："你为什么……后来又跟我接吻了？"

欸？

南希脸上挂着干涸的泪痕，惊讶地抬起眼："那不是接吻。"

"不是接吻？"

"当然不是啦，"南希轻轻皱眉，"那是救治，就像现在你对我做的一样。我不把血给你送到口里，你也无法醒过来呀。"

伊比利斯抬起眼皮盯着她，好一会儿才很轻地笑了一下："这样啊，那就好，让我白担心了。"

"你担心什么？"南希好奇地问。

"担心你趁我昏迷占我便宜啊。"少年懒洋洋地说。

"哦，那不能，我又不喜欢你。哎哟！"手心被对方狠狠捏了一下，血顿时涌出来，南希疼得脸都皱成一团。

"抱歉，"伊比利斯毫无歉意地轻笑，"听到你不喜欢我太高兴了，一时失手。"

南希："……"

治愈的光芒消失，南希看向掌心，伤口依旧很瘆人，但是不往外渗血了，只有干涸的血迹和结痂的伤口。

伊比利斯变出一层纱布，帮她把伤口缠住："这样治疗两到三天，你的手就跟以前一样，不会留下疤痕。"

"那太好了。"南希高兴地说。

伊比利斯拉起她："我们回去吧，明天你不是还有课吗？"

"对。"不仅有课，她还要去米洛斯家里取药，跟莉莉见面，去北地。

夜色浓郁，伊比利斯带着她回到家，女仆似乎没有发现她不见过。

南希看了一眼钟表，已经凌晨两点了。她在纸世界里竟然才待了九个小时，感觉像过去了半辈子。

伊比利斯打着哈欠给她施了一道清洁术，之后就把盥洗室霸占了。他重新变回了人鱼的样子，躺在浴缸的水里睡觉。

南希躺在床上，虽然很疲惫，但还是打起精神跟小 n 把分结算一下。

小 n："我们现在有四十五分的好感值加一枚 SSR 币，以及两天的生命了。"

"等等……"南希困惑地皱着眉，"没记错的话，我消耗了二十分换垃圾盲盒，怎么还剩这么多分呢？"

"没错，"小 n 说，"是消耗了二十分，但后来你又得到了二十分。"

"又得到了，谁给的？"南希不是没想到海神，但是一下二十分，这大方得有点过头了吧？简直就是一笔巨款。

"是海神伊比利斯哦。"小 n 大声说。

嚯，还真是他。

南希轻轻眨了眨眼睛，虽然是好感值，但好感也分很多种，对方大概感谢她在最后关头救了他吧。

所以，她现在有这么多分和一堆垃圾道具。

仔细想想，其实那些道具也不垃圾。比如"厄运棒棒糖"能带来一天坏运气，她不吃，给别人吃不就是大杀器吗？最好能给玛格丽特公主吃。

就好像谁没道具似的。

听到分还有一大堆，南希感到非常愉悦，心情一放松，睡意就开始袭来，很快她就进入了梦乡。

但是没过一会儿她就发烧了，整个人昏昏沉沉，嘴里发出微弱的、难受的轻哼。

半梦半醒之间，她似乎又回到了原世界。

巨大的露天荧幕上是穿着深蓝色长袍的神明，高大、俊美，脸上挂着无所谓的神情。虽然海国有陆地，但是从未见海神上过岸，他总是待在兰蒂斯。

南希的朋友们喜欢经常谈论海神。因为跟其他神明不同，伊比利斯显得更有人情味。他会接受报纸的采访，也会悉听民众的意见，但是最让人津津乐道的还是他广阔的后宫，毕竟听说他连浮游生物都不放过。

"如果我是人鱼就好了，听说，海神只喜欢人鱼。"

"不啊，他也喜欢章鱼，我在报道上看的。"

"对于他而言，章鱼根本就是不同的物种吧？"

"那你得问他去，哈哈哈。"

"你说呢，南希？"

"南希？"

"南希？"

耳边传来低沉的嗓音，南希迷迷糊糊地睁开眼，瞳孔中映出伊比利斯年轻的脸庞，俊美又充满少年感。

她不太舒服地晃了晃脑袋，额头上感觉到微小的重量和温暖的湿气，应该是湿润的手绢吧。看来她果然发烧了。"花洒"的副作用就是让使用者感冒，时长二十四小时。

伊比利斯微微皱着眉："是因为你失血过多，还是因为手上的伤口？我不擅长光明神术。你知道的，鱼从不发烧，没我发挥的余地，如果那家伙在就好了……"

南希知道"那家伙"指的是光明神，可惜她不敢找他看病，担心他一眼看出来什么。

"没关系，"她喉咙沙哑，"休息一天就好了。"

"要不要吃药呢？"伊比利斯又问，"你们人类的药。"

"不要。"

这个时期的医疗手段十分落后，家庭常备的通用药物"小蓝片"据说能治二十九种病，包括霍乱、流感、肝脏疾病、风湿、梅毒。

但其实里面含着大量泻药成分和一定量的汞，躺一天就能好的事，吃上这玩意儿就难说了。

伊比利斯似乎也没什么办法，只能陪她坐着，换换手绢。

就这么过了一会儿，伊比利斯突然说："刚才我听到你说梦话了。"

"我说了什么？"南希有点紧张。

"你说，海神喜欢章鱼吗？"

"咦，我说了这个？"

"嗯。"伊比利斯点点头。

"那你喜欢吗？"

"喜欢。"伊比利斯笑着说。

南希："……"

果然变态。

他闲适地靠在枕头上："所有食物中我最喜欢吃章鱼了，它的肉很紧实，弹弹的……"

"是吃到嘴里？"南希有些意外。

伊比利斯有些无语，抱着手臂不想说话。

要是平常，南希也就不问了，但是她今天头脑发涨，识别不出眼色，又追了一句："人鱼可以吃吧？"

伊比利斯缓慢地侧过脸，抬着眼皮盯着她："你试试不就知道了。"

"怎么试？没有人鱼呀。"南希继续头脑迷糊地回应，"欸，也不是没有，我记得盥洗室里有一条。"她挣扎着爬起来，光脚跑到盥洗室门口看了一眼。

"人鱼呢？我那么大一条人鱼哪儿去了？"

伊比利斯轻扯嘴角，下床把人抱回来。

一道微光闪过，南希感觉床猛地往下一沉，什么东西打在了她的腿上，又凉又滑。

她转过头，伊比利斯懒洋洋地坐在她身边，一条巨大的海蓝色鱼尾轻轻摆动着。

从肩膀到腰线，青年的俊美和少年的单薄在他身上同时体现，既不矛盾也不"违和",完美融合在一起,既性感又迷人,隐隐散发着一股危险感。

伊比利斯抓起她的手,淡淡地说:"在这里。"

南希瞬间清醒,手被压在少年温润的手掌下,手心、手背同时被陌生的触感包围着。

她猛地缩回手,耳畔传来伊比利斯低沉的声音:"别怕,你摸摸我的尾巴,这些鳞片会慢慢熟悉你,以后就不会再咬你了。"

南希垂下眼帘,重新把手心贴上去。那些深蓝色的鳞片果然都乖乖地贴着不动,很细腻,很光滑,但又不像普通鱼鳞那么黏,很温凉,很舒服。

"宿主,加一分哦。"小n报数。

南希扫了一眼伊比利斯的鱼尾巴。鱼尾表面恢复了光滑,轻轻摇着,像一把大扇子,可以抵御外敌的鳞片也可以藏起任何东西,真是神奇的种族。

胡闹了这么久,南希的头又昏昏沉沉起来。她把被子拉到脖子上,闭上眼,很快就再次陷入沉睡。

等她醒来,天已大亮,房间里没有伊比利斯的踪影。

"小n,海神呢?"

"不知道啊,刚才出去了。"

南希本来还有点迷糊想再睡一会儿,听到这里立刻来了精神,翻身下床,但是"花洒"带来的副作用没有那么快消失,眩晕袭来,南希腿脚发软,连忙扶住墙。

"宿主你要去哪儿?快躺下,还有十几个小时副作用才消失。"

"趁着海神不在,我得赶紧去跟莉莉见面,然后去光明神那里把药剂拿走,最后去北地。"

"哇,宿主你太敬业了,墙都不扶(服)就服你。"

南希没力气跟小n闲扯,她胡乱套上一件浅紫色的裙子,戴上草帽,接着掏出一个巴掌大的串珠手提包。

有点华丽的手袋:可以放下一切东西哦。一次性物品。使用完毕后,使用者会无法找到任何事物的口。比如找不到抽屉口,找不到门,穿衣服找不到领口,吃东西找不到嘴。副作用时长为一个小时。

这是从垃圾盲盒里抽出的东西。她见完莉莉就没时间回来换去北地的冬装了，用这个把大衣和鞋装上比较方便，也不会引起别人的注意。至于这莫名其妙的副作用，一个小时应该很好对付吧。

"说起副作用，海神也用'花洒'了，他怎么没感冒？"

小n："海神没有拿着花洒，他最多算个蹭水的。"

"我这样太难受了。"南希望着镜子里的自己，脸颊潮红，眸子水蒙蒙的，透着脆弱和精致，看上去很好欺负的样子。她拿起粉扑把脸颊的红盖下去一点，对着镜子扬起唇角，看上去似乎还行。

离开房间女仆告诉她萝布丝和柔丝已经去学院了，她们两个果然是能甩掉她就一定要甩掉她，不过正好替她找了逃课的理由。她拎着手袋，让车夫驾着马车朝橡树街酒馆的方向驶去。

莉莉在约定好的地方等她，见她过来立刻递上两个传送阵："我现在就去你伯父家吗？"

"唔……"南希有点犹豫，她组织着词汇，"有一个人，他有点奇怪。家里的人都无法看到他，只有你可以。"

"是怨魂吗？"莉莉问，"有那种东西，不会伤害人，但是会一直跟着你，直到你身体衰弱而死，但是神术师不需要担心，有很多神术师会把怨魂变成仆人之类的东西。"

莉莉还以为南希现在暂时无法对付怨魂："需要我帮你把他驯服吗？"

"哦不不，"南希有点惊恐地摇摇头，"你千万不要试图驯服他。我是说，你可以直接让他知道你是谁，告诉他，我请你伪装成我。为了避免麻烦，这是最好的办法。"

莉莉有点疑惑，但也没多问，做这行最忌讳好奇心。她点点头表示自己明白了，变成南希的模样朝马车走去。

南希见莉莉离开，这才重新叫了马车朝米洛斯家赶去。

米洛斯正坐在花园里看书，听到马车的声音，抬起头朝门口看去。

少女穿着浅紫色的长裙，戴着宽檐草帽，脸颊红扑扑地跑进来，看上去十分有朝气。

但等她靠近的时候，米洛斯还是从她脸上捕捉到了一抹不正常的潮红。

"身体不舒服吗？"

"不，没有不舒服。如果一定要说不舒服，就是今天有点热。"南希十分自然地取下帽子拿在手里扇着风，把裹着纱布的手藏在身后。

"我的药熬好了吗？"她问。

米洛斯从口袋里取出一个手指长短的水晶瓶，里面装着棕褐色的液体，冒着一层小泡泡。

"一次性喝完就会开始生效。"他单手握着瓶身递过来。

她怎么可能会放过这种得分机会？只需一个小动作就能让小n朝"小r"迈近一步。

她把帽子放在椅子上，伸手去接瓶子。在接触的一瞬间，手指轻轻地从对方的手背拂过，就像羽毛般轻柔，带着一点点挑逗。

米洛斯睫毛轻轻颤一下，抬起眼不咸不淡地看着她。

少女甜甜地笑着说："米洛斯大人拿稳了，可别掉在地下摔坏了。"

"宿主，加一分。"

南希听到报分后满意地握住瓶身，但是无论怎么抽都抽不动。

她抬起眼，米洛斯目光淡淡地看着她。

"哦，谢礼是吧？"想起来承诺，南希把手缩回，伤手仍背在身后不敢动。

她用另一只健全的手从兜里掏出一枚太阳形状的金胸针，这是从珠宝盒里找出来的，没什么时间准备礼物她也很抱歉。

不过光明神应该喜欢太阳吧？

米洛斯没有去接胸针，而是伸手按着她的肩，把她像陀螺一样转过去。

缠着纱布的伤手，就这么猝不及防地暴露了。

目光定在缠着一层层纱布的手上，米洛斯轻轻皱眉："又去抓人鱼了？"

"怎么可能？不是所有的伤都是由人鱼造成的。"南希轻快地说，重新转过身，"女仆烫衣服把熨斗落在我房间了，我不小心碰上去就……"

"我看看。"米洛斯抬起她的手。

南希想起对方轻轻一碰就能使纱布消失，担心被认出伤口的来由连忙把手抽回。因为动作太大，伤口又裂开了。

"不用麻烦，"她忍着疼装出若无其事的样子，"因为着急来找您，所以随便用纱布包扎了一下。我刚学会治愈术，把这个宝贵的机会留给我吧。"

米洛斯轻轻笑了一下："行吧,如果你治不好再来找我。"他拿起药瓶给她塞进口袋里。

"十分感谢,那我就回家啦。"南希笑盈盈地说。

"你忘了一件事。"

"什么?"

"人与人之间的正常交流。"米洛斯淡淡地说。

哦,原来是想亲亲啊。她正好也想呢——离五十分还差三分。

南希踮起脚,飞快地在对方唇上一吻,长长的睫毛轻轻扇了扇:"行了吧?"

"嗯。"依旧是毫无情绪的回答。

"宿主,加一分哦。"小n声音欢快,像是暴露了米洛斯的内心一样。

南希轻轻笑了一下,拿起草帽,转身时目光扫到了倚着门框的身影,顿时身体一僵。

伊比利斯站在那里,不知看了多久。

他手里拎着一包药,这是跑了好多地方才买到的。他不清楚南希生了什么病,因此每种药都买了一份,腹泻药、头痛粉、痢疾药、膏药。

回去后没想到她根本就不在,于是他循着气味找到这儿,并且欣赏到了她亲吻别的男人的样子。

伊比利斯抬着眼皮盯着南希。

片刻之后,他扬起唇角,笑容里带着凉气。

"真不错,我忘了,这里还有一个药剂师呢。那么这个你也不需要了。"

他松开手,袋子应声落地。

第七章

CHAPTER SEVEN

Seven

袋子应声落地,十几个小玻璃瓶从袋子里滚出来。有的直接摔碎了,迸出一地白色小药片。

南希微微一愣,这才知道伊比利斯为什么一大早就不见踪影了,原来是给她买药去了。

"小n!"

小n:"宿主对不起,海神他又是瞬移来的,你看见他的一瞬间,我也一样才看见啊。"

"唉,被定位的日子真是一天也没法过。"南希笑盈盈地说,"啊,不说了,海神又要参毛了。"

伊比利斯目光沉沉地盯着她,薄薄的唇冷冷地抿成一条直线。

她忙跑过去,把没摔碎的药瓶捡回袋子里,拉住他的手臂,脸上溢出灿烂的笑容:"原来你在这里呀,我都快找遍布尔顿了。"

伊比利斯冷笑:"真能狡辩,你找我?找我找到这里?"

"不是啦。"南希拉着他往院子外走,想把他哄出这里再解释。

走出大门的时候,她扭头看向米洛斯。对方倚着树抱着手臂,头顶的树荫遮住了大部分的阳光。他的身影完全在阴影中,根本看不清他的神色,只觉得他的视线一直跟着他们,淡淡的、沉默的,带着些许凉意。

走出街道伊比利斯仍旧冷着脸,他也说不清心里这股恼火之意是从哪儿来的。

是因为他辛辛苦苦给她买药,最后发现她来找药剂师;还是因为她主动踮起脚去亲吻那个人类?似乎都有可能。

作为掌管江河湖海的神明,只要他垂眼,整个兰蒂斯都会为之颤抖,如今他却为了这个人类女孩满大街给她找药,结果她根本不需要。

他很明白自己的情绪不正常,他以前根本不会为这种无聊小事生气,但今天他气得心脏闷疼,肝脏发酸。

这种陌生的情绪，究竟是什么导致的呢？

伊比利斯轻轻抿了抿嘴，思考了一下，归因于纸世界发生的事。濒临死亡之时，南希选择以伤害自己的方式来拯救他。

其实她完全可以离开，反正他会被永远留在那里，没法找她的麻烦，但她没有走。这件事的确震撼到了他，大概是基于这个，他才会做出一系列反常的举动。

对，一定是这样，他给自己找到了理由。既然对方不在意，他也没必要管她了。

想清楚这些，伊比利斯的目光渐渐变得平静，他觉得自己没有必要待在布尔顿了。

"你都给我买了什么药？"南希低着头，伸手去翻袋子。刚才为了躲避米洛斯的查看而裂开的伤口重新涌出血液，染红了纱布。

伊比利斯余光瞥见，目光一沉，心中暗骂了一句，刚刚做好的决定被他迅速抛在脑后。他小心地抓起她的手："怎么出血了？我明明加了屏障。"

"可能动作太大了吧。"南希不以为意地说。

伊比利斯垂着眼给她拆纱布，突然想起自己还正生着气呢，怎么这么快就缴械投降？但是纱布又不能不换，再耽搁下去伤口会全部裂开。

但他心里终归还是有怨气的，冷着脸嘲讽："怎么没让药剂师帮你换纱布？"

"我只喜欢让你帮我换，你什么都会。"

少女脸上挂着灿烂的笑容出声恭维，漂亮的蓝眼睛就像他最喜欢的大海一样。

伊比利斯心头的阴霾被驱散了点，眼神也不再那么冰冷。

他微微翘起一点嘴角："嘴这么甜，抹了蜜吗？"

提到嘴，脑海中不由自主地浮现出南希亲吻药剂师的画面。他的神色再次阴沉下来，嘴唇不悦地抿成直线，一双水蓝色的眼眸没有什么情绪地看着她。

又怎么了？

南希眨眨眼，阴转晴再转阴也太快了吧？不愧是海神，大海就是这么让人捉摸不定。

"血好像又流出来了。"她试图分散他的注意。

伊比利斯冷着脸给她施展治愈术，但是想起那个刺眼的画面又觉得忍不下去气。

"宿主，刚才你拿到一分哦。"小 n 说。

南希：咦，最近海神莫名地大方哦。

"咦，真的吗？"南希有点激动，刚才还板着脸，这会儿已经浮出了笑容。

"你快升级啊。"南希在脑海里催促小 n。

"好的好的，宿主别催我，我有点手抖。"小 n 磕磕巴巴地说，嗓音里带着颤抖的哭音。

"不至于吧，小 n 宝贝？"

"你不懂，我一直因 N 级自卑，觉得拖了宿主的后腿，"小 n 哽咽着说，"如果宿主配个 SSR，一定会如鱼得水的。"

"你就是我的 SSR。"南希笑着说。

小 n："……"宿主高兴起来连它都撩。

小 n 把五十分全放进系统里，一个硕大的粉红色数字缓缓浮现，接着微光闪现，数字化成颗粒消失在空气中。

南希下意识屏住呼吸，等待见证奇迹的时刻。

但是五分钟过去，伊比利斯都给她换完纱布了，小 n 那里都无事发生。

"你升级完了吗？现在是不是该叫你小 r 了？"

"那个那个……"小 n 有点尴尬，"升级系统需要两天，我现在还是小 n。"

"哦，正常。"南希表示理解。反正那么多天都过去了，也不差这两天了。

"我们现在回家吗？"伊比利斯已经完全忘记要离开布尔顿的事，两次"啵啵"过后他的心情非常好，感觉可以在布尔顿再住一百年。

"哦，当然。"烦人的事情一过去，南希感觉头再次有些昏沉，她不舒服地按按眉心。

伊比利斯伸手摸了一下她的额头，皱起眉头："怎么还这么烫？"

很正常，没过二十四小时嘛。

"我带你飞回去吧，你看看这些药哪个能用。如果不能用，我再去买。"

"先不用。"南希慢吞吞地说,眼睛注视着不远处的小酒馆。

"我想……我想去那个小酒馆借一下盥洗室。"她伸手指了一下。

"我陪你去。"伊比利斯说。

"啊,不用。那样多奇怪,你在外面等我就好了。"南希说。

为了显得更自然一点,她装出凶巴巴的样子:"不许偷看哦。"

伊比利斯嗤笑:"我想看从来都是光明正大地看,不用偷偷摸摸。"

南希不管这些,她警告地瞥了他一眼,这才快步朝小酒馆走去。

在走进酒馆的一刹那,她回身望了一眼,伊比利斯靠着一棵粗壮的橡树,嘴角轻翘,似乎心情很好的样子。

南希突然对伊比利斯感到有些抱歉,毕竟刚哄得他心情好了,转眼又踏上了作死之路,不知道回来以后会迎来怎样的暴风骤雨。

她走进小酒馆的盥洗室,从"有点华丽的手袋"中掏出冬装换好,拿出米洛斯给她的药剂。

冒着气泡的褐色药剂,看上去让人有点不敢喝。

她抿抿唇,扭开玻璃瓶塞,闭着眼睛往嘴里一倒,"咕嘟咕嘟"冒着热气的液体就蹿进了喉咙里。

药剂刚入肚,就有什么东西冒出来迅速在皮肤上蔓延。她知道,屏障开始生效了。她没再浪费时间,迅速掏出北地的传送阵离开了这里。

伊比利斯在外面等了很久。

他对于人类使用盥洗室的时间还不是很了解,但是这么久都不出来,显然是出了问题。

踌躇了几秒后,他走进酒馆敲了敲盥洗室的门,里面无人应答。

抬手又敲了敲,还是没人应答,他感到可疑,皱起了眉头。尽管担心冒昧闯进去会让她不开心,但他最后还是粗暴地将门踢开了。

十分钟后,伊比利斯阴沉着脸独自回到乔治伯爵家。

他没想到打开盥洗室后,里面空无一人。不仅如此,用来辨别南希位置的味道也被剥离下来留在了盥洗室,怪不得他会觉得她一直在里面。他试图重新寻找她的位置,发现那股气味彻底消失了。

为什么会消失呢?在伊比利斯的认知里,从没听说还有屏蔽气味的方法,她是怎么做到的呢?

他脑海中浮现出药剂师手中的小瓶子。

伊比利斯目光越来越冷，他从没这么厌恶一个人类，一个尽给他添堵的雄性人类。

尽管没办法找到南希，但他还是在盥洗室里发现一点不寻常的东西。

地上交织着浅浅的魔法阵，有人在这里使用了传送阵。

只要使用神术，就会遗留轨迹，一般这些轨迹要两三天才会消失。这里的颜色很新，不会超过两个小时。

那么，她去哪儿了，需要使用传送阵？

伊比利斯推开卧室的房间门，耳中传来哼歌的声音。他惊讶地睁大眼睛，瞳孔中映出坐在沙发上拿着报纸的女孩子。

他大步走过去一把拽走报纸，"南希"惊愕地抬起脸。

发现她没有瞎浪而是乖乖地回家，伊比利斯恼火的情绪瞬时消退，开始怀疑南希用传送阵回家是不是因为生病太难受了。

"为什么自己偷溜回来？"虽然是质问的语气，但少年的神情不再那么冰冷，甚至准备抬起手摸一下她的额头还烧不烧。

"南希"有些怔忪地打量了一下伊比利斯，笑嘻嘻地说："呀，长得不错嘛。你就是老板说的怨魂？怪不得她不让我帮着驯服你，看来是想着留着自己享受这个过程嘛。"

伊比利斯目光微愣，细细看她的脸。

五官一致，但是神情有很大的差别，南希不会露出这种痞里痞气的神情。

完完全全的两个人，最多也就骗骗不熟悉她的人。

伊比利斯沉下脸色："你是谁？"

"一个打工人，"莉莉说，"擅长伪装的神术师。那个……我也不知道老板什么时候回来，你可以坐这儿跟我一起等她。反正人类也无法看见怨魂不是吗？喏，你嗑不嗑松子？"

原来是这样。

伊比利斯目光冷淡，浑身上下散发着让人不寒而栗的压抑感和冷意。沉默许久，他终于低笑了声："行吧，那我就等她吧。"

好好地等。

南希走进昏暗的公寓，南大陆是白天，北地就是黑夜。

小 n 帮她看了一下时间，已经晚上九点五十分了，还有十分钟就是宵禁时间。时间一到，北地就会进入晚间最危险的时刻，蕴含着丰富灵性力的空气在黑暗中会滋生恐怖的邪祟，将每个路过的生灵啃食干净。

也不知道公寓管理员是不是为了省钱，只在一楼开着一盏小小的煤气灯。

南希沿楼梯走到二楼，虽然可以借助一楼的微光看清些，但光线还是非常昏暗。靠近走廊左边第二间就是那个租来的房间，平常很容易就能找到，但是今天她在走廊里走了两个来回，却怎么也看不到门。

冥冥之中有种力量让她离门越来越远，这种感觉无法形容。她当然知道走廊里有许多房间，随便一伸手就可以碰到一扇门，但就是这么一件小小的事情她都无法做到，仿佛走进了迷雾中，看不清方向。

"小 n，好像是'有点华丽的手袋'的副作用开始了，找不到任何东西的口，我想也包括这条走廊。你瞧，我不但无法找到门，连刚才的楼梯口也找不到了。"

"宿主，"小 n 干巴巴地说，"系统正在升级，我现在什么力量都借不到，跟你一样被副作用影响了。"

南希紧锁眉头，再过一会儿就十点了，以她的能力显然无法从黑雾中逃脱。

几乎没有犹豫，她双手圈成喇叭状，在楼道里喊："塞西尔。"

是的，有点丢脸，但是总比死了强。

"塞西尔。"

没有回应。

很显然，他本人还在冥土。上次不知道是触发了什么，让他感应到她在这儿，应该是门上面有什么，但是现在她找不到门了。

时间一分一秒地流逝，南希不断地尝试各种方法，包括在楼道里弄出巨大的响动，但是仿佛被屏蔽了一样，没人听得到她的声音。

"咚——"

远方的钟声敲响，低沉悠长，宣告着克维纳郡开始宵禁。

与此同时，南希感觉走廊蓦地变阴冷，她立刻有了些许危险的预感。

目光瞥见地上一片焦黑，印着两道红色的影子，就仿佛那里曾经躺着两个血流不止的人。

做点什么,总得做点什么,焦急中她想到了米洛斯教过的神术,但是当时她光顾着赚分,并没有很好练习。

是什么来着?驱逐……驱逐黑?

没等她完全想起来,她的背后不知什么时候贴上来了一个皮肤白到近乎透明的小女孩。小女孩披着紧贴着头皮的长发,眼周发青,眸子幽幽地注视着她。

南希悚然一惊,头皮瞬间发麻,想也不想就喊出了神术。一颗葡萄大的小光球擦着小女孩的脸升到半空中,尽管光芒微小,但其中蕴含的光明力量还是重重灼烧了对方。

两秒后,南希几乎被小女孩凄厉的尖叫震聋耳朵。

小女孩捂着脸扭曲着上升,她的脸庞上不断有大片皮肤掉落,每掉落一块就会重新凝聚成一个新的小女孩,五个、十个、二十个,她们阴沉着脸,嘴角咧到耳根,露出发黄的尖尖的牙。

南希哆嗦着想从口袋中拿传送阵逃走,但是她的手很光滑地从大衣上擦过,根本找不到口袋。

邪祟尖叫着朝她冲过来,小光球瞬间破碎,消失在空气中。南希大脑里一片空白,对方的速度快到让她无法反应。

在上百根尖利手指碰到她衣袖的一瞬间,她被一股大力向后一拉,跌入一个冰冷的怀抱,不用说她也知道是谁。

塞西尔身上带着冬日的寒气,从千里之外的冥土赶来。他把她紧紧护在怀里,用毛皮斗篷把她裹住。

一种恐惧幽深的气息从他身上扩散而出,刚才还面目狰狞的小女孩们被吓得魂飞魄散,她们落至地面,颤抖着把脸埋在地上。新赶来的邪祟纷纷颤抖着趴伏在地,嘴里呜呜咽咽,似乎在祈求宽恕。

塞西尔身上散发的气息让邪祟们感知到,站在它们面前的是北地之主,冥土的创造者,可以支配死亡的神明。

被斗篷裹住后,南希渐渐不那么颤抖了,她双手揪着塞西尔的衣服抬起脸,幽暗的光线下看不清他的神情,唯一可以知道的就是他很生气。

塞西尔察觉到她的目光,伸手把她往自己怀里按了按,用斗篷更严实地盖住她,不让邪祟散发的阴气沾到她的皮肤。

南希安静地靠在他的胸口上,突然感觉他动了一下,下一秒耳边就传来凄厉的尖叫。

剧烈的风夹杂着寒气突然袭来,她吓了一跳,紧紧搂住塞西尔的腰。

几秒后,风停了下来。南希头顶遮盖的斗篷被轻轻掀开,走廊蓦地燃起灯火,无数的小光球像星星一样飘浮在天花板上。

她抬起脸,瞳孔中映出黑暗神俊美的脸庞,他漂亮的桃花眼有点懒散,还有点阴郁。

"我刚才出去了,不知道你在这里。"似乎担心受到惊吓的她承受不了太大的声音,塞西尔说话的声音放得很轻。

"那些家伙已经被我全部捏碎了,一会儿我在楼道里安一盏不会熄灭的灯,你再来就不会遇到这种事了。"

南希扭过头扫了一眼走廊,狰狞的邪祟果然全部消失了,空气也不再阴冷,但她还是看不到门,在她眼中走廊两侧就是黑黑的墙壁,很显然,手袋的副作用还在持续。

"我们……我们进房间吧。"她小声说。

她对这条走廊有心理阴影了。

塞西尔点点头,松开她朝房间走去,南希连忙跟上去挽住他的胳膊。

塞西尔垂眸瞥了她一眼,以为她还在害怕。

他走到房间门口掏出钥匙开门,南希眼瞅着他要消失在黑暗中,连忙紧紧贴在他身侧跟着走了进去,黑色墙壁瞬间在她身后合拢。

见到熟悉的房间布置她才松了口气,接下来暂时哪儿也不用去了,先把副作用的时间熬过去再说。

塞西尔脱掉斗篷,转身打量着南希。

少女穿着黑色的大衣,一头黑发像水藻一样披在身后,额头凝着些冷汗,应该是刚才被吓出来的,脸颊透着不正常的潮红,看上去似乎生病了,手上……

塞西尔轻轻皱眉,上一次她从他这里离开还健健康康的,这一次不但生了病,手上还缠着厚重的纱布,显然生活不那么顺遂。

"你最近……"没等他把话说完,南希就一脸郁闷地打断。

"帮我解一下扣子好吗?我找不到扣眼。"她低垂着眼帘,睫毛烦躁地扇动着,细白的手指不停在大衣扣子上摩挲。

塞尔西微微一愣,目光投到她缠着纱布的手上,缠成这样确实不好做精细的动作。

他伸出手,垂着眼,一粒一粒地解着她的扣子。

他轻轻动了动喉结,但是对方拨开他的手说:"好啦,剩下的我自己来。"

他只好把手放下去。

几秒钟后,南希叹了口气,仰起脸,神情中比刚才更多了些无奈:"那个,再帮我把胳膊拿出来好吗?我找不到袖口了。"

塞西尔:"……"

找不到袖口是什么意思?

✦

找不到袖口的意思,就是找不到胳膊可以伸出去的地方,不管是靠近手的那个口,还是衣服里那个洞,她通通找不到。

是的,她知道听起来很傻,但事实就是如此。

在塞西尔帮她把大衣脱掉后,她又发现自己的脚找不到靴子的口了。往下拔就可以做到的简单动作,在她眼里变得复杂无比。现在跟口有关的一切,都对她关上了大门。

于是,她只好又拜托塞西尔帮她脱鞋子。

明明是她来送温暖,现在看起来却像塞西尔照顾手脚无力的孤寡老人。

在大衣和靴子都被脱掉后,她感觉很冷。因为没有那么多时间换全套,她在大衣里面穿着夏天的裙子,不然她一定会把自己捂得严严实实,像一个保守又善良的小天使,而不是现在这样一副故作勾引的模样。

"我们把壁炉烧起来吧。"她笑着对塞西尔说,"冬天不烧壁炉可是一件遭罪的事。"说完便去壁炉边拿起火钳。

但是下一秒,她哭兮兮地转过身:"我、我找不到壁炉的口。"

少女愁闷的哭腔在塞西尔眼中却是娇滴滴的撒娇。

他轻笑一声,怎么会有人找不到壁炉口呢?

但他很喜欢她这个样子,没有戳破她的"谎言",走过去朝她伸出手。

南希默默地把火钳交给他,觉得对方八成以为她瞎了。

塞西尔用火钳夹着木头放进壁炉,接着用神术点燃了炉火。很快,红彤彤的火苗将温度均匀地铺满房间，连窗棂上的霜都被热气暖化成了水滴。

南希看着火苗，抱着手臂，她还是冷。

"花洒"持续发挥着感冒的副作用，她感觉身体再次发起热来。

"我想……想去床上躺一躺。"

她已经烧得没力气了。不光是因为"花洒"的副作用，现在连手上的伤口也一起疼。

这种小要求塞西尔没什么可反对的。

得到允许后南希朝床边走去，但是几秒钟后，她再次傻眼，她找不到被子的口了。

是的，她不知道往哪儿钻。

拜托塞西尔把她塞进被子？

不，这种充满暗示的话她是绝不会说的。如果对方是光明神的话，那她不仅会说充满暗示的话，还想做充满暗示的事呢。

被床"拒绝"后，她转身坐在椅子上，双臂叠放，趴在扶手上，很难受地闭上眼。

塞西尔轻轻皱眉，南希的状态他再熟悉不过。作为冥土之主，他每天都会看到很多受伤病折磨的人，他们的身上会显示一条生命线，根据生命线的粗细他就知道又有谁要来冥土报到了。

南希的样子看上去是生病没错，但是奇怪的是，她的生命线很饱满，一点都没有被疾病沾染的痕迹。

他把手放在她的额头上，手掌下发出微光。

南希感觉到动静轻轻睁开眼，以为他在探她额头的温度，就没躲闪，但是下一秒，空中突然浮现出一个银色的花洒和大片黑色的鳞片。

她吓得瞬间直起身。

"这是什么？"

"你做了什么？"

两人同时出声，一个带着疑惑，另一个嗓音里混着惊吓。

"我想看你生病的原因。"塞西尔出声解释。

还可以这样？南希轻轻眨眨眼。

这招厉害啊，米洛斯还需要靠经验判断，但塞西尔直接按了影像的后退键，不愧是掌管死亡的神明，术业有专攻。

塞西尔盯了花洒一眼："这个银色的是马蜂窝吗？它怎么让你生病的？还有这个似乎是某种动物的鳞，这就是你手受伤的原因吗？"

哇，好厉害，一下就猜出了大概，不过海神不会喜欢你说他是动物的。

南希抿抿嘴，半真半假地解释："那个银色的叫花洒，是洗澡用的，但我不小心洗了冷水澡所以生病了。那片鱼鳞……你知道的，我是猎金人嘛，出去捕猎受了点小伤。没办法，生活艰难。"

塞西尔目光微动，对方穿着露胳膊、露腿的裙子，看上去确实生活艰难。不然谁大冬天穿夏天的衣服呢？明明这么穷，还要给他带食物。每次问她要不要一起吃，她总是温柔地摇头，坐在旁边默默地看着他。

他想起那两句成年人中有名的谎言，"我不饿"和"我不喜欢吃"。北地的母亲们都会以这种借口把面包省下来给孩子，她也一样吧，总是把食物省出来留给他。

今天她没拿东西，一定是因为猎金失败没有钱了。受了伤，生了病，少吃缺穿还坚持过来照顾他。

塞西尔轻轻眨了眨眼睛，漆黑的内心深处，仿佛有束光照下来。

"宿主，加两分哦。"

嗯，什么情况？南希惊讶地抬起头，她还什么都没做呢。最近总是这样，莫名其妙地来分。虽然是件高兴的事，但这种无法把控的感觉让人很不安啊。

塞西尔又打量了一眼冻得有点哆嗦的她，拿起斗篷披在她身上，帮她捂严实。

"为什么不去床上躺着？"

因为找不到被子口。

"我、我有点饿，睡不着。"南希随便找了个借口。

塞西尔目光依旧复杂，果然是饿着肚子来的。

不想让她觉得难堪，他懒洋洋地倚着椅背说："我也饿了，你想吃什么？"

"想吃什么就能有什么吗？"南希脸上涌出惊奇的神情。

她扫了房间一眼，这里干净得一点烟火气都没有。

"算啦，忍一忍吧。已经宵禁了，店铺都打烊了。"

"这个你不必担心,我有一个仆……喀,一个认识的人,她可以给我们送来,你喜欢吃什么?"

听到塞西尔打算让他的堕天使改行送外卖了,南希也不跟他客气。她确实挺饿的,南大陆这个时候差不多该吃午饭了,从早晨到现在她就没吃过东西、没喝过水。

"嗯……"她思考了一下,抬起眼小心翼翼地问,"可以吃点肉吗?"塞西尔伪装的是个穷人,但她现在很想吃肉,担心他为了不崩人设不给她买。

塞西尔轻笑了一下,少女在他眼里简直可爱到犯规。

"当然可以,我最近意外地得到一点堕天使的羽毛,卖了些钱,你可以随意点。"

南希有点无语,"意外地得到一点堕天使的羽毛",他们随地掉毛吗?那可是神术界求都求不到的顶级材料,让塞西尔形容得好像薅狗毛一样容易。

"嗯,让我想想,"少女歪着头思索,"想吃小圆烤饼、芝士牛肉烤土豆、芦笋浓汤,甜点就要奶油卷和黑莓蛋糕吧。"

"可以。"塞西尔从口袋中拿出一卷羊皮纸,微光一闪,他的手中又多出一支羽毛笔。

南希双手托腮看着他流畅地书写,心想,真像在点外卖啊。

写完以后,羊皮纸和羽毛笔同时消失。南希又想到一个问题,她点的这些有卖的吗?这个时间,厨师都睡觉了吧?

她把疑问说出来,塞西尔懒洋洋地笑着说:"如果你想吃,他们就不会睡觉。"

塞西尔一点都不担心,因为这是堕天使该去头疼的。不管他们是自己下厨,还是去温暖的床上揪个厨子,他都不关心,只要最后把食物送来就行。

十分钟以后,房门被敲响了。

塞西尔轻动手指,门自动开了。

一个穿着黑色法袍的女人走了进来,她盘着头发,戴着镶着红色宝石的菱形耳坠,美得凌厉又冷艳。

南希眼眸蓦地睁大,这不是上次和她擦肩而过的黑袍女人吗?玛格丽特伪装成堕天使，果然证实了。

能来这里找塞西尔的，除了堕天使，还能有谁？看来今天是玛格丽特兼职送外卖了，这让她不禁松了口气。

原本担心会是别的天使来。上次她在博物馆以金发的形象出现过，现在她一头黑发坐在黑暗神身边，怎么看都有问题吧？

玛格丽特带着唯美的笑容走进来，收到黑暗神的便条她开心极了。虽然那是给天使长阿撒勒的，但是不妨碍她从阿撒勒那里抢过来。

作为堕天使中唯一的女性，大家对她十分宽容，像送饭这种小事，不会有人跟她争抢。所以，她从中得到过许多接触黑暗神的机会。

但是，为什么她会在这里看到一张熟悉的面孔呢？

"这还用问吗？"SSR冷冰冰地说，"从看到这个地址的那一刻，你就该知道黑暗神来见谁。"

"我以为她没从纸牌王国出来，黑暗神只是照例在这里等她而已。"玛格丽特争辩。

"如果她真的死了，你就会在冥土看到她。哦，也不一定，也许她的灵魂会回到原时空。"SSR说，"好了，别啰唆了，当心她会看出端倪。"

"你总是这样高估她。"

尽管玛格丽特不开心，但她还是装出若无其事的样子从口袋里掏出一个木盒。在打开盖子的时候，她瞥了一眼南希，看到对方身上盖着的那件斗篷，顿时感觉额头开始抽搐。

那是黑暗神的斗篷，冥土无人不知。这件斗篷非常有名，是上古神物。具体有什么能力不清楚，只知道塞西尔非常爱惜，很少穿出来，只有他认为是重要的场合才会拿出来穿。

但是现在，它就披在南希身上，仿佛一条普通的毯子。

玛格丽特的目光继续下移，瞳孔又是猛地一震。

对方被宽大的斗篷裹得严严实实。

她偷偷瞟了一眼慵懒地靠在椅背上的黑暗神。

真是可恶，对方已经把神明弄到手了，她却在冥土争一个送外卖的机会。

玛格丽特一脸郁闷地把小盒子打开，里面就像有无限空间一样，可以不断取出各种冒着热气的菜肴。

这些菜是天使长阿撒勒做的，在成为天使之前他是个厨子。这大概就是黑暗神喜欢招揽野天使的原因，像招特长生一样，可以拥有各种专长的天使。

热气腾腾的食物摆好后，玛格丽特瞥了一眼南希的黑色长发，心里突然涌出一股优越感。她的系统可以直接换脸，而对方却只能染染头发换副美瞳，在这一点上她就赢了，对方根本不可能知道她是谁。

她突然想说点什么压压对方，比如，"我觉得你很面熟，就像在哪里见过"之类的吓唬她一下，但是念头刚冒出来，就被SSR骂了。

"蠢货！你想让她猜出你是谁吗？"

"这怎么能猜得出来呢？"玛格丽特还想为自己的主意争取一下。

SSR冷笑："她虽然没有高级系统，但拥有聪慧的大脑和清醒的理智。想想她做过的那些事吧，你吃了多少亏？"

"好吧好吧。"玛格丽特不太情愿地收回心思。

摆完饭以后，她再也没有留下来的理由，只好快快而去。

"她是谁？"南希问。

"一个认识的人，只有她可以在深夜买到食物。"塞西尔淡淡地说。

"哦。"南希轻轻笑了一下，看来玛格丽特进展不太好呢。得到这个信息后，她立刻把兴趣转移到餐桌上。她站起来，把餐具和餐盘给塞西尔摆得好好的，这才坐下来把斗篷盖在腿上准备吃饭。

塞西尔看着整齐摆放的餐具，目光浮现出一丝柔和，感觉就像与家人一起吃饭。虽然他没有家人，但并不妨碍他观察人类的生活，那些人类夫妻就是这样做的，和睦地、温馨地，彼此分享食物。

"宿主，加一分。"

哇，果然是给分大户，只要做一点小事对方就能满足。海神虽然大方，但是她在他那边需要付出的代价太大，每一次她的结局都很惨烈。

"真香，"她轻快地笑着说，"如果刚才我有七分饿，现在就是十分，我想吃到吃不下为止。"她拿起叉子去叉牛肉，但是无论怎么使劲，都无法从盘子里弄到食物。她突然意识到，盘子对她而言也是口的一种，只要是口就会关闭。

怎么可以这样？

这个副作用简直颠覆了她的认知，极度变态。

— 173 —

"怎么了?"塞西尔见她一口不吃很纳闷,刚才她还嚷嚷着饿。

"我想吃你盘子里的肉,觉得你盘子里的特别香。"南希十指交叉笑盈盈地说。

"吃我的?"塞西尔微微一愣,没有多想便把盘子递过去。

"哦不不,我是说,你用我的叉子叉一块递给我。"少女软绵绵地央求,带着一股小姑娘撒娇的劲儿。

少女的脸小小的、尖尖的,一双眼睛温润明亮,似有水光流转。当她扇动着又卷又翘的睫毛说话时,几乎没有谁能拒绝这样可爱的她,塞西尔也不例外,他顺从地按照她的意思弄了一块牛肉。

几秒后,南希微笑着把叉子和牛肉还回去,用更娇滴滴的声音说:"我想你喂我。"

她知道这样很可耻,但是嘴也是口的一种,找不到嘴,她只能把撒娇贯彻到底。

塞西尔听到这个要求后微微有点惊讶,他仔细看了看对方的神情,确认她没有开玩笑。他轻笑了一下:"你今天跟往常很不一样,为什么?"

因为该死的副作用。

"哪里不一样呢?"少女笑盈盈地问。

"唔,"塞西尔思考了一下,"更热情,更像北地的女孩。"

"这样不好吗?"南希追问。

"没有不好。"塞西尔说,"怎么样我都很喜欢。"

南希正色道:"其实是因为我的手受了伤,没法吃东西。等我好一点,不那么疼就能自己吃了。"

塞西尔瞥了一眼她缠成面包的手:"一会儿我帮你治疗吧。"

"哦,不用。"南希连忙拒绝。

你治好了,海神就要抓狂了——抢了他的活儿。

塞西尔没有把这句话当真,以为她怕给他添麻烦。

"先吃饭吧。"他端着盛满食物的餐盘移到她旁边坐下。少女立刻张开嫣红可爱的嘴,等着他投喂。他轻笑了一下,想起了嗷嗷待哺的雏鸟。

他拿起叉着牛肉的叉子,目光短暂地在南希粉红的舌头上停了一秒,握着叉子的手指隐隐有点发热。他想起了之前那种感觉。

"喂。"南希见他脸上带着漫不经心的神情不知在想什么,用手指点了点他的手背,"这样一直张着嘴很累啊。"到底喂不喂啊。

塞西尔感受到温柔的碰触,手指更加灼热,但是看到少女像河蚌一样闭上嘴,立刻收了念头开始认真地投喂,怕惹她生气以后不来了。

牛肉饱满多汁,尽管塞西尔喂得十分小心,还是不免沾上了一些。

"帮我擦掉。"南希感觉嘴角十分不舒服。当然,如果她能找得到嘴的话一定自己擦。

"嗯。"塞西尔放下餐盘和叉子。

南希仰起脸等着他擦,眼前突然罩下一片阴影,塞西尔捏住她的下巴压过来。

"你做什么?"她惊诧地睁大眼,心脏差点停止跳动。

"你让我帮你擦掉。"塞西尔回答,眼中闪过一丝不理解。

"我让你擦是用手绢擦……"南希继续惊诧。

"我吃东西不会弄到嘴角上。"塞西尔平静地说,他根本不吃东西。

塞西尔眼中露出些疑惑:"我听身边的人说,女孩子请你帮她擦嘴,就要这样擦掉。"

"你身边的人……"南希有点无语,那帮堕天使简直就是光明天使的对照组。光明天使有多纯洁,堕天使就有多堕落,瞧瞧这个馊主意。她终于明白了,拦住她感化黑暗神的不是他与生俱来的属性,而是那群坏家伙。

"我不喜欢。"南希立刻捡起被自己丢下的正义、善良、保守人设,义正词严地说,"记住了,不可以这样帮。"

"行吧。"塞西尔单手撑着下巴答应,讨厌的知识又增加了一条呢。

南希松口气,朝他伸手:"我们休息吧,已经很晚了。"她的高热还在持续,现在又开始头晕了。

"明早你就走吗?"塞西尔问。

"当然不。"她好不容易来一次,当然要多待几天了,"明天早晨我去买鸡蛋和面包,回来给你做早餐吃。"明天她的副作用就全部结束了,得开始正式送温暖了。

塞西尔笑了一下,伸手把她拉过来,下巴抵在她的颈窝处,无比眷恋温暖的体温。

"真好。"

南希微微一愣，伸手轻轻拍了拍他的背："也不可以这样哦。"

天亮的时候，南希爬起来。塞西尔还在睡，但她估计他是在装睡，可能对方怕吓到她，想装出人类的样子。

她去盥洗室收拾好自己，裹上大衣，轻手轻脚地打开门，朝楼梯口走去。

所有的副作用都消失了，还赚了很多好感值，她心情超好地走出公寓，打算买些食材回来做个爱心料理继续加分。

公寓对面就是面包房和杂货店，她挑了一个大方块吐司准备付钱时，发现口袋里沉甸甸的全是金币。

她愣了一下，立刻知道是塞西尔做的，八成是听到她抱怨生活艰苦才给她塞钱的。

她买完吐司又去买鸡蛋和火腿，在低头挑选鸡蛋的时候，一具高挑的身躯突然贴了过来，强有力的手臂狠狠揽住了她的腰。

"原来你在这里啊。"头顶响起一道声音，清冽的少年音夹杂着冷漠和嘲讽，可以听出对方心里怨气十足。

伊比利斯？南希眼中涌起惊涛骇浪，连鸡蛋掉在地上都不知道。

"很意外吧。"带着凉意的气息继续吹着她的耳郭，"因为你的气味忽然又回来了。"

南希咬咬唇。那瓶药剂对神明而言，果然只能屏蔽很短的时间。

她正在苦思怎么应付伊比利斯的时候，余光瞥到垂在胸前的头发，她猛然想起自己还是黑头发黑眼睛。

"小n，快给我变回去。"她紧张到破音。

在小n洒下光辉的一瞬间，她猛地转身，伸手搂住对方。

✦

他垂眼盯着这个少女。

少女无辜地眨眨眼睛，又卷又翘的睫毛在碧蓝的眼睛上就像两把小扇子。她穿着黑色的大衣，金发藏在大衣帽子里，隐隐闪着明亮的光泽。手上缠着的纱布透出些血迹。应该是因为刚才推他太用力了，伤口重新裂开了。

伊比利斯瞬间有些心软，但是想起她那些恶劣的作为，目光再次沉下来。

"你总是这样，刚给我了一点甜头，后面就是重重一击。"少年带着一点烦躁抱怨。

为了变身啊，南希心想。

"因为看到你很高兴，所以才扑上去。"她从容地狡辩着。

伊比利斯目光微动，这番话十分合理，他突然不确定起来。刚才她扑上来时，他的大脑一片空白，只知道把她紧紧抱在怀里，确实没有看清她想要做什么。

可恶，他还以为她开始喜欢他了。

"宿主，他会信吗？"

"一定会。"南希无比肯定。

"为什么？"

"因为鱼的记忆力只有七秒。"南希随便胡扯，眼睛一直盯着对方的反应，见他由茫然到确定又到失落，知道对方相信了她的鬼话。

"所以以后你要有点耐心，看清楚别人的意图再决定自己的行动哦。万一是喜欢你的女孩子，大概此刻已经把心交给你了。"

她良苦用心地规劝。如果他照做了，她大概就能获得一枚SSR币。如果他不照做也没关系，不过是白说一句。

伊比利斯轻嗤一声："为什么你不交给我呢？算了你别说了。"

他突然冷下脸——她的回答一定是"因为我不喜欢你呀"。

但南希只微笑不说话。

"你真是个……"伊比利斯盯着她，很想说点狠话，但看到她那可爱迷人的笑脸，这股狠劲就发不出来了。

周围陆续涌上来好奇的目光，少男少女当街亲吻在北地不是什么新鲜事，但是伊比利斯的容貌实在耀眼，很难不引人注目。

"你胆子真大啊，"伊比利斯伸手将南希的帽檐压得更低点，把自己的围巾取下给她绕在脖子上，挡住她更多的金发，"你不知道北地和南大陆彼此敌对吗？"

"我想看看药水的用处有多大，所以才来了这里。"南希轻快地笑着说，"但显然失败了，不然你怎么这么快就能找到我呢？"

伊比利斯哼笑一声："我是神明啊，那种低劣药水怎么可能困住我？说到这个……"他抬着眼皮盯着她，"你就是为了躲避我才故意这么做的？"

"你老跟着我。"少女不客气地说。因为是真心话，嗓音里含着浓浓的不满。

"你忘了，因为之前你把我从海底弄出来，我才跟着你的。"伊比利斯也不客气地说，"我当时那么惨还没跟你算账呢。你既然不说出是谁让你这么做的，我就只好一直跟着你。"

南希瞥了一眼不远处的公寓。她出来有一会儿了，很担心塞西尔会出来找她，那么场面就不可控了。

她的心如同烧开的水，"咕嘟咕嘟"急躁地冒着泡泡，脑子疯狂打着转，拼命找寻着办法。

"走吧，"伊比利斯说，"你不想一直待在这里吧？先离开这里再说，我们……"一道微光闪过，他吃惊地睁大眼睛，皮肤瞬间紧缩，身体在不断变小。而南希则越来越大，像巨人族的。

"抱歉，伊比利斯。"南希弯腰捏住他的后脖颈拎起来。

伊比利斯惊恐地发现，少女明亮的碧蓝色瞳孔中映出了一只圆滚滚的毛丝鼠。

其实你是老鼠吧。作用：把你讨厌的人变成一只毛丝鼠，时长是二十四小时。注意，副作用是当对方的惩罚结束，你也会变成同样的东西，时间一个小时。记住一定要跑快点，别让对方抓住你哦。还有一点，小心猫。

垃圾盲盒重现江湖，从某种意义上，南希觉得用对了也不那么垃圾，至少某些时候它能暂时解决她的困境。

"抱歉伊比利斯。"南希又说了一遍，在伊比利斯还没反应过来时，她从裙子上揪下一小段丝带，绑在了他的眼睛上。

圆滚滚的毛丝鼠拼命伸出两只小短手想扯下丝带，但是它根本够不着，漆黑的丝带绑在他的肉脸上还挺性感。

"对不起，"南希用手指轻轻揉揉他的小脑袋，"明天我就带你回家，到时候我会向你好好赔罪。"

她把伊比利斯往口袋里一塞，匆匆挑了一些鸡蛋、火腿、牛奶，又去隔壁买了一个中等尺寸的炖锅、一个小的平底锅和一个煮奶罐，然后拎着一大堆东西往公寓赶。

"宿主，我觉得等你回南大陆一定完蛋。"小n干巴巴地说。

"我觉得你有工夫感叹我完蛋，不如快点升级。我希望变成毛丝鼠的时候，你能带我瞬移，逃过这一小时。"南希淡淡地说。刚才一脸抱歉的少女，此刻已经恢复了冷静。

道具不一定能困伊比利斯那么长时间，就像她使用"美梦丸"一样，作为神明的伊比利斯是有力量反抗的。所以，她要抓紧时间，完美而合理地离开北地。本来她想在北地多待一段时间，现在看来又不行了。

口袋不停地狂动，南希知道伊比利斯一定气疯了。她把一根手指伸进口袋，轻轻摸着伊比利斯的毛。躁动的伊比利斯终于安静下来，用两只爪爪抱着她的手指。

南希走进公寓，上了二楼，来到房门前敲敲门。门应声而开，塞西尔看到是她后，脸上的神情轻松了一些，伸手接过她手里的全部东西。

"你应该叫我一块儿去。"

低沉好听的男音刚传过来，南希就感觉自己的手指被踢了一脚。

"哦，没关系。"她忍着笑说，"我也没想到会买这些。"

塞西尔把所有的东西放在餐桌上，回身看着她："我还以为你离开了。"

"我去买食材，多挑了一会儿。"南希走过去整理东西，"啊，对了，是你把金币放进我口袋的？"

"卖天使羽毛得的，"塞西尔倚着桌子，勾勾唇角，"拿着吧，这对我很容易。"

南希从筐子里拿出鸡蛋、面包、火腿："呀，忘买黄油了，我再去一趟吧。"

"是这个吗？"塞西尔指了指靠墙的矮柜。

南希转过身，矮柜上放着一大块用锡纸包着的方方正正的东西。她发誓，刚才那里还没有任何东西。

她拿起来瞟了一眼，上面写着：

丽萨大婶牌黄油，照顾您全家的口味。

她现在不能看这种格式,一看就想起盲盒,担心吃了有副作用。

"你什么时候买的?"她假装欣喜地问。

"昨天。"塞西尔回答。

"真不错,我去做一些三明治,然后煮牛奶喝可以吗?"南希一边说一边朝壁炉走去,那里连着一个小炉灶。

"你做什么都行。"塞西尔轻笑着说,看起来心情很不错。

南希把炉子点燃,架上平底锅和煮奶罐。她把牛奶倒进去的时候,平底锅已经热了。

"我需要……鸡蛋。"

塞西尔递给她,看着她用黄油在锅底抹了几下,磕进去一个鸡蛋。平底锅立刻发出"吱吱"的声音,接着香气也冒了出来。

"下午我可能要出去一下。"塞西尔站在她身侧说,"你愿意在这儿等我吗?我很快就回来。"

温热的气息喷到南希的脖颈上,有点痒,她侧过脸很温柔地回答:"好啊。"

口袋瞬间狂动起来,透过薄薄的布料,很清晰地看到四个小爪在狂抓狂踢。

"这是什么?"塞西尔微微皱眉,伸手从她腰间绕过去,伸进口袋拎出一只蒙着眼睛的圆嘟嘟动物。圆嘟嘟动物气极了,双脚乱蹬。

"老鼠。"他微微眯大眼。

"是毛丝鼠。"南希纠正。她把锅铲放下,轻柔地把伊比利斯接过来,放在自己的肩膀上,"小心,别掉进锅里去。"

"你喜欢这种东西?"塞西尔稍显意外地看了毛丝鼠一眼,不知为什么,看着它一只爪子抓着南希的头发,另一只爪子紧紧扒着她雪白的脖颈,心里感觉很不舒服。

"喜欢。"南希把煎好的蛋取出来,又打新的进去。

毛丝鼠把头扭到塞西尔的方向,高傲地抬了抬下巴。

塞西尔轻眯眼睛,几秒后他勾起唇角笑着说:"我也挺喜欢的,不如你把它留在这儿。你知道的,我一个人住很孤独。"

"不行,我也孤独。"南希把煎蛋夹进切好的面包片里,动作利落地把三明治放进盘子端上桌,接着又去倒牛奶。

一切都弄好后,她把伊比利斯放在桌子旁,用刀切了一小块三明治递给他。后者嫌弃地扭了一下头,但还是接过来用两只爪爪抱住。

"如果你孤独的话,"塞西尔犹豫了一下,"你可以搬过来跟我……"话没说完,一块很小的三明治在他眼前"开花"了——面包片和鸡蛋呈一条抛物线散开,落在他的手指旁。

伊比利斯用它蒙着丝缎的眼"看"着塞西尔,心里有些气恼,作为老鼠他只能做到扔三明治。如果有可能,他一定要让对方感受一下神明的威严。

塞西尔淡淡地瞥了一眼毛丝鼠,又把目光收回来。

"不要这样。"南希用手指揉揉伊比利斯的头,用勺子舀了牛奶喂他喝。

塞西尔看着懒洋洋地享受着南希服务的老鼠,终于明白为什么自己觉得它不顺眼了,自从这只老鼠出现,南希就不再管他了。

他手指微屈,动作很轻地在桌子上敲了几下,轻声说:"我的伤口还是疼。"

欸?

南希抬起眼,塞西尔穿着宽大的黑色毛衣,领口处能隐隐看见伤口的痕迹。她放下勺子站起来:"我看一下,你把绷带拆了吗?"

塞西尔轻翘嘴角:"没拆,但是有的地方脱落了。"他单手掀起毛衣的边缘,露出了陈旧的绷带和劲瘦的腰。

南希见他当场就要脱衣服,吓了一跳,连忙按住他的手,帮他重新盖住腰。她瞥了一眼伊比利斯,对方蒙着眼朝他们的方向望过来,似乎根据声音判断他们在做什么。

她拉住塞西尔的手往盥洗室走去,门关上的一瞬间,伊比利斯立刻觉察出不对。他下意识地往桌子边缘跑了几步,一只脚突然悬空,他身上的毛瞬间竖起,连忙往后退。"望"着盥洗室的方向,毛色暗沉。

塞西尔脱掉毛衣倚着墙懒懒地站着。

他胸口的绷带有些陈旧,边缘因为经常和衣服摩擦脱了线,那些黏糊糊的药膏早就变硬贴在皮肤上。她几天没来,塞西尔就带着这东西几天,就算是神明也会觉得皮肤很难受吧?

南希睫毛微颤,手指轻柔地解着结:"我没有来,你怎么不先把这个摘下去呢?缠这么多天,一定很不舒服吧?"

塞西尔轻笑一声："还可以，比这不舒服的事我经历过许多。在我还是个孩子的时候，被人扔到很深的地洞里。下着雨，到处都是冰水，漆黑一片什么都看不到，爬虫在我身体上乱窜。我不敢动弹，只能希望它们爬累了快点离开。"

南希惊讶地眨了眨眼："是谁把你扔到地洞的呢？"

塞西尔犹豫了一下，轻声说："一些讨厌我的人。"

"讨厌你的人？"南希更惊讶了，"怎么会有人对一个孩子有那么大的恶意？"

"有吧。"塞西尔淡淡地说。毕竟他是掌管死亡和黑暗的人，从出生就是万物认为的不祥之兆。大家都想置他于死地，认为如果他消失了，世界就光明了。

"没人制止吗？"

"一部分人充满恶意，大部分人冷漠旁观。"塞西尔很冷地勾起唇角，"不过没关系，都已经过去很久了。现在任何人都无法伤害我，他们惧怕我，但又无可奈何。"

南希还想问，但他神情很淡地把话题结束了："别问了，我不想欺骗你，但更不想你了解我以后也露出厌恶和惧怕的神情。"

南希瞬间明白了厌恶是什么意思，所以，这就是塞西尔阴郁长大的缘故吧？他渴望温暖又抗拒人心。唉，让他知道她做的一切只是从他身上捞分，大概她会被直接捏死吧？

绷带解开，南希让塞西尔用清洁术将伤口表面清理干净。

那些裂开的口子依然附着一层屏障，里面如岩浆一般在奔流。虽然血液不会流出，但是只要碰到就会剧烈疼痛，就算是神明也难以忍受。

塞西尔垂眼，少女细白的手指仿佛轻挠在他心上。

"宿主，加五分哦。"小 n 喜滋滋地报数。

"咔嚓"，客厅传来一声巨响。

是伊比利斯。

南希担心他一只鼠在客厅遇到什么危险，连忙抬起头对塞西尔说："药膏不用涂了，你看伤口连一点愈合的趋势都没有，我们再想别的办法吧。"她捡起毛衣递过去。

塞西尔接过来套在身上，见她转身就要往外走，知道她是担心那只老鼠，目光中浮出一丝阴霾，这就是他厌恶万物的原因——

他抬起头看月亮，月亮虽然看着他，但同时也在看着其他人。

南希推开盥洗室的门，快步走出去。伊比利斯背对着她坐在桌子边缘，小小的圆鼓鼓身体写满了倔强和生气。

地上散落着瓷器碎片和白色的水渍，很明显，伊比利斯把盛牛奶的碗推下去了。

南希伸手捅了捅伊比利斯，后者抱着臂把头扭到另一边。她突然有点想笑，这么短的手，他是怎么抱住的？

塞西尔从衣架上扯下大衣，他现在必须回到冥土处理日常事务。如果有可能的话，他希望可以带回一只猫。

"你要走了吗？"南希听到动静回身看。

"嗯。"

塞西尔去拉门把手，有些不放心地又转身嘱咐："在这儿等我，我会很快回来。"

南希笑着点点头，跟他挥挥手。

门关上时，她才松一口气，把目光移到桌子上的毛丝鼠上。伊比利斯似乎也知道那个讨厌的雄性走了，立刻冷淡地"看"向南希，嘴角嘲讽地微微勾起一抹笑，似乎想看她什么时候让他恢复。

南希没有理他，而是转身从床头柜里拿出笔和纸，伏在床上"唰唰"流畅地书写。

笔尖落在最后一个字上时，桌子上闪过一道剧烈的强光。南希瞳孔紧缩，背脊生起一股凉气。

伊比利斯恢复了原本的模样，水蓝色的眸色变成汹涌的蓝，就像风暴来临之前大海的颜色。

第八章

CHAPTER EIGHT

Eight

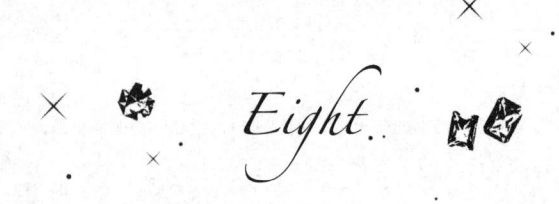

南希被伊比利斯扣着手腕,正在她思考时,脑海中传来小n焦急的声音:"宿主,清醒一点,你的头发和眼睛还是黑色的。"

南希心里一激灵,睁开眼,墨黑的瞳孔中映出少年的脸,额前浅茶色的刘海挡住一点眉眼。

"快点,小n。"

一道光闪过,房间里就像凭空来了道闪电。比起户外,在掩着窗帘的室内被强光晃到的体验更加强烈。

伊比利斯松开南希坐起来,眼眸瞬间变得清明。他看着安静的无事发生的房间有些疑惑:"刚才是什么?"

"什么是什么?"南希装傻。

"就是……"伊比利斯思考了一下,用手指比画了一道闪电的形状,"很亮的光。"

"可能是你身上的后遗症吧,"南希轻快地说,"毕竟你刚才是只老鼠,也许还有什么地方没变回来。"

不知道这句话触动了伊比利斯哪根神经,他立刻想到了别的地方,冷笑着抬起眼皮盯着她:"你觉得我不完整?"

南希推开他,走到穿衣镜前。

照了照镜子,她突然觉得少点什么,轻蹙着眉头问:"为什么海神没有好感值入账呢?"

"我猜是对方心里生着气的缘故,"小n分析,"毕竟宿主你之前把他变成毛丝鼠,又让他亲眼见证黑暗神的存在。如果可以扣分,宿主你早就负分了。"

伊比利斯坐在床上,两只手撑在身后,脸上露出餍足的神情。他懒洋洋地环顾着周围,看着这个不大却用心布置的小公寓。

还不错,就是太干净了,没有人住的痕迹。

伊比利斯站起来，把大衣、围巾和靴子递给她，催她离开的意味很浓。

南希接过来乖乖穿上，伊比利斯有些意外地看着她："这么听话？有点颠覆我的认知，你不会还要做什么让我出乎意料的事吧？"

"也不是特别出乎意料，"南希笑了一下，"我就是害怕一会儿这些衣服对我来说太大了。"

"太大了是什么意思？"

"就是……"她的话没说完，一道微光闪过，她的身高迅速往下降，速度快到有种失重的感觉。

等她晕头转向地抬起眼时，眼前出现一个巨大无比的伊比利斯，他惊讶地单膝跪在地上，水蓝色的眼睛不可思议地溢出光芒。

"南希？"他用手指捅捅穿着黑色呢子大衣和短靴的毛丝鼠，毛丝鼠被他捅得一个跟跄坐在地上。

伊比利斯大笑："不是……对不起，我不是嘲笑你，但是你为什么把自己变成毛丝鼠呢？是不是又想对我用这招，但是不小心用到自己身上了啊？"

其实是因为副作用时间到了。南希心说。

伊比利斯眼中溢满笑意，非常小心地把她捧起放在膝上："有点不公平啊。为什么你穿着衣服，而我却'裸奔'呢？"

圆鼓鼓的毛丝鼠穿着小呢子大衣十分可爱，再配上她圆溜溜的蓝眼睛，伊比利斯都有点不希望她变回来了。

他眼中充满兴味，一下一下摸着毛丝鼠柔软的毛："啧，让我想想，该怎么跟你相处呢？像你那样蒙住眼睛？嗯，听起来没什么意思。你不介意我这么做吧？"他点点呢子大衣上的小扣子。

南希后退一步，用小爪爪捂住胸口。

"或者我变成跟你一样的？"伊比利斯继续逗她，"不过我们得先离开这个地方，我不太希望那个家伙回来。当然，如果回来，他恐怕就糟糕了。"

是我糟糕了。南希心说。

他站起来，把南希放进自己的口袋。

南希感觉自己像被塞入一个面袋子里，不舒服地蹬蹬腿。

"小 n，用那个吧。"她气鼓鼓地说。

"宿主，你真的确定要用吗？"小 n 有点犹豫。

"用吧，过完这一个小时我再回家，变成鼠的我太被动了，我担心伊比利斯又想出什么奇怪的主意。"

一道微光闪过，口袋顿时扁下去，但是伊比利斯一点儿都没察觉。

闪耀蝴蝶结发卡：使用后会随机把你传送到一个你去过的地方。不要太期待，也许会是马桶呢。副作用：随机厄运，也许有，也许没有，时长一小时。

其实它的作用挺强大的，虽然是随机传送，但是关键时候可以用来逃跑。可它的副作用拉低了水准，把它彻彻底底定性为一个垃圾道具，毕竟一个小时的厄运也许比传送之前的困局还要糟糕。

南希跌落在一片柔软的草地上，周围长着巨大的花草。她仿佛深陷于热带雨林当中，就连路过的蚂蚁也显得巨大，跟自己的脚差不多长度。

"宿主，你要当心厄运啊。"

南希爬起来，一边环顾四周一边漫不经心地说："作为一只毛丝鼠，我想厄运无非遇到猫、蛇或者人类。但是，有些时候厄运用好了也许会变成好运。"

"怎么说？"小 n 问。

南希用爪爪拨开厚实的草丛往前走："就比如说，我遇到的人类是米洛斯，那就不算厄运了。"

最后一片草丛被她拨开，眼前出现一栋巨大的城堡，至少在南希毛丝鼠眼里是这样。她顺着藤蔓爬上窗户，把脸贴在玻璃上往里看。

现在正是晚上八点五十五分，天已经完全黑了。南希透过室内的光亮，看到米洛斯正在把桌上的报纸归拢，看起来他似乎要休息了。

她连忙用肉爪爪使劲地拍窗户，试图引起对方的注意。

整栋房子都跟米洛斯的意识相连，所以他立刻发现了屋外的异常，朝窗户走了过去。一只毛丝鼠贴着玻璃，脸压得扁扁地看着他。两个爪爪不停地挥舞，似乎很高兴。

米洛斯微微扬起嘴角，他想了一下，转身从餐桌上切了块奶酪，打开窗户放在毛丝鼠的身边。

南希就趁这个机会跳到他的手上，抓住他的袖子不下去。

米洛斯目光微动："穿衣服的老鼠？"

南希心说：可恶，不是老鼠，是毛丝鼠，就是龙猫啦。

"你想进来吗？"他轻轻摸摸她的头，"跟我一样怕黑？"

南希：咦？

米洛斯微微莞尔，似乎觉得穿着大衣靴子的老鼠很可爱，轻轻地捧起她。刚准备关上窗户，一道矫健的身影跃了过来。

南希感觉头顶的毛都被风吹了起来，她睁大眼，看着如同巨兽一般的猫朝她扑来，她下意识地抱住头钻进了米洛斯的袖管中。

米洛斯手疾眼快地捏住猫的后脖颈，轻轻一丢，猫就被丢出了窗。他关上窗的一瞬间，更多的猫扑上来，对着玻璃又抓又挠。不仅如此，花园中、屋顶上都传来宛如小孩哭叫的声音。

南希吓得瑟瑟发抖，她如果再晚几秒，估计就成了猫咪们可口的小饼干了。这就是"闪耀蝴蝶结发卡"带来的厄运吗？整个街区的野猫都来了，她的肉有这么香吗？

"真是奇怪。"米洛斯看向袖口里的小鼓包，"你招惹了什么？捅了猫的总部？"他唇边溢着笑意，揪着她的小短腿拽了出来，把她放在餐桌上，重新给她切了一块奶酪，又把茶杯变到她能使用的程度，往里面倒上果汁。

"不用担心，现在安全了。"

南希感觉自己快要变成星星眼了，他怎么这么贴心？光明神果然是为万物散发光明、带来温暖的神明。她捧着小茶杯，心都要暖化了。

夜晚似乎会让每个人精神松懈，就是作风再严谨的人，到了夜晚也会不由自主地松弛下来。米洛斯也不例外，他单手支着下巴，神情温和地注视着毛丝鼠喝果汁。

南希喝了两口后感觉很热。南大陆是夏季，她一身天然毛皮还穿着靴子和呢子大衣。

她把杯子放下，试图用胖爪爪去解扣子，但是爪子不好使，根本解不开。

米洛斯看到毛丝鼠的动作，脸上的神情越发柔和。

"原来是想脱掉大衣。如果你愿意，我可以帮你解开。"

南希一听，立刻放下爪爪看着他。

米洛斯没有选择用神术把大衣变没，大概考虑毛丝鼠明天还要穿走，他甚至觉得这应该是哪个神术师的魔宠，不小心跑了出来。不然怎么会这么通人性，穿得还这么好。

他垂着睫毛，用手一颗颗小心地给她解着扣子。

南希突然觉得这个场景很有趣。海神想做的事没做成，倒让光明神做了。

大衣脱掉，南希立刻凉快了很多，但是米洛斯的目光微凝，他轻轻用手摸了摸南希身上的浅紫色裙子："真奇怪，你跟我的一位朋友穿的裙子一样。她昨天也是穿着这条带荷叶边的紫裙子，你是她养的魔宠吗？"

南希低下头，原先身上穿的裙子果然也一同变小了。想想她现在的形象，圆滚滚的毛丝鼠穿着小裙子一定可爱死了。仗着自己是鼠，她立刻朝米洛斯抬起小短腿，指指脚上的靴子示意接着脱。

米洛斯轻笑一下，伸出两个指头很认真地帮她脱下靴子。

南希不禁有点看呆，米洛斯平时态度清冷，眼神淡漠，领子掩盖到了喉结。像现在这样微敞着衣领，露着流畅的锁骨，眼带温润笑意，简直温暖极了。

她立刻攀上米洛斯的手，指指对方的锁骨，表示想坐"人工电梯"上去。

米洛斯有点不明白她想做什么，但还是用手掌托着她靠近脖颈。

南希抬起脸：哇，好大两根锁骨。她伸出爪爪摸了摸。

大概是爪子有点厚，米洛斯感觉很痒，把她放回桌上，点了点她的小脑袋："不可以这样做。"

南希突然想到，这话怎么这么熟悉，这不是她在北地人设的口头禅吗？

客厅角落里的座钟响了，米洛斯回过头。他立刻站起来，准备睡觉，每日的作息规律得就好像细致的时间表。

走的时候他不忘带上毛丝鼠。

"收留你住一晚，"青年嗓音清洌，目光柔和，"明天就回家吧。"

南希坐在他的手心里，连忙点点头。

米洛斯带着南希来到卧室，把她放在柔软的枕头上："我要去冲澡，你在这里等我。"

南希眼睛一亮,用爪爪指着盥洗室表示一起洗。

米洛斯俊美的脸上溢出一丝笑意:"看得出来,你似乎是一个小姑娘。你的主人不会愿意你跟男士一起洗澡的。"

南希立马狂摇头,抱住他的手指头,用脸蹭啊蹭。她的主人也就是她,愿意得很。

米洛斯轻轻地把她两只肉爪子推开,接着手指微动,一道洁净的光芒洒下:"清洁术,就相当于你冲澡了。"

南希抖了抖因蓬松而岑开的毛,抬起头,米洛斯已经走进盥洗室了。

真可惜。

"哇,宿主,你还不准备离开吗?"小n说,"再过四十多分钟,你就要变回来了。"

"哦,不离开。"南希在枕头上给自己找了个好位置拍了拍,"这可是难得的好机会。"

"懂了懂了。"小n捧着脸"嘿嘿"笑。

米洛斯走出来的时候,南希瞳孔瞬间变大,身上厚重的毛都挡不住她脸颊发红。她立刻用两只小爪爪挡住了眼睛,从缝隙里观看。

米洛斯上半身裸露着,下半身穿着长裤,一边走,一边用毛巾擦着头发。

他的头发虽然是金色的,但是非常浅,接近于铂金色。微卷的湿漉漉短发不停往下滴着水。水滴顺着喉咙滑向锁骨,消失在白皙的胸膛下。

南希仔细地看着米洛斯,如果说黑暗神浑身散发着强烈的荷尔蒙,海神是俊美中透着一股狠厉的少年气,那么光明神则是在两者之间,拥有不失力量的体魄和清冷的气质。很难想象,这样纯净高贵的神明一旦跌下神坛会是什么模样。

米洛斯把毛巾用一道神术烘干,整齐地叠好放在矮柜上,回身看着坐在枕头上的毛丝鼠,轻轻皱眉。他上了床,小心地把毛丝鼠拿下,放在枕头边,用一块手绢给她叠了个合适的枕头后,这才把她放上去。

紧接着响起一道清脆的响声,房间里的烛火瞬间熄灭。窗帘半敞着,朦胧的月光洒进来,仿佛薄纱,又好似花香飘荡开来,矮柜、床、扶手椅上全都铺满珍珠般莹润的光。

南希感觉床剧烈地动了一下,她忙抓住床单,才没有滚下去。震动消失时,米洛斯躺好了。

他躺得极为端正,睡相十分好。

南希往下蹬蹬腿,钻进米洛斯的毯子里,两只爪爪揪着毯子边,感叹自己终于睡上了"两百平方"的大床。

阳光从窗外洒进来,明媚透亮。

米洛斯轻轻皱眉,他觉得有什么东西在怀里,很柔软,抱着很舒服。鼻间涌入比花香还好闻的味道,这个味道他似乎在哪里闻过,每次闻到都会让人心神愉快。

真不想醒来啊,就这么闭着眼,也许好闻的味道就不会跑掉了。

那个东西轻轻动了动,柔软的手臂缠上了他的脖颈。

手臂?

米洛斯"啪"地睁开眼,眼帘中闯入灿烂阳光般金色的头发。他垂眼,瞳孔微微一震。如果他不是在梦中,那么他唯一的朋友南希·道尔就睡在他的怀里。

她穿着领口是荷叶边的浅紫色裙子,有一边肩膀上的荷叶边已经滑下去了,露出雪白的臂膀和小半个背,可以看到隐隐约约的蝴蝶骨,以及下面流畅的凹线。

少女闭着眼,脸颊紧贴着他的胸口。嫩白的脸就像最好的瓷器一样精致,上面染着玫瑰一样的红晕。

不知道她梦到了什么,眉头微皱,睫毛轻轻扇动,浓密得像扇子一样的睫毛挠得他胸口又酥又痒。

米洛斯轻轻喘口气,伸手想把她挪开,但是少女似乎感应到了,手臂缠得更紧,像某种小动物一样在他胸前蹭了蹭。

米洛斯感觉脑中轰然有什么东西炸开,他紧紧闭上眼睛,像在极力压抑某种陌生的不对欲望。在他眼里,这种奇怪的欲望甚至都不该产生。

这是不对的,米洛斯对自己说。

"宿主,加三分哦。"

南希被小 n 的报数声吵醒,她睁开惺忪的双眼,眼前出现一大片紧实的胸膛。她轻轻眨了眨眼睛,第一反应是野人鱼竟然睡她床上了!但是下一秒就想起来，不对，这是光明神的床。

"你恢复了？"耳畔传来米洛斯干净清冽的声音。

"嗯。"南希仰起脸，嗓音甜糯，"早，米洛斯大人。"

米洛斯低垂眼，少女的呼吸柔柔地拂在他皮肤上，激起一片小颗粒。他睫毛微颤，忙坐起来把毯子给她盖好，拿起床凳上的衬衣穿在身上。

穿好后他回过身，神情冷肃："是谁把你变成老鼠的？"

"那个……我也不知道。"南希坐起来，十指交叉搁在膝上，"就是，走着走着，一道光闪过，我就变成毛丝鼠了。我猜，可能是某个路过的神术师在恶作剧吧。"

"这不是恶作剧，"米洛斯说，"在你身上还有奇怪的诅咒，虽然持续时间不长，但是足够为你引来致命的厄运。"

"这样啊。"垃圾盲盒果然垃圾。

"抱歉，"米洛斯又说，"我昨天没有察觉那只老鼠就是你，如果我知道，一定不会让你维持那个形态那么久。"

"我还觉得挺有趣的，从别的角度看米洛斯大人分外可爱呢。"少女扇动着浓密的睫毛，碧蓝色的眼睛就像漂亮甜蜜的水果糖，"而且，米洛斯大人的怀抱也很温暖呢。"

米洛斯轻轻眨了眨眼睛，似乎又闻到了好闻的花香，碰到了柔软的云朵一样的肌肤。

他迅速转身向门外走去，用故意隐藏了感情的平淡声音说："这间盥洗室给你用，我去别的地方。"

"宿主，加一分哦。"小 n 小声提醒。

南希坐在餐桌旁，好奇地尝着松茸煎蛋，她面前还有刚烤好的面包和鲜榨的果汁。一大束艳红的天堂鸟盛放在玻璃花瓶中，就像骄阳一样。

"米洛斯大人，没想到您竟然擅长烹饪。"她抬起脸，笑容轻快地说。

似乎受到快乐情绪的感染，米洛斯如寒冰般的面容上溢出了一丝柔软："我搬过来后就一直是一个人，这些事慢慢就会做了。"

"哇，这样啊，"南希咬着叉子尖想了想，"我还准备为米洛斯大人学习做好吃的食物，这样看来，似乎不用学了。"

"为我学？"米洛斯轻轻问。

"对啊，我们不是朋友吗？我只有米洛斯大人一个朋友哦。"南希一本正经地胡扯，完全忘记了北地的和海底的"朋友"。

"原来是这样啊，"米洛斯轻笑了一下，"不必学了。这些事情，我来为你做就好。"

南希看着他，心跳快了一拍。

"我们不是朋友吗？"米洛斯快速补充了一句，"这对于朋友来说是很正常的吧？"

"很正常，"南希扬起大大的笑容，"朋友之间要互相帮助，昨天米洛斯大人不就帮助我了吗？"

"说起这个，"米洛斯放下手中的叉子看着她，"为什么你昨天会跑到我这里呢？"

"因为我变成毛丝鼠以后很害怕，"少女垂眼，拿着叉子的手指用力到发白，"我不知道发生什么事情了，第一时间想到的就是找米洛斯大人。"

米洛斯沉默了一下："你那么短的腿，跑过来应该很不容易吧？"

什么那么短的腿！奇怪的脑回路。

"还好啦。"南希笑着说。

也就一秒钟就传送过来了。

"宿主，加一分哦。"小n说。

怎么加的呢？

因为他被短腿感动了吗？

※

萨恩贤者来了，腋下夹了本厚书。

余光瞥到坐在餐桌旁的南希，他微微一愣，看向米洛斯："咦，您有客人？"

"嗯。"米洛斯点点头，"是我的朋友。"

是的，是的，他当然知道她是谁。自从米洛斯拜托他向乔治伯爵解释这个小姑娘夜不归宿的原因后，他就专门调查了她。

她居住在乡下，今年夏天才首次到布尔顿，理由很正常，去神学院求学。在考核那天拿到了五束光的成绩，有着惊人的天赋。

大概运气来了谁也挡不住，他"捡"到了疑似神明的人类米洛斯。这个小姑娘恰恰住在他隔壁，顺其自然地也认识了米洛斯。

米洛斯在博物馆遇袭的那天，这个小姑娘也在，并且得到了米洛斯的保护，全身而退，真是了不起的运气。

萨恩目光灼热地看向米洛斯，这个小姑娘一定不知道这位年轻英俊的青年代表着什么。

博物馆事件结束后，神殿的光明天使们彻底把目光锁定到了人类米洛斯身上，猜测他就是光明神的化身。

无论是气质、习惯，还是恰巧在光明神坠落的时候出现在布尔顿，种种迹象都指向他是最有可能的那个人。

现在，在这栋屋子周围，大天使们以各自的方式偷偷保护着这里。有的变成庭院里的一株花，有的变成长在墙角的草，但更多的天使选择变成鸟，落在院中橡树枝上。

他们不敢惊动米洛斯，担心神明这样做自有用意。

大贤者和剩下的六位贤者也是这样想的，他们派萨恩时不时来串个门，了解一下米洛斯的需求，不惜一切代价也要满足他。就比如今天，他就来满足需求了。

"这是您要的书。"萨恩把一本厚厚的书递上。

白色云纹的封面上，写着一串金色花式字体的字，《神法守则》。

南希的心脏瞬间狂跳。

那本书不是被她扔进火炉里了吗？她站在旁边看着书烧成了灰才离开，不是一本书吧？

"这本书，很眼熟啊。"南希笑着说。

"就是你从我这里拿走的那本。"米洛斯从萨恩贤者手里接过来，轻轻摸了摸封面。

"那本书我记得还给图书馆了。"南希又说。

"对，"萨恩冲她点点头，"我就是去图书馆借来的，找到它的时候，上面全是灰。"

南希心里又是一"咯噔"，目光复杂地看向《神法守则》。真是太强大了，烧成灰还可以重生，并且自己回到图书馆，果然不能小看神留下的任何东西。

"听说这个对您找回记忆有帮助,我立刻就把它找出来了。"萨恩贤者搓着手笑眯眯地说。

"谢谢您的帮助。"米洛斯向他微微颔首。

萨恩立刻把头扭到一侧,红了眼眶。

像他这样的神职人员永远没机会见到真正的神明,通常神明有什么吩咐都是通过天使传达。

如果米洛斯真的是光明神的化身,那么他就彻底走运了,被赐予神血上升到天使的层次也不是不可能。从此居住在光明温暖的神国中,得到彻底永生。

萨恩在浮想联翩间又望了南希一眼。她长得那么美丽,是他见过的最漂亮的女孩子。

可惜光明神万年不开窍,再没有谁比他更有光棍的气质了。不然这个小姑娘也许有机会成为光明神殿的女主人,享受整个南大陆的尊敬。

米洛斯把《神法守则》放到一边,转身走向餐桌。比起翻书,他更想先收拾桌子。

南希连忙跑过去表达自己想帮助他洗碗的意愿,但是米洛斯轻轻扬了扬手,盘子碗碟就自动跑到池子里清洗起来了。

"学会神术,真的是改变生活啊。"南希笑盈盈地说。

如果米洛斯不是光明神,凭这个上得厅堂、下得厨房的气质,就是优质的结婚对象,再加上品格优良,长得又帅又有钱,还有力量和权势,简直完美。

"要不要学?"米洛斯问。

"不要,我没机会洗碗。"南希一口拒绝。

"这个神术不是专为洗碗创造的。"米洛斯解释,"你可以让任何东西跳到水里去,算一个半攻击的神术。做到极致,可以令上万的魔物甚至人落入水中。"

萨恩一脸羡慕,他都没听过这个神术,应该是米洛斯自创的。以前有神职人员做了重大贡献,神明才会教他一个神术作为奖励。他忍不住看向南希,希望她答应下来,这样自己也能蹭个课。

南希心里只惦记着《神法守则》,根本没心情学习神术,依旧摇了摇头。

萨恩失去了蹭课的机会,又没了待在这里的借口,只好恋恋不舍地瞥了米洛斯一眼,告辞离开。

他走出屋子的时候下意识望向橡树,在最高的枝头上落了三只小白鸟。其中一只个头最大,向他点了点头,那是光明天使长尤利卡。他扬起最大的笑容冲白鸟鞠了一躬,然后走出院落。

屋子里,米洛斯重新拿起了《神法守则》。

南希呼吸一紧,心脏瞬间乱了半拍。她立刻踉跄着朝米洛斯身上跌去,想阻止他打开书。

窗外的小白鸟同时摇摇头,觉得这姑娘恐怕要吃个大亏。光明神他们可太了解了,曾经神殿有女神侍想借此机会接近他,但是无一例外都摔得很难看。

光明神就像身上长了眼睛一样,完美避开了任何碰瓷,他不会原谅这种作为,也不会怜惜可怜的姑娘。对于他而言,智慧让他洞察一切,只会更厌恶异性的接触。

南希跌倒的一瞬间,米洛斯连头都没有抬,只用一只手稳稳地搂住了南希的腰,把她固定在怀里,双手圈着她打开了《神法守则》。

窗外的三只小白鸟惊得喙都要掉到肚皮上去了,他们比任何人都熟悉光明神的味道。在接近这个人类的一瞬间就知道找对人了,但是现在,他们开始怀疑是不是自己的嗅觉出了毛病。

"也许化身人类就跟以前不一样了,感情更充沛。"白鸟 a 猜测。

"安静,"天使长尤利卡沉声说,"有谁知道这个姑娘是什么时候出现在房间里的吗?"

"不知道。"白鸟 a、白鸟 b 同时说。

"您不让我们窥探神主的私生活,"白鸟 a 说,"所以,我一点都没敢往屋子里看。"

"说起来,昨天只见到一只毛丝鼠进去了。"白鸟 b 说,"当时见神主一脸温柔地把它捧进屋,我还想是不是单身久了看老鼠都眉清目秀了。没想到屋里早就藏了个妞。"

"禁言,奥罗拉。"尤利卡冷淡地说,"议论神主是大罪。"

白鸟 b 的喙立刻粘住了,他缩着翅膀不敢吭声。

"把他赶出神殿,头儿,"白鸟 a 幸灾乐祸地说,"我觉得他有做堕天使的资质,等他走了,能给我升成八翼天使吗?"

"禁言，卡辛迪，"尤利卡眼神冰冷，"对同僚落井下石也是大罪。"

南希不知道屋外有两名天使因为她被封住了嘴巴，她把脸深深地埋在米洛斯怀中。耳畔传来他翻书的声音，越听越紧张，很怕《神法守则》突然大喊"小心女人"。

"你的心跳怎么这么快？"米洛斯一脸奇怪地问，快到他的胸膛都能感受到。

"因为您抱着我。"南希细声细气地回答，大脑疯狂打着转，希望可以想出个办法。

米洛斯轻笑一声，松开她："抱歉，我刚才既想看书，又怕你跌倒，所以只好抱着你翻书。"

"宿主，一枚SSR币。"小n尖叫。

"一枚什么？"南希的注意力瞬间被引开，"怎么会突然有SSR币？"

"不知道，"小n有些羞愧，"等升级以后我才能有这个功能，看得到每次得币的原因。"

"那不就是明天吗？"南希皱着眉把目光重新移回米洛斯的脸上，她必须先把眼前的事解决了。

使劲咬了咬唇，疼痛逼得眼眶溢满水光，她抽抽噎噎地哭起来。

小n：不愧是影后出身的戏精，情绪到位就是快。

米洛斯微微一愣看向她："是不是刚才摔倒时崴了脚？我以为我接住你了……"

"对，是崴了脚。"南希立刻顺着他给的理由说，抽泣着伏在米洛斯的肩上"簌簌"掉泪。

哭是真哭，但主要是吓的，担心对方瞬间恢复了记忆说她举动出格。那她可就冤枉死了——还没真正开始呢。

米洛斯把书放到一旁，抱起她走到窗边的双人沙发上坐下。

窗外的三只鸟立刻瞪大了眼睛，犹豫着要不要用翅膀挡住视线。白鸟a、白鸟b偷瞄了天使长一眼，见他仍然睁着圆溜溜的鸟眼，立刻心安理得地把视线投向窗户看起来。

南希光着脚，米洛斯让她靠着扶手坐好，把她的脚放在他的腿上，仔仔细细看起来。

少女的脚踝很纤细很白，脚指头如珍珠一样，粉嫩又可爱，似乎并没有受伤。他轻轻捏了捏脚踝,南希立刻小声地"哗"了一声。

"我觉得也许伤到骨头了。"南希哭兮兮地说。

米洛斯轻"嗯"一声,扬起一道微光洒下。南希立刻觉得脚上暖洋洋的,就像最纯净的阳光钻到里面。

"怎么样?"米洛斯问。

南希轻轻动了动脚踝,皱着眉:"不太好。"

米洛斯又洒下一道光芒,南希还是皱着眉。她知道这样拖延时间也无济于事,但是一本书烧也烧不掉,扔了还会自己跑回来,她实在不知道怎么对付。除非米洛斯自己放弃看,她抬起眼看向对方。

"我觉得好了。"在洒了六七道光芒后,南希说。她觉得七经八脉都通畅了,现在她的血管经络无比顺滑,再不停有点说不过去了。

米洛斯停下来,眉间有些微疲惫。他刚才为了让治愈术的光芒更纯净,不断地凝聚力量,感觉就像跟人打了一场似的劳累。

他垂眼,睫毛轻轻扇动:"真的好了吗?"

树上的三只小白鸟眼珠子都要瞪出来了。

白鸟b拼命指着自己的喙,表示有强烈的表达欲。天使长解开他的禁制,他迫不及待地问:"等神主回归神殿,我们是不是要迎来一位女主人了?"

"我不这么认为,"天使长摇摇头,"你们不了解他。虽然不知道神主化为凡人时经历了什么,但有一点可以确定。光明神,是永远不会陷入情爱中的。"

屋子里,南希就像柔软的藤蔓,嗓音也软得滴水:"米洛斯大人,我不想你看那本法则。"

"为什么?"米洛斯有点意外,抬眼看着近在咫尺的少女。

"您不记得啦?"南希不太高兴地说,"这本书是玛格丽特公主给您借来的,我不喜欢她,也不喜欢您碰她借来的东西。作为我的朋友,您应该站在我这边才行。"

"但是你忘了?"米洛斯温和地说,"玛格丽特借来的书已经让你还回图书馆了,这一次是萨恩贤者借的。"

"那也不行。"南希仰起头看着对方俊美的脸继续撒娇,"我只要看到这本书,就会想起公主殿下。您动了这本书,就代表不喜欢跟我做朋友了，朋友应该共同进退。"

她的声音仿若在呢喃："您是我最要好的朋友，我们那么亲密，怎么可以让这本书毁掉我们的友谊呢？"

少女清甜的气息随着轻柔的话语声，扑在米洛斯的耳畔脖颈，就像温柔的春风。

米洛斯垂眸看着她，目光定在那双碧蓝色的眼睛上，有着纯粹的甜美的颜色，是他第一次醒来时看到的漂亮眼睛。他的心微微软了一下："行吧，那就不看。"

南希的脸上立刻涌出大大的笑容。

刚松口气，一股风突然从窗外刮进来。她眼睁睁看着那本厚到拿着都费劲的书，跟树叶似的被"吹"到米洛斯脚边。书页"哗哗"作响，直到翻到写着金色字迹的那页才停止。

米洛斯扫了一眼，微微皱眉。就在南希以为他会探身看时，他伸手把书合上了。

但是下一秒，金色字迹从书页里挤了出来，飘到米洛斯眼前，就差贴他脸上了。南希心里一万只神兽奔腾而过，命运之神说得太对了，光明神为了让自己早日恢复记忆，留下的线索和手段堪称完美。

这个时候，米洛斯无法再忽视了，他看向金色字迹。

  三个记忆团，分别掉落于南大陆、北地、海国，相信你的直觉。当然，有时候也需要点运气。当你靠它们越近，感知就会越清晰。找到它们，那时你将拥有全部的记忆。

想起全部的记忆，真是恐怖，南希轻扯嘴角。

"宿主，我们还要阻止光明神恢复记忆吗？看上去，似乎谁都无法阻止他。"小 n 也被《神法守则》的操作搞怕了。

"阻止？我从来都没想过阻止他恢复记忆。"南希笑着说，"怎么可能做到阻碍光明神回归神位呢？我要做的是在他恢复记忆之前搞定他的心，阻碍不过是为了拖延时间。可以拖延固然不错，不可以也没什么关系。"

南希又看向金字，看来光明神在化身人类时，他的神识分成了三团，集齐三团就可以恢复记忆和力量回归神殿。

除了南大陆她无须担心，另外两个地方要小心跟米洛斯撞上。接下来，要抓紧时间让他无法离开她。不然回归神位后，他可能会跟她清算。

金字慢慢消失，南希装出惊喜的样子："这本书果然展露了神迹，我还以为只是传说。看上去，是神明在给您提示。"

"可能是这样。"米洛斯望着金字消失的地方，一脸思索。

"那么再清楚不过了，"南希笑着说，"南大陆、北地、海国就隐藏着您的记忆，您要先从哪个地方开始找呢？"

"我想应该是南大陆。"米洛斯说，"我现在就在这里。"

"我也是这么想的。"南希点点头，脸上的笑容不变，"米洛斯大人，如果您找到了记忆团，一定要告诉我。说实话，我对您以前的经历很感兴趣呢。"

你去哪儿，我就不去哪儿。

南希回到家，莉莉正悠闲地哼着歌看着窗外，听到她的脚步声，她笑着转过来："刚才有个女仆看到你吓了一跳，她一定在想，你是什么时候出门的。"

"只要不撞到我们两个在一起就没关系。"南希不在意地说，"就算撞到也没关系，大家都知道我在艾诺威学院学习。无法解释的事情，都可以推给神术。"

"没错，就是这样。"莉莉点点头，开始换衣服准备离开这里。

南希轻轻抿抿嘴："我离开这里后，有没有发生特别的事？"

"特别的事？"莉莉想了一下，"如果你是指那位英俊的怨魂先生，那么还挺特别的。"

南希点点头示意她接着讲。

"我跟他表明了我的身份，"莉莉说，"当然，这是经过你同意的。看上去他有点生气，但是后来他就笑了。所以你要小心点，那个笑容很不怀好意呢。最后他坐了一会儿就走了，一直都没回来。"

"一直都没回来？"南希问。

"对。"

发生什么事了吗？南希微微皱眉。

"那么我就先走了，老板。"莉莉打开门冲她飞了个吻。

"海神去哪儿了,小 n 你能看见他的坐标吗?"南希问。

"无法看清,但是知道很远。"小 n 说。

他去哪里了?南希心里泛起一股不安感,很担心他一生气回到兰蒂斯,她可没办法再一次把他从海底弄出来。

正在凝神思索的时候,她突然被拥进一个冰凉的怀抱,冻得她轻轻打了个冷战。她还没来得及挣扎,头顶就响起少年闷笑的声音:"抱歉,刚从海底回来,身上有点凉。"

南希转过身,少年唇边懒洋洋地勾起笑:"是不是怕我回兰蒂斯再也不来了?"

"你为什么会突然回兰蒂斯呢?"南希脸上带着笑容,观察着他的神情,想知道他是在发现她不见了以后回的海底,还是回到海底后才发现她不见了。

不过,她更倾向于伊比利斯并不知道她昨夜去了哪里,因为他看上去很高兴。

"我突然接到消息,鲨族跟鲸族在深海峡谷发生冲突,所以我赶回去处理这件事。我可不想让整个兰蒂斯充满血腥味和巨大的肉块。"

伊比利斯看着南希的眼睛,脸上带些不满:"说起来,你是什么时候从我口袋里离开的呢?我还准备带你去我的神国看看呢。"

"从你说要变成跟我一样,我就离开了。"

"那么你是怎么做到的呢?"伊比利斯又问,"当我被你变成一只幼鼠的时候,一点力量都无法调动。你是怎么从我口袋里逃脱的?其实这件事我一直都想不通,就像你当初把我从海底弄上来,就像你把那些奇怪的记忆塞进我的脑中,还有……"

他神色平静地注视着她:"明明你的力量很弱,却总能使我被迫中招。跟你在一起,我甚至去到了纸牌王国,你身上真的藏着许多秘密啊。"

少年水蓝色的眼睛清澈又明亮,看得南希一阵心惊。

"所以,这就是你一直跟在我身边的理由?"

"当然不。"伊比利斯把手臂收得更紧,看着被挤压得有点喘不上气的少女,他低笑了一声,稍稍松点力,贴在她的耳边说,"我就想看看,你什么时候能喜欢我——只喜欢我一个人。"

南希微微一愣,绽开笑容。

巧了，她也是。

✦

吃过晚饭，南希回到卧室拿出莉莉留给她的笔记。最近因为往返南大陆和北地没来得及赶回来，有一天课是莉莉替她去上的。

上面有一个新咒语和一个课后作业。新咒语是水柱咒，水系魔咒，可以用来召唤强力的水流使其形成蛟蛇一般的力量，用来缠住敌人。课后作业则是练习向神明祈祷，用课堂发的水晶球记录。

伊比利斯瞥了一眼笔记，勾起唇角："看上去是我的专长，你想学吗？"

"我正在学啊。"南希头也不抬，借着烛台明亮的光，一字一句念着咒语。

"不是n，从这里的音调应该拖长一秒。"伊比利斯用手指点点笔记。

南希停了一下，立刻按照伊比利斯说的改正。虽然下意识就想跟他唱反调，但她也知道没有人比海神更懂水系神术。

见她很听话地照做了，伊比利斯翘起嘴角，又告诉她怎么样调动灵性力可以更好地发挥这个咒语的力量。

一个小时以后，南希指挥着手指粗细的水流喷向伊比利斯。后者躲都没躲，懒洋洋地一挥手，水流就变成了花瓣"簌簌"落下。

"这些水从哪儿来的？"南希问。

"从空气里，或者离得近的水源，甚至是地下水。"伊比利斯说，"用到极致，这个神术可以绞断一座城。"

想起米洛斯也说过这样的话，"用到极致"。南希笑着说："就是同一个神术，神明可以使它发挥出更强大的效果是吗？"

"就是这样。"伊比利斯点点头。"不同的神明对神术的运用侧重不一样，像这个神术只有我能运用到极致。相同地，光明神术米洛斯最擅长，而黑暗神术则是一个讨厌鬼最擅长。"

见他连塞西尔的名字都不愿意说，南希笑着问："你真的那么讨厌黑暗神吗？"

"非常讨厌。"伊比利斯神情恹恹，"谁会喜欢死亡呢？你没有去过冥土，那里充斥着绝望和阴冷，任何生灵都不会喜欢那里，而塞西尔就是一个阴森森、满脸死气的家伙。如果你见到他,也不会喜欢他的。"

不会啊,南希满脸笑容。黑暗神就是行走的荷尔蒙,性感"爆棚"。要不是不想勾得他更放纵,那种充满欲望的味道,谁不想尝尝呢?

"好了,我看你已经学完了,就剩一个无聊的求神作业了,要帮忙吗?"伊比利斯问。

南希立刻狂摇头:"我没准备海神祈祷仪式的材料。"

别的神明就需要点矿石、精油和没有危害的小东西,而海神的祈祷仪式需要海晶碎片、床和水,鬼知道他要床做什么。

"没关系,"伊比利斯伸手捏捏她的下巴,轻笑着说,"材料我有啊,你只负责祈祷就行了,或者你不准备仪式也行,告诉我你想要什么,我就可以立刻回应你。"

他嗓音里带着一丝沙哑的低沉,暧昧又缱绻。水蓝色的眸子里泛着细碎的光,就像满溢着诱人的糖。

南希这个时候总算明白为什么大家都说,只要海神愿意,他可以让任何人喜欢他。他能做到最好,让你相信你是他生命里的唯一,但是,他谁都喜欢,他又谁都不喜欢。

"还是不要了。"南希转身打开抽屉,拿出上次剩下的材料包。光明神没法祈祷,黑暗神不敢祈祷,她翻着课堂上摘抄的笔记,想寻找一些非主流的神明。

跟后世不同,现在还没有经历最惨烈的诸神之战,神明们还没有消失。

南希皱着眉看着笔记上的神明名字,大多数都被打叉了,代表早已陨落。丰收之神、太阳神、四季之神的力量被光明神吞并。

暴风之神,以及各种管理水泊的神明被海神收服;战争之神、死神、月神、风神则被黑暗神绞杀。就剩下智慧之神、财富之神、命运之神、爱情之神这四个经久不衰的神明。

要不,爱情之神?

她从材料包里翻出玫瑰精油、红宝石和一件贴身衣物,接着又从花瓶里取出一朵新鲜的玫瑰花。

"你需不需要回避?"南希布置好仪式后问。

伊比利斯嗤笑一声:"回避什么,你以为真能召唤出神明?平常我都不听祈祷,因为每时每刻都有千千万万的人不停地说话,震得耳朵嗡嗡的。"

"你也从不回应信徒是吗？"南希问。

"如果我某一刻想起来了，或是心情不错，可能会愿意随机挑选听听，但是一般不会进行神降。"

神降就是空中出现橄榄球一样大的眼睛，像塞西尔那次一样。

"行吧，我随便祈祷一下完成作业就行了。"南希拿起樱桃那么大的小水晶球，注入一丝灵性力。水晶球里面立刻环绕着一圈白色的烟雾，这就是开始录像的意思了。

南希松开水晶球，水晶球瞬间飘浮在半空中。

伊比利斯抱着手臂看着她，冷不丁问："这个作业会打分吗？"

"会啊，"南希站在布置好的圆圈中间没有回头，"神降打A，普通回应是B，没有回应是C。"

伊比利斯没有吭声，看着她闭着眼煞有介事地双手交握，他伸手从空气中切了道口子，从里面掏出一朵干枯的玫瑰花——这是爱神的神眷，只要捏碎就可以招来神降。

伊比利斯用手指捏着花梗旋转着，轻笑一声，看来爱神那家伙最近失恋了，神眷都枯萎了。他幸灾乐祸地盯了几眼玫瑰花，突然合紧手指，将玫瑰花捻成了碎末。

南希的耐心已经耗尽，爱神一点回应的迹象都没有。不过也很正常，每天祈求爱情的人那么多，怎么可能一一回应呢？她打算就这么结束了。

刚准备拆掉仪式，空气中突然落下了无数的玫瑰花瓣，脚旁的蜡烛突然亮起，一只大大的棕色眼睛出现在空气中。

南希吓了一跳，万万没想到都要结束的时候发生了神降。她回头去找伊比利斯，后者早已隐藏起了身形，似乎不想与爱神见面。

她又赶忙把目光移回爱神的眼睛上，悄悄地打量。这只眼睛实在有些憔悴，眼瞳里布满了红血丝，眼眶通红好像才哭过。

"是你召唤了我？"爱神发出沙哑的问话，目光透着一丝疑惑，"你从哪里搞到的神眷？"

"神眷？"

什么叫神眷？

"算了，有什么问题赶快问吧。"爱神苦闷地说，一副心情不好的样子。

"是问问题，不是说愿望？"南希仰着脸问。

"都可以，说愿望也行。"爱神瞥了一眼少女的脸，眼睛里突然涌出了充满兴趣的光芒，眼眶也不那么红了，甚至想露出笑容。

隐身在空气中的伊比利斯微微沉下眼。

南希的愿望当然是那三个目标，但是伊比利斯在这里她可不敢说。

她想了想，随便找了个愿望："我想拥有一份永恒的爱情。"

"我也想，"爱神笑着说，"我们真有共同点，你叫什么名字呢，女孩？"

南希："……"

"阿莫尔。"伊比利斯的身影从空气里浮现出来，目光冷漠地盯着爱神的眼睛。

棕色眼睛的瞳孔突然变大，睫毛难以置信地扇了扇："呀，伊比利斯，你在这儿啊。"眼睛背后的嗓音立刻溢满消沉——最怕在撩妹时遇到同行。

刚看到这位迷人的小姑娘时，阿莫尔还以为他的春天又来了，但是后来看到伊比利斯，那还有什么不明白？这位小姑娘已经被盯上了。

要是遇见别人他还可以拼一拼，但是偏偏遇见海神，想到对方拥有丰富的对付竞争者的经验，他的瞳孔立刻很怂地缩了缩。

"啊，你刚才问我那个问题呀，我替你看过了。"阿莫尔迅速开始公式化地回答。他不怀好意地瞥了一眼伊比利斯，又快速移回到南希脸上，"很显然，你的爱情之路会比较坎坷。"

"坎坷？"南希重复了一遍。

"对的，"阿莫尔眨眨眼，"你会陷入多段感情纠葛而无法自拔，甚至被记恨、被争夺、被禁锢。"

"有没有什么补救的方法？"

"保持清醒的头脑。"阿莫尔说，"或者……选择一个靠谱的老实人。"比如他这样的。

伊比利斯嗤笑一声。

阿莫尔朝他翻了个白眼："总之，俊美男人的嘴，就是骗人的鬼，记住这个就好了。选择老实人。"

随着话音落下，棕色眼睛"啪"的一声消失了。

"你招来的？"南希转身问。她脚底的蜡烛随之熄灭，地上的花瓣也跟着消失不见。

"阿莫尔还是老样子，"伊比利斯嘲笑，"总喜欢弄这些华而不实的出场。"

"伊比利斯？"

"好吧、好吧，是我弄的。很久以前我从他那里得到一个神眷，就是可以召唤神明降临的东西。我希望你的作业取得高分，所以就拿出来用了。"

伊比利斯笑着揉揉她的头："没有告诉你，你突然看见那么大的眼睛一定吓到了吧？"

"吓到倒不至于……"

她之前见过黑暗神的眼睛了，但令人在意的是，有神明看到她跟伊比利斯在一起了。如果有一天光明神和黑暗神去找爱神咨询问题，那她就危险了。

"在想什么？"伊比利斯的目光中流转着一丝探究，嘴角微微勾起，"你似乎忧心忡忡。"

"我在想，"南希漫不经心地抬起眼，"水晶球把你也照进去了，我明天该怎么交作业？"

"原来是担心这个？"伊比利斯笑着说，"交给我好了，我知道删减片段的方法。"

南希把水晶球交给他，转身走进盥洗室。

关上门的一刹那，她才重新皱起眉："有点麻烦啊，小n。我感觉伊比利斯似乎察觉到什么了，他这次跟以前有点不一样，好像总在观察我。"

"啊，那怎么办？他察觉到什么了？"

"不清楚。"南希一脸思忖，"我觉得他的转变不是从北地开始的，更像是从兰蒂斯回来以后才有的变化，我担心有谁在他耳边提示了什么。"

"SSR？"

"有可能，玛格丽特跟以前也不一样了，她似乎收敛了一些，就像身边多了一个出主意的人。我猜是她的系统，因为没别人了。

"他们大概猜到我已经开启了海神这条线，说不定鲨族和鲸族的争斗就是他们弄出来的。把海神引回去，说点小话。"

"那他们自己不会暴露吗？"

"伊比利斯生日那天突然离开海底，回去以后肯定会派人调查。对方只要在这上面给一点小小的提示，比如查到了我在多个男人身边出现，造成我别有用心的样子就行。

"你仔细想想，海神回来以后是不是说我身上藏着很多秘密？还说他很想看看我什么时候能喜欢他——只喜欢他一个。"

小 n："啊。"

南希看着镜子中的自己，自顾自地捋着思路："我当时还不太明白他为什么要说这番话，但如果把玛格丽特加进去，就明白了。"

"宿主，那我们该怎么办？"小 n 有些着急。

"哦，没关系。"南希轻声笑着说，"她这样做等于帮了我的忙，我本来就担心海神不好被吸引，但是她让海神对我的兴趣更浓厚了，我现在只要注意一点就好了。"

"什么？"

"别让他吃饱了。"南希笑着说，"一旦征服欲得到满足就不在乎结果了，喜欢他的一瞬间就等于宣告结束。"

南希走出盥洗室，伊比利斯将水晶球交给她，里面只有南希和爱神眼睛的图像。南希的嘴一张一合，但是没有声音，听不到她说什么。

"这样行了吧？"伊比利斯问。

"这样非常好。"南希转身把小水晶球放进书包里。

伊比利斯看了她一会儿："明天我就不跟你一起去学院了。"

"咦，为什么？"南希有点惊讶地看向他。

伊比利斯倚着墙柜站着，脸上带着漫不经心的神情："因为你不喜欢，而且药水喝多了会对身体造成伤害。与其让你用药水屏蔽气味，不如我在家里等你。"

他快速补充了一句："别相信药剂师的话。比起他，显然我更专业，毕竟神术就是神创造的，我总不会害你。"

伊比利斯这就开始对付竞争者了吗？

尽管心里有点想笑，但南希还是点点头："好啊。"

伊比利斯翘起嘴角，伸手递给她一把东西。

"什么？"

"我的神眷，不跟着你我又很担心。万一遇到什么事，捏碎这个，我就可以看到你。"

南希从他手掌里拿起一个半根手指长的东西："小……小鱼干,你是猫吗?"

"本来是贝壳,"伊比利斯说,"但是自从那天被你从海底弄上来以后,我就改成鱼干了,你不是说我是离开水的鱼吗?"

摸着干巴巴的小鱼干,南希很想说,你还是改回去吧。

第二天南希独自去神学院,没有伊比利斯跟着简直神清气爽。就是有一点可惜,如果这个时候小 n 升级了,她就可以去北地了。

上次突然从北地离开,也不知道塞西尔回来以后会怎么想。她也没料到伊比利斯能那么快恢复。道具虽然神奇,但是对神明而言,能束缚的力量还是非常微弱。

伊比利斯明明应该维持毛丝鼠的状态一整天,但是连一个小时没到就解除了效果。反倒是她,老老实实地当了一个小时的毛丝鼠。

她一边想着一边走出高塔,准备回家,今天临出门的时候答应了伊比利斯要早点回去。

走下台阶时,余光瞥到了不远处的两个人。中等个头的那个不认识,但是旁边那个身形修长的青年光看背影都在发光,不是光明神还能是谁呢?

她立刻快步走过去,轻快地打招呼:"米洛斯大人。"

米洛斯停下脚步转过身,少女穿着浅蓝色的蓬蓬裙,很像盛开的清新小蓝菊,头发像金子一样灿烂,路过的人都会忍不住看她一眼。

"你好,南希。"米洛斯淡淡地说。

南希最不满意的就是这点,米洛斯永远都是清冷淡漠的,好像没有东西能提起他的兴趣。

即便上一刻因为她的主动他的目光有些迷蒙,下一刻激情退却,他立刻就恢复清明。这样不行啊,等他回归神位,将会比现在更冷静,那她什么时候能将他拉下神坛?

"您这是要去哪里呢?"南希问。

"我去图书馆还书,之后会离开布尔顿几天。"米洛斯说。

"离开布尔顿?"南希吓了一跳。

"对,找记忆团。"米洛斯点点头,"我想自己已经知道南大陆的那一个在什么地方了。"

这么快？南希的心瞬间一沉，她的本垒打才到二垒，对方就要寻到三分之一的记忆了。不知道这个记忆是瞬间恢复三分之一，还是全拿到再恢复。不管是哪个，都不是一个好消息呀。

"现在就走吗？"南希笑着问。

"下午走。"

"哦，下午呀，那我们一起去吃饭吧。"南希笑盈盈地说，"我想多跟米洛斯大人待一会儿，毕竟要好几天无法见到您了。"

米洛斯身旁的白袍青年好奇地盯盯南希，又盯盯米洛斯，脑袋左右不停地摆动。

他就是停在米洛斯庭院树上的白鸟b，因为说小话被天使长禁言。这次是他负责陪米洛斯去找记忆团。

"已经吃过饭了。"米洛斯说。

"那就去吃块小蛋糕？"南希接着提议。她搂住米洛斯的胳膊，仰起脸，又长又密的睫毛像蝴蝶翅膀一样轻轻扇着，"好吗？"

白鸟b心想，神主最不喜欢的就是甜食，尤其是黏糊糊的奶油。他就是喝咖啡也只放半勺糖，多一粒都不放。吃蛋糕这种事，根本就不在他的兴趣内，要说邀请他去揍黑暗神，他就会愿意了。

"好。"米洛斯点点头。

"啊？您要去吃蛋糕？"白鸟b惊讶地说。

"嗯，不可以吗？"米洛斯问。

"不不不，当然可以。"白鸟b连忙说。像过去每一次对神明发誓一样补充道，"您的想法就是我的意志。"

"这位是谁？"南希这才把目光移到她一直忽视的人身上。比米洛斯矮半头，长得还凑合，但是人最怕比较，跟米洛斯站在一起，十分的英俊也会被比得像一分。

"萨恩贤者听说我要出门，让一位使者临时做我的同伴。"米洛斯说。

"哦。"南希立刻不感兴趣地把目光移回来，脸上重新挂上甜美的笑容，"我先去把书包放在储物柜，您可以在学院门口等我，我们再一起坐马车去。"

米洛斯点点头，转身跟白鸟b一起向大门走去。

南希迅速朝高塔跑去。

她先把书包塞进属于她的储物柜，然后跑到隔壁的楼梯间掏出一条小鱼干。

她答应了伊比利斯放学早点回去陪他，恐怕她要食言了。比起回家，她更想在吃蛋糕这短短的时间内给米洛斯留下想念她的记忆。

手指用力捏紧，原本以为小鱼干会很难捏碎，没想到捏下去的瞬间小鱼干像腐朽很久的木头一样，碎成齑粉。

狭小的楼梯间里立刻涌起了海的味道和潮汐的声音，空气轻微颤动了一下，一只漂亮的水蓝色眼睛出现在半空中。看到南希仰着脸望着他，眼睛涌出一点笑意，立刻降到跟她平视的位置。

"怎么突然找我？有人欺负你吗？"伊比利斯懒洋洋的声音从空气里落下。

"伊比利斯，"南希带着歉意说，"今天我要晚点回去了。"

"晚点回去？"伊比利斯的嗓音里透着点惊讶，"你要做什么？"

"总之就是有点事绊着了，好啦，就这样吧。"南希尽量把语气放轻松，让这件事看起来那么重要又不那么重要。

水蓝色眼睛颜色稍微深了一点，凝视了她一下，"啪"地消失了。

南希呼口气，刚一转身，鼻尖就撞到了结实的胸膛。她吓了一大跳，连忙抬起头，瞳孔中映出伊比利斯神情冷淡的面孔。

"你、你怎么在我身后？"南希嗓音既有惊吓又有抱怨。

伊比利斯懒懒地向后靠去，倚着墙壁，抱着手臂。瘦瘦高高的身体微微弯着看她："想知道你到底有什么事，就来了。"

"真没有事。"南希装出平静的表情解释，"就是有一个朋友要暂时离开布尔顿几天，我去饯行。"

伊比利斯盯着她，懒洋洋地笑着问："什么朋友？我也是你的朋友呢。"

南希抿抿唇，知道如果藏着掖着更显得有问题，不如把米洛斯当作一般朋友那样处理。她硬着头皮说："那个……药剂师。"

伊比利斯顿时沉下脸。

就那样神色不明地盯着她。

十几秒后，他嘴角勾起，带着若有若无的凉意："好啊，一起去吧。"

第九章

CHAPTER NINE

Nine

"你也想吃蛋糕吗？那就一起去吧。"南希一脸轻松随意，看上去一点也不勉强，心里面却冒出一只神兽不断地原地跺脚、仰天长啸。

伊比利斯脸上的神情柔和了一点："你喜欢吃甜的啊？"

"你也喜欢？"南希眼睛一亮。

伊比利斯微微一笑："我喜欢吃鱼。"

南希："……"

伊比利斯是水瓶座的吧？回答问题不正面应对，喜欢绕着回答。

"好啦，我记住了，你不喜欢吃甜食，喜欢吃鱼。"南希很认真地把这点记下。海神也是她的攻略对象，了解顾客需求便于日后薅毛。

两人边说边走，很快就走到了学院大门。

看到米洛斯的一瞬间，南希又想"嗒嗒"地跑过去。说来也奇怪，每次看到对方，她都感觉像被圣光照耀，情不自禁地就想靠近那温暖又光明的所在。

其实不只她一个人，周围很多学生和百姓都驻足在这里，磨磨蹭蹭不愿意离开。俊美高洁的青年穿着白色的法袍，就像一道最纯净的光。大家望向他的目光带着浓浓的热情，有种说不清的狂热。

耳边传来一声嗤笑，南希侧过脸，瞳孔中映出伊比利斯微微勾起的唇："我还以为见到了真的光明神，强大、冷漠、无畏。"

南希心道，他确实是真的光明神。他也确实很强大，各种意义上的。

他们走过去的时候，米洛斯恰好转过身来，看到南希身边的少年，微微一愣。

艳阳高照的天空蓦地淡下来，米洛斯的目光也跟天空一样没有暖意。

"米洛斯大人。"南希想快步走到他身边去。手腕突然被攥住，头顶传来懒洋洋的嗓音："急什么，就那么想吃蛋糕？"

南希当没听到，转头给他介绍："这是米洛斯大人，你上次见过的，我的朋友。"她把"朋友"这个词重重地咬着说，提醒伊比利斯不要乱来。

至于要不要给米洛斯介绍伊比利斯，当然不要，她上次不是说了嘛，老家的亲戚。

伊比利斯散漫地瞥了对方一眼后，就把注意力放回了南希身上："你今天不在家，我无聊得不知该做什么。最后只好把你的衣柜打开，拎着裙子一件一件欣赏了一遍，我发现你真的很喜欢蓝色啊，是不是可以理解为你喜欢大海？"

"你看我裙子做什么？"南希参毛。

脱口而出后她突然反应过来，这句话等于告诉米洛斯，她跟伊比利斯住在一起。

伊比利斯微微翘起唇角。

"你们是情侣吗？"白鸟b好奇地问。欸，不对啊，他眨巴眨巴眼，昨天神主还摸了她的腿呢。

他忍不住偷偷瞥了一眼那位至高无上的神明，想看他身上冒没冒绿光。

"我记得是亲戚。"米洛斯嗓音很淡。

"我是亲戚吗？"伊比利斯立刻扭头看向南希。

南希在几道视线的注视下，硬着头皮回答了个中性答案："是远房的亲戚。"

伊比利斯的目光瞬间变凉，带着轻嘲。

"特别远的亲戚，血缘关系也特别远，远得没边了。"南希连忙补充，一脸忐忑，生怕他不满意。

这回答不算错吧？原世界他们就是一个地方的，四舍五入就是远亲了。

伊比利斯没有说话，就那么嘲讽地盯着她，直到看到她因不安而睫毛轻颤后，这才心头微软，冷哼一声算是放过她。

南希松口气。

白鸟b跟着松了口气，虽然他也不知道为什么要松气。刚才气氛实在太尴尬了，因为他那个像二百五才会问出的问题，险些造成神主冒绿光。现在一切问题都明朗了，是亲戚啊，那就没问题了。

"我们去吃蛋糕吧。"南希重新打起精神说。

吃完蛋糕大家就可以散了，她已经放弃给米洛斯在临走前留一个深刻的印象，因为这个印象伊比利斯已经给他留完了。

"对啊、对啊，去吃蛋糕吧。"白鸟b连忙附和。

吃完他们就可以启程了，真希望神主早日恢复记忆。自从他失踪，神殿就自动封闭了。里面的人出不来，外面的人进不去。他一直借宿在别的贤者家，实在想念他温暖的小窝。

米洛斯轻垂着睫毛，一声不吭。看不见的情绪在眸子里慢慢旋转着，最后沉没至底层的冰面之下。

十几分钟后，四人来到一家不大的蛋糕店。正是午后，万物被太阳晒得蔫蔫的。蛋糕店没有生意，只有他们这一桌客人。

伊比利斯毫不客气地抽出南希身边的椅子坐下去，单手搭在她的椅背上，态度随意，十分闲适，就好像那本就是他的位子一样。

米洛斯瞥了他一眼，冷淡地在南希对面坐下。

"你们感情真好。"白鸟b羡慕地说，"不像我，根本没有亲戚。"他已经活了太多太多年，久到身边连一个认识的人都没有了。

"也没你想得那么好啦。"南希连忙撇清关系。

既然伊比利斯接受了亲戚的身份，就代表她可以胡扯了。

"伊比利斯从小就没有爸爸妈妈，是我家收养了他，我一直把他当作弟……啊不，是哥哥看待。"感受到身边的人在斜视，她连忙改口，"但是后来他长大就搬出去了，直到今年我才见到他。"

"是这样吗？"白鸟b望向伊比利斯，想替光明神确认一下。

伊比利斯勾着嘴角，单手撑着下巴，带着听故事的神情一声不吭。

南希悄悄地在桌下用手指捅了一下他的腿。

没反应。

第二下。

还没反应。

想再捅第三下时，她的手就被抓住了。

干净温暖的手紧紧握住她的手指，但是没有更进一步，就那么静静地握着，似乎只是这样抓住她就满足了。

南希心脏乱跳，表面却维持平静。她想把手指抽走，又怕动作太大被对面的人发现了，只能勉强地掐了他手心一下。

伊比利斯眼中瞬时多了点笑意，松开她的手，抬眼看向等着回答的白鸟b："是这样的，许久没有见面。因为被她妈妈拜托，我才过来看她，现在跟她一起住在她伯父家里。"

"原来是这样啊。"白鸟b咧嘴笑着说。他瞥了米洛斯一眼,露出一点邀功的样子。

米洛斯目光清冽地直视着伊比利斯,冷静又通透,似乎根本不相信他的话。

南希要了一块芝士蛋糕、一块黑莓蛋糕、一块胡萝卜蛋糕和一块草莓蛋糕。想着胡萝卜蛋糕不甜,准备放到伊比利斯面前,但是白鸟b抢先说:"大人他不喜欢吃甜的。"

她微微一怔,想起确实很少见米洛斯吃甜食,就算咖啡和茶也只放半勺糖。她手腕一转,把胡萝卜蛋糕放到了米洛斯面前,身侧立刻传来冰冷的压迫感。

"我再给你要一块。"她忙安抚脸色阴冷的身边人。

但是蛋糕店老板说没有胡萝卜蛋糕了,只有胡萝卜。

这可真逗,伊比利斯是人鱼又不是兔子。

看着少年愈加带着凉意的眼,南希轻轻眨眨眼睛,用商量的语气说:"要不,来根胡萝卜?"

伊比利斯扯扯嘴角,被她气笑了。想到她平常也这么气人,他索性坐直身体,随便端来一块蛋糕:"行了,就这个吧。"

南希这才松口气,把剩下的蛋糕跟白鸟b分了。

除了白鸟b,大家都吃得很慢。伊比利斯嫌蛋糕太甜腻,米洛斯则是神情冷淡,不知道在想什么。

过了一会儿,他突然对南希说:"我的房子加了密令,但是对你无效,如果你有时间,请帮我照料一下庭院里的花。"

白鸟b有些惊讶地看了米洛斯一眼,虽然对方没有回归神位,但是自然万物都对他十分亲近。花朵常开不谢,树木青翠挺拔,就连雨水也会偷偷过来灌溉,哪里用得上人照料啊。这是在宣示主权吗?

"好啊。"南希笑着答应。

"你可以带我去。"伊比利斯放下叉子,"你知道的,我最擅长水系神术。"

南希假装没听见,怕伊比利斯把光明神家淹了。

"你不是南大陆人?"白鸟b惊讶地问。

"我是海国人。"伊比利斯说。

"啊，海国我知道，"白鸟b用叉着蛋糕的叉子指着他，"你们那里倡导……"

"一夫多妻或一妻多夫制。"伊比利斯勾起唇角，"但我觉得你们南大陆的制度挺好，一夫一妻。要知道，一妻多夫制有很多弊端，就像我，我并不喜欢跟人分享。"

"有道理。"白鸟b点点头，正常人谁会愿意跟人分享自己的伴侣啊。

米洛斯搁下叉子。

白鸟b下意识看了他的盘子一眼，眼睛瞬间瞪大。那块不算小的胡萝卜蛋糕竟然被吃得干干净净，连点渣都不剩。

米洛斯抬眼看向南希，嗓音温和，带着笑意说："我吃完了你请我的蛋糕。"

"啊，您吃完了。"南希下意识推了推自己的盘子，"我这里还有。"

米洛斯没有犹豫，拿起叉子，从南希的蛋糕上切下半块放进自己碟子里。把剩下的又推回去，很自然地跟她分食一块。

伊比利斯的神情慢慢变冷，左手拿着叉子，漫不经心地点着餐盘。

南希看着米洛斯优雅干净地吃完蛋糕，感受着身边持续降低的气压，心中冰火两重天。

海神真的很容易生气啊，这种心理是什么？鱼塘泛着绿光，鱼要被人捞走了？

"已经有点晚了，我该走了。"米洛斯站起来。

"啊，这么快？"南希仰起脸看着他。

"是啊是啊，还要走挺远的路，的确不能再拖了。"白鸟b跟着站起来。

"那，米洛斯大人，我送您。"南希连忙站起来，追着他们出了蛋糕店。

等慢半拍的伊比利斯回过神来，店里就剩他和等着他结账的老板了。

"那个，一银二十铜币，先生。"老板拿着账单笑眯眯地说。

伊比利斯望着空荡荡的桌子，像小兽一样磨磨牙。凭什么让他结账啊？他都没怎么吃蛋糕。

南希把米洛斯送到店门口就止住了脚步："我会好好照料您庭院里的花。"

米洛斯轻轻勾唇，心情似乎还不错："也不需要特别照料，你偶尔过去看看就好了。"

南希点点头:"您回来的时候会给我带礼物吗?"

"礼物?"

"对,"少女笑着点点头,"朋友之间,如果一个出远门,回来的时候就会给另一个带礼物。您送了我礼物,这样我每次看到它就会想起我们的友谊。"

"友谊吗?"米洛斯轻笑了一下答应下来,他现在有点明白友谊是怎么回事了。

他看着她,少女的皮肤像瓷器一样精致、白皙,没有一点瑕疵,眼形又圆又翘,就像活泼的小鹿眼,带着点无辜。

几乎没有多想,他低头,快速地在她唇上轻轻一吻。看着少女瞪大的眼睛,他勾起唇角:"你忘了?朋友间的正常交流。"

"这件事,我也不喜欢跟别人分享。"

伊比利斯结完账走出店时听到的就是这句话。

伊比利斯把南希送回家后就不见了,说要去附近的海水里泡泡,舒缓一下心情。

南希觉得有些好笑,目送他离开后就扑在床上。

"宿主宿主,你今天赚到一枚 SSR 币哦。"小 n 开心地转圈圈。

"咦,什么时候赚的?"南希爬起来问。

"就是光明神分吃你的蛋糕时赚的,宿主你看。"

一道微光洒下,空中突然出现一段文字。

得分原因:吃异性剩的蛋糕。

光明神不喜欢接触异性,他有种天然的抵触,这大概跟他小的时候在神域的一段经历有关。

神域最初比人间还混乱,诸神天性散漫,崇尚自由。

这让还是个孩子却已经展露正道之光的光明神十分不适。

这让他暗暗下定决心,如果有一天拥有了信徒,一定要让他们学会克制欲望、忍耐寂寞,以及保持对伴侣的忠诚。在没有信徒之前,他先从自己做起。

数万年后,习惯变成了刻在血液里的反应。所以,母蚊子飞向他，他毫不犹豫地打死，从这点就能看出他对异性的抵触。

南希抿抿嘴："母蚊子飞向谁都会被打死。"

"是啊、是啊，"小 n 说，"但这段文字就是尽可能地解释 SSR 币获得的原因。"

"咦，你升级完毕了吗？"

"对的，宿主，我现在是 R 级系统啦。"小 n 得意地说。

"哇。"南希双眼一亮，要不是小 n 没有实体，她都想抱住它亲一口，"那我岂不是要喊你小 r 啦，你现在都有什么功能？"

"喊小 r 也可以。"小 n 捧着脸笑，以后它就是小 r 啦。

"我先来讲解一下我的新功能。首先是传送，宿主你不是最想要这个吗？我现在一天可以使用传送两回，超出次数需要消耗好感值五十分，或者一枚 SSR 币。"

"好贵，两次够用了。"

"嗯，"小 r 点点头，"还有，我可以看到每一次获得好感值，以及 SSR 币的原因。"

"还有吗？"南希问。

"还有，宿主你原来三天消耗一分好感值，现在变成一天消耗一分好感值啦。"

南希："……"感觉随时都在燃烧生命。

"我们现在手中的余量是多少？"

"十分好感值、两枚 SSR 币。生命天数从今天重算。也就是今天晚上十二点，会消耗一分好感值续命，以后每天晚上十二点都会消耗一分好感值，没有就自爆。"

"呃……那我岂不是只剩十天好活？"

"就是这样。"小 r 点点头，"不仅如此，宿主你还得继续攒我接下来升级需要的费用，一百分好感值哦。"

南希眨眨眼："我觉得你保持现在这种状态就挺好的，你的功能够用了，不需要升级了。"

"对方的系统是 SSR。"小 r 提醒她。

"做系统不要太攀比。"

"可是宿主，"小 r 皱眉，"如果我不升级到 SSR，你也没办法回原时空啊。"

"还有这个说法？"南希一脸惊讶。

"对啊。"

南希立刻翻身坐起，去衣柜里拿出冬天的衣服。

"宿主，你现在就要去北地吗？"

"当然，趁着'小猎犬'没回来，我们快去快回。毕竟'小白羊'一走，我就剩一只'小黑羊'可以随便薅了。"南希快速把衣服穿好，小 r 给她把头发和眼睛的颜色变好。

"宿主，我们准备传送咯？"

"好啊。"就两次机会，真有点舍不得用呢。

"对啦，宿主。"小 r 说，"在去北地之前，我先给你看样东西。"

"什么？"

"就是上次我保存的截图啦。"小 r 兴奋地说，"现在升级成功，我就可以给您分享了。"

南希还没有来得及说话，眼前就出现一幅不可描述之图。

"哈哈哈哈。"空中传出少女的爆笑。

"厉害了。"

北地一如既往地寒冷。

南希从狭窄昏暗的小巷中走出，手里拎着从厨房顺来的食物，南瓜派、蔬菜汤和一大块夹着杏仁的咸司康饼。她把它们放在一个篮子里，上面盖着绣着花的布，便于保温。

她动作轻快地走上公寓的阶梯，现在已是北地的晚上九点五十分。她又跟上次一样，很尴尬地卡在了马上就要宵禁的时间。不过好在这回有传送，大不了明天再来。

脚步声"嗒嗒"，她顺着楼梯走到了二楼。与上次不同，这里竟然在楼梯口放置了一盏街道才会用的煤气灯，又高又大的柱子很突兀地戳在楼梯口。煤气灯白亮得刺眼，宛如白天。

房东正好从一间房屋走出，看见南希愣了一下，认出了这是跟他租房的小姑娘。

"咦,你好久没回来了,我还以为你和你的同伴不住这里了,你租的那间房也总是没有动静。"

南希勾起唇角点点头:"有的时候我们会到这边住。"

房东点点头,这很正常,一点都不奇怪。

见她还在看煤气灯,房东一边下楼一边说:"也不知道怎么回事,附近的神会突然派人给安了这盏灯,一切费用都不需要出,但要求一天二十四小时亮着。不光是这里,就连公寓外都加了三排灯,亮到我觉得即便宵禁来临,楼下都不会滋生怪物。"

房东的声音越来越远,南希回过神又瞥了一眼煤气灯,轻轻抿嘴一笑,转身朝租的房间走去。

在她的头顶紧挨着走廊天花板的地方,挂着一排黑色的羽毛。就像风铃一样,任何小小的动静,都会激起它们的反应。

随着少女轻快的步伐,黑色羽毛瞬间飘扬。

千里之外的冥土,穿着黑色神袍的神明正坐在神座上撑着下巴发呆。

神殿角落负责守卫的堕天使早已对此见怪不怪。每天快到这个时间,主人就会坐在这里,乖乖地等待召唤。

特别无聊的时候,他会拿起一个装过药膏的玻璃罐,在手指间旋转着凝视。

这已经不是什么秘密了,从他和那个女孩子见面开始,他们就知道这位强大的人物会有越来越惊人的变化。

空气轻微地颤动了一下,塞西尔头顶悬挂的黑色羽毛风铃响起清脆的声音。那双漆黑的、淡漠的、毫无情绪的眼睛骤然有了光彩。

堕天使小心翼翼地抬起眼。

喔,真快,已经走了。

※

南希想伸手敲门,手指屈起刚要碰到门扉,门就大大地敞开了。

穿着黑色毛衣的俊美青年站在门口,眼里微微带着一点笑意,侧身让她进去。屋内点着明亮的烛火,壁炉也烧得热乎乎的。

南希想,他大概用了神术,不然不可能这么快就把两天没人居住的冰冷房间烧得火热。

"我看到了你留的字条。"塞西尔带着磁性的低哑声音回荡在她的耳侧。

"你说要给人送冬衣,送到了吗?我想去找你,但是不知道你去了哪儿,所以就一直等你,等了两天。"

南希隐隐从对方的尾音中听出一丝委屈:"没有送到,不过改天你可以跟我一起去。"她从篮子里拿出蔬菜汤、杏仁咸司康饼和南瓜派。

"对了,我还没有问你,你喜欢吃甜食吗?"

遭遇了两只不爱吃糖的小羊,她决定问问第三只。

"喜欢。"塞西尔长腿一跨坐在椅子上,又伸手拽出一把椅子放在自己旁边,示意对方坐下。

"真喜欢吗?"南希有点不相信,怕他只是客气。

"真喜欢。"塞西尔点点头,"我从小就喜欢吃糖,但是因为吃糖的样子显得很好欺负,我就不在明面上吃,改为私下。长大后有了仆……有了认识的人,私下吃会被他们闻到味道,就戒了。"

"那我给你带甜食,不会给你惹麻烦吧?"南希犹豫地看着南瓜派。如果堕天使闻到塞西尔身上有南瓜派的味道,会降低他的威严吗?

"不会,"塞西尔轻笑着说,"这个世上除了两个讨厌鬼,谁都不会给我带来麻烦。"

"哪两个讨厌鬼?"南希下意识地问,顺手把食物放在盘子里,从汤罐里盛出汤来。

"唔,一个是海国人,另一个是南大陆人。"塞西尔模棱两可地回答。

南希目光微动,该不会是海神和光明神吧?

"他们……很厉害吗?"她佯装不在意的样子问。

"还行吧。"塞西尔漫不经心地说,目光一直在少女精致可爱的脸上打转,"海国那个有点难缠,南大陆那个下手狠厉、不死不休,但只要不一起来,就没什么可在意的。"

"这样啊。"南希把装好食物的盘子推到他面前,餐具也都摆放整齐,带着温暖笑意说,"可以啦,你吃吧。"

"宿主,加一分,想不想看得分理由?我可以毫不费力地给你显示在脑海里。"小 r 得到了新功能,急于显摆。

"行吧。"

家的温暖，好感值一分，成分：百分之百的温暖。

就知道是这样，南希弯弯唇角："看，我的方法对吧，只有黑暗神会以这种原因加分。同样的事情对光明神和海神做就没有意义，因为他们不缺乏关爱。只要我持之以恒地关心黑暗神，他一定会摆脱阴霾的。"

"可是我觉得宿主你对他做光明神那种事情，也是很好的得分点，他好像更喜欢那个。"

"不不不，绝对不行。"

塞西尔看到面前的食物只有一份，微微皱眉："你不吃吗？"

"哦，我来之前吃过了。"南希回答。午饭加甜点，撑到不行。

塞西尔睫毛微动，果然是成年人的谎话。什么"吃饱了""吃过了""不喜欢吃"，不过是掩饰食物短缺的借口。

他扫了南希一眼，小小的巴掌脸，尖尖的下巴，足以显示对方吃得很少。

要怎么做才可以既不被发现，又合理地让她拥有许多财富呢？

"快吃吧，"南希催促了一遍，"汤和南瓜派凉了就不好吃了，司康饼倒是无所谓，我在里面加了杏仁做成咸味的。有人说不喜欢杏仁，我还挺喜欢的，你觉得呢？"

塞西尔拿起刀子把司康饼切成两半，把更大的那半放在南希的盘子里，又给她加了两个南瓜派。瞥了一眼觉得不够多，又把自己的半个司康再切一半放过去。

南希微微一愣："我真的不饿啊，来之前吃过了。"

塞西尔瞥了她一眼，把这些都归为成人的谎言。

"宿主，加一分。"

"咦，催他吃饭也是加分点吗？"

"呃……不是。"小 r 把得分理由打在公屏。

很穷，即使吃不饱也要给他带食物，并且用"不饿""已经吃过了"等借口作为掩饰。黑暗神给你打上了"有爱心的贫穷少女"标签。好感值一分，成分：百分之百的温暖。

有爱心的贫穷少女?

南希眼中闪过一丝好笑,她确实跟他表示过生活艰苦之类的,这样可以最大限度地放大她的爱心。一个贫穷得只有十枚铜币的人,愿意拿出八枚给他,这会使他更感动吧。

不过倒也不必完全拒绝,分食有助于增加感情,无形之中会觉得亲近。

"只吃一点,我的胃真的塞不下这么多。我真的是吃完东西才过来的,吃了很大的一块面包。"她笑着说,留下一个南瓜派,剩下的又全都还回去了。

塞西尔睫毛微动,没有再坚持。

"对了,"南希状似无意地问,"你知道被人鱼标记后,有什么屏蔽的方法吗?"

药水已经试过了,挡不住疯狂的野人鱼。如果她在布尔顿城内,伊比利斯可能就不理会了,但是一旦她的气味在千里之外,对方就会起疑心跟过来看看。

"你被人鱼标记了吗?"塞西尔微微皱眉。

"是啊,"南希大方承认,"我跟着猎金人去捕人鱼了,被咬了一口。上次你也看到了,就是手心的伤。"她伸出手给他看,经过伊比利斯的几次治疗,现在手心上已经没有痕迹了。

塞西尔看着少女白皙的手,目光微动。她有着让人忍不住想亲吻的漂亮手指,纤细却不骨感,洁白可爱。

他受不住诱惑一般,伸手一把攥过来,轻轻地摩挲着手心细腻的皮肤,有微凉的触感,紧握在手中,身心都很满足。

南希抿抿唇,他指腹上的薄茧让她觉得有点痒,但是考虑到对方在细致地帮她看人鱼痕迹,也就乖乖地等待了。

等待的时间有点久,塞西尔似乎只是单纯地摸手,把她的手攥在手里,捏着手指、手心,揉来揉去。

"宿主,"脑海中突然传来小 r 的声音,"好感值加一分哦,要看理由吗?"

"要。"

喜欢这双手,想摸到更多。好感值一分,成分:百分之二十的喜欢和百分之八十的欲望。

欲望？

南希一把抽回手，脸上带着怀疑："你是在帮我看人鱼痕迹吗？"

塞西尔微微惊讶了一下："没有，我只是在摸手。"

"摸手？"

"对，我想摸你的手，所以就摸了。"

南希："……"

这种浑然天成的霸道逻辑，她已经无力反驳了。

塞西尔反应过来，轻笑一声："你以为我在帮你看人鱼痕迹啊？那种东西是无法显示的，只有咬过你的人鱼知道在哪里。"

"那就没办法了吗？无论我去哪里都会被人鱼找到，是吧？"

塞西尔微微疑惑："人鱼无法上岸，除非你去大海或者靠近海边，但是人鱼也不只标记你一个，人血对它们而言是很正常的食物。整个兰蒂斯，我知道只有一条人鱼能上岸，但是他不可能去吸食人血，这对他而言是亵渎。"

南希："……"那不就是"小蓝"嘛。

"海神伊比利斯，"塞西尔笑着说，"总不会是他咬的吧？所以不必担心，没有人鱼能追这么远。"

就是他咬的。

"当然，如果真是他咬的，也不是一点办法没有。有一样小东西可以暂时将你的气味固定在一个地方，但是缺点很明显，只要对方找到你固定气味的地方，就会知道你不在那里。"

"什么小东西？"

"是一种比较稀有的矿石，你运气不错，我正好有这样东西。"塞西尔勾勾唇，"我现在就让人送过来。"

南希微微皱眉："如果是价值昂贵的东西就算了。就像你说的，人鱼无法上岸，我其实用不着那么担心。"

"只是矿石，稀有不代表有价值。"塞西尔说，"至少对我来说没有价值，海神怎么可能会过来咬我呢？我留着一点用都没有。"

南希身体微僵，干巴巴地说："哦，他也不可能过来咬我。"

塞西尔轻轻一笑："没错。但我觉得你拿着会有用处，因为你已经被一条普通人鱼咬过了。"

他从口袋里掏出一卷羊皮纸，"唰唰唰"用羽毛笔流畅地写下一串字。

玛格丽特这次争取到了送快递的机会，跟大天使长阿撒勒一起。

阿撒勒本打算自己一个人送过去，但是她极力劝说，阿撒勒就觉得多一个人去似乎也不错。毕竟埃蒙德石实在太贵重了，它是冥土诞生之初的原石，被锤炼后只有手指大小。

敲门的时候，玛格丽特故意挤到了阿撒勒的前面。这在冥土是很忌讳的事，下属不能比上司先进屋子。

但是堕天使里只有她一个女性，大家多多少少都会照顾她。在阿撒勒看来，这位下属只不过是办事情太积极了，兴奋得忘记了规矩。所以，他只是皱了一下眉就算了。

玛格丽特一边敲门一边柔和地问："请问，里面有人吗？"

阿撒勒满意地点点头，主人不想暴露身份，她这么做刚刚好，十分像人类。

南希听到玛格丽特的声音，放了一半心，是玛格丽特的话就无所谓，要是碰到上次博物馆的那几个堕天使就有点不太妙。

但即便对方是玛格丽特，她还是假装转身去矮柜上拿东西，背对着门以防万一。

"您好，您要的普通矿石。"

南希轻垂着眼帘，并没有因为听到玛格丽特的声音就马上转过去。如果可以，她觉得她连玛格丽特都没必要见。

"宿主……"脑海里传来小n有点发颤的声音，"后面还有一个堕天使。"

南希心下一"咯噔"，身后传来盒盖打开的轻微声音，似乎是玛格丽特让塞西尔看是不是那块石头。

她立刻明白了玛格丽特的用意。

要不说这位竞争者越来越聪明了，知道用些小手段逼她退出竞争。玛格丽特什么都不用做，只要引来见过她的堕天使就足够剥掉她的马甲。

接下来，玛格丽特一定会磨磨蹭蹭不走寻找机会。而她一直背对着人，时间长了显然是不正常的。

得想个办法，合理地、正常地规避这种风险。

"就是这个，你们可以走了。"塞西尔语气极淡地说。

南希发现，跟属下待在一起的塞西尔就变回了那个初次见到的冷漠的神祇。呃，她还有心情想这个。

要有合理性，极其自然地掩盖住脸。

他们怎么还不走呢？

"您要这块石头做什么？"身后传来玛格丽特好奇的问话声。

"瓦萨丽。"一道男声阴沉沉地呵斥。

不是塞西尔的声音，是另一位堕天使。

"抱歉，我不是想打听客人的私事。"玛格丽特小声辩解，"我是觉得，如果这个东西是打算送人的。我建议把它做成挂坠，便于携带。"

"您要把埃蒙德石，不是，我是说这块普通石头送人？"另一位堕天使蓦地出声，很激动的样子。

"我想，自己的东西怎么用，不用跟任何人商量。"塞西尔语气越发淡漠。

"哦，当然……我没有……"

"我觉得，"玛丽格特接话茬，"这要看收礼物的人喜不喜欢，如果不喜欢，可以换别的东西，那么这块普通石头我们就可以拿走了。您觉得呢？"

"对，当然。"另一位堕天使听到有机会把石头拿回去，恢复了活力。

小r翻了个白眼："宿主，她一直逼着你去看石头呢。"

南希笑了一下："哦，我会看的，但不是现在，把他们赶走我再看。"

小n："怎么赶走？"

"塞西尔。"南希微微垂下头，右手捧着左手，"你看我的手。"

"手怎么了？"塞西尔快速走过去。

大天使长阿撒勒在听到南希直接喊黑暗神的大名时，眼角一抽，上一个直接喊他名字的光明天使已经变成骸骨，深埋冥土。

"刚才好像感觉有什么东西蹭了一下。"南希伸出手给他看。

"是在人鱼咬过的地方吗？"塞西尔问。

玛格丽特也眼角一抽——那条人鱼不会是海神吧？

塞西尔轻动手指，一道光辉洒下来。

刚洒到手上南希立刻就说："不疼了。"微翘的鹿儿眼流转着甜甜的笑意。

塞西尔微微一愣，房间里的两个堕天使瞬间僵硬。

阿撒勒最先反应过来，不敢打扰黑暗神的甜蜜时光，轻手轻脚地向门外退去。见到仍在发愣的玛格丽特，立刻拽了一下她的胳膊。

玛格丽特回过神来，眼里露出一点不甘心，但是转瞬就隐没在漆黑的眼底。

"那块石头呢？"南希问。

"在这里。"塞西尔把盒子递给她。

南希将手指大小的矿石拿出来仔细地看，十六道棱角的黑色矿石像宝石一样光滑，流转着冰冷暗淡的光泽。

"我刚才听到说是埃蒙德石，是不是很重要的东西？"她轻轻皱着眉问。

"不是，埃蒙德石在冥土。有一些矿石长得像埃蒙德石，大家也习惯这样称呼它们，但不是。"塞西尔平静地说。他伸出手，一根银色的链子出现在手中。他拿起矿石，很轻松地用银链穿过去，微微俯身给南希戴在脖子上。

"它现在属于你了。"塞西尔轻声说，桃花眼溢出温柔的意味。

南希垂眸看着黑色的漂亮石头，脑海里突然冒出小 r 的声音。

"宿主，你刚才得了三分好感值。'亲吻，成分：百分之百的欲望'，我觉得比你送温暖快。"

南希："……"

天刚蒙蒙亮，南希就穿上大衣准备离开。

"你还来吗？"身后传来一道低沉充满磁性的声音。

南希扭过头，塞西尔坐在床上，赤裸着上身，修长的腿穿着黑色的睡裤，很随意地交叉着。冷白的胸膛上有一道道暗红色的伤口，显露着凌乱禁忌感的美。

黑发青年带着漫不经心的神情盯着她，眸中隐隐带着一丝不满足。

为什么会有一种罪恶感？就像她养了一只小狼狗，共度了一夜后吃干抹净准备离开。

"当然，"她出声安抚，"我回去忙完日间的事，很快就来。下一次我会早点来，尽量在天亮的时候。"

塞西尔嘴角微翘，光脚下床，走过去。

"你不用送我，我自己会开门。"

南希被他的逐步挨近逼得连连后退。宽肩、细腰、窄臀，每一点都捶在了她的喜好上，她对这种极致的美色根本无法抵抗。

直到把她逼到矮柜旁，塞西尔才停下来，俯身，几乎完全压在了她身上。灼热的气息喷到她的耳垂、脖颈，她简直被他的气息压迫得喘不过气。

"你你、你不许大早晨胡来，这样是不对的。"南希连忙道德小卫士上身，嗓音干巴巴的，试图保护自己。

塞西尔的目光在她的唇上停顿了两秒，低笑一声，抬手从她身后的矮柜上取下一个本子放在她手里。

"想胡来的是你吧，我只是要给你拿东西。"

胡说，拿东西需要这么多戏吗？

"这是什么？"她低头看着发黄的小本子，只有几页纸，似乎是用很陈旧的羊皮纸钉的。封面是黑色的皮面，说不清是什么动物的皮。

"这个我也有一本，你在上面写字，我就能看到。同理，我写字，你也能看到。"

这不等于是聊天软件嘛。

"如果你白天在忙碌的空隙想起我，就可以在上面找我。"塞西尔柔和地说，"你会找我吗？"

等待的时间太长了，他世界的"光"总是很任性地来来去去，他只好想办法从她的时间里抠出一点点。

"我会。"南希说。

离开公寓，她拐进狭窄的巷子，用传送阵离开。

回到家，伊比利斯不在。她换掉衣服，洗了个澡，出来以后伊比利斯还没有回来。

因为心虚，她让小 r 看了一下伊比利斯的坐标。小 r 表示对方还在布尔顿，看方向似乎是海边。

"还在泡澡吗？"南希掏出塞西尔给的本摊在桌上。用羽毛笔蘸了蘸

墨水,她在上面写下:

我到家了。

黑色的字迹闪了闪,迅速被纸吸走,消失在纸面上。
"果然是了不起的神术。"她嘟囔着,准备合上本子。
下一秒,纸上突然渗出一串字迹:

你住得是不是很远?用了一个小时才到家。

跟她娟秀的字体不一样,塞西尔的字迹更硬朗,更有力量。
她微微一笑,突然有种跟网友聊天的感觉,提笔接着回话。
"你在跟谁聊天?"头顶传来少年懒洋洋的声音。
她吓了一跳,转过身看到头发湿漉漉的伊比利斯,脸上带着从大海归来的愉悦神情。
他伸手在本子上点点:"很优秀的神术,能做到这个层次,至少是贤者的级别。"
知道聊天本不能瞒过他,南希干巴巴地回答:"一个'本友'。"
伊比利斯嗤笑:"你的邻居萨恩贤者吗?"

✦

伊比利斯坐在扶手椅上,脸上带着散漫的神情,微侧着头,用毛巾在头发上胡乱擦着。
落日的余晖倾洒进来,照在他湿漉漉的茶褐色头发上,每一缕都打着微卷。
南希从他修长好看的手指打量到流畅的下颌线,又从下颌线滑向散发着冷淡光泽的脖颈和锁骨。
感觉到她的注视,他抬起眼:"怎么不聊了?"
南希别开眼,本子上塞西尔的字迹还未消下去,她却没有心思看了。
也不知道怎么了,伊比利斯随便擦个头发也能把她的目光完全拉走。

等等，他为什么要擦头发？那多慢啊，不是有神术吗？"唰"的一下，浑身都会变干。

该不是故意的吧？

她拿起羽毛笔，强迫自己把注意力放回本子上。

你正在做什么？

这句怎么回？

看野人鱼擦头发？这显然是不行的。

嗯，就回：

在做事。想快点把手头的事情结束，就能去找你了。

拿着羽毛笔"唰唰"地写上去，脑海中响起小r的声音："宿主，加一分。"

"咦，这分怎么来的？"

"来自黑暗神啊，"小r说，"因为你说去找他，他很高兴。"

哇，本上聊天也可以得到好感值？南希立刻振奋起来。如果刚才只是觉着聊天本神奇，现在就已经当成一个事业了。去不了北地的时候，她可以远程刷分。

算了一下，昨天从塞西尔身上获得五分，加上她原来的一共十五分，减去昨天消耗的一分，剩十四分，但是今天晚上又要减一分。

这么看来赚的都赶不上消耗的啊，能薅的两只羊，一只去寻找记忆团，另一只在遥远的北地。她身边倒是有一只，但是这只不太好下手。

她一边计算着分，一边想着怎么从本子上得到更多的分，但是很快纸上就浮现出一行字：

嗯，那你去做事吧，我等你。

南希："……"我的做事就是和你聊天呀，宝贝。

唉，用文字聊天就是有这么多的不确定性，一句话没说对就堵了自己的路。

她对着本子胡思乱想的时候,伊比利斯把毛巾放在一旁,放松地依在扶手椅上看向她:"昨天我没回来,你是不是睡得挺香的?"

伊比利斯昨天没回来?南希心中涌出一点喜悦,但是面上依旧保持着平静:"我还想问呢,你为什么不回来?"

"哦,这是我放松心情的方式。"伊比利斯说,"因为心烦,我多游了一会儿。"

"为什么心烦?"

"也没什么。"伊比利斯微微抬起脸向后仰,漫不经心地望着天花板,"就是为点这个事,为点那个事呗。"

他也说不上来,昨天今天,脑海里全是她和药剂师在蛋糕店门口亲吻的画面。越想越烦躁,为此他在海底游了好几个来回,才把躁意压下去一点。

为什么他会这么心烦意乱呢?那个男人不过是个普通人类而已。

伊比利斯生了一会儿闷气,伸手从口袋里掏出一串东西扔在桌子上:"给你的,我自己做的。"

南希伸手拿起,是一串珍珠手链,珠子个个莹润有光泽,是价值最高的海珠。

这怎么做的呢?该不会一个一个贝壳掰开找珠子吧?

她脑海里浮现出伊比利斯以人鱼形态在海底一边游着,一边寻找大贝壳,找到以后一把掰开,不满意再掰。

伊比利斯见她一直拿着手链在看,心里的不郁散去了一些,但是在看见那个聊天本后,又想起了她新交的"本友",心头起了躁意。

"我去浴缸里待会儿。"他站起身朝盥洗室走去。

"咦?"南希有些惊讶,"你不是刚从海底回来吗?马上要吃晚饭啦。"

"你去吃吧,我不饿。"伊比利斯淡淡地说,给了她一个心烦的背影。

房门敲响,门外响起女仆的声音,请她下去吃饭。她一面答应着一面站起来。

刚才伊比利斯说去盥洗室,这让她心中突然产生了一个危险的计划。据小r说,伊比利斯每天晚上都好好地在盥洗室待着。除了那次她生病发烧,其他时候他一次都没有出来过。

如果这样的话，她是不是可以试试将塞西尔给的矿石留在床上，然后依靠传送功能偷溜到北地——她不能总是黑夜去。

当然，如果她能弄到跟她一样的假人代替她睡在床上，那就更保险了。

"宿主，我有办法。"小 r 说，"我升级以后，盲盒的兑换也有了一些变化。你可以直接兑换已经开出道具的盲盒，但是这类盲盒的价格特别高。"

"有多高呢？"

"三枚 SSR 币，或者九十分好感值换一个盲盒。当然也有价格更高的，得看东西。"

"哦，你看我像个有钱人吗？"南希问，"三枚 SSR 币够我买三个未开启的盲盒了。"

"我们现在有两枚 SSR 币，再攒三十分好感值就够了，这样就能换到您要的假人替身盲盒。"小 r 说，"我把介绍找出来。"

另一个你：可以按照您的指令做动作，甚至播放预留的话。只要不仔细观察，没人知道是假的。

缺点，智商很低，所以不要用来做高难度的事情。用它来假扮学习或者睡觉状态最为合适，可以完美地躲过家长、老师的火眼金睛。永久性物品，只要不受到损伤，就可以永久使用。

"哇，我好心动。"南希双眼放光，双手交握，"我已经想好一百种使用它的方法了。"

"想要吗？"

"想要。"南希使劲点头。

"可惜我们分不够。"小 r 沮丧。

"会有的。"

南希想赚分，情绪空前高昂，这真是，打工人打工魂，打工才能成为人上人。

她把聊天本装进书包藏起来，怕被伊比利斯看到，如果他随便写点什么她就惨了。

赚分好难啊。唉，米洛斯什么时候回来呢？

今天也是想"小白羊"的一天。

她走到盥洗室门口，推开门再次邀请伊比利斯去吃晚饭。

伊比利斯懒洋洋地躺在浴缸里，单手支着侧脸，正在用尾巴拍水。

"伊比利斯，你真不去吃饭吗？要不我给你带点什么上来？"

"不去了。"伊比利斯拿起浴缸边上的玩具鸭鸭放进水里，看着它摇摇晃晃地漂浮，心情不佳地用指头把它按下去。鸭鸭浮上来，再被按下去。

南希感觉一阵冷风吹过，那只鸭鸭似乎就是她本人。

"你去吧。"伊比利斯懒散地又说了一遍。

南希打量着妖娆地躺在浴缸里的人鱼少年，心下微动，走过去俯身吻了他一下。

伊比利斯眼睛微微睁大，拍水的尾巴瞬间停下。虽然只是短短一瞬，他却清楚地听到了自己心脏狂跳的声音。

"宿主加三分。"

少女柔软的唇飞快地印下，又飞快地离开。

"好啦，"他的头发被少女纤细的手指胡乱揉了一把，"我去吃饭啦。"

他扭过脸，只看到少女快速离开的背影。

盥洗室的门重新关上。

南希吃完晚饭，顺手拿了一个巴掌大的小篮子，装了一些咸蛋黄曲奇拿上楼。伊比利斯已经从浴缸里出来了，光着脚，上半身裸着，下半身穿着深蓝色的裤子。

同样的装扮她在光明神和黑暗神身上都见过，但是伊比利斯最特殊的地方，就是同时拥有青年的俊美和少年的单薄，糅合在一起。

伊比利斯见她手里拿着饼干，轻轻皱眉："没吃饱吗？"

"给你的。"南希递过去。

伊比利斯脸上扬起有些嫌弃的神情，但还是伸手接过来。

南希等了一会儿，对小r说："你瞧，没有分。同样的事情，我至少能在塞西尔那里拿一分。"

金灿灿的朝晖渐渐染上了青白的天际。

南希坐在马车上用闪电信纸给莉莉写了一封信，请她上午帮她把冬天的衣服拿到学院去。她在莉莉那里存放了一些冬天的衣物，不然大夏天拿着一件呢子大衣上学太奇怪了。

　　写完后,她刚折好,信就消失在空气里。几秒后,它出现在莉莉的手里。这种信纸挺好用的,就是价格高昂,十枚银币一张,属于炼金物品。

　　说实话,她现在手头的资金越来越少。来的时候,父亲给她带了一千金币,但是传送阵、莉莉的佣金、衣服、交际都是巨大的开销,现在她只剩不到两百金币了,满打满算只能再雇莉莉十次。

　　这可不行,她急需一个省钱的替身,特别困难的事再请莉莉做。

　　她觉得塞西尔对她的评价简直就是一个预言,她现在真成贫穷少女了。

　　就在她苦想怎么迅速搞到SSR币的时候,耳边传来两位堂姐的聊天声。

　　"所以,他们今天上午就会来对吗?"

　　"当然,我听公主殿下说的。你知道,她的消息最灵通。"

　　"好期待啊,这还是我第一次见其他学校的神术师,希望里面有不错的青年。"萝布丝一脸憧憬。

　　"别犯傻气,"柔丝"唰"地把折扇合上,"母亲是不会允许你嫁给一个北地人的。"

　　"对不起。"南希打断她们的对话。

　　萝布丝和柔丝同时抬起眼。

　　"你们在说什么地方的神术师,要来我们这里吗?"南希问。

　　"你不知道吗?"萝布丝脸上浮出一丝优越感,"哦对,这种事情,殿下只会告诉亲近的人。"

　　南希不置可否地扬了扬唇角,说起那位殿下,真是没少给她使绊,假神术、纸世界、海神耳边的小话、昨天的堕天使。所以,南希今天特地给她准备了一份小礼物,希望她喜欢。

　　"南大陆、北地、海国的三所神学院共同举办了活动,每个学校都会派出优秀的神术师交流学习。先是来我们这里,一个星期后,神术师们会去北地的默克雅克黑魔法学院,再一个星期后,去海国的神学院。"

　　"真希望学院可以选中我,"萝布丝双手交握,开始希冀,"我真的很想去见识一下北地风光和海国风情。"

　　"我也想去北地看看,北地和南大陆一向仇视对方,我们几乎没机会去。"柔丝小声说,"而且听说北地会开放冥土供大家参观,那可是死亡之主的世界啊。如果不是这次活动,我们只能等死了以后才能去冥土瞧瞧了。"

"呸呸,什么死了?快呸一下。"

"呸!"

原来是这样啊。南希往后靠了靠,脸上露出若有所思的神情。虽然听起来不错,但是对她而言可不是什么好活动。如果她带着一头金发出现在冥土,简直就是自寻死路。

马车停了下来。

透过车窗的玻璃,南希看到三扇巨大的缠满鲜花的拱门替换了原先冰冷陈旧的大门,应该是为了这次活动做的欢迎布置。

学院没有让学生们出来迎接,他们只派出一些教职员工等待,所有教学正常进行。因此这里几乎没有哪个学生驻足停留,全都急匆匆地朝高塔跑去。

南希跟着两位堂姐走进咒语课的教室。大部分的学生会选择学习咒语,因此咒语课教室是人最多的地方。

南希进去没多久,一个侍者就出现在教室门口,他拿着一大篮子棒棒糖,正在那东瞅西望地寻找主顾。

南希立刻迎上去,递给他十枚金币后接过了篮子。转身时,她微不可察地把准备好的"厄运棒棒糖"塞了进去。

黑色纸包裹的"厄运棒棒糖"接触到篮子的一刹那就变了模样,纸张变成了金红色的,形状也变得和其他棒棒糖一样又扁又圆。

"我请大家吃糖。"南希笑盈盈地说。

一整篮金红色的漂亮糖果,吸引了所有人的目光。

"咦,是汤姆先生糖果店的特制棒棒糖,听说很难买到,你怎么买了那么多?"

"今天是什么日子,你看起来很高兴啊。"

"我每天都很高兴,"南希笑着说,"因为买到了好吃的糖果,所以想和大家一起分享甜蜜。"

糖一直都是稀缺品,而且又是少见的汤姆棒棒糖。听她这么说,大家不再客气,纷纷伸手去拿,就连咒语课教授都拿了一根。

南希把篮子举到玛格丽特面前,请她也拿一根。

玛格丽特带着不达眼底的笑意扫了一眼篮子，所有的糖果都是一样的，没有分别。又是糖果店刚刚送来的，对方应该没机会捣鬼。她犹豫了一下，伸手取了一根。南希转过身又向其他人递去。

所有的一切都流畅自然，玛格丽特眼中的怀疑消失了一点点。

"您怎么不吃？"在大家享受甜蜜的时候，一个女孩子扭头问玛格丽特。

她只是随口一问，却引来所有人的目光。

玛格丽特身体微微一僵，吃不吃糖不重要，可被解读成皇室的傲慢就不太妙了。

"我刚才在想事情，"玛格丽特带着笑意剥开糖纸，"为什么那两所学院的人还不来呢？"

"原来是这样。"先前那个女孩子点点头，"我也很期待见到其他学院的人呢。"

"啊，他们来了，快看。"窗户边的一个学生指着楼下喊道，几乎所有人都"呼啦"一下围了过去。南希也被一个不太熟的女生拉过去看，在靠近窗户的一刹那，余光瞥见玛格丽特把棒棒糖踩到了脚底。

南希毫不在意地把目光收回去，微微弯起唇角。

厄运棒棒糖：给你讨厌的人来段恶作剧。二十四小时的厄运够她受了。

使用方法：买一大篮糖果，把厄运棒棒糖混进去。

只要提前在棒棒糖上写上那个人的名字，无论怎么挑选，她都会拿到这根糖。不需要吃下去，只要剥开糖纸，厄运就会生效。副作用，在对方剥开糖纸的三小时后，你也会有一个小时的厄运。

厄运嘛，她倒是不担心。下课后她就去北地了，在塞西尔身边，有什么厄运都无须担心吧？

教室的另一边，玛格丽特处理完棒棒糖，目光扫到了南希的书包，那里有一个黑色的本子瞬间吸引了她的目光。

"拿出来，"SSR阴森地说，"我闻到了黑暗神的味道。"

玛格丽特有些紧张地看了一眼挤在窗边黑压压的人群，伸手快速把黑皮本拿出来打开。

在黄色羊皮纸的中央,一行有力的字体在上面清晰地印着。

你今天会来找我吗?

"回复他,"SSR说,"以男人的口吻。"
玛格丽特眼睛瞬间一亮,有些兴奋地写道:

我想不会,因为她正在我这里。

第十章

CHAPTER TEN

Ten

南希双肘撑着窗台，从拱形玻璃窗向外望去。

不光是她所在的高塔，艾诺威学院几乎所有高塔的玻璃窗前都挤满了脑袋。大家争相越过前面人的头，想看看北地和海国的神术师长什么样。

"我猜海国都是美人鱼，北地都是熊一样的人。"

"美人鱼要怎么进来呢？"

"听说学院给他们专门开辟了一条运河。"

叽叽喳喳的议论声将这场等待推向了高潮，就连教授都放弃了叫大家回来上课，转而踩着椅子一起看热闹。

"啊，他们来了。"

不知从哪儿冒出的声音响起，南希瞬间感觉潮水般的压力朝自己挤来。她整个人都被压在了玻璃上，感觉都要喘不上气了。更多的脑袋挤过来，她在挤压中看到了从学院大门走进来的男男女女。

南希觉得穿着黑色系衣服的应该是北地默克雅克黑神术学院的神术师，他们身形都偏高大修长，头发、眼睛都是深色的，跟她在北地见过的一样。

男生穿着黑色法袍，女生穿着黑色丝绸长裙，高雅大气，又带着说不上来很邪性的味道。

统一穿蓝色西装或蓬蓬裙的神术师应该来自海国的暗礁庇护所，跟别的神术学院寻找有天赋的孩子统一教导的模式不同，海国的暗礁庇护所招收的都是已获得神术师资格的人。所以看上去，无论是年龄还是实力都写在脸上。

这群人被副院长直接带入了学院大礼堂，看上去似乎有什么欢迎仪式。

"好了好了，孩子们，已经结束了，我们该收收心上课了。"咒语课教授喊道，"你们大概不愿意在接下来的一个星期相处中被其他学院的学生比下去吧？"

"据我所知，他们这次派来的都是精英中的精英。除了海国全员是神术师，北地的那群人也大部分取得了神术师资格。只有你们，抱歉，有点弱，现在连参加神术师考核的资格都没有。"

"他们不会跟我们一起上课吧？"有人问。

"只有一两个会跟你们一起上课，"教授说，"这次三所学院派出的人员，除了高年级的学生，还有新入学的。就像我们艾诺威学院一样，院长选人时也会给你们新生留出两个名额。"

教室里立刻"嗡嗡"作响，大家兴致高昂地谈论新生里谁有可能被选上。

"我猜是那两位五束光，没人比她们更有资格了。"

南希听到这句话，微微皱起眉。

玛格丽特瞥到她的神情，立刻扬起迷之微笑。不用 SSR 出主意，她现在就能想出一百种让南希掉马甲的方法。

"殿下觉得自己一定会被选上才这么得意地笑吗？"

"嗡嗡"声中突然响起一道突兀的声音，空气瞬间就安静下来。

南希颇感兴趣地看向说话的人，认出对方是一个叫作安娜的女孩。没记错的话，安娜的父亲和玛格丽特的父亲还是亲兄弟。

虽然安娜和玛格丽特一直有点不对付，但也没到大庭广众之下不给面子的程度，八成是"厄运棒棒糖"发挥作用了。

玛格丽特觉得简直逆天了，她笑又不是因为大家说她能选上，而是因为发现了可以给南希添堵的机会。

她连忙温和地说："我想你误会了……"

"哦，你闭嘴吧！"安娜飞快地扭过头捂住耳朵，一副暴躁的样子。

玛格丽特立刻沉下目光。

SSR 说："好像有点不对劲。"

"我没觉得不对劲，"玛格丽特咬咬牙，"我只觉得忌妒竟然能让一个人这么泯灭人性。"

"好了，我们上课。"咒语课教授尴尬地伸手制止住大家。

"我们来练习照耀术。已经给了你们一个星期的时间练习，多少也要抛个小光球出来，我来点几个人上来试一试，约翰、玛格丽特、威廉、南希。"

南希有点不情愿地站起来，这个时候她不是很想跟吃了"厄运棒棒糖"的家伙站在一起。

玛格丽特也收拾好心情站起来。刚才小小地丢了脸，现在她要自己把面子找回来。演示照耀术是吗？对她这个大神术师来说，就像问她会不会做一加二一样。

她拎着裙子往前走，刚抬起脚就感觉踩到了什么滑溜溜的东西。一点反应的机会都没有，她就跟跄着往前跌去。

"啪"的一声巨响，玛格丽特痛苦地摔在冰冷的大理石地面上。与此同时，她的蓬蓬裙跟着翻起罩在了头上，整个人就像被口锅扣在地上。

安娜和她的同伴压低声音，"哧哧"地笑弯了腰。

教授连忙跑下来搀扶起玛格丽特："真是太糟糕了，殿下你还好吧？"

玛格丽特在笑声中气得浑身发抖，扬起头恶狠狠地看向安娜："有什么东西黏在我的鞋底，害得我摔了一跤。我希望最好不是某人的恶作剧。否则，我一定会告诉我的父亲。"

教授瞬间严肃起来，玛格丽特这句话等于把普通的跌跄导向了别的性质，弄不好王室还会找他的麻烦。

"是谁……"

"教授，"坐在玛格丽特旁边的男生站起来，"我在这里看到一小摊糖渣，还有这个东西。"他举起一根小小的纸棒，上面还黏着半块糖。

"那不是南希分给我们的棒棒糖吗？"一个女生认了出来惊讶地叫道，"为什么会碎成这个样子呢？"

"是不是殿下不想吃就踩碎了啊？"

"对啊对啊，你要这么一说我才想起来。"安娜的同伴立刻大声说，"殿下一开始就表现出不太愿意接受的样子。大家都剥开糖纸吃，只有她很嫌弃地捏着，果然我等平民不配跟殿下吃一样的糖！"

安娜也满脸嫌恶："真是太可笑了，殿下被自己踩碎的糖渣害得滑倒了，还赖别人对她恶作剧。"

大家把目光投向站在讲台上的南希，南希适时地垂下眼帘，表现出有点难过的样子。舆论立刻倒向了她，大家都无比同情这个善良的喜欢分享的少女。

玛格丽特脸色通红，感觉在肉体的疼痛之外还受到了羞辱。

"抱歉是我没看清，"她强撑着说，"但那根糖不是我故意踩碎的，只是不小心掉在了地上。"

但这个时候已经没人相信她了,"厄运棒棒糖"让所有人放大了对她的厌恶,玛格丽特从来没有收获这么多仇视的目光。

"王室的傲慢。"

"浪费别人的心意。"

"一点公主的体面都不要了。"

"丢人。"

"丢人。"

"把她赶出学院。"

玛格丽特目瞪口呆。

只是一根糖而已。

"好了。"教授勉强把厌恶的目光收回,他也吃了南希的棒棒糖,对这个可怜的无辜女孩非常心疼,"你还可以吗?如果你撑不住,我可以去向院长申请,亲自送你回家。这件事太过分了,我个人表示无法接受。"

南希这个时候也觉得"厄运棒棒糖"太夸张了,不愧是垃圾盲盒里开出的东西,一点逻辑都不讲。

"没有关系。"她摇摇头。

"那么,你还愿意演示神术吗?"教授小心翼翼地问,"如果觉得身体不适,我可以换人来演示。"

南希:"……"

"我很好,没有不适。"她怕教授接下来还会更夸张地同情,连忙将米洛斯教过她的"驱逐黑暗"放出来。她没学过照耀术,她想学的时候,米洛斯觉得照耀术太低等,直接给她换成了他自己研发的神术。

一个橘子大小的光球从指尖冒出,飞向教室上空。纯净的、柔和的、温暖的光芒立刻洒下来,教室瞬间变得更明亮了。

"真是太惊人了。"教授海豹式拍手,"出色,太出色了,我从来没见过这么耀眼的神术,简直堪称神明之术,一点没错。如果我没看错,这道神术除了可以驱逐黑暗,是不是还可以灼烧黑暗生物?"

他扭头望着南希。

"没错,是这样的,教授。"南希点点头。

"这是怎么做到的呢?"教授好奇地问,"我不记得教过你们这样的神术,甚至都没在任何地方见过。"

"是我朋友教我的。"南希笑着说,"他觉得这个神术可以保护我。"

听到南希用"他"这个字,玛格丽特脸色变得很不好,一下子就猜出了是光明神米洛斯。除了他,谁还会这样精妙的神术呢?她来自后纪元,作为一个大神术师也没见过这样的神术,这才是真正的神明之术。

"真的好棒啊。"

"瞧这温暖的光。"

"我从没见过这么耀眼的光团。"

教室里不断传出大家的称赞声,南希心里也挺高兴的。那次在北地遇到怪物,回家后她没少练习,终于把光球从葡萄大小练成了橘子大小。

明亮的光球缓缓旋转着,将一道道光芒洒向大家。南希突然发现,玛格丽特跟所有人一样对光芒毫无反应。她心中微动,这个神术可以灼烧黑暗力量,包括所有的堕天使,但是玛格丽特并没有被灼烧。

这证明她根本不是堕天使,估计是 SSR 搞的鬼,给她弄出两只翅膀去北地应聘堕天使。

如果有一天,玛格丽特当着塞西尔让她掉马甲,她就使出这道神术揭发对方是个假天使。

"非常完美的神术,请代我向你的朋友致敬。"教授笑眯眯地结束了称赞,教室里再次恢复安静,大家的目光投向了剩下的三个人。

"那么你们试一下吧,"教授说,"用不着像南希那样优秀,只要能使出来就行,我希望你们没忘记这个咒语。"

玛格丽特的脸色突然变得很难看,刚才有什么东西从她脑子里闪过,她已经把这个咒语给忘了。

"真是可怕的厄运。"南希一边和小 r 说话,一边朝跟莉莉约定的地方走去。

"才不到三个小时,她还有剩余二十一个小时要受呢。"小 r 觉得很解气。

"今天过后大家会不会觉得事情有点不对?毕竟他们的反应也太夸张了。"

"不会,"小 r 说,"厄运效果消失后,除了玛格丽特,大家都不会记得自己夸张的反应,这就是厄运附带的消除作用。所有不好的事情只针对玛格丽特。"

"是这样吗?"南希有点担心,"那我也快了,属于我的一小时时间就要到了,我会像玛格丽特一样倒霉吗?"

"宿主不用担心,副作用一般都会降低一半效果。要不怎么叫副作用呢?就是附加的不是主要作用的意思,但倒霉还是会有点倒霉的,副作用会放大周围人的情绪。也就是说,一会儿你见到黑暗神要对他尊敬点,他可能容易暴躁。"

南希:"……"

莉莉就等在最偏僻的一座塔楼后面,见到她立刻迎过来。

她们一起走到没人的盥洗室,莉莉把冬装给她。

"你回来的时候直接去我家换衣服,我把夏装给你带回去。"

南希点点头,开始脱夏装。

"你不需要我帮你上下午的课吗?"莉莉又问。

"不用。"南希把长袖的裙子套上。

"免费的。"莉莉摸着下巴说。

"那好吧。"南希立刻答应下来。

"你可真不客气。"莉莉笑着换上南希的夏装,"说实话,我就是好奇北地和海国的神术师,想好好近距离看看他们。"

南希微微皱眉:"别给我惹什么麻烦。"

"我不是第一天做替身了。"莉莉说,"我的服务是很人性化的。"

彻底变完装,莉莉对南希挥了挥手,转身走出盥洗室。

南希等听不见脚步声的时候,让小r开启传送。

十分钟后,她落在了公寓门口的台阶上,腿狠狠磕在上面,疼得她直哆嗦。

"怎么回事?厄运开始了吗?"

"我想是这样的。"小r结结巴巴地说。

"怪不得给我传送这么久,我还以为传送功能坏了,要永远出不来了。"南希站起来,试着活动了一下腿,有点糟糕,似乎磕得不轻。

就在她很勉强走上台阶时,沉重的钟声突然响起,震得空气"嗡嗡"响,一股比黑暗更阴沉的东西从天空中徐徐落下。

南希惊愕地抬起脸。二层小楼的屋顶上,弓着背的猫在昏暗的光线下慢慢地走着，远处犬吠的声音夹在规律庄严的钟声中。不知道什么时候，街道上已经连一个人影都没有了。

是宵禁？这该死的厄运。故意让她在传送里瞎转，就是不送到地方，硬拖到宵禁时刻。

南希瞳孔猛缩，转身往二楼跑去。往日明亮的煤气灯，今天显得特别暗淡，就像蒙上了一层擦不干净的灰。不仅如此，亮度还在明显变暗，而且有马上要灭的趋势，她都能感觉到隐藏在黑暗里蠢蠢欲动的东西。

奔上二楼的一刹那，灯突然熄灭了，走廊变得比夜还黑，扬起一股阴冷的风。

她头皮发麻，下意识喊道："塞西尔——"

在阴风裹过来的一刹，一股巨大的力量从虚空中猛地落下，将她牢牢圈住。结实的稍带冷意的身体瞬间替她挡住了所有邪祟，恐怖、深邃、高高在上的气息弥漫在走廊，所有的邪祟都颤抖地趴伏在地上。

温凉的呼吸扑在她的头顶，她轻轻松了口气。明明是在黑暗中，却感觉无比安宁。

过了两秒，圈住她的胳膊有一条离开了她的身体，好像在口袋里掏些什么，接着"咔嗒"一声轻响，她面前的门开了。

另一条圈着她的胳膊也离开了，黑暗中又是"咔嗒"一声微响，一道小小的橘色光线亮起，照亮了塞西尔年轻英俊的脸，也照亮了他手指捏着的那根火柴。

塞西尔绕过她将矮柜上的烛台点燃，屋内霍然被橘色的光线充满。

南希这才看清，他刚才从兜里掏出的是一把钥匙和一盒火柴。

他真的好假啊。这个时候还要装得像个人类一样，拿钥匙开门，用火柴点蜡烛。

"抱歉，刚才我去买鸡蛋了。"黑发黑眸的男人说。

南希垂眼，看到在塞西尔的脚边果然有一小筐鸡蛋。

真是……细节好评，完美地解释了宵禁时他没待在屋里，而在走廊抱住她的原因。

"进来。"塞西尔说。

南希走入房间，身后的门很快就被锁紧。

屋子里还是很寒冷，显然她走了他也没在这儿住。塞西尔走到壁炉前点燃炉火，他微微垂着头，南希看着炉火映亮了他的脸。也不知道是不是错觉，她怎么觉得他似乎比走廊的邪祟还要阴冷。

"我来得太急，没给你带食物。"南希从口袋里掏出几根棒棒糖，"要不你吃这个？"

"来得太急？"塞西尔直起身看向她，轻笑了一下，"我从来都没有问你，你每天都在忙什么？"

"嗯，你知道我是猎金人，"南希轻轻扇动着浓密的睫毛，"每天都需要跟着佣金团往返于各个地方，抓魔物、找材料、赚钱。"

"你家里人呢？"塞西尔漫不经心地问，"你都……跟谁在一起住？"

"一个人。"

"一个人？"

"嗯。"南希有些疑惑，她对情绪非常敏感，一下就听出了对方今天有点不对劲。她想起自己身上还附着厄运效果，立刻把对方的反常归结到这个原因上，更加小心翼翼起来。

"你要不要吃东西？要不我给你摊点蛋饼吧？"她走到炉子旁，刚拿起木炭，壁炉里就蹿起一股火苗。塞西尔眼疾手快地把她扯进怀里，她吓得心跳都快停止了——厄运是想整死她吗？

"壁炉好像烧得有点旺。"塞西尔微微皱眉，垂眼好好打量了她几眼，确认她没有被火燎到，这才松开手。

"我不饿，你不用做了，我们……说说话吧。"

"你想聊什么？"南希也不想做任何事了，她决定就这么安静地待着，把这惊魂一小时熬过去。

"聊一聊你的朋友。"塞西尔轻声说，"你应该有朋友的吧？"

"有啊。"南希点点头，"我有个不错的朋友叫莉莉，她帮了我很多忙，我很喜欢她。"

听到是女人的名字，塞西尔神色柔和了一点："还有吗？"

"还有……"南希脑海里浮现出米洛斯和伊比利斯的名字，她迅速删掉。

"有男性朋友吗？"塞西尔注视着她的脸。

"有是有，但是都不太熟。"南希想了一下，"都是佣金团的，罗塞忽、凯文、斯蒂芬、托尼。"

哦对，托尼被吃掉了。

听到这么多男性的名字，塞西尔的脸色又阴沉了一点："有没有更亲密的，比如常常跟你在一起的？"

"更亲密的？"南希连一秒都没犹豫地朝他甜甜一笑，"那就是你呀塞西尔，我只跟你最亲密。"

塞西尔微微一愣，勾起唇角："那你让我抱抱吧。我问过身边的人了，如果朋友之间关系亲密，是可以抱的。"

他伸手抓住她的胳膊往自己怀里一扯，她呼吸顿时一紧。

面对这种异常的压迫力，少女不由得后仰了一下，想要拉开一点距离。

"宿主不要拒绝他，"小r狂叫，"想想你的厄运。"

黑发青年在烛光的映照下，神色显得半明半暗，看不清楚。

塞西尔勾了一下唇角，蛊惑般地问："想一想，在你来我这里之前，还见过谁？"

南希有点蒙："见过莉莉。"

塞西尔低笑一声："我想听的不是这个。"

"还有一堆朋友和年纪大一点的长辈。"

同学和教授。

"还有吗？再想一想。"

南希她抬起雾蒙蒙的眸子："真没有了，我真不知道你想听什么。"

南希轻轻眨眨眼，越发迷惑。

✦

蜡烛发出轻微的"噼啪"声，橘色的光芒慢慢氤氲到房间的各个角落。

塞西尔漆黑的眸子里映出少女嫣红的唇，他盯了几秒，从兜里掏出一个黑色的本子翻开。

南希顿时睁大眼，一行霸总口吻的字出现在她面前：

我想不会，因为她正在我这里。

"这是什么呀，你跟谁的聊天？"

"我不知道,所以来问你。"塞西尔淡淡地说,"看看你的本子。"

"我的本子?"

南希把聊天本掏出来翻开,上面也有一行这样的句子,跟塞西尔本子上的字体一模一样,都透着邪魅狂狷的气息。

聊天本有个特点,无论写多少句,只会显示最后一句话。早晨她出门的时候还特意看了一眼,最后一句话是她写的。

那么这是谁留的呢?她半眯着眼,辨认着字体。

不是伊比利斯,她认得他的字,他的字喜欢最后一笔上挑。

既然不是伊比利斯,那就不是在家被动的手脚,多半是在学院。

还能是谁呢?当然是玛格丽特呀。

大家都去窗边看热闹的时候,只有她一个人坐在座位上。刚开始还以为她在顾及公主的形象,不屑和大家挤在一起,现在看来她的小心思挺多呀。

南希垂下眼帘继续发散思维——玛格丽特应该不是计划好了才去翻自己的书包。书包里全是书籍和本子,薄薄的聊天本夹在里面很不显眼。八成是她的SSR可以感觉到神明的气息告诉了她,她才翻的。

南希捋清了思路,抬起眼告诉塞西尔:"是一个女孩子写的,跟我关系不太好。我把本子放在书包里被她看见了,你的字体一看就是男性,所以她就这么回复你了。"

"宿主,听起来很难让人信服啊。"小r说,"再加上你厄运缠身还会降低可信度。"

以前都是谎话,大家一个比一个相信,现在她想做个好人,就这么难吗?

"把本子给我。"塞西尔说。

欸?

南希犹豫了一下把本子递过去。

塞西尔接过来用手指在上面画了几笔,一个黑色的散发着暗淡光芒的复杂图案立刻悬浮于本子上方。

"怕不怕疼?"

"嗯?"南希微微一愣,摇摇头,"不怕。"

塞西尔轻笑了一下,捏住她的手指按在黑色图案上。

一股锋利的风刮过，手指蓦地发痛，一滴血珠从她的指腹掉了下来。黑色图案散发出耀眼的红光，沉沉地落在本皮上，消失不见。

塞西尔把本子还给她："我在上面加了道咒语，除了你，别人没法打开，强行开启会遭到法阵反噬。"

南希接过来，本皮还是那种古老的皮质，和原先并无差别。她抚摩了一会儿，轻声问："所以，你相信了？"

"什么？"塞西尔微微一愣。

"我说，刚才跟你说的话，你相信了？"

"嗯。"

"为什么呢？"南希疑惑地眨眨眼睛，"我自己都不相信，感觉干巴巴的没有说服力。"

"因为合乎逻辑。"塞西尔说，"之前我看到纸上的回复后，生气到失去了判断力。刚才你向我解释我就想通了，正常人应该直接质问我是谁，而不是出言挑衅。很显然，对方知道我的存在，并且知道我看到这句话会生气。"

南希有些惊讶地看着他，推理满分呀。之前她还担心有厄运的干扰，解释起来会很麻烦。跟聪明人说话就是方便。

"她是谁，为什么要这样做？"塞西尔问。

"就是我身边的一个人，我们之间有点竞争的关系，所以她不喜欢我。"

"她欺负过你吗？"

"她没这个本事，尽管很想这么做。"南希轻快地笑了一下，"不要提她了，我可不想走哪儿都提到她的名字。"

她迅速绕过这件事，不想让塞西尔继续追问，追问就意味着有掉马甲的风险，玛格丽特大概就是看中这点才有恃无恐的吧？

塞西尔也不勉强，点点头。

见事情解决了，她想起自己身上的厄运，连忙问小r还有多长时间。

小r："还有十分钟。"

她解开呢子大衣的扣子，朝扶手椅走去，打算稳稳地坐着熬过剩下的时间。

好热呀，都怪厄运的干扰，害她一进门什么都没做就被拖着解释莫须有的事。

塞西尔的目光随着她一起移动。她脱掉大衣，里面剩一件墨绿色天鹅绒长裙，胳膊和脖子都被盖得严严实实，后背却是V形开叉的，从后脖颈一直开到腰际。

南希不知道莉莉给她带了这条裙子，她穿的时候太着急了，根本没注意。如果注意到了，她一定会在里面加件衣服，宁愿丑点也不在塞西尔面前这么暴露。

"我没想到你会因为这件事生气。"南希坐在扶手椅上，把大衣搭在旁边。

"我当然会生气，"塞西尔轻声说，"你不是说我们是亲密的同伴吗？听到即将要多出一个同伴，我自然会不开心。"

"唔，多一个不行，那多两个呢？"她半开玩笑地问。

"床不够大。"塞西尔简短地回答，"双人床只能睡双人。"

南希："……"

唔，看来找替身必须提上日程了，她必须拥有一个假人，不能总是在北地的晚上出现。

塞西尔微微皱眉，想起了与堕天使的对话。

"女孩子睡到别人家是什么意思？"

"那要看另一方的性别，主人。女孩子睡到女孩子家里，就是纯聊天。"

"那么如果是异性呢？"

"异性？那就说您吧，您都做什么呢？"

"纯聊天。"

"……"

"怎么，做得不对吗？那么应该做什么呢？"

"您见过的吧？就是您在黑暗之镜中看到过的，人类偶尔会做的事。"

"那种事啊，她似乎不喜欢。"

"哦，那就是感情没到位，通俗点讲，就是那个女孩子没那么喜欢您。"

"这样啊。"

"您想把她留下来吗？"

"嗯,跟她在一起很舒服、很暖和。"

"那就尽力展示自己。"

"怎么展示呢?像你们那样在异性面前举起手臂、鼓起肱二头肌吗?"

"呃,主人您不需要那样做,你只需要发挥自己的长处就够了。"

"我的长处是可以随便把人带走。"

"……"

"您的长处是您本身,您拥有强大的力量。这样吧,举个例子,女孩子都喜欢安全感,您试试给她这个。"

塞西尔看向倚着座位发呆的少女:"太晚了,休息吧。"他抬抬手指,释放了一个清洁术。

沐浴在纯净光芒中的南希:"……"

就说不愿意大晚上来北地,简直没有发挥的余地。

她站起来朝床走去,塞西尔刚准备过去时,窗户突然传来敲击声。

南希转过头,塞西尔已经快速走到窗边阻挡了她大部分视线。她只来得及看见几对巨大的羽翼在漆黑的夜色中缓缓挥动。

是堕天使。

她连忙用毯子盖住自己,竖起耳朵偷听。

窸窸窣窣,只听到几个词,坦桑莫岛、两个人、记忆团。

是不是在说光明神米洛斯啊?

她把毯子掀起一条缝,细细的缝隙中,看到了塞西尔从空中抽出一根小臂长短的、漆黑的法杖,镶着宝石,通体散发着月亮似的光泽,这是属于黑暗神的权杖。

她还想再看,空气突然微微震动,视野瞬间变得一片模糊。南希感觉晕晕沉沉,等她回过神来,房间里的蜡烛已经熄灭,塞西尔躺在她的身边看着她。

她揉揉眼睛:"刚才是什么?"她都已经晕过去了,刚才的事就不能假装没发生。

塞西尔犹豫了一下:"是一件武器,可能力量有点大,所以你没法承受注视它时受到的反噬。"

"窗外的又是谁？"

"是一名神术师，他要去找人，过来问我借武器。"

"找谁呢？"南希忍不住问。

"找一个南大陆人，"塞西尔的嗓音突然变得又冰又冷，"我身上的伤就是那家伙弄的。不仅是这一次，还有以往的许许多多次。"

南希下意识缩了缩，心里对黑暗和光明有了更深刻的认知。那就是绝对不能让他们遇见，也绝对不能让他们知道彼此之间还有她的存在。

夜的浓度继续变高，南希渐渐发困。塞西尔还在考虑什么是安全感，怎么能让身边的女孩感觉到安全感。

他看着窗外汹涌却对他保持臣服的黑暗，突然有了一个主意。北地人即使晚上睡觉，也不敢熄灭烛火，因为黑暗会滋生邪祟，他敢熄灭蜡烛是因为他身上有冥土之主的气息。

塞西尔微动手指，将自身的气息隐藏起来，只不过几秒钟，室内突然涌起一股恶气。

南希倏地睁开眼，看到玻璃上贴着一个血色的影子，就像一张刚剥下来的新鲜的皮。她头皮瞬间发麻，本能地靠向塞西尔。

塞西尔将隐藏的气息再度放出，血影微微颤抖了一下，灰溜溜地从窗缝挤出去了。其他刚赶过来的邪灵闻到了北地之主的味道，立马头也不抬，落荒而逃。小小的公寓重新恢复了宁静。

"不用怕，只不过是夜晚的邪祟而已。"

南希感觉有些奇怪："为什么会突然有邪祟？"

"有时候就会这样，"塞西尔轻笑着说，"就算是我，也不能保证可以震退所有邪灵。"

南希轻轻眨眨眼，虽然仍觉得这个解释让人难以信服，但是也没有深究的打算。

塞西尔单手撑着侧脸看了她一会儿，突然问："你觉得有安全感吗？"

"什么？"

"跟我在一起有安全感吗？你瞧，有我在，邪祟都不敢出没。"

南希小小地打了个哈欠。无聊，在炫耀吗？不知道从哪儿学来的。

大概也是堕天使教的。

"没有吗？你再感觉一下……"

南希紧紧闭着眼装睡，耳畔酥酥麻麻的，是因为年轻神明不停追问的气息。

南希回到南大陆时已经傍晚了，她需要在回家之前把身上的冬装换下，穿回早晨离家时的那套衣服。

她传送时定的地点在莉莉家附近，因此很快就找到了她住的小公寓。

跟所有的公寓一样，房间都排列在长长的走廊一侧。她找到标着"666"的绿色房门敲了敲，门应声而开。

莉莉露出笑脸侧身让她进去。

虽然不是第一次来这里，但她还是微微皱了皱眉头。小小的房间简直像个书店，一排排书柜占据了大部分空间，还有更多的书摞在地上，堆得高高的，挤到了天花板。

莉莉似乎把赚来的钱全部拿去购买了书籍。

她真的很爱书啊，怪不得兼职的工作也选择在图书馆。

"你不在的时候我办成了一件大事。"莉莉笑眯眯地说，伸手递给她夏天的衣服。

"什么大事？"南希顿时有种不好的预感。

"因为另外两所学院各派来十名神术师，下个星期要去北地，所以学院紧急选出了十个人。你们这届新生有两个名额，本来副院长有意让你和玛格丽特殿下去，因为你们入校的成绩是五道光，但是不知道为什么，玛格丽特人缘特别不好，大家都反对。所以，副院长只好让所有人比试一下……"

"你赢了？"南希打断她问。

"对啦，"莉莉笑嘻嘻地说，"要知道我可是专业的神术师啊，这个比试简直就是给我挠痒痒，开不开心？"

莉莉还以为给南希弄来件好差事，南希简直不知道该说什么。不早不晚，她刚离开南大陆，学院就开始挑人选，是因为那个时段她正好处于厄运时刻吗？

"开心极了。"她不太开心地说，皱着眉思考如何在北地避开参观冥土这项活动。

"哦，对了，"莉莉若有所思地说，"那位公主殿下今天运气有点糟糕。她走路的时候被人踩到了裙角，外裙破掉了；去盥洗室换衣服，没看清台阶崴了脚；站在树下，五条毛虫掉在了她的衣领里；最惨的是在比试中，忘记了所有的神术。"

那是糟糕吗？那是糟糕透了。

莉莉伸了个懒腰给自己倒水喝："唉，年纪大了，稍微比试一下就感觉骨头要散架。"

南希换完了衣服，把脱下的冬装叠好放在矮柜上："谢谢你，我要走了，下次再找你。"

莉莉背对着她挥了挥手。

南希去拉门把手，余光瞥见右侧的一大堆书里面压着一根镶着蓝色宝石的权杖。不那么显眼，但确实是根权杖，就跟塞西尔手中的那根一样。

周围空气突然凝滞，眩晕的感觉再次袭来，她连忙收回目光，强撑着拉开门走出去。

关上门的一瞬间她再也支撑不住，蹲在了走廊中。

半个小时后她回到了家。

走进卧室的时候，身体的不适感依旧存在。

伊比利斯正坐在椅子上吃葡萄，听到声音立刻回头，懒洋洋的笑容刚扬起来就瞬间消失。

"发生什么了？脸色怎么那么苍白？"

南希没有回答，蹙着眉扑在床上趴着，极力压着脑袋中的眩晕。小r早就被权杖晃昏了，现在还没醒来。她心里有点后怕，昨天她看到塞西尔的权杖后直接晕了过去。如果今天她晕倒在莉莉的房间里，不知道会发生什么事情。

一道温暖柔和的、带着海洋气息的光芒照下来，难受的恶心感立即消失。

她轻轻喘口气，缓慢地睁开眼。

少年半跪在床前，温凉的手一下一下抚摸着她的背，眼中流转着一丝担心："现在呢？觉得好点没？"

"伊比利斯，你有权杖吗？"

"权杖？"伊比利斯微微一愣，"当然有，你问这个做什么？"

"我看到你的权杖会发生什么事？"

"会直接晕过去。"

"如果只是感到眩晕却没有晕过去呢？"南希又问。

"那就是对方实力有问题。"

"谁会拥有权杖这种东西？"

"神明。"伊比利斯微微皱眉，"你看到谁的权杖了？"

南希翻了个身，用手遮住眼皮："也没看到谁的。"

伊比利斯嗤笑一声，伸手扯扯她的脸颊："你身上的秘密可真多。"

南希没有理会他，脑海里不断想着刚才发生的事情——莉莉会是神明吗？如果是的话，她身上是有什么特质吗？竟然这么吸引神明。

"告诉你，"伊比利斯懒洋洋地说，"不管你遇见的是谁，都离他远一点。不是所有神明都像我这么友善。"

"你友善吗？"南希惊讶地看着他。

伊比利斯刚准备反驳，抬眼看到了少女漂亮的蓝眼睛，那么澄净的颜色，就像他最喜爱的大海。他瞬间没了争斗的心，伸手揉揉对方的头，很温柔地说："我只对小南希友善。"

南希微微一愣，轻嗤一声，重新躺平，但是目光比刚才柔和很多。

"伊比利斯，我被学院选中，下周就要去参加神术交流了。"

伊比利斯勾勾唇角："那你岂不是很快就要去海国了？"

听到海国，南希顿时想到了北地的冥土，烦躁又回来了。

有什么东西可以合理地挡住脸呢？

"你会去吗？"她问。

"在考虑。"伊比利斯轻轻皱眉，"我不太想去北地，如果跨入冥土不小心暴露，就会被黑暗神留下。你知道的，当在其他神明的神国时，我的实力会被压制一半。"

"说起这个我一直很好奇，"南希翻身坐起看着他，"你知不知道其他神明的长相？"

"有的知道，有的不知道，比如我跟爱神的关系不错，我们见到对方时，不会隐藏自己的模样，但是其他的神明，彼此见面时身体都蒙着一层轻雾，连声音都雌雄莫辨。"

原来是这样，她放了一点心。

"如果不去，我就会在兰蒂斯等你。"伊比利斯笑着说，"既然黑暗神都为这次活动开放了冥土，那么我也不能落后，就为了小南希开放兰蒂斯吧。"

"人类也可以去海底吗?"南希惊奇地问。

"有一种珠子可以做到,让你们暂时长出鳃和尾巴。"

"听起来很有趣,"南希笑盈盈地说,"我很想去海国,不想去北地,你能有什么办法吗伊比利斯?"

伊比利斯看着她扇动着睫毛,过分释放自己的美丽,忍不住再次掐住她的脸颊:"每次你想达成目的就会过来诱惑我,这真不公平,你对其他的朋友也是这样吗?"

"那么你有办法吗伊比利斯?"南希轻声细语地问,碧蓝色的眼睛就像最莹润的宝石。

玻璃窗突然传来"嗒嗒嗒"的声音,南希微微皱眉走过去,一只洁白的小鸟嘴里叼着一封信歪着头看她。

她打开窗,白鸟把信丢在她手上,拍了拍翅膀飞走了。

她拆开信,里面只有一句话:

来拿你的礼物吧。

是米洛斯回来了,看样子已经找到了一个记忆团。

但她有点不太敢去。

✦

"我要出趟门。"南希打开衣柜挑衣服。

要一件显得纯洁,但又漫不经心透着性感的裙子,她拎着裙子一件件从上到下地打量。

"你要出门?现在?"伊比利斯瞥了一眼窗外,逐渐渗透着黑暗的夜幕中,只剩一点落日的光辉。

"现在时间刚刚好啊。"南希揪出一件纯白的丝绸裙子,上面缀满了繁复的蕾丝,但是要离得很近才能看见。裙子是中袖的,上面缝着好几层散开的花边。胸前的V领不太深,只隐隐露出一点肩头。

"你不吃晚饭吗?"

"我觉得，也许我的朋友会留我吃饭。"南希举着裙子对着穿衣镜比对了一下，转身走到盥洗室里去换。

十分钟后，她重新走出来，头发两侧的碎发已经被她编进了辫子里，松松散散地随着海藻般的长发披在身后。接着她又找了一对不太显眼的小珍珠耳环戴上，搭配同款的戒指。

戴好首饰，她又拿起香水往手腕上喷，喷了一下就停下来，借着皮肤上的湿意，往锁骨和耳后涂了一点，让香味隐隐散发。

伊比利斯抱着手臂倚靠着墙，脸上挂着似笑非笑的神情看她忙碌。

南希丝毫没有注意身后的目光，挑了一点胭脂膏抹在手心化开，往脸颊拍了拍。

醇红的、微醺的，同时还带点羞怯的红。

在她准备往唇上涂的时候，一条手臂牢牢搂住她的腰，镜子里映出了伊比利斯略带讥讽的脸。

"让我猜猜，"少年清冽的嗓音里夹杂着一点凉意，"是那个药剂师还是黑皮'本友'？"

"有什么区别？都是朋友啊。"

"我也是你的朋友，怎么不见你这么盛装打扮？"

南希对着镜子里的少年笑了笑："那才证明你在我心里是最特殊的。你见过我不化妆的样子呀。"

伊比利斯瞬间被气笑："这难道不是在说我最不受重视吗？"

"不是啊，"少女对他眨眨眼，"其他人看到的都是我的假象，只有你看到的是最真实的一面，这还不够特殊吗？"

她轻轻把他圈在她腰间的手扒拉下去，重新把腰间的带子系了一下。

伊比利斯冷笑道："刚才还让我为你想不去北地的办法，才这么一会儿，就把我推一边了。"

"问题是你没为我想出来呀。"她轻快地说。

伊比利斯轻轻抿着唇，眼神越来越冷。

南希透过镜子看到他冷冽的俊颜，微微有些惊讶，平常他至多说点讽刺的话，今天却真的生气了。

她侧着脸，笑吟吟地问："你生气啦，真生气了？"

伊比利斯一声不吭，唇角带着冷笑。

"我真要走了,你在这里等我好吗?"

"我陪你去。"伊比利斯捧住她的脸。

"我就去拿个礼物,跟朋友说好的,很快就回来。"她把脸别开。

伊比利斯盯了她几秒:"只是拿礼物?"

"对啊。"

伊比利斯扬起唇角:"行吧。"

南希找乔治伯爵报备出门很顺利,听说是去上次跟萨恩贤者在一起的青年家,乔治伯爵二话不说就让人为她安排了马车,还贴心地告诉她晚点回来,这让旁边坐着的伯爵夫人连翻好几个白眼。

南希乘坐着马车很快到了米洛斯居住的街区。

一路上她都在想那封信。

从信纸上短短的话来看,似乎语气跟从前并没有什么变化,她猜他应该没有恢复记忆。如果米洛斯恢复记忆,想必第一时间会回到神殿,根本不会告诉她取礼物的事。

如果记忆团对他一点影响没有,她也不信,多半会让神性恢复一些,比以前更冷淡。

啊,真是的,明明大好的局面让一个记忆团踢回原位。塞西尔的堕天使不太行啊,拿着权杖都没阻止还是人类的光明神,一权杖把记忆团砸没了多好。

马车继续往前,她已经能看到米洛斯院子里的那棵橡树了。

她突然有点心虚,米洛斯之前请她照看花园,她当时答应得好好的,过后就忘了。不过也不能怪她,她实在太忙了。

下了车,她推开院子的铁门,沿着鹅卵石小路朝房子走去。

越来越近,她甚至看到了高大漂亮白色的房子里,枝形大吊灯燃着明亮的烛火。

她走上台阶,轻轻呼口气,伸手去敲门,但是手指还未碰上,门就开了。

她微微一愣,犹豫了一下走进去。才走进门厅,餐厅的方向就响起脚步声,她连忙绽放甜甜的笑容转过身。

米洛斯穿着白色的衬衣和黑色长裤,衬衣扣子系到领口,袖子挽到了手肘。看上去手是湿的,似乎刚才在洗什么东西。他脸上神情淡漠冰冷，比过去还要严肃，但是在看到她的一瞬间，目光稍稍变得有些柔和。

"我说了这所房子对你没限制，下次不用敲门。"

即使嗓音冷冷的，南希也能感觉出对方在努力表示暖意，但是……还是有什么地方不同了。

"我这个时间来会不会打扰到您？"她笑着朝米洛斯走过去。

"不会，"米洛斯平静地说，"我在做饭。你吃过饭了吗？"

"没有。"她很自然地伸手去挽他的胳膊，如她想的那样，对方本能地微微闪躲了一下。她手疾眼快地紧紧缠住他的胳膊，并且与他十指相扣。

"这是不对的。"米洛斯微微皱眉。

"为什么不对呢？"南希笑着问。

"我也不知道。"米洛斯轻声说，目光中有些疲惫，"有种直觉告诉我这样不对。"

"直觉吗？"南希微微仰起脸，仔细地打量他的眉眼。五官还是那样俊美，气质上更超脱了一些，就像愈加成形的冰山正在慢慢朝她显露。

如果说以前的米洛斯是个性格冷漠的人类，那么现在的他有了一些浑然天成的漠然，但是这种漠然似乎并没有刻在他的骨头里，就像一层薄雾，正在企图慢慢融进他的身体。

米洛斯瞥了一眼十指相握的手，用自由的那只手轻轻捏住南希的手腕，把受困的手抽出来，很认真地说："不可以随便这样把手指跟别人的缠在一起，这样是不对的。"

南希轻笑了一下，这不是她在塞西尔面前扮演的道德小卫士会说的吗？她算是知道塞西尔的感受了。米洛斯的道德约束感更强烈些，大概跟他以前做神明有关系。光明天使们一定没少听到"……是不对的"这个句式。

她依旧把手挽上去，只不过不跟他十指相扣了："我就这样还不行吗？我们是朋友，朋友走路就该手挽手。"

少女笑容甜美，脸颊粉粉的，眼睛眨啊眨，就像欢快的蝴蝶。

米洛斯目光又柔和了一点，似乎对她还挺没办法的，他很轻很轻地勾了勾唇角："就算是朋友，也不可以这样。"

但是这回他没有把手抽开，而是任她挽着朝餐厅的方向走去。

"忘记问您了，您找到那个记忆团了吗？"南希漫不经心地问。

"嗯，找到了，但是吞食后并没有让我想起什么，只是让我觉得有些冷。"

"有些冷？是服用的方法不对吗？"

"不是，方法是对的，可能还不适应，我应该过两天再请你来的，现在的我总觉得哪里很不对劲。"

南希轻轻勾起唇角，如果再等两天，她好不容易在他心里留下的印记就被记忆团抹没了。

所谓的不对劲，只不过是恢复了三分之一的神性，不喜欢异性的接触罢了。那她就让这三分之一的神性习惯习惯，别总想着把米洛斯弄得冷冰冰的。

她挽着他的手走到餐厅。原色的长木桌上放着几张黄油烘饼和一盘奶油煮青豆蘑菇。

米洛斯坐在她的对面，神情又恢复了清冷，倒了一杯果汁给她，自己喝白水。

南希立刻注意到了这个小细节，食物中没有肉，咖啡或茶也改为白水了。恢复三分之一神性后，米洛斯连口味都变清淡了，这可不行。

她拿起果汁杯摸了摸又放下了，轻轻蹙起眉头。

"怎么了？"

"果汁很冰。"她小声抱怨。

"冰？"米洛斯显得有些意外。

"对呀，特别特别冰。"

"拿来我摸摸。"米洛斯有些疑惑地接过果汁杯，用手摸了摸杯体。杯子温度正常，丝毫感觉不到凉意，他自己榨的果汁他知道，没有放冰块，怎么会冰呢？

"不冰。"他把杯子推回去。

南希不肯接杯子："真的很冰，您尝尝。"

米洛斯微微犹豫了一下，用吸管喝了一小口，还回去："不冰，很正常的温度。"

"是吗？"南希假装疑惑地微微低头，没有换吸管，直接抿着喝。

少女的唇粉嘟嘟的，就像一朵鲜艳的玫瑰花，娇艳欲滴。

米洛斯目光微动，心里隐隐有什么东西冒出来，急切的、炙热的，仿佛在催促他做点什么，但是同时也有一团冷东西盖过来，让他别去。

— 263 —

"米洛斯大人,我们吃饭吧。"

南希拿起餐具,开始安静地吃东西。

十几分钟后她放下叉子。她对青豆蘑菇一点兴趣都没有,烘饼也只勉强吃了半张。

见她停止用餐,米洛斯也搁下勺子,轻轻一挥手,餐盘们立刻自己朝水池奔去。

这种奇妙的场景,看一百遍也不会腻。南希饶有兴趣地看着,直到听到米洛斯说去客厅给她拿礼物。

"您给我带了什么?"她立刻跟上去。

米洛斯犹豫了一下说:"我询问了同行的使者,他说一般都会带当地的特产。我觉得你似乎不会喜欢坦桑莫岛的特产,因为那里只有鱼和玉米,所以我少给你带了一点,另外准备了一样东西。"

南希没听进去别的东西,就听到了"坦桑莫岛",她心中微微一动,想起了堕天使的阻击。

"您这次旅途顺利吗?"

"不太顺利。"米洛斯把搁在客厅地板上的一个大箱子打开,"但是有惊无险。"

他似乎并不想多说,说到这里就打住了,专心致志地掏礼物。

南希看他从里面掏出一排咸鱼和玉米棒,忍不住笑了一下:"原来您说的特产是真的呀,我以为在开玩笑。"

米洛斯也轻轻一笑,掏完了特产,又取出一个大盒子递给南希:"因为没有遇到什么好东西,我回了一趟德盆塔山谷,给你选了样礼物。"

"是什么?"南希笑着接过来。她把系在上面的缎带打开,掀开盒盖,里面躺着一只巴掌大的月白色陶瓷小猫咪。在烛光的照耀下,全身散发着月光般的光泽。它的身体洁白,眼睛是两颗明亮的蓝宝石。

好看是好看,但似乎并不特别,她稍稍有些失望,觉得咸鱼和玉米更有特点,虽然带回去会让伊比利斯笑死。

似乎看出了她在想什么,米洛斯轻轻勾唇,取出一枚铜币送到小猫咪嘴边。小猫咪立刻像活了一般,眼睛转动了一下,张嘴把铜币吞了下去,南希惊讶地轻呼一声。

下一秒,小猫咪张开嘴口吐人言,淡淡地说:"还行吧,您今天的运气中上。"

米洛斯又把一枚银币喂给它，小猫咪嗓音立刻变得殷勤了许多，甚至摇了摇瓷尾巴："你会收获一个吻，就在几分钟以后。"

南希目光微动，这不是她等会儿要做的事情吗，这只猫竟然可以预言！

米洛斯又取出一枚金币，南希连忙按下他的手，笑盈盈地说："我知道它的用处了，很有趣，我很喜欢。"

米洛斯把金币随手搁在茶几上："就是这样一个简单的礼物，我觉得它的功能你应该会喜欢，所以就带了回来。"

"特别喜欢。"南希把盒子放在扶手椅上，"我要每天问一遍。"

"有时候也不一定准，"米洛斯说，"就算是命运也有随时改变的时候。"

"但有一件事不会改变。"南希笑盈盈地说。

"什么？"

"就是小猫咪说的那个吻啊。"

米洛斯看着她，还是那副清冷的模样，但是目光已经灼热得无法维持冷静。

他低下头，再也没有犹豫，吻了上去。

在唇瓣碰上的一瞬间，米洛斯脑海中那条正在被记忆团搭建的、冷漠的线，轰然灼烧断裂。

第十一章

CHAPTER ELEVEN

Eleven

南希把咸鱼和玉米带回家交给了厨娘。

厨娘很高兴地表示明天会给她做咸鱼玉米汤。

推开卧室的门,她看到伊比利斯盘腿坐在地毯上,手里拿着一个青蓝色的东西贴在耳边。

不过模模糊糊地看了一眼,熟悉的眩晕感立刻袭来,她连忙闭上眼,但是有点晚了,腿软得站不住,迅速往下倒。

身体被一股强劲的风猛地接住,紧接着温暖的、带着海洋味道的光束从头顶洒下,脑中的眩晕感瞬间被消除一空。她睁开眼睛,伊比利斯带着一丝好笑的神情闯入她的眼睛。

"你怎么回来得这么巧?恰恰在我聆听信徒祈祷的时候回来。"

"聆听信徒祈祷?"

"是啊,我不能总是闲待着,偶尔也得工作一下。"

伊比利斯拿起权杖,南希连忙闭上眼。

"不用担心,"伊比利斯笑着说,"你现在得到我的允许了,可以看它。"

她将信将疑地把眼睛睁开一条缝,透过缝隙,看到仿佛灿烂星河的权杖。

婴儿拳头大的深蓝色宝石悬于黄金权杖的顶部,没有跟权杖相连,而是悬浮在一厘米左右的高度缓缓旋转着。

还有七颗樱桃大的蓝宝石镶在杖头。所有的宝石将小小的房间映成了银河,无数星光一样的投影飘浮在空中。

"这就是神明的权杖啊。"南希惊叹着说。

"是啊。"伊比利斯跟她一起靠着门而坐,懒洋洋地看着宝石旋转。他随便用手指点了一下飘浮于空中的星光,星光立刻扩大成一幅画面,铺满整个房间。

南希仿佛置身于汹涌的大海之上。

天是黑的，海水也是黑的，天空下着暴雨，一道道银白电光在遮蔽着月亮与星星的乌云里闪现。巨浪一次比一次高，一艘小船像一片单薄的叶子一样，被海浪抛来抛去。

十几个穿着斗篷的男人跪在小船上面，淋着打到身上让人隐隐发痛的雨水，双手交握，额头抵在甲板上，嘴唇不停地翕动。船舱里还有一名妇女抱着一个婴儿，趴伏在那里，也在不停地祈祷。

"嗡嗡"的声音里传到南希耳中，她连忙揪揪伊比利斯的袖子："快，伊比利斯，他们在祈求你让海浪平息。帮帮他们吧，我觉得船要被打翻了。"

伊比利斯有些惊讶地看了她一眼，转头轻轻挥舞了一下权杖。瞬息间，海面风平浪静，甲板上的人们难以置信地相互看着，下一秒拥抱在一起欢呼、哭泣。

伊比利斯旋转了一下主宝石，海面和星光一起消失，房间重新恢复了原样。他扭过头看向南希，神色有些高深莫测："你怎么会伊鲁比语？"

南希愣了一下，这才反应过来刚才那几个渔夫说的是伊鲁比语，海国诸多语言里的一种，也是她在原世界说的语言。

比起南大陆、北地、海国的通用语，伊鲁比语实在太小众了，难怪伊比利斯会露出这种神情。他一定联想到了自己被弄出海底的那天，觉得她浑身都是问题。

"这很奇怪吗？我在康沃斯乡下家里，贴身女仆就是伊鲁比人，我跟她待久了，自然懂得一些伊鲁比语。"她用莫名其妙的目光盯着伊比利斯，就像他在说什么奇怪的话一样。

伊比利斯上下打量一下她，勾着唇笑："不错啊，又自然又合理，反应还很快。"

"信不信由你。"为了掩饰心虚，南希板着脸抱着盒子走到床前，打算用里面的预言小猫咪来吸引伊比利斯的注意力，让他别再想伊鲁比语了。

伊比利斯果然被吸引了全部注意力："这是什么？"

"朋友送的礼物。"

伊比利斯微微皱眉："为什么会有股命运的味道？"

"因为这就是只会预言的小猫咪呀，你瞧。"南希摸了摸口袋，翻出一枚铜币和一枚金币。她想都不想就把金币塞回口袋，米洛斯说，钱币进猫的肚子就拿不出来了，会消失掉到别的地方去。

她现在穷得很，当然能省则省。

她把铜币递到小猫咪嘴边，小猫咪舌头一卷就把铜币吃进了肚里。它抬眼瞥了眼南希，似乎很嫌弃一枚铜币的生意，非常敷衍地说："运气中上。"

"瞧，就是这样。"她笑着说，"如果你给它喂银币和金币，会给你更详细的答案。"

伊比利斯眉头皱得更紧："这是你朋友给你的？药剂师？"

"有什么问题吗？"

伊比利斯用权杖敲了敲猫脑袋："这东西沾染着强烈的命运气息，如果它做出的预言准确率高，就不是凡人锤炼的，应该是命运之神本人。那么，药剂师是怎么得到这物品的呢？"

南希心脏微微一跳："不知道它准确率高不高呀，我想应该不是命运之神做的，就算平常的神术物品店里也有些带神术效果的小东西卖，比如闪电信纸这种，闪电信纸总不会是闪电之神做的吧？"

伊比利斯瞥了她一眼："没有闪电之神，唯一的暴风之神的权柄已经归我所有了。"

他摸出一枚金币，递到猫咪嘴边。

南希立刻感兴趣地看过去，铜币是敷衍的服务，银币是摇尾巴的服务，她还没见过金币是什么样的。

猫咪闻到了金币的味道，瞬间睁大眼睛，害怕伊比利斯反悔似的闪电般吞掉金币。

金币的铜臭味立刻让它提高了服务质量，不仅摇起了尾巴，还直立起来跳了段舞。

"您今日运气很一般，言多必失，最好闭上嘴。不要让忌妒蒙住你的眼，要知道瞎生气也没有用。"

伊比利斯立刻沉下脸，他并不是什么好脾气的神明，不然大海也不会经常波涛汹涌了。预言猫的每句话都很不客气，如果不是顾及这是南希的东西，他早就捏碎这个猫头了。

"我觉得不准。"南希看出他不高兴，连忙说。

伊比利斯瞥了她一眼："想要不准，就最好不要惹我生气。"

咦，关她什么事呢？

墙角的座钟"咚咚咚"敲了十一下,对于以前的伊比利斯而言,这是兰蒂斯夜生活的开始,但是来到南大陆之后,他跟着南希改变了作息,一到这个时间就犯困。

他懒洋洋地瞥了预言猫一眼:"确实不太准,离今天结束只剩一个小时,而我马上就要睡觉了,不知道所谓的忌妒和生气在哪里。"

"对啊,就是不准。"南希连忙附和,眼巴巴瞧着对方走进盥洗室,这才松了口气。

伊比利斯一直都不喜欢米洛斯,他要以举动出格为理由砸了猫咪,她也没法阻止。她可不希望猫咪被砸,她觉得这只预言猫还挺有用的。

而且她觉得伊比利斯说的对,预言猫应该就是命运之神做出来的,想想命运之神与光明神的通信,就能看出他们的关系不错。既然是神明做出来的东西,就一定是好东西,要留着。

"宿主,"小r说,"我有点不明白。"

"什么?"

"为什么海神那么不喜欢米洛斯,却从没有为难过对方呢?以他的力量,想让一个人消失很容易吧?"

"因为海神从来都没有把人类米洛斯当作对手,包括北地人类塞西尔,他也不在乎。"南希笑着说。

"虽然他有的时候会生气,但那是因为在我身上得不到足够的重视。作为一个被兰蒂斯捧着的神明,这种挫折让他难以平衡,这也是他一直留在布尔顿的原因。

"如果一旦让他知道对方是跟他一样的神明,那就不同了。他的征服欲望会变得更强烈,竞争心也会跟现在完全不同,会剧烈地吃醋。当然,这一切的前提是我的身份暴露后,我能先活下来。"

南希一边跟小r闲聊,一边把聊天本掏出来,打算临睡前薅一点产自北地的羊毛。

她"唰唰"用羽毛笔写下:

你在做什么?

等待对方回复的时候,她也不浪费时间,开始跟小r核算剩余的分数。

"宿主,你今天在光明神那里一共赚到六分,再加上海神……"

"那么多吗?"南希惊讶地打断它。

"对。"

"但是记忆团没想到光明神对您的喜欢,竟然把它辛苦搭建的冷漠修复线烧断了。这种极致所获得的好感值是很可观的,可惜我们的上限就是五分……"

"等等,"南希再次打断它,"什么叫上限五分?"

"就是我们能接收到单次最多的好感值只有五分。"

"单次?"南希皱皱眉,"你是说接吻、拥抱,甚至做其他的事,无论在这件事里对方对我的好感值有多少,我们只能接收到五分,剩余多出的好感值都浪费了是吗?"

"对,因为神明的好感值力量太大,超出接收极限,系统就会有被烧毁的可能。之前也没有想到,但是你有过两次得高分的纪录,当时我几乎就在被烧毁的边缘了。所以经过计算,最安全的就是单次接受五分。"小 r 顿了一下,"你知道盲盒道具都是怎么来的吧?"

"不知道,不是你们做出来的吗?"

"创意在我们,但是道具蕴含的力量来自神明的好感值,这种名为'好感值'的力量既神秘又巨大。不然单凭一般人自己的力量,根本无法制造出那种神奇的道具。"

"原来是这样,"南希点点头,"我之前还在奇怪,你们要好感值做什么,原来我用的道具其实都来自我自己的努力。"

"嗯,你这样说也没错。"

"明白了。那这么说拿下了光明神也没有意义啊,我最多只能拿五分。"

"不不不,"小 r 狂摇头,"好感值的上限是五分,但是 SSR 币不一样啊。你要真拿下了光明神,就等于在把他拉下神坛的路上前进了一大步。"

"原来是这样。"南希点点头,"我记住了。如果能拿下他,我不会手软的。好了,接着说,我们现在剩多少分?"

"我们现在拥有两枚 SSR 币和二十二分好感值,但是一会儿过了晚上十二点,就剩二十一分好感值了。"

一只神兽从南希心脏上蹦了过去:"养你实在太费钱了。"她扑在床上。

每天一分简直是燃烧她的心血。

"所以我们每天都必须有好感值进账,不然就是只花不赚。"

"你说的对。"南希立刻爬起来,把聊天本翻开。打算在睡前赚塞西尔一分,来弥补一会儿的消耗。

伊比利斯从盥洗室走出来时,看到的就是她极其认真地在跟"本友"聊天。

他嗤笑一声:"你大半夜不睡觉就是在干这个?这又是哪个'本友'?"

"你怎么知道我在聊天?也许我在写作业。"南希头也不抬地说。

手上的本子猛地被抽走,她有些恼火地抬起头,瞳孔中映出伊比利斯单手拿着本子在看的样子。

"还给我。"她伸手去抓,但是伊比利斯举得更高。

她站起来抓,对方不耐烦地把她压在床上,嗓音带着嘲讽地念着文字:"我每天都在忙着跟猎金人赚钱,回家还要收拾屋子、做饭。我保证,一定会尽快去见你,下次给你带烘饼和烤牛肉吧,我最会做饭了。

"我怎么不知道你每天忙着赚钱、收拾屋子、做饭?你会做烘饼和烤牛肉吗?该不会是直接从厨房里顺走说是自己做的吧?"

"现在你知道自己是最特殊的存在了吧?"南希一点也不气恼,笑盈盈地说,"你看,只有你能看见真实的我。"

伊比利斯微微一愣,抬起眼皮打量了一下少女无耻的模样,立刻被气笑了:"我希望你把你的真实性也展示给其他人看看。"

南希伸手搂住他的脖子,甜甜地说:"我只给伊比利斯看。"

清甜的气息喷到伊比利斯的脖颈上,让他的呼吸倏地一紧。

他垂眸看向少女细白的锁骨。不久前被他吻红的那处痕迹还牢牢地印在上面。

他心里一热,吓得南希连忙推他:"伊比利斯,我要休息了。"

伊比利斯当然知道她在想什么,轻笑一声,松开她站起来:"不用担心,我不会做你不喜欢的事。"

他去桌边给自己倒了一杯水,喝完后懒洋洋地朝盥洗室走去:"早点休息。不过是一般人,不值得你这么费心。"

南希等他的身影完全消失,这才把本子捡回来,又"唰唰"地写起来。

"宿主加一分,来自黑暗神的。"小r说。

"欸,加了吗?"

她立刻在本子上写：

好了，我要去忙了。

不等回复就把本合上，很开心地对小 r 说："再来八分我就可以拥有假人盲盒了，米洛斯回来得真是时候，我感觉剩下的八分全在他身上。"

遥远的北地冥土，塞西尔刚要提笔写字，就看到本上浮现出一句：

好了，我要去忙了。

他眸中的光彩立刻消失。

几秒后，年轻的神明垂下眼帘，用拇指轻轻地抚摸着字迹。

角落里值守的堕天使小心翼翼地瞥了神座上至高存在的大人一眼。

聊天结束，那么接下来就要到望字一小时的时间了。

学院下课的钟声刚敲响，南希就背着书包跑出高塔。

离三所学院去北地交流的时间只剩不到五天，她需要在这几天里把假人弄出来。如果黑发的她和金发的她同时在塞西尔眼前出现，身份是不是就保住了？

"宿主，你得考虑假人的智商。"小 r 忍不住提醒。

"知道，我不会让它做超出能力的事。"

小 r："虽然这么说，但我还是很担心啊。"

南希坐着马车去找米洛斯，后者正在客厅研究地图，看到她走进院子，立刻把门打开。

看着比阳光还要耀眼的青年身姿挺拔地站在门口等她，她的心情立刻变好。在走向米洛斯的瞬间，她瞥了一眼院子里的橡树。是错觉吗？为什么每次看上面都并排站着三只鸟？

房门关上，大天使垂下眼帘道："她开始怀疑了，我早就说过了，不要贴在一起，我们是连体婴吗？没有鸟会这么站。"

白鸟 a 和白鸟 b 相互看了一眼，各自往旁边跳了两步。

大天使翻了个白眼，刚要说什么又闭上了嘴，眼睛蓦地朝屋里望去，那位迷人的小姑娘一进门就搂住了光明神。

"我猜记忆团现在正在骂街吧？"白鸟 b 说，"它忙乎一晚上刚搭的半条线又要断了。"

"我劝记忆团不要瞎忙乎。"白鸟 a 也说，"很显然神主乐意得很，如果不是他自己动了心，就算十个漂亮小姑娘拴一起也没办法撼动记忆团一毫米。"

"不要这样做，这样是不对的。"

"为什么不对呢？我看您昨天挺喜欢呀。"南希轻快地说，踮起脚亲了一下他的脸。

米洛斯淡淡地瞥了她一眼，伸手圈住她的腰。她现在还站在进门的石阶上，他怕她摔下去。

"至少别一来就这样。"他轻声说。

"那我什么时候可以这样呢？"南希松开手，拉着他走进客厅。

"什么时候都不可以。"米洛斯轻轻地勾起唇角。虽然话里透着拒绝的意思，但是态度十分不诚恳。

"您在做什么？"南希看到客厅大桌上铺着的地图。

"研究北地。"

"研究北地？"她有些惊讶地看着他。

"嗯，"米洛斯在沙发上坐下望着地图，"下一个记忆团就在北地，我基本已经确定它的位置了。下个星期你们去北地交流，我也会随着一起去。"

"您要去北地找记忆团？跟我们一起？"南希吓了一跳，不知道这两个消息哪个更惊悚一点。

她好不容易让海神打消了跟着她的想法，现在光明神又来了。

跟伊比利斯不同，塞西尔至少会认为伊比利斯是个普通少年，但是米洛斯却是他深知的光明神的化身，他会不会为了找光明神的麻烦而撞见金发的她啊？

必须在去之前把假人盲盒兑换出来。

"怎么了？"米洛斯觉察出她神色不对。

"不，没有什么。"她连忙在他身边坐下。

她今天的目标是刷出四分。

"我的膝盖破了。"

米洛斯微微皱眉:"我看看。"

南希立刻把腿给他看。左腿的膝盖上,有红红黑黑的一大片瘀痕。

米洛斯皱着眉,用指腹揉了揉瘀痕,立刻换来身旁少女轻"嗯"一声。

他侧过脸,淡淡地瞥了她一眼:"这么大的人,走路能撞到墙上?"

南希有点惊讶:"您只看一眼伤口就能判断出原因吗?"

"嗯,"米洛斯继续淡淡地说,"这是我与生俱来的本领,虽然不知道为什么。"

还能为什么,你是光明神,正道之光呀。放游戏里就是团队的首席使者,谁都得找你求救一回。

南希把另一条腿也搁上来,舒舒服服地倚着沙发扶手。

米洛斯瞥了她不安分的腿一眼,没有说话,释放出明亮的治愈之光,很认真地为她治疗瘀痕。

不过两秒,膝盖就完好如初。

南希有点无语,有种翡翠白菜卖出真白菜价的赔本感。

"治好了。"米洛斯示意她可以放下去了。

"还有一处没治好哦。"她笑着说。

米洛斯脑海中轰然炸开一道白光,在他看不见的地方,记忆团浑身焦黑地跌坐在地,手里握着一小截被烧断的线。

✦

"宿主,加一分哦。"小 r 悄悄说。

南希轻轻一笑:"看到我重伤的腿了吧,米洛斯大人?"

"抱歉。"米洛斯声音很低,垂下眼帘,用手指调动灵性力施展治愈术。

纯净的治愈之光落下来的时候,少女清甜的声音也在耳畔响起:"原来米洛斯大人就是这样对待友善朋友的啊……"

一只温热的手捂住了她的唇,她眼睛微微睁大,看到了米洛斯别过去的脸和轻颤的睫毛。

"宿主,再加一分哦。我觉得见好就收吧,别总逼着光明神回忆啦。"

行吧。

南希抱着手臂，愉快地重新倚靠在沙发扶手上。

过了一会儿，米洛斯把她的裙子重新拉好，轻声问："你跟……你的远亲也这样过吗？"

"当然没有。"

"那么……人与人之间的正常交流呢？"

"唔……"南希犹豫了一下。

米洛斯的目光蓦地一冷，把她的腿放下去。

"您要去哪儿？"南希见他站起来，忙问。

米洛斯嗓音淡淡："到中午了，我去做饭。"

"哈哈，我来帮您。"南希立刻笑着跟上去。

还以为他生气了，不过看上去确实有点不高兴了呢。

进了厨房，米洛斯没有让她帮忙，只让她坐在一旁看。

他把袖子挽起来，露出冷白色的皮肤，肌肉线条干净、流畅的手臂，紧实又有力量。他侧对着她，动作快速又优雅。从头到脚散发的性感，实在是令人难以抵抗。

南希看到米洛斯用平底锅煎小牛排，忍不住轻笑："您的食谱中怎么突然多了肉食？"

"做给你的。"米洛斯淡淡地说。

"哇，细心程度好评，"小r忍不住插话，"光明神一定是看到宿主上次不愿意吃青豆蘑菇，才准备了牛排，我喜欢这样的光明神啊。

"不过宿主你得小心他找到下一个记忆团，两个记忆团加在一起的力量可不是一个能比的。现在他体内的这个小团一定很期待同伴的加入，等到三个全都被找到时，光明神就要回归神位了。"

"那他还能像现在这样吗？"南希问。

"那就要看宿主你的努力了。将清冷的光明神拉下神坛才是我们的终极目标啊。哇，想想就激动。"

"要放黑胡椒吗？"米洛斯问。

"要。"

"嗯。"米洛斯轻轻应着，旋转着黑胡椒的瓶子，细细地把粉末均匀地撒上去。

南希一直笑盈盈地盯着米洛斯看，从上看到下，从左看到右。

米洛斯始终都是一副极其认真的模样，专注着手中的料理，不曾扭头看她一眼，但是南希从他不停微颤的睫毛可以看出，他其实根本没有表面那么淡定。

终于，在切番茄的时候，米洛斯忍不住了。他切下一片红彤彤的番茄，走过来弯腰塞进南希的嘴里，然后抓住椅子快速把她转过去背对着他。

南希刚要扭头，旁边的桌面上就推过来一小碗切好的番茄片。

"吃这个，不要再看我了。"身后传来青年有些无奈的声音。

"我影响您的发挥了吗？"她觉得有点好笑。

身后没有回答。

过了好一会儿，她都吃完半碗番茄片了，才听到米洛斯轻轻地说："你一直看着我……我会觉得很热。"

"哇哦，"小r怪叫，"我也热了。忘了说了，宿主加一分哦，今天的分也太好赚了吧？"

是啊，为什么呢？不是说记忆团在不停地修补神明冷漠的神性吗？

南希用小叉子叉了一片番茄，满脸不解。

在她看不见的地方，一个焦黑的记忆团被今日份的欲望三连抽后，趴在地上，已经放弃了织补神格，老老实实地等兄弟们来解救它。

半个小时后午饭端上桌，南希扫了一眼，有黑胡椒小牛排、豌豆浓汤、通心粉和烘烤的葡萄干布丁。不用想，布丁一定是给她准备的。米洛斯不吃甜食。

似乎很怕她又盯着他看，米洛斯干脆选择跟她并排坐在一张桌子旁。这让正琢磨剩下的一分怎么获得的少女忍不住偷笑——还有主动送上门的人啊。

餐桌上的进餐十分安静。

米洛斯内心却像沸腾的水。

也不知道是他烹饪的味道不好，还是别的原因，南希总是会站起身去取各种调料，一会儿是盐，一会儿是胡椒粉，一会儿是白砂糖。

她的手肘、手臂、手指，俯身过来的一缕发丝，都会柔软地碰到他。少女身上散发的淡淡清香也完全掩盖了食物的味道。

他已经吃不出来通心粉是什么味的了，他甚至怀疑也许对方频繁地去取东西，是因为他烹煮食物的时候根本没放调料。

米洛斯垂着眼帘，动作幅度很小地切割着食物，尽量避开她的接触。直到听到她柔柔地问，可不可以喝他杯子里的白水。

他微微一顿，侧过脸，看到她因为搁多了黑胡椒粉，不停地哈气扇风。

"快点，米洛斯大人，水。"少女用手扇着风又催促了一遍。

"你让我想起了我们第一次见面的场景。"米洛斯轻笑了一下，把还没动过的水杯推过去。

南希拿过来，喝了两大口，这才觉得嗓子好一些："还给您。"

她把杯子推过去："是您缺水那次吗？"

"嗯。"米洛斯淡淡的眸子里，有一丝柔软溢了出来。

"您第一次见我时，有什么感觉？"

"没有印象。"米洛斯轻轻地说。

"没印象啊，"少女有些不高兴地给了牛排一叉子，"再往后呢？什么时候才对我有印象了？"

米洛斯垂下纤长的金色睫毛，是啊，从什么时候开始的呢？从什么时候开始，突然正视身边多了的身影，开始倾听她说的每一句话，无法拒绝她的要求，甚至对她的每一次碰触都怦然心动。

他也不知道这颗小小的种子是怎么种下的。

有点看不清自己内心的青年无意识地拿起杯子举到唇边。

他握着水杯的手指轻轻用力，再也没法控制自己。

脑海中躺得好好的记忆团什么都没干，只不过摊在那里发呆，就被凭空出现的情感劈了一下。

它挣扎着爬起来，想重新摊着发呆，但是情感一道道如闪电般劈下来。如果它是人，此刻已经可以吐白沫了。

到底是怎么了？它勉强放出一丝光似的触手出去看看。下一秒，它的触手差点羞于回来。这还是印象里那个把生活过成冰一样的光明神吗？

他不让天使们随意行事，他自己亲得可痛快了。

记忆团又挨了两下劈，记住了这个姑娘，等兄弟们汇齐了，它要告诉它们，这个姑娘可厉害了，竟然可以让光明神疯狂。

南希有些纳闷地睁开眼，瞳孔中映出米洛斯凌乱的神情。

"继续啊，怎么不继续了？"她奇怪地问。

米洛斯被她的话逗得忍不住莞尔，过了十几秒，他平复了一下心情，双手握住南希的肩膀把她转过去，让她看着窗外。

"有人来了，就在花园外面。"

南希疑惑地向外看去。她的视力没有米洛斯那么好，只能勉强看到院门那里靠着一个人。他的脸冲着街道，似乎并没有往这里看。

"是谁？"

"远亲。"米洛斯淡淡地说。

伊比利斯？

南希皱皱眉，不明白伊比利斯为什么突然找过来。

"他大概有什么事吧？"

她转过去又看了几眼，阳光下的那道影子疏离又寂寞。

"要不……要不我还是回去吧。"伊比利斯既然找过来，就一定不会让她待到晚上。她站起来整理了一下裙子。

米洛斯没有回应，他倚着餐桌，单手支着下巴，清冷的目光一直望着窗外。

南希眼巴巴地看着他。

也不知道过了多长时间，也许很长，也许只有十几秒。

米洛斯终于松口了。

"行吧。"

南希松了口气。这边的进度特别好，她可不想功亏一篑。

穿过门厅，走到庭院。

听到脚步声，倚着院门站立的少年看过来，懒懒散散地，神色莫名。南希也说不清他是什么表情。

"你怎么……突然找过来了？"她站定问，"有事吗？"

伊比利斯从上到下打量了她几眼，不知为什么，她突然有种莫名的心虚。

"走吧。"伊比利斯扯住她的手腕，她下意识转头看。

耳边传来伊比利斯略带嘲讽的声音："还没看够啊？"

南希没理他，伸手向米洛斯挥了挥。

米洛斯站在房檐下，身姿挺拔，微凉的目光清清淡淡。

橡树上的三只白鸟目光惊愕地来回看，搞不清自己要不要变身拦住他们。通常神主这样看黑暗神的时候，就是等于告诉他们开打。

"走吧。"伊比利斯重复了一遍，扯着她的手稍稍用了一点力。

南希顿时手臂发软，身体就像遇见磁石的铁一样，不由自主地跟着他的脚步出了院子。

走出去后她惊讶地发现对方竟然雇了辆马车，平常伊比利斯都是带着她直接瞬移回去的。

伊比利斯打开门，扶着她上去，自己坐在她的对面。

门关好的一瞬间，车夫甩着缰绳将车驶离了这里。

此时正是下午，整个布尔顿被笼罩在热烈的夏日阳光中。车厢里很闷热，南希感觉后背出了一层薄汗，她抽出手绢给自己扇风。

伊比利斯双手插兜，漫不经心地看着她："我要回兰蒂斯了。"

"现在？"南希微微睁大眼。

伊比利斯淡淡地轻"嗯"一声："有点事需要回去处理，可能要去个两三天，也可能要更久。"

"哦。"南希拼命维持着平静的表情，其实内心不停地欢呼。那不是代表，她可以白天去北地了？

"开心了吧？"

"不开心，你早点回来。"少女两手放在腿上，坐得乖乖巧巧，很认真地说。

伊比利斯轻笑，如果他不了解她，估计就信了。

"如果可以，我会在你去北地前赶回来。"

"唔，"少女轻蹙眉头，"你不用那么着急。"

米洛斯要去北地，她还不知道怎么办呢？再多一个变数，她就要直接暴露身份了。

伊比利斯又盯着她看了几眼，突然探身过去，捏住她的下巴，用指腹给她擦了擦唇。

南希想把他的爪子扒下去，但是对方纹丝不动。

"口红都花了。"伊比利斯懒洋洋地说，手指轻轻地帮她把多余的口红擦掉，"我在外面看着呢。若说什么春天，那位可比我厉害多了。"

"别胡说。"南希瞥了他一眼，目含警告。

伊比利斯的眼立刻冷下来:"心疼了?"

"我都说了别胡说。"南希重复了一遍。

伊比利斯盯着她,几秒后轻笑一声,坐回原位。

"行吧,但愿他有命离开海国。"

南希微微有些惊讶:"他要去海国吗?"

伊比利斯是怎么知道的?

"我知道他在寻找什么东西。"伊比利斯慢悠悠地说,"他不是要随你们去北地吗?"

"你怎么知道?"

"你大概忘了,"伊比利斯勾勾唇,"我是执掌一方权柄的神明,我想知道什么,这不难。更何况光明神会有点明目张胆了,竟然派了大量侍神者去海底探路。当然,他们全都留在了那里。"

南希顿时感觉头皮发麻,因对方突然展现的冷酷,也因他突然表现出来自己洞察了一切。

伊比利斯淡淡地打量着她:"别离他太近,等我回来。"

南希心里又是一突。伊比利斯这回提起米洛斯的口吻不像以前不屑一顾,而是隐隐带了一丝慎重。他还是知道了吧?怪不得今天来找她时没有进院子,似乎在忌惮什么。

但是,为什么他今天特别跟她强调"神明"这个词呢?就好像知道了米洛斯的身份后,他在特意告诉她,他也是个神。

马车还没有到家,伊比利斯就离开了。

南希趴在窗框上看着外面,房子、树、行人,在阳光的照耀下全都变成了亮黄色的。暖洋洋的风吹拂着她的长发,是一种安宁、祥和的氛围。她漫不经心地看着景物,心里不断回放着伊比利斯的话。

"嘤嘤嘤,宿主,刚才我真有点害怕了。"小 r 说。

"你怕什么?"

"怕他突然问你是不是早就知道米洛斯是谁?"

"唔,"南希思考了一下,"我想他可能还不确定,而且他不想把我想得太有心机,所以暂时假定我不知道。唉——"

她长长地叹了口气:"你怎么可能觉得他永远不知道呢?的确,他有时候确实表现得像普通少年,但是,他不是真的少年啊。"

"在后世，海神是最为聪慧的神明。你想一下神史，是不是各个大陆都有神战，唯独海国从未被卷进去过？他所表现出来的单纯，都是为了让你放松警惕。"

"那怎么办？你是不是要暴露了？"

"不会的。"南希无比坚定地说，"谁也别想拆穿我。"

"唉，"小r叹口气，"所以宿主我们现在只能尽快完成任务，早点回原世界。那时，你就可以拿走丰厚的报酬，天高任鸟飞啦。"

南希有点无语："那句话好对啊，'年少时不要遇到太惊艳的人'。可我遇见了三个。"

跟小r闲扯的时候，马车停在了乔治伯爵院子外面。南希下了车，刚要离开就被车夫叫住了。

"小姐，一枚银币。"车夫期期艾艾地说。

"什么？一枚银币。"

伊比利斯竟然叫车不付钱？

南希深深吸了一口气，取出一枚银币付了车资。仔细算算，她现在手里就剩一百八十枚金币了，现在连糖果都不舍得买了。

过几天去北地，估计还要花更多的钱。她一边走一边考虑是不是应该给乡下的父母写封信，要点钱，但是说实话，白捡的便宜父母，她也不好意思要钱花。

"宿主你可以卖羽毛啊。"小r说。

"羽毛已经被我做成毽子了。"

小r："……"

走进卧室，南希打量着四周，沙发、茶几、床、柜子、盥洗室，全都散发着自由的味道，心情再次变好。

现在她想去米洛斯家就去米洛斯家，想跟塞西尔聊天就跟塞西尔聊天，为什么会有一种放假了家长不在家的感觉？

"今天一共得到五分。"小r喜滋滋地汇报，"宿主加油啊，再有三分，啊不，四分我们就能换假人了。"

"为什么是四分？"南希蹙起好看的细眉，"我记得现在应该有两枚SSR币、二十七分好感值，差三分才对。"

"今晚十二点……"

"啊,好吧。"她忘了每晚深夜的催命一分了,那这么说还差四分。塞西尔那里拿个远程一分没问题,那么……明天还得找光明神?

"宿主,趁着海神不在,你可以飞一趟北地啊。"小 r 出主意,"就是累了点,要倒时差,但是你晾黑暗神两三天了,去一趟一定收获多多,而且可以顺便聊聊开放冥土的事情。这件事在北地神术界不是秘密了吧?万一你从中找出避开他的办法呢?"

"嗯,有道理。"南希点点头,"那我今天就去。"

小 r:"……"

"宿主,你休息休息吧,不要太拼了啊。"

"当然不是现在,"南希笑了,"我要先睡一会儿,现在北地是夜晚,我睡到那边是白天的时候再去。"

"那不就是你得晚上十二点飞了?太敬业了。"

"嗯,反正伊比利斯不在,我是自由的。"南希转了个圈圈,正好转到了穿衣镜前,镜子里的少女浑身散发着坏女孩的气息。

"宿主,我算是知道为什么我会绑定错了。"小 r 摊手,"你真是太适合做这个任务了。"

南大陆的人们进入了梦乡的时候,夏日的夜虫也开始了一整晚鸣叫。

南希穿好长袖裙子,套好羊毛长袜,穿上冬天的厚大衣,裹上围巾,戴上手套。

现在她又是一名一头黑色海藻般长发的北地少女了。

"小 r……"

"宿主我在。"小 r 正被对方的敬业感动得热泪盈眶。

"可以走了,我要热死了。"围巾底下的嘴憋闷地发出声音。

"啊啊,好的。"

一道剧烈的光芒闪过,房间重新进入了安静。

遥远的北地冥土,神殿里散发着淡白色清辉的光,这是冥土一整天唯一发亮的时刻。

其余时间,天空都是透着血红的黑。大殿中只有一个靠着墙打哈欠的堕天使,对于冥土而言,白天才是"夜晚",是应该休息的时间。

堕天使眼皮耷拉着,头一点一点地,直到悬挂于神座上的黑羽风铃突然发出轻响。他蓦地抬起头，无法置信地盯着天花板。

又是轻声一响，这回确定了，真是风铃在响。

在这里没有人不知道风铃响的意义。

堕天使连忙朝后殿跑去，想穿过长廊到达主人的寝殿。

"梅斯特凡大人，您急匆匆地要去哪儿？"

一道黑色的曼妙身姿突然从拐角走出来，堕天使抬起头，眼睛一亮，是那个新来的女堕天使。

他连忙抖了两下四翼，顺便举起胳膊展示了一下肱二头肌："哦，是瓦萨丽啊，我要去通知主人，他的人类小姑娘召唤他了。"

"这个时间？"玛格丽特微微有些惊讶，"您不会看错了吧？"

"风铃响了。"

"哦，那就没错了。"玛格丽特点点头，"可能有什么特别的事吧。"她撩了一下耳边的碎发，眼神妩媚地看了一眼堕天使，"您可以把这个小小的微不足道的差事交给我，只不过是传个口信，还不至于让大人您来跑腿。"

堕天使听得心里十分舒坦，点点头："那就麻烦你了，瓦萨丽。"

"不麻烦，我喜欢帮大人的忙。"玛格丽特微微勾唇，转身扭着腰朝寝殿走去。

越靠近黑暗神的寝殿，她的心跳得越快。

塞西尔不允许女性侍神者靠近这里，这还是她第一次来。

巨大的黑色穹顶就像无尽的深渊。这里没有光源，但是对于在黑暗中生活的生物而言，反而看得更清楚。

玛格丽特止住脚步，抬眼看着那位俊美的神明安静地睡在黑色的大床上，毯子盖得严严的，什么都没露出来。

玛格丽特有些失望，更加轻手轻脚地靠过去。

黑暗神突然睁开了狭长漂亮的眼眸，他微微侧过脸，目光冰冷地直视过来。

玛格丽特吓得心脏乱跳，连忙趴伏在地上："瓦萨丽有事要告诉主人。"

黑暗神坐起来，轻轻揉了一把凌乱的黑发，嗓音淡漠："说吧。"

玛格丽特余光瞥到了年轻神明裸露的充满张力的手臂，顿时呼吸一紧。

她抿了抿唇，垂眼："艾凡莉大贤者派人来询问，冥土是全部开放还是只开放一小部分？"

"一小部分。"黑暗神淡淡地说。

"明白了。"玛格丽特点点头，站起来准备退下，耳边突然传来书页的翻动声。

她抬起头，眼睛微微睁大，黑暗神已经穿好了黑色的神袍，一脸挑剔地对着镜子打量着自己。

"您要去哪儿？"她惊讶地问。

"克维纳郡。"黑暗神轻轻地说，眼底非常少见地露出了温柔的笑意。

"可是……风铃没响。"玛格丽特连忙提醒。

"没关系，我知道她来了。"年轻的神明淡淡地回复，把一个黑皮本子放进口袋，消失在大殿中。

你知道？

玛格丽特眨巴眨巴眼。

这是怎么知道的？

✦

北地的冬天很冷。

清晨，光线从蒙霜的玻璃透进来，莹白的阳光带着外面的寒气。鹅毛般的大雪轻飘飘且无声地落下。没一会儿，窗台上就积了厚厚的一层。

南希站在杂货店里，一边蹭炉火，一边跟店主聊天。

"您的儿子和女儿都在默克雅克学院学习神术？真是太了不起了，那他们现在就在默克雅克那座岛是吗？"

"汤姆和汉娜被选中去了南大陆交流，要过几天才能回来。"店主笑眯眯地说，"像我们这种从未出过神术师的家庭，一下子出俩实在是不容易。所以我要多多地赚钱，让他们没有后顾之忧地学习。"

"哇，真是太厉害了。"南希本来只是随口恭维，但后来是真心实意地觉得厉害了。

一家出俩神术师虽然罕见，但并非完全没有，乔治伯爵家从未出过神术师，也出了俩，但是两个都优秀到同时被选中交流，那就不得了了。

"是呀,所以我……啊,有客人来了。"店主听到门的铜铃被碰响,立刻把目光投过去,下一秒就惊讶地瞪大眼。

南希还在低着头挑选橙子,现在这个季节,新鲜水果都是从海国和南大陆进口的。因为需要用到传送阵,所以并不便宜。她认真选出最好看的六个橙子:"多少钱?"

"我家的橙子论个卖的,这六个一共十二枚银币。"

南希轻"哗"一声,顿感"肉疼"。

在南大陆,一盒橙子也是六个,只要二十枚铜币。果然物以稀为贵啊,下次她要捧着水果飞。

她现在得开源节流了,那一百八十枚金币留着有大用处的。

"算了,我可以不吃橙子,就买一个吧。"她抠抠搜搜地从兜里摸出两枚银币。

"一个够吃吗?"店主有些惊讶。虽然是论个卖,但也没见过谁只买一个。

南希微微皱眉,想了一下塞西尔的体格,又从兜里慢慢摸出两枚银币:"那么,买两个吧。您说的对,我觉得他不够吃。"

"是给朋友买的吗?嗯,我给你好好包。"店主觉得自己舍不得吃也要给朋友买的小姑娘很可爱。他扯过一张浅橘色的纸把橙子包起来。

"这筐橙子都包起来吧。"

头顶响起一道低沉好听的嗓音,南希微微侧身,脸颊撞上了黑色油亮的毛皮斗篷,斗篷上雪融化后的水珠也一并沾到了她脸上。她仰起头,瞳孔中映出塞西尔那双漂亮的桃花眼。

"你好,塞西尔。"她笑盈盈地说。

塞西尔微微翘起唇角,掏出几枚金币递给店主,单手轻松拎起装满橙子的筐子:"走吧。"

南希揣起老板包好的两个橙子,把大衣自带的帽子戴好,跟着走出杂货铺。

塞西尔走了两步,发现南希没跟上来,立刻放慢了脚步跟她一起走。

雪在鞋底的挤压下,发出"咯吱咯吱"的声音。

"为什么你会突然白天来?"

"白天不好吗?"

"白天很好,但我以为你白天会很忙。"

"白天当然忙啦。"南希揉揉眼睛,有几片雪花落到睫毛上了,"但是,今天不太忙。"

塞西尔瞥了她一眼,微动手指,一道柔和的光悄然落下,将扑面而来的雪花全部卷走。

即便如此,南希走进公寓时,呢子大衣上积着的雪融化了,围巾、衣服、靴子全都湿淋淋的,她冻得瑟瑟发抖。

她觉得应该买点北地真正过冬的衣服,呢子大衣虽然好看,但在这里扛不过寒冬。

又是一道光芒洒下,南希感觉自己像被阳光击中了,"轰"的一下,从头到脚的水分瞬间消失,衣服干燥温暖得就像用炉子烘烤了一晚上。

"你穿得太单薄了。"塞西尔轻轻皱眉。

走上二楼,他拿出钥匙打开门。让她先进去,他再跟着进去反手把门关上。

屋子里也不暖和,没有烧壁炉。

塞西尔去烧壁炉。

南希则把橙子从衣兜里掏出来,走到餐桌旁,拿起桌上的水果刀,快速把皮削掉。

塞西尔烧好壁炉,转身看到桌子上放着一碟子削成片的橙子,上面还立着小木叉。碟子旁边扔着一张揉皱的橙色纸,一看就知道削的是她自己掏钱买的两个橙子。

他买的那一筐因为数量太多,店主没有一一包起来,只在上面盖了一张纸。

他微微勾唇,大步走过去。用木叉扎起橙子,放进嘴里。明明是很普通的水果,但他觉得甜得要命。

"宿主,加一分哦。"小 r 小声说。

南希翘起唇角,她看着塞西尔又吃了两片,伸手把脖子上的围巾重新系了系,语气轻快地说:"我还要再出去一趟,你待在这里等我,好好吃水果。"

塞尔西倏地抬起眼,声音透着一分惊讶:"你要去哪儿?"

他最怕的就是"等"这个字,他不是不可以等,但是每次她让他等,最后都不回来。

"去一个……我一直打算去的地方。"南希模棱两可地说，拿起桌子上的手套，转身朝门口走去。

塞西尔的瞳孔微微一缩，抢先一步抵住门，垂眸看着捂得严严实实的少女，小声说："无论去哪儿，都带我一起去吧。"

南希微愣一下，塞西尔看起来就像一头孤独的小兽，露出怕把他一个人留在洞穴的模样。她瞬间有点母爱泛滥，想伸手抱抱他，这么一想，都不忍心骗他了。

"宿主，还差三分就有假人啦。"小r提醒。

"你真无情无义哦。"

"带我一起走吧。"塞西尔见她不回答，重复了一遍，"我保证，绝不打扰你，我只在旁边看着你就好。"

"带你啊，"她假装犹豫了一下点点头，"也行吧，就是有点远。"

塞西尔立刻轻笑了一下："我不怕远。"从冥土到克维纳郡也很远，他还不是来了？

"那我们现在就走吧。"南希笑盈盈地去拉门把手。

"你就穿这个出去吗？"塞西尔微微皱眉，"这样出去，一会儿衣服还是会再次湿透的。"

"哦，没关系的，我习惯了。"

"穿上这个。"塞西尔扯下毛斗篷给她裹在身上。

南希还没来得及拒绝，就被毛斗篷盖住了。塞西尔身材高大，她只到他的胸口，就算穿上高跟鞋，才将将够着他的锁骨。

塞西尔低头看着自己的斗篷像流水一样从少女脚边溢出，轻轻笑了一下，微动手指，释放出一个神术。

斗篷立刻像有了生命般不停地缩短，直到缩到少女小腿肚的位置才停下来。

"你穿得也很薄啊。"南希打量着只穿着长裤和黑色高领毛衣的塞西尔说，"我穿了你的斗篷，你不也会冷吗？"她伸手去解带子，皱着眉，"无论怎么看，都好像我比你穿得多一些，你还是穿回去吧。"

塞西尔一只手压住她的手，另一只手打开壁柜。

南希的眼睛微微睁大，上一次这里还空空如也，现在里面挂满了衣物，也不知道是不是刚刚变过来的。

塞西尔随手揪下一件大衣穿在身上："好了，现在我跟你一样暖和了，我们可以走了。"

南希见他因为着急跟她走，只扣了一半扣子，立刻抬起手："这样敞着不行哦，出去会灌风的。"

塞西尔低头，眼中映出少女细白的手指轻巧地给他系着扣子的画面。他抿了抿唇，神色莫测。

"宿主，加一分。"

"唉，"南希忍不住跟小 r 感叹，"这也就是'小黑羊'，随便为他做一点小事，都能赚到好感值。我几乎都不用动脑子，轻松拿分。不像另外两只，死了我多少脑细胞。塞西尔以前究竟遭受过什么啊？难道一个关爱他的人都没有吗？"

"没有。"小 r 说，"据我了解，因为黑暗神代表死亡和终结，所以大家都不喜欢他，他幼年时一直被欺负。成年后，大家觊觎他的权力，只想从他身上获得好处，因此他戒备心十分重。

"是宿主你遇到他的时机太好了，正好是诸神之战刚刚结束，他受伤独自一人藏在山洞里。你又装出不认识他的样子，开头就给他留下震撼的经历。后面有膏药，还有各种送温暖，这才慢慢打开他的心扉。其他人根本没有这个机会，因为他们遇到的都是强大的黑暗神。"

"这么看，'小黑羊'天生就是我的羊嘛。可怜的羊宝宝，我要关爱他。"

"系好了。"她抬起眼，温柔地笑着说。

"你也给其他人系过扣子吗？"

"没有，只给你系过。"

塞西尔轻笑了一下，目光紧紧锁住她的眼，有些不满足地说："你以后只能给我一个人系扣子。"

"好啊，"少女轻快地答应下来，但随即就皱起眉，"你那里，系扣子是什么意思？"

"我身边的人告诉我，系扣子多半就是想跟他永远在一起。"

南希："……"

塞西尔注视了她几秒，突然俯身，迫使她的后背抵在了门上："只要那个人是你，无论做什么我都不会反抗。"

南希微微睁大眼，感觉心脏跳错了一拍。

年轻的神明，声音低沉有力，带着一点漫不经心的挑逗，每个字都像打在了她心上，令她腿脚发软。

"好吗？"塞西尔盯着她的眼又问了一遍。低音炮一样性感的声音，随着炙热的气息一同扑到她颈边，连空气都变得燥热起来。

她有些承受不住地别开脸："好了我知道了。"

但是其他人主动，就不关她的事了。

得到保证的塞西尔似乎很满意，他直起身，仔细地把斗篷上的帽子给她戴好，这才拉开门。

南希被他牵着手走出去，心里嘀咕：极致的美色简直要人命。

两人走出公寓，南希伸手招了辆马车："摩尔街八十六号。在此之前，你先带我去最近的成衣店。"

塞西尔以为她要买冬装，毕竟她的衣服太单薄了，但没想到车夫停在成衣店门口时，她进去各买了二十件相同的棉大衣和毛衣。

"一共是五金八银和四枚铜币。"店主笑眯眯地说。

南希从兜里掏出一个朴素的小钱包，像所有会过日子的少女一样，里面的零钱都码得整整齐齐的，很容易就找出需要的钱币。

塞西尔反应过来，连忙去掏口袋，但是南希按住了他的手："让我来，这个必须让我自己来付钱。"

塞西尔有些疑惑地放下手，看着她把钱付掉，用细细的胳膊去搬那堆庞然大物。

"这个让我来。"他忙释放出神术。白光闪过，小山高的四十件衣物瞬间变成巴掌大小，轻松收进口袋。

店主惊呼一声，带着又敬又畏的目光望向塞西尔，显然以为他是个大神术师。

"这可真不错。"南希赞叹着说，"方便极了，以后我再有类似的事情，可以请你帮忙吗？"

"你到底要去做什么呢？"塞西尔终于忍不住问。

南希一边朝马车走去一边说："一会儿你就知道了。"

她轻轻笑着打开车门坐进去，塞西尔跃上去坐在她身边。

马车一路奔驰，街道边的景物不断变化。与南大陆建筑的精致明亮不同，北地的建筑都非常高大宽阔，颜色也大多是黑白灰。

几乎所有的房子都拥有高高的尖顶，像一个个冰冷的锥子，矗立在透明的薄冰一样的天空下。

塞西尔一直安静地坐着，这样的状态就足够他满足。

平常他不过换个地方坐，有时候在神座上一坐就是一天。生命漫长而枯燥，他也没有生活中的点滴可以与人分享，直到遇见了她。

那么鲜活明亮的生命，就像强烈的光。不是为黑暗神而来，而是单纯地只是为了他这个人发光。他想靠得更近，让这束光只照亮他，不许照亮其他人。

马车终于停了下来，前面就是蜘蛛巷，细细长长的巷子就像交错的蛛网，马车根本无法通过。

南希跳下车，塞西尔抢先付了车费。刚才在店里他瞥了一眼，少女的小钱包里仅剩一枚银币和零星铜币了。

南希环顾了一下四方，选择了一个方向，拉着塞西尔的手在巷中快速穿行。

塞西尔任由少女带着他走，也不问到底去哪儿。

冬日的风从身边刮过，这种放空的、完全把自己交给另一个人的感觉让他很舒服，甚至不想停下来，想一直走下去。

又走了一会儿，塞西尔看着少女笃定的神色，微微翘起唇角："看上去你对这里非常熟？"

"嗯，我小时候就是在这里长大的。"南希面色如常地开始编故事。

"在这里？"塞西尔微微睁大眼，看了一眼无论走多久都一模一样的黑色巷子，狭小、阴暗，简易房屋组成了蜘蛛巷的"肢干"。

这里是克维纳郡的贫民窟，每个与他们擦肩而过的人，脸上都带着对生活的麻木和悲苦。他很难把终日挂着笑容的南希和这儿连在一起。

"我长大后，就搬出了这里。"南希接着说，"虽然大家都不喜欢蜘蛛巷——这里有肮脏的罪恶和不堪的交易，有太多的人无声无息地死在了这里。但是对我而言，这里一直有着最熟悉的味道。有的时候，我也会回来看看。"

她突然停下来，抬头辨认了一下面前的建筑。一座很小的院子，最里面是两层的青灰砖房。安妮夫人福利院，这就是她的目的地。

为了更加像一个北地人,她需要格外熟悉这里的地理位置。虽然没有那么多时间来克维纳郡实地,但是她找到了克维纳郡最详细的地图,每天都用手指在蜘蛛巷一遍一遍地"走",在脑海里不停地演习,熟悉自己的每一句台词。

这种做到细枝末节的功课,让小 r 都大呼"牛"。

"宿主,你这么能扯,千万要隐藏好身份啊。小 r 为你捏把汗。"

"安妮夫人福利院?"塞西尔有些意外。

"嗯,"南希带着笑意回望着他,"我上次跟你说过的吧,要给人送棉被,但是后来我觉得他们似乎更需要衣服取暖。"

塞西尔微微皱眉:"你自己穿得这么单薄,却把钱花在这种地方?"他很不理解地看着她,"没人会去做这种事。"

"不啊,有人会做。"南希笑着说,"不然福利院是怎么建起来的?"

"为利益而建,富人需要慈善树立口碑,也需要一个相对安稳的环境。"塞西尔淡淡地说,他是北地之主,领土上发生的一切都瞒不过他。

"但至少给了无家可归的人一个睡觉的地方。"

"就算是睡觉的地方也不会白睡。"塞西尔淡漠地说,"他们从早到晚都会在这里干活,为福利院的管理者赚零花钱,这是他们各自的生存方式。我不希望你把钱浪费在这里,每个人都有既定的路要走,没人帮得了他们。"

"我知道啊,"少女带着轻快的笑意说,"但是看到小孩子冬天裸露着身体,我还是没办法移开目光,我能做到的很微薄。不过是几枚金币就能让十多个孩子度过寒冬,这不是令人愉快的事情吗?"

"令人愉快?"塞西尔注视着她,微微有些不解。

她一点都不意外他会出现这种反应。

后世的黑暗神性格极致冷漠,他不相信爱,自然也不会给予世人爱。他只会用严格的律法来约束人的行为,他最有名的话就是"人性若没了约束,就是恶的开始"。神明的冷酷和理智在他身上体现得尤其明显。

这就是黑暗神 SSR 币的获得方式,让他对统治臣民的方式做出改变。她制订的计划是潜移默化地改变他的想法,给予他关爱,也教会他相信爱。

为了避免引发他的怀疑,她没有开口邀请他来福利院,而是使得他主动跟上来。

"宿主,当你教会他什么是爱,一声不吭回到原世界时,黑暗神真的不会黑化吗?"

"哦,那就是你们系统的事了。"南希勾勾唇,"请保证我的绝对安全好吗?"

"塞西尔,我们进去吧。"她把手套脱下来,牵住他的手。

塞西尔微微一愣,下一秒他的手就跟着一起被揣进了少女的兜中。

柔软的温暖的手心紧紧覆盖在他的手掌上,舒适的口袋瞬间隔绝了冬日的严寒。

"是不是很暖呢?"南希笑盈盈地望着他,"你瞧,得到温暖就是这么快乐。"

他们走进福利院,福利院的院长是一个长相刻薄的女士。听到他们来给这里的孩子送冬衣,脸上露出几分难以置信和发了笔小财的狡黠笑容——等这两个好心的傻子一走,她就可以转手卖掉,买好喝的蜂蜜酒。

"我想亲手交到他们手里。"南希说。

"当然可以,荣幸之至。"院长笑着说,让人把所有的孩子都带到这里。

不一会儿,昏暗的房间就聚齐了福利院的孩子,大大小小一共十五人。他们脸上带着对陌生人的不信任和对院长的惧怕,垂着眼靠着墙站着。

塞西尔扫了他们一眼,果然都穿着极单薄破旧的衣服,在没有壁炉的房间轻轻颤抖着。

院长看向南希:"我们可以开始了吗?每个被念到姓名的孩子,都来您这里领一套冬装。"

"但是,冬装呢?"她笑着问。

塞西尔从兜里掏出一堆给拇指姑娘穿的衣服,院长还没来得及嘲笑,就见一道微光闪过,小衣服迅速膨胀,变成小山似的一堆。

她的脸色迅速一变,没想到来的慈善家竟然是神术师,那就有点难办了,她可不敢招惹这些比贵族还尊贵的存在。

"院长?"南希笑着看向她。

"哦,好的、好的。"院长脸色变化了几下,有些不情愿地拿出姓名簿,"汉克斯……玛丽……杰瑞……"

每一个孩子上来,南希都会递过去一套冬装。发了五六套之后,她笑着对塞西尔说自己手麻了,请他帮忙发一下。

"手麻？"塞西尔下意识就要扯过她的手看。

"不碍事，我自己揉一会儿就好了，可能是刚才在外面冻了太久。"南希笑着说，拿起一套冬衣交到他手上，示意他递给站在他面前的孩子。

塞西尔微微皱眉，他从诞生之初就没这么近距离地接触过人类，他接触的都是他们的灵魂。他也没法想象自己有一天会在福利院里，给人类幼崽发衣服。

但这是南希让他做的，他没有多考虑就照做了。

"谢谢，先生。"小孩子声音小小地感谢，传到他耳中让他微微一愣。

这种感觉也是陌生的，他从未得到过人类的感谢。大家对他都是惧怕的，没人会感谢一个死亡之主。即便他为北地做了不少事，大家提起他的名字还是会瑟瑟发抖，恨不得有多远离多远。

"谢谢，先生。"

"谢谢，先生。"

或幼小或变声期的感谢一句句落在他的耳中。不知为什么，他突然觉得这些人类幼崽还不错。

十几套衣服很快就发光了，南希指着剩下的几套冬装对院长说："那些就存放在这里吧，您可以给需要的人使用。"

院长眼睛瞬间一亮，她原以为今天就是给人白干工，没想到最后还能赚几套衣服。她立刻对南希露出至今为止第一个真挚的微笑："感谢您的善意，小姐。"

南希轻轻勾起唇角——这样还不够。仅仅是神术的震慑和小恩小惠，可不能保证这些衣服过段时间不被院长扒下来卖掉，她还需要真正有力量的人最后"盖章"。

走出福利院的时候，她脸上挂着无比担心的神情说："会不会我们一走，那些衣服就被院长收回呢？"

塞西尔学着她，把她的手放进自己的兜里焐着："不会，没人敢做这种事。我保证。"

南希这才彻底放心，脸上露出笑容。

两人离开蜘蛛巷，重新坐回马车朝公寓驶去。

塞西尔安静地坐了一会儿，突然问："你对每个人都这么好吗？"

南希没有回答他，而是窸窸窣窣地去掏兜。

塞西尔觉得奇怪，扭头看向她，一个圆圆的、橙色的东西突然跳入他的眼帘。他微微一怔，鼻间涌入了香甜的气息。

少女满脸笑意地对他说："我的橙子，只给塞西尔一个人吃哦。"

他的目光蓦地一暖，不知道她什么时候把橙子揣兜里了，就为了避免他路上渴吗？真是傻瓜。他是黑暗神，死亡才是他的养料，他不用吃东西也能活啊。

南希一边削橙子一边笑着说："你不是问我是不是对每个人都这么好吗？答案是'不'。我对别人只是一般好，但是对塞西尔是特别……特别好。"

特别……特别好。

塞西尔的目光更加柔和。

我也是。

南希回到布尔顿没多久，就收到一枚 SSR 币。

神明的善意：黑暗神向北地的国王下达了神谕，向所有福利院的儿童发下冬衣。立法监督这些衣服的去向，少一件，或是没有交到那些儿童手里，经手人就会被绞死。

"手段还是好严厉啊。"南希感叹。

"宿主，你现在有三枚 SSR 币和二十八分好感值，我们不用浪费好感值，直接就能用 SSR 币兑换假人盲盒啦。"小 r 开心地说。

"咦，"南希脸上立刻露出大大的笑容，"这么说，这趟北地之行不但让我得到了假人盲盒，还拥有了二十八天的生命？"

这也太快了吧？突然变成有钱人的感觉。

"这都是因为宿主你牛。"小 r 佩服得五体投地，"五金八银就能换到一枚 SSR 币，这也未免太划算了。"

南希轻轻一笑："不同的神明就要做不同的计划嘛，'花小钱办大事'是我一向的宗旨。"

"宿主太牛了。"

"好啦，快把我们的假人朋友放出来吧。"南希笑盈盈地说，"让我来看看，它能为我做到什么程度吧。"

第十二章

CHAPTER TWELVE

Twelve

空气突然震颤,金黄色的大字"SSR"浮现在房间上空。它们上下浮动了两次,突然碎成星星点点,一个已经开启的纸质盲盒出现在星光中。

南希盘腿坐在地毯上,仰着头看着星光落下,顿时有种游戏抽卡的感觉。

盲盒落入她的手中,她微微皱眉。

盒子跟她以往见过的差不多,手掌那么大。她的假人就在这里面吗?未免也太小了吧!

手腕一翻,盒子里的东西掉了出来,是个很迷你的、没有五官和头发的布娃娃。南希提起胳膊、腿都跟面条一样的玩偶,一脸无语:"这就是假人朋友,我的新替身?"

"宿主,你需要标记它啊,用一滴血点在它的眉心。"小 r 提示。

南希两只手各捏住一条面条胳膊,把没有五官的娃娃举到眼前:"眉心在哪儿?"

"哈哈哈,宿主你可以发挥想象力嘛。"小 r 也觉得很好笑,"使用说明就是这么写的,把血滴在眉心。"

南希无奈地把娃娃放在自己腿上,拿起一把水果刀。最讨厌神术界了,动不动就要一滴血结契。

她用刀尖小心翼翼地在自己的指腹上比画了一下,真是下不去手啊。

"宿主,早扎晚扎都得疼,别犹豫啦。"

"小 r,我真的觉得你很无情无义耶。"尽管这样说,南希也比较认同小 r 的话。她狠了狠心,用力把刀尖往下一按。手指疼的一刹那,血珠也跟着涌出。她轻"咝"着,把血珠按在她认为是眉心的地方。

一道巨大的光芒迸发,像是激光四射似的,以她为圆心画了一个七芒星。手中的娃娃突然变沉、变烫,拿不住了,南希本能地扔出去。

"砰"的一声,娃娃落地,用肉眼无法捕捉的速度变成了一个人。金发、细腰、长腿,穿着跟南希一样的蓝色蓬蓬裙坐起来,面无表情地看着她。

南希不禁倒吸一口凉气,有种诡异的恐怖感。

这种被长相跟自己一模一样,但是没有人气的东西盯着的感觉着实不太舒服。

"你好。"她笑着挥挥手。

假人毫无反应。

南希原地不动观察了对方一会儿,似乎就是一个没有生命的假人啊。

她站起来围着对方绕了两圈,摸了摸假人的头发和脸。所有的一切都无比真实,皮肤的触感、温度,连眼尾的一颗小痣都分毫不差。

"应该怎么使用呢?"

"宿主……那个,我把使用说明发你哦。"小 r 抛出一段文字就缩头躲起来了。

使用说明:每次使用都需要消耗一分好感值,使用时长在一天之内。超过时长,假人会恢复为迷你版,你的习惯已经在结契的时候复制给了假人。

预先把要说的话或者事情告诉它,根据对话它会做出反应,或者可以给它设置时间,让它在这个时间段做事情。不要对假人的智商抱有希望,尽量选择不那么难的事让它做。

怪不得小 r 甩给她说明就吓得跑掉了,原来每次使用都要一分的好感值啊。就说一般道具都是一次性物品,这个道具可以永久使用挺奇怪,这么看就很合理了。

"'使用时长在一天之内'是不是说,我想下午使用,尽管我只用半天,它还是会扣我一分。到了凌晨十二点,假人会恢复原状,我要再用还需要一分好感值?"

"对,就是这样。"小 r 露出脑袋,"哪怕只使用一分钟,也要扣一分。"

"那我现在算用吗?"

"已经扣完分了。"小 r 干巴巴地说。

南希:"……"

"行吧,我明白了,不能浪费这一分,我得好好测试一下。"南希望着假人,一脸凝重地思考。

过了一会儿,她试着教了假人一句"你好",就开始试验。

"你好。"

假人露出跟南希一模一样的微笑:"你好。"

"今天天气不错。"

假人微笑着说:"你好。"

"一会儿我想吃块松饼,你呢?"

假人继续微笑:"你好。"

"原来是这样啊。"南希若有所思地说。

假人:"你好。"

"可以了。"

"你好。"

南希:"……"怎么让它停下来呢?

小 r 在旁看得津津有味,就差捧桶爆米花了:"我猜是因为会的语言太少,宿主你多教几句试试。"

整个下午南希都在不停地说话,把她能想到的,还有胡说八道的,都教给了假人,甚至给假人念了一本诗集和一本侦探故事集。

"呃,好累,嗓子干死了。"她要摊倒了。

"或许您可以喝杯水润润嗓子?"假人笑盈盈地说。

"哇哦,宿主,它跟你好像啊。"小 r 惊叹。

"看上去反应力比刚才好多了。"南希思忖着说。

假人疑惑地眨眨眼:"您说什么?"

说你不那么傻了。南希在心里表态,不给假人接话的机会。

"一会儿我打算让它下楼吃晚饭。"南希对小 r 说。

"这么快?"小 r 有点惊讶,"会不会露馅?"

"已经教很多话了,如果连吃饭这件小事都做不到……欸?它能吃东西吗?它的本体不是布娃娃吗?"

南希皱皱眉,用怀疑的目光打量着假人。

"有什么事吗?"假人笑着问。

嚯,都会抢话了。

"喝杯水吧。"南希倒了一杯红茶递过去。

"不了，谢谢。"假人委婉地拒绝。

"不行，你必须喝。"南希把杯子塞到对方手里。

"那好吧，我少喝点尝尝味道，您的盛情款待让我无以为报。"假人笑眯眯地接过去。

南希微微皱眉，说话的内容丰富多了，但还是觉得哪里不对，似乎有点僵硬，还喜欢瞎说。

假人抿了一口，把杯子放回桌面。

"怎么样？"南希问小r。

"应该没漏，"小r琢磨着，"但也可能是它喝得不多。"

"不管了，一会儿就让它下去吃饭。唔，要是有什么能看到它表现的东西就好了。"她想了想，又从剩下的垃圾盲盒里翻了翻，但是没有合适的。

二楼最靠近餐厅的地方有个隔间，虽然无法看到什么，但是听声音应该没有问题。

这么想着，她给假人添了一条设置：

> 女仆敲门请吃饭，下楼到餐厅去吃。半个小时后表示自己吃饱了回卧室。

做完这件事，她看了一眼钟表的时间。离吃饭还有半个小时。她抓紧时间又教了一大堆话，还有十分钟的时候，她率先离开房间到隔间等候去了。

狭小的隔间其实是扫寻间，空间狭小，灰尘很大。南希只能用手绢盖着口鼻，面无表情地等待。

好在大家都是有时间观念的，没有多长时间，她就听到阵阵脚步声，接着是椅子拉开的声音和管家分菜的问话声。

"我明天晚上会去看一场歌剧。"是伯爵夫人的声音。

"哦，什么歌剧？"南希脸一沉。是假人在接话。她平常从不主动接任何人的话，这里要记一下，回去改掉。

"《蝴蝶贵妇和情人》。"伯爵夫人回道。

"听起来就很有意思。"还是假人。

南希:"……"

似乎大家跟她一样无话可说,餐桌顿时响起了切割食物和餐具碰撞盘子的声音。

整顿饭听下来,南希只有一个感觉,假人的话过于多,只要有人说话,它就一副害怕冷场似的立刻接上。不合时宜的对话也不少,乔治伯爵随口说了句"今晚的月亮不错",它忙背了首情诗,被萝布丝讽刺"炫耀什么"。

今天大家一定觉得她吃错药了,不过没关系,早发现早治疗,这些小毛病通过设置是可以改善的,别在用的那天出差错就可以了。

半个小时后,她听到假人彬彬有礼地告退,经过她藏身的隔间朝卧室走去。

时间观念还是不错的。

等餐厅没人后,南希才轻手轻脚地上了楼。推开门,假人正无所事事地站在屋子中央发呆。

这部分也要修改,南希叹口气。不然假人把她吩咐的事做完就站着不动,对于其他人来说还是很奇怪啊。

她绕着假人走了几圈:"它吃的东西到哪儿去了?别告诉我它还有消化功能!"

"宿主,我刚才翻了翻资料,这种替身类盲盒吃掉食物,食物会自动消失,变到最近的垃圾桶里。"

"哦,那就没事了。"

假人微笑:"什么没事?"

"没跟你说话。"南希皱皱眉,把"不能随便搭话"的设置值调到最高。她宁愿假人扮演一个高冷的她,也不希望别人说一句,假人就接一句。

临睡前,塞西尔在黑皮本上问什么时候再去找他。她安抚对方说"很快"。

嗯,没说错,是很快,她本人马上就要以真实身份去北地了。

见她把本子收起来一副要睡觉的样子,小r连忙问:"宿主,假人你要收起来还是让它这么站着,到十二点自行解除状态?"

南希想了一下:"站着吧。测试一下过了使用时间后,它能不能自动变成布娃娃。"

十分钟后,她从床上爬起来:"还是收起来吧,黑乎乎地站我床前实在太吓人了。"

艾诺威学院的楼梯间里,南希一脸严肃地看着跟她穿得一模一样的假人,这是她第三次公开放假人出去试验了。

不过短短两天,假人就花了她四分好感值。这两天为了把假人的效果调到最好,她没有去北地,也没有去找米洛斯。

手里的好感值完全只花不赚,就剩二十二分了。

刚才假人替她上魔咒课,她才发现自己忘记了最重要的一点,假人没办法释放神术。大家都在"哗哗"甩圣光的时候,只有假人一脸高冷地抱着手臂。她把这一条也记在小本本上,顺便教了假人几个避开神术练习的借口和方法。

"我觉得差不多了。"小r说。

"我也觉得差不多了。"南希伸手把假人变回玩偶的模样,装回口袋。

明天就是参加神术交流的神术师们去北地的日子,她打算放学后去趟米洛斯家加点分,顺便打听一下他在北地的行程,如果能跟他避开那就太好了。

本来她要跟塞西尔打听冥土的事情,但是临到开口总觉得心虚,生怕他将来会联想到什么,最后还是打消了念头。

走出楼梯间,她去储物柜拿书包。刚走过去,就遇到一个不太熟的同学转告她,所有参加交流的神术师都要到大礼堂集合。

她微微皱眉,如果有可能,她真不想出现在别的神术师面前。大家对她印象越淡,她身份暴露的机会才会越少。

可惜这个愿望在她一跨入大礼堂的时候就自动变成了泡影。

嘈杂的礼堂在她走进去的瞬间安静下来。

南大陆的神术师们在愣怔后又开始小声交谈,毕竟他们也不是第一次见这位传说中的五束光新生,她美丽的脸早就被一拨接一拨的高年级神术师们欣赏过了。

但是北地和海国的男性神术师们,眼神就像黏在了她身上。

"行了小伙子们,如果你们还不把眼神收回来,就该被南大陆的神术师们嘲笑没见识了。"一个穿着黑色丝裙的姑娘拖着让人不愉快的腔调说。

南希急匆匆地走到自己学院的区域，挑了一处不显眼的位子坐下。不远处，北地不友好的对话还在继续。

"艾米拉，你在忌妒别人比你长得好看吗？"另一个穿黑丝裙的女孩子讥笑着说，"连鲁伯特大人的眼神都收不回来了，你一定很生气吧？"

"说起鲁伯特大人我也很意外，"被称作艾米拉的女孩慢悠悠地说，"要知道他家族里可是出过两位堕天使，其中一位还是天使长，他都这样没见识……"

"喀喀，艾米拉，不要胡说。"一道略低沉的声音打断了艾米拉的嘲讽。

南希下意识转头去看，目光锁在一位长得还不错的青年脸上。她迅速把他的脸记住，在心里打了一个代表远离的红叉。

鲁伯特瞥到南希的目光，立刻扬起友善的神情报以回笑，但是对方早把脸转了回去。

周围的男生响起促狭的笑声："没关系鲁伯特，反正明天就去北地了，你可以发挥你的优势尽情地追求那个小妞。"

"什么优势呢？"有人好奇地问。

"带她去冥土参观。"

"可是我们不是都被获准参观冥土了吗？"

"哦，那可不一样。作为天使长的家族后辈，鲁伯特大人可以去我们无法到达的地方。比如，最接近那位至高存在的地方，鲁伯特大人曾跟着天使长见过那位伟大的神明。"

"哇，真的吗？"对于北地的神术师而言，黑暗神是他们想侍奉一辈子的神明。谈起这个话题，大家都兴奋起来，就连南大陆和海国的神术师也纷纷投去目光。

鲁伯特微微笑了一下："是这样的。"

"那么，那位至高存在究竟长什么样呢？"

"不可直视神。"鲁伯特笑着说。

"唉——"大家发出不满意的声音。

南希垂下眼帘，鲁伯特的话让她突然想到一个关键的点。如果金发的她不幸与黑暗神相遇，一定要记得垂下头颅瑟瑟发抖，就像她在山洞初见他那样。

神不可直视，但她早已习惯直视神明。就是这个不大不小的习惯，有可能让她暴露身份。真是哪里都不能忽视,细节决定成败。

不一会儿,副院长走进礼堂,简单地把明天出发前需要准备的事宜说了一下。

"明天上午八点,需要大家来礼堂集合,使用大型传送阵去北地默克雅克神学院。传送阵开启时长只有五分钟,请遵守时间。

"另外,北地非常严寒,请带足衣物。艾诺威学院的学生,我们会统一发放冬装,一会儿到威廉教授那里领取一下。好了,就是这样。"

副院长点点头,示意大家可以散会了。

除了南大陆的神术师,海国和北地的神术师纷纷发出抱怨声。觉得南大陆事事都很官方化,连这么点小事都要开个会。

"大概跟他们的神明有关吧,光明神不就是规矩森严的吗?"北地阵营里传出一个声音,立刻引来了所有南大陆神术师冰冷的目光。

南希轻轻叹气,还没有到北地,就已经感受到相互敌视的气氛了,希望接下来的一个星期可以顺利点。

"为什么你看起来这么不开心?"一条结实的手臂揽住她的腰,把她紧紧圈在怀里,清新的海洋味道让她不用扭头也知道是谁。

"伊比……"她瞥了一眼海国的神术师,忙把后面的音吞回去。

头顶立刻传来少年的闷笑声:"你可真可爱。"

南希挣脱开伊比利斯的怀抱,转身望向他。少年干净阳光地站在她身后,脸上挂着笑意,俊美的外形让北地和海国的神术师不停地往这边看。

比起神色莫名的北地神术师,海国神术师们脸上涌现出他们自己都未察觉的亲近之意,甚至有一种扑过去亲吻那位俊美少年鞋尖的冲动。

伊比利斯淡淡地瞥了一眼海国神术师,很轻很轻地说:"还不错,里面有个四阶的。"

四阶?南希立刻顺着他的目光望过去,一名跟她年龄差不多的少女跟着大家一起友善地望着伊比利斯。

好厉害啊,四阶,那就是跟艾诺威学院最厉害的教授一个级别的了。

她回过神看向伊比利斯:"你这就回来了,不走了吗?"

"当然不是,"伊比利斯笑了一下,"事实上,我现在就走。"

"现在就走?"南希轻轻眨眨眼。虽然内心不希望伊比利斯在这个时候回来,但是猛地听到他立刻就走,还是十分惊讶。

"是啊，前段时间一直待在布尔顿，海底的事积压太多。比起陆地，海洋更为复杂，很多事情只能我来做。刚才我到了附近海域，突然很想来看你一眼，所以就过来了。"伊比利斯嗓音低低地说。

很普通的一句话，南希突然有种心脏被击中的感觉，带动着全身的血液一起狂跳。

伊比利斯抬起眼皮，嘴角勾起一抹懒洋洋的笑："是不是被我感动了？"

"是呀。"南希大大方方地承认。

伊比利斯微微一愣，看着她脸上明媚的笑意，他低低一笑，伸手去掐她的脸："也只有你，脸比兰蒂斯的城墙还厚。"

"兰蒂斯有城墙吗？"

"有，"伊比利斯懒散地说，"你去了就知道。"

"哦。"南希不太感兴趣地用小折扇给自己扇了扇风。

伊比利斯散漫地盯了她两眼："别总去找那个药剂师，如果我抽出来时间会直接去北地找你的。"

你千万别抽出来时间，南希默不作声。

"好了，我要走了。"伊比利斯低头亲了她额头一下。

"呀，你又做什么？"

"傻瓜，是祝福。"伊比利斯轻笑，"我不在，会有人关照你的。"

南希："……"

"什么祝福？"她擦了擦额头，看着伊比利斯离开的身影嘟囔。

她转身去取学院分发的冬装，才走了两步就被一群海国神术师围了上来。

"他是谁？也是你们学院的吗？为什么没在交流的人里面看到他？"

"我觉得他好令人亲近啊，好喜欢，特别想为他冲锋陷阵。"

"啊，我也是我也是。"

少男少女难掩兴奋。

南希觉得可以理解，米洛斯也会展现这样的特质，路人看到他就会莫名地崇拜。

"不是艾诺威的学生，是我的朋友，路过这里。"她简单地说。

"啊，这样啊。"海国神术师们顿时露出失望的眼神。

他们重新打量着南希，不知道为什么，这个女孩子，他们也好喜欢啊。

南希领完冬装，没有直接回家，而是叫了马车去到米洛斯家。

米洛斯看到她走进院子，打开门站在台阶上等她。

"您在家啊，我还担心您出去了。毕竟明天就要去北地了，也许需要购置东西。"南希笑盈盈地说。

"已经买好了，在收拾。"米洛斯轻轻勾唇。

虽然在笑，但是那双清淡的眼看不出半分感情，冰冷、禁欲的气息重新散发出来。

南希微微蹙起眉，知道八成是因为这两天她没来，记忆团勤奋了一把。

真是一点都不能放松，前面干的"工程"又被毁了。

她轻轻叹气，开始思考一会儿自己要从哪儿开始。

少女的声音传到了米洛斯的脑海，那里有个雪白的团子猛地睁大眼睛。

它呆滞地抬头看了一眼刚搭的线，这两天因为一直没人打扰，它再也按捺不住蠢蠢欲动的心，花费一整天搭完了一根粗粗的冷漠线。

但是现在……

想起被少女支配的恐惧，它默默地伸出光似的触手，一把扯断了冷漠线。

✦

南希轻眯着眼睛，视线从青年流畅冷冽的下颌线移到他漂亮的、流转着光芒的眼上。

从一开始的清冷猛地跳跃到现在的热情，显然是不正常的。南希思考了一下，推断应该是记忆团织出的线断掉了。

虽然不明白是什么原因，但是可以知道的是，米洛斯本来对她只有正常的思念，可情绪被记忆团积压了两天后突然放出来，就会令他产生一种难以抑制的情感。

不过这种因思念爆发的短暂情绪，很快就会过去。

两秒后，米洛斯目光却越来越清明。

他垂下眼帘，看到了少女促狭的笑意，下意识地伸手捂住她的眼。

但是少女的睫毛还是顽强地在他手心里轻轻挠着，就像她平常做的那些扰乱他心神的事一样。

"米洛斯大人，您今天有点热情呢。"

好听的、清脆的声音像糖豆一样在他耳边跳跃。他移回目光，在那张气人又令人想念的唇上顿了一秒，轻声说："抱歉，刚才我也不知道……突然就……"

他放下手，露出少女漂亮的碧蓝色眼睛。带着一点笑意，就像天空洒落的阳光。

"你的东西收拾好了吗？"米洛斯情不自禁地翘起嘴角。

"没有，一会儿回去收拾。"

南希探出一半身子，朝客厅里望去。地上放了一个大箱子，旁边还有许多杂物。

她从他身边绕过去，朝那堆东西走去。箱子里整整齐齐放了一叠衣服，旁边堆着水晶球、炼金器皿、书籍。

"米洛斯大人，您这次去北地，也会去默克雅克学院吗？"

"不去，到达北地就会跟你们分开。"

南希微微惊讶地转过身："去了就分开，那您要去哪儿呢？"

"很多，不只一个地方。"米洛斯从地上拾起一个笔记本翻了翻，搁在箱子里。

"是去找记忆团吗？"

"嗯。"

南希抿着唇看着他，飞快地抒着思路。

米洛斯不跟她在一起，这将大大减少她暴露的概率，至少她不用担心他突然把塞西尔引来了。

这么想，她现在只剩一个问题了。把参观冥土这件事解决，北地的事就完美结束了。

但是参观冥土这件事也不是好解决的。

找借口不去？生场病？

生病恐怕不行，默克雅克学院可不缺炼金师，他们绝对有办法治好她各种"病"，那么就只能从源头解决了。

"你在想什么？"见她一直垂眸不说话，米洛斯忍不住问。

"唔，在想我会不会有机会在北地碰到您。"

"也有可能吧，"米洛斯轻笑了一下，"也许我们会在冥土相遇。"

这句话把南希吓了一大跳："您要去冥土寻找记忆团？"

"有可能，但我不太希望它在那里。"米洛斯从箱子里拿出一个本子递给她。

"什么？"

"我写了十个比较实用的神术，有时间你可以学一下。你现在会的东西太少，去北地会吃亏，那边的民风十分彪悍。"

"一言不合就开打吗？"南希笑着问。

米洛斯嘴角泛起笑意："差不多。我听说默克雅克学院跟艾诺威不同，艾诺威不允许学生私斗，但是默克雅克没有这条规定，他们奉行'适者生存'，我不希望你吃了这种暗亏。"

南希垂下目光，本子很薄，只有几页纸。如果米洛斯不说，她还以为这也是个聊天本，就像塞西尔给她的那样。

手指微搓，纸张快速翻动。米洛斯说有十个神术，这个本子就只有十页纸。每一页一个神术，底下很详细地写了该在什么地方停顿，如何调动体内的灵性力等，被各种颜色的笔一一标出，能看出书写人写得很认真。

她一页一页看过去，真的是很实用的神术。有将淋湿的衣服弄干的神术，也有取暖用的保温神术，还有防御以及攻击性的神术。

不过如果让她选择，她倒是挺愿意被北地的神术师削一顿的，这样她就可以用"身心受到重创"这个理由，避开冥土活动了。

在南希看神术本的时候，米洛斯收拾完箱子，拎到墙边放好。

"有没有看不懂的地方，我可以教你。"

南希有些意外地抬起脸："您要教我神术，现在？"

"有什么不对吗？"

当然不对了，哪有约会的时候刷题玩的？她还想充分利用这半天时间在米洛斯心里再加深一点印象呢。

记忆团虽然可以将他恢复成冷漠的光明神，但是只要他足够喜欢她，那些喜欢就会变成深埋于心底的火种，只要稍加撩拨，就能将冰冻的河面融化。

她想了一下，也不是不能学神术，学神术也可以加深印象啊。

"我先去一下盥洗室，回来您再教我好吗？"她笑着问。

这种事情米洛斯当然不可能拒绝，他看着南希轻快地朝走廊走去，回手朝空气一抓。整间客厅的空气立刻发皱，所有的家具，包括灯具、地毯全都像印在透明的纸上，也跟着皱皱巴巴起来。

米洛斯用力一扯，接着揉了揉，扔到角落。

南希从盥洗室出来的时候，还以为进错房间了。客厅里空荡荡的，除了门窗，什么都不见了。

"我把东西收起来了。"米洛斯指着角落一团拳头大小的纸团，"这样我教你学习攻击神术比较方便。"

"您要教我攻击神术？"南希有些意外。

但不管怎么说都不能学攻击神术，这样她的口红就白涂了。

"是一个切割神术。"米洛斯挥下一道微光，南希面前立刻长出一排向日葵。她吓了一跳，往后退了两步，但是向日葵越来越多，很快就在她和米洛斯之间长出了一小片花海。

米洛斯轻笑一声："别担心，只是普通的向日葵，让你练习神术用的。"

南希定下心神看了看，还真是向日葵，个个饱满，长满了葵花籽，一副很好吃的样子。

米洛斯让咒语飘浮在半空中："你先试着念一下。"

念一遍？南希很随意地小声地乱念一通。

与她隔花相望的米洛斯微微皱眉："声音太小了，听不到。"

就是让你听不到。南希轻笑："您靠近点不就听到了吗？"

米洛斯勾了一下唇角："别捣乱，好好念一遍。"

"我好好念了啊。"南希慢悠悠地说，歪着头，通过向日葵的缝隙看过去。

客厅里没了家具的阻挡，阳光完全打了进来。米洛斯身姿挺拔地站在那里，白衬衣的袖子挽到了手肘，手臂紧实，线条流畅，冷白色的皮肤白得发光。俊美清隽的脸把清冷的美感发挥到了极致。

"到底怎么念啊？您离我那么远，我想看您的口型都看不到。"

"您过来教教我。"

"您过来啊，过来，我保证不碰您。"

米洛斯隔着花海，目光微动。

"米洛斯大人——"

少女蜜糖般的声音又一次飘过来，他没再犹豫，快步绕过花海走向了她。

南希听到脚步声，转过身，米洛斯已经站在了她面前。

俊美的青年背对着光源，神色有些看不清，只能听出他的嗓音不复清冽，泛着一丝低沉的沙哑。

"我过来了，念吧。"

"哦。"南希慢吞吞地答应着，看向空中的神术，半眯着眼，"咪咕亚麻……什么绿斯特，什么……"

绕口的古语让她的目光显得有些迷蒙，嫣红的唇也因为部分发音嘟起来，更加娇艳欲滴。

"宿主，昨天光明神一共动心了两次，我们拿到三分。加上原有的二十二分，减掉昨晚消耗的一分，现在一共二十四分。"

听起来二十四分不少了，但是代表的意义是生命只剩二十四天。接下来的半个月，她也不知道有没有机会刷到分。如果没机会，那么一天消耗一分，再加上假人，着实有点吃不消啊。

南希脑子里胡乱转着各种想法，轻轻捂着嘴，把哈欠堵回去。

实在是太早了，早上八点集合，六点就被女仆喊起来洗漱、打扮。乔治伯爵对她参加神术师交流这件事表现出极大的支持，很豪气地拿出五百枚金币让她带在身上随便花，气得伯爵夫人一早晨都没露面。

南希没有穿乔治伯爵给她准备的华丽冬装，她老老实实套上了学院统一的服装。虽然这个并不是强制的，但是米白色的大衣设计得规规矩矩的，看上去特别低调，她毫不犹豫就选择了白大衣。

她也没让女仆给她梳高耸入云的头发，戴大量的宝石，她只编了两条乖巧的麻花辫，连绸带都没扎。

朴素的打扮依然无法抵挡她与生俱来的美貌，踏入礼堂大门的一瞬间，还是引起了阵阵惊叹的吸气声。

南希快速跑进南大陆神术师的队伍里，跟所有人一样，她没穿大衣，而是把它搭在手臂上。

现在是夏末，天气依旧热得厉害，好在学院在礼堂用神术制造了一股流动的风，让穿着长袖长裤的大家没有那么难受。

南希环顾了一圈没有找到米洛斯，抬头看向悬浮于空中的时钟，还有十分钟传送阵就要开启了。

就在她紧蹙眉头的时候，门口跑进来一个人，穿着红色的蓬蓬裙，拎着绣着金线的大衣，被阳光晃得一片金亮。

礼堂里的神术师基本分成了三片区域，大家都穿着本学院发放的衣服，黑、白、蓝，泾渭分明。

因此，扎眼的颜色和款式立刻吸引了所有人的目光。玛格丽特在跑进来的一刹那放慢了脚步，很优雅地迈着庄重的步伐朝南希的方向走去。

"我还以为来晚了。"她含着笑说。

"殿下？"南希有些疑惑，"您不是落选了吗？"

"是的，"玛格丽特点点头，"但是那次是个意外，我也不知道运气为什么会突然那么不好。"她友善地望着南希，"好在我父亲为我申请了第二次考核，我通过了，所以就来了。"

"原来是这样。"南希点点头不再说话，心里为这次的变数又加了二十分。

八点钟的时候，传送阵正式开启。

礼堂里原本的阶梯、椅子和正中间的桌子瞬间消失不见，取而代之的是一个散发着黑色流光的大型传送阵。

院长和副院长全来了，站在传送阵外目送大家。南希又向门外看了一眼，米洛斯还是没有出现。

身边的人基本都走光了，她抿抿唇，往前踏了一步，视野短暂地变得全黑。下一刻，她发现自己站在一座巨大的黑色礼堂中。

无论是地板还是墙壁，全部都由黑色的岩石组成，抬起头，满眼星辉。

南希惊讶地发现，默克雅克学院礼堂竟然没有屋顶，而是用神术交织出透明的线，织出一个拱形的穹顶。这样在任何时候都能看到外面的天气。

与她想象中相同，默克雅克跟所有北地建筑一样，都是黑白灰开阔大气的风格。

"北地现在竟然是黑夜啊。"

"看时钟，现在是凌晨。"

"那我们是不是直接被安排睡觉了？"

南希身边传来同伴们的窃窃私语，比起南大陆和海国神术师们挂满整张脸的好奇，北地神术师们脸上的神情更为舒适、自然，露出了回到家的轻松。

"这里真不错，"玛格丽特轻声细语地在南希身边说，"不过怎么没有见到默克雅克的教职工？似乎这里只有空气等着我们。"

她的话音刚落，礼堂的门开了，所有人的目光都不约而同移了过去。

五六个穿着漆黑法袍的人大步走进来。有男有女，分别是默克雅克的院长、副院长和负责接待的教授。

年轻的神术师立刻发出惊愕的吸气声，他们不是在惊叹默克雅克的教职工，而是惊叹为首的那位是穿着流光法袍、长着六对羽翼的堕天使。

"十二只翅膀，是天使长吗？"

"这就是堕天使？跟我们光明天使相反的那种？"

"光明神在上，我还是第一次见到堕天使。"

不光是南大陆和海国的神术师面露惊讶和兴奋，就连北地人们脸上也布满了震惊的神情，他们里面除了堕天使长的家族后辈，其余人也是头一次见到堕天使。

南希瞬间头皮发麻，垂下眼帘，心里不停地翻滚着寒气。

她当然知道堕天使长是谁。说起来，他们已经见过两次了。一次是跟米洛斯在布尔顿的博物馆，另一次是跟塞西尔在克维纳郡的公寓。

这位堕天使长的声音听一次就忘不了，阴森得像从墓地中冒出来的一样。

南希把头埋得更低了，慌忙中瞥到人群里有人开始穿大衣了，她连忙也跟着套上大衣，用大衣上的帽子严严实实把自己的脸遮好。

"你很冷吗？"玛格丽特似笑非笑地问。

南希没有理她，往人群里挤了挤，让自己淹没在人海里。

堕天使的突然到来跟玛格丽特脱不了关系。

"宿主，我们跟玛格丽特摊牌吧。"小r气呼呼地说，"告诉她，如果她拆穿我们，我们也拆穿她。"

"这样没用，"南希冷静地说，"我威胁不到玛格丽特，玛格丽特可以变化样貌。这等于她有无数个身份，暴露一个，可以马上套另一个，而我只有一个身份。"

她用围巾挡住半张脸,加上帽子的遮盖,只要堕天使长不是常驻默克雅克,她就不会暴露。

"晚上好,"默克雅克的院长脸上挂着一丝笑意说,"我怀着极大的喜悦,欢迎你们来到北地,来到默克雅克黑神术学院。"

…………

"很显然,这次的交流对神术的发展尤为重要……"

大家仰着脸听了十分钟,渐渐地,注意力都无法集中了,人群中甚至开始交头接耳。

"是谁说只有南大陆虚假又官方呢?我看北地的客套仪式也不少。"

"啊,他什么时候讲完呢?我的腿有点麻了。"

"现在不是十二点吗?我们不会要站到天亮吧?"

所有人中,只有北地的神术师在全神贯注地听。

南希始终垂着头,她的表现并不突出,就像所有不耐烦听官方演讲的人一样,像她一样盯着自己鞋面看的人不在少数。

"如果没有进步就会停滞,我们需要屏除偏见和敌视,将神术进一步发展。"

…………

"我相信,你们一定在这里会感到舒适、愉快。那么,我的话就到这里,大家跟随接待的教授去宿舍休息。明天上午会给大家安排一整天丰富的活动,让大家领略北地的风情。"

"啊,终于结束了。"南希周围的人真挚地拍着巴掌。

负责接待的教授立刻过来带队。

南希依旧垂着眸,看着旁边人的脚后跟,跟着移动。

一股大力突然狠狠揪了她衣服一下,她的帽子随之落下,露出了灿烂的金色头发。

"啊,抱歉,南希。"玛格丽特大声说,"我不是故意的,只是看到你衣服上粘着一根头发,想帮你取掉。"

一点小小的骚动瞬间引来大部分目光。

南希简直气到胃疼,她没有时间跟玛格丽特纠缠,快速把帽子重新戴好,转身跟着神术师们朝门厅走去。玛格丽特追上去,还在不停说着"抱歉"。

南希脸色苍白，心中不断转着念头。也许堕天使没看到她的脸，毕竟她还有一半的围巾阻挡，更何况就是看清了也没关系，他们不知道跟塞西尔在一起的人长什么样。顶多就是看到她会惊讶一点，毕竟她跟疑似光明神的人一起出现过。

没关系的，不用太紧张。

她不断安慰着自己。

默克雅克给南大陆和海国学生安排的宿舍在一栋高塔里。

每个房间可以住两个人，条件十分优渥，橡木的四柱床、天鹅绒的窗幔。

南希跟一名叫作海伦的女孩子住在一起，海伦比她大两届，刚刚通过神术师考核。

"明天我们会去北地的城市参观。"海伦拿着一张纸快速扫视着。这是北地一星期的活动安排。

"是哪个城市呢？"南希盘腿坐在地板上，从箱子里拿东西。

"克维纳郡，这是离默克雅克最近的城市了。"

"克维纳郡啊。"南希轻声重复着，眸中闪着思索的光。

遥远的冥土神殿。

阿撒勒单膝跪地："默克雅克的院长非常感激，他认为有一名堕天使出席欢迎仪式还是非常必要的，他顺便询问了一下参观冥土的安排事宜。"

"嗯。"黑暗神坐在神座上漫不经心地听着汇报，手心里转动着一个小小的玻璃药膏瓶。

"还有就是，我在那里见到一张熟面孔。"阿撒勒说，"您还记得吧？您派我们去阻击光明神，我见到的这个人当时就跟光明神在一起。"

黑暗神稍稍有了一点兴趣："我记得，你说是一个年龄不大的人类女孩，她是光明神的情人吗？"

阿撒勒咧嘴笑："我相信光明神找不到情人，但是您快了。"

黑暗神微微一愣，唇角轻轻翘起一点："还没有。"

"哦，那您得加把劲了。"阿撒勒笑着说。

黑暗神淡淡地轻"嗯"一声，目光重新移向手中的玻璃瓶。

阿撒勒等了一会儿，见没别的吩咐了，轻手轻脚地准备退出去。

"阿撒勒。"黑暗神突然唤住他。他单手支着下巴，慵懒地说，"把你在默克雅克看到的影像放出来看看。"

阿撒勒微微一笑。这不奇怪，主人和光明神一向不对付，就算是因为好奇，他也会想看看死对头的女孩长什么样。

"好的，主人。"他微微扬起手，一道黑色的光影从他手指上流了出来，光影像灌水一样很快汇聚出一道人影。

黑暗神漆黑的眼眸蓦地睁大，瞳孔中映出了一张令他朝思暮想的脸。

只不过那人的头发是金色的。

COMING FOR HER

COMING FOR HER

COMING FOR HER

图书在版编目（CIP）数据

为她降临 / 秋水麋鹿著. -- 广州：广东旅游出版社，2024.8. -- ISBN 978-7-5570-3341-5

Ⅰ．I247.5

中国国家版本馆 CIP 数据核字第 2024L123F2 号

为她降临
WEI TA JIANG LIN

出 版 人：刘志松
责任编辑：梅哲坤
责任技编：冼志良
责任校对：李瑞苑

广东旅游出版社出版发行
地址：广州市荔湾区沙面北街 71 号首、二层
邮编：510130
电话：020-87347732（总编室） 020-87348887（销售热线）
投稿邮箱：2026542779@qq.com
印刷：河北鹏润印刷有限公司
（地址：河北省沧州市肃宁县工业聚集区）
开本：880 毫米 ×1230 毫米 1/32
字数：312 千
印张：10.25
版次：2024 年 8 月第 1 版
印次：2024 年 8 月第 1 次印刷
定价：49.80 元

【版权所有 侵权必究】

如发现图书质量问题，可联系调换。质量投诉电话：010-82069336